天角虎飛

黃金小鎮黃金心

黃文海／著

目錄

人物簡介

雲霧中學

◆二年一班學生：席復天　一大：
　　　　　　　陳永地　土也
　　　　　　　萬木黃　阿萬
　　　　　　　方曉玄　曉玄

◆二年二班學生：夏心宇　小宇
　　　　　　　孫成荒　孫子
　　　　　　　周士洪　小洪
　　　　　　　李新宙　阿宙

◆雲霧中學廚子：白手

◆庫房管理人　：何如

◆雲霧中學校長：柳葉

席復天親友

◆父親：席林風

◆母親：絲雨

◆叔叔：林志新

◆嬸嬸：路嬌

◆小學同學：吳大山　呆鵝

◆小學同學：朱光力　狂牛

◆幽靈同學：羊立農　羊皮

◆心靈輔導老師：梅揚

◆梅揚老師之妻：梅師母

◆體育氣功老師：張龍

◆火車司機員：朱鐵　紅雲人

◆幽靈火車司機：叢林

◆手掌師父：盧鼎

◆石盤角中學學生：鍾克難　爛人

楓露中學二年級

◆哥哥：崔少勇　小勇

◆妹妹：崔少丹　小丹

崔小兄妹親友

◆父親：崔一河

◆母親：田星荷

◆大伯：崔一江　黑馬面

◆叔叔：崔一海　獨眼龍

◆大師伯：過九堂

◆二師伯：秦威

◆斷鼻、塌鼻：呂東

◆地下鐵甲兵丁隊長：金豹

◆殺手：蕭默　霧上飛

◆殺手頭子：卓武　武六爺

一、二年級開學

開學前一天，同學們都已返校報到。

一大和同學們成了雲霧中學二年級的學生，學號的第一個數字改為「2」，制服、運動服……等，以及被服上的學號也一樣，都由何婆婆修改好了。

在資訊室電腦收信，一大收到一實體信，是一個小盒。打開看是一付黑框眼鏡，沒有寄信人，附的一張小紙條上印了一小拇指印。

一大將小紙條收入口袋，戴上眼鏡，上下左右看了看，眼鏡沒有度數，沒看出有什麼不同或特殊之處，便收好放入了書包。

晚飯前，一大獨自一人在操場練著用手走路，走完後一身大汗，但值得安慰，手沒像第一次練時那麼抖了。

晚飯後，收到新課表，內容和一年級的課表大同小異，但在備註欄增加了一點注意事項：

上午 7:20～8:20

原禪房打坐時間，更改爲半小時禪房打坐，半小時禪房外動功。

上課頭一天，打坐半小時完後，張龍老師帶同學們到禪房外的空地教些基本拳腳功夫，其中包括了腳側踢，手側劈，外加倒立行走等等。

一大滿興奮，他練起來得心應手，看著同學們練得東倒西歪，倒立不穩，暗自慶幸爺爺和師父對他練功的嚴格要求。

練完功，土也、阿萬、曉玄、小宇走近一大，一臉懷疑。

「難道說你事先看過新課表，尤其是倒立行走，唉喲，天，眞痛苦！」小宇盯看一大。

「對呀，一……大，你早……說，我……就不……放……棄了嘛。」阿萬撫著痛手。

「還好，哈，我比阿萬練得多一點。」土也笑笑。

「其實張老師很客氣了，一大那個倒立行走可是要環繞小島或操場，那我可就眞做不到了。」曉玄說。

「張老師今天第一天教的只是初步的，眞要練好，還是得靠自己多努力才行，呵，別忘了，倒立行走可是連烏龜水水都會的哦！」一大說了烏龜都會，四位好同學再也無話可說。

「羊皮」被梅老師刻意安排坐在一大和土也中間。班上只一大、土也、阿萬、曉玄知道羊皮的事。其他同學只當那位子是空位，也沒人多問。

小虎有時會來跟一大說：

「羊皮感謝有你的照顧。」

「羊皮感動在流淚。」

「羊皮羨慕你們嘻嘻哈哈、打打鬧鬧。」

曉玄比較細心，會在下課後將上課的內容概要寫在紙上，放在羊皮的桌上讓他複習。

一大、土也、阿萬、曉玄會討論怎麼幫羊皮，希望至少讓他好過一點。但，似乎能幫的有限，曉玄說，「人鬼殊途，想幫都難。」

下午，一大穿上黑羽衣，去圖書館地下送《心經》給鬼王，順便找羊皮說說話，也送了他一篇《心經》。

羊皮很是開心，還拜託一大教他念《心經》。羊皮有很多字不認得，一大就另外寫了張字條把那些字標上注音。

「我如果早點認識你就好了，也不會落到當鬼的地步，還一堆字不認識，唉！」羊皮幽幽地說。

「我？」一大心中複雜，不知該說什麼好，「現在認識啦，也好，也好。」

一大要走，看眼前這面容蒼白的男孩顯露出難過、不捨、哀怨的表情。

「呵，羊皮，反正同班上課，以後早不見午也見，開心一點，我會盡可能幫你，別難過，別難過。」

脫了黑羽衣，一大轉身離去，只覺腳步沉重。

晚飯前，一大照樣獨自一人在操場練習用手走路，晚飯後，再跟叢爺爺練手刀、腳刀功夫。

「跟盧鼎學手掌功夫是你的運氣福氣，好好學，別辜負了他老人家的心意。」叢爺爺突然說出一句話。

「盧鼎？哦，師父是說盧爺爺，孫徒我每天都有努力練。」

「好！還有，你口袋沒事放個金龜子幹嘛？」

「喔，金龜子？師父，就這個金幣。」一大拿出金幣，兩面翻轉給叢爺爺看，並把故事經過大概說了，「我拿給我爺爺看過，他沒說什麼。」

「你爺爺沒說什麼？呵，也是，光靠個小指印找人，不容易，你收好。」

「是。」

「還有，師父我是去過楓露中學，為避免有人認出我，借用過你的黑羽毛衣，還教訓了一幫想傷害你的壞蛋。」

「喔，是，謝謝師父。」

腦袋瓜在想什麼，叢爺爺全知道。

隔天早上，第一堂是井欣美老師的語文文學課，井老師在白板上寫了一個作文題目「暑假」，要同學在一個鐘頭內寫出一篇作文，長短不拘。

一大寫下「暑假時，我一個人住在水潭中的小島當島主，和烏龜去大海玩，和同學們在水潭游泳……」

之後，便寫不下去，抬起頭四下張望。看同學們全低頭伏案在寫著，頗覺無聊。翻翻書包，看到眼鏡盒，便悄悄取出那付眼鏡戴上，伏低腦袋，左看右看，看向教室門口，「哇呀！」大吃一驚，暗叫了一聲，立刻轉頭向右，「哇呀！」又大吃一驚。

「羊皮，你在幹嘛？」一大低聲叫。

「咦，你沒穿黑羽衣也看得到我？」羊皮抬起頭，面露驚訝之色。

「我戴了這眼鏡，就看到你了，但，是黑白的。」

「這樣喔，我剛才在練兵操，撒豆成兵。」

「撒豆成兵？」

「對，從小就有接觸。」

「哦，那我問你，左右護法幹嘛撐著大黑傘站在門口那？」

「他們接送我上下學，撐黑傘是因我不能晒太陽。」

「你臭小子，又當起大哥啦？還帶保鏢？」

「沒有啦，是因爲你跟鬼王的關係好，他們才……」

「叫他們別再跟了，你自己可以用姑婆芋葉子遮一下，從圖書館地下走到這教室，只有阿萬那胖子才會被太陽晒到。」

「好，我會跟他們說，叫他們別再跟了。」

兩人交頭接耳聊著，直到下課鐘響，一大發現課桌上竟有一張紙條，一看，差點昏倒：「席復天，你上課時一直和羊立農聊天，下次再犯，兩人一起去罰跪。井老師。」

「井老師？她什麼時候放的？」看井老師正走出教室門口並和兩護法講話，兩護法隨之消失了。

「媽呀！羊皮，井老師叫護法走了！」

「啊？」羊皮搞不清楚怎麼回事，只喃喃跟說，「井老師叫護法走了。」

「你戴了付什麼眼鏡啊？上課時就看你一直往右靠，是在和羊皮聊天哦？」土也走來問一大。

「來，你戴上。」一大把眼鏡交給土也，「你四面看看。」

土也戴上，表情緊張兮兮，「咦，你右邊那面白白人瘦瘦的，就是羊皮？」

「哈，你也看得到，對，他就是羊皮。」

「哇，真是太玄了。」

「你可以和他說話。」

「我……？」

阿萬、曉玄走來，阿萬先接過眼鏡戴上，「啊，羊皮……長這樣子？營……養不……良，太……瘦了。」吐了吐舌。

再換曉玄戴上，曉玄趨前，「羊皮，你好，我是方曉玄，以後課業上有什麼不明白的，可以問我。」

「謝謝妳。」羊皮回答。

「井老師看得到羊皮，還說我如果上課時再和羊皮聊天，就要我們兩個一起去罰跪。」一大說。

「你上課時幹嘛找羊皮聊天，你愛跪就一人去跪，別害羊皮。」曉玄怪一大。

「哈哈哈……」土也、阿萬哈哈大笑。

一大悻悻然，笑不出來。

午睡後，一大揹了書包帶了麥片到處走逛，隨手拿出眼鏡戴上，才看了麥片一眼，就見麥片朝他汪汪大叫，一大給嚇得倒退了兩步，「麥片，你幹嘛對我叫？」

「汪汪……」麥片不但繼續叫，還擺出攻擊姿勢。

「麥片，站住，你幹嘛？」一大摘下眼鏡。

麥片停止叫，搖著尾巴嗯嗯，「一大哥，汪，是貓咪眼鏡。」

「什麼貓咪眼鏡？」

「你眼鏡戴上後，眼睛像貓咪。」

「啊？」一大仔細查看眼鏡，看了半天也沒看出什麼異狀。

「找蚯蚯去，麥片，走。」

一大想，眼鏡可能有什麼神奇之處，找蚯蚯問就八成能知道答案，又把眼鏡戴了上。跑到蚯蚯樹洞前，一大先仰頭向樹爺爺問好，「樹爺爺，您好。」

「呵呵，是一大小朋友，你好。」

「嘶嘶～」一大聽到蚯蚯憤怒的嘶叫聲，還沒來得及想，就被一快如閃電的影子撞倒在地。

「哇呀，蚯蚯，誰惹你了，生那麼大氣？」一大把眼鏡摘下。

「啊？一大哥，怎麼是你？」蚯蚯盤起身，嘶嘶叫道。

「蚯蚯啊，被你一撞，變小二了，還一大？」

「哎喲，眞是一大哥，對不起，你幹嘛扮貓啊？」

「哦？」一大站起，「蚯蚯，我來就是想問你，這眼鏡是不是有什麼神奇之處？」

「是這麼回事呵，你可知道，蛇跟貓是世仇啊！看到貓，我當然要先下手爲強啦！」

「嘿，看來，狗跟貓也是世仇，麥片看我戴上了這眼鏡，不但狂叫還要攻擊我！」

「讓我看看，你哪搞來這付貓眼鏡的？」

「我收到了一個盒子，盒子裡就只有這眼鏡，不知寄件人是誰，也不知有什麼特別，我只知戴上這眼鏡，我看得到我陰間的同學。」

「哦？」蚯蚯靠近仔細看那眼鏡，「嗯，這付眼鏡，你戴上後，就像隻貓，身上還有貓味。太陽光下，你的眼睛會變成一條細線，到了晚上或黑暗之中，會變成又大又圓，就算你眼前有人或物快速移動，你也會看得很清楚。除此，你還看得到陰間的人或物，以及黑暗中的一動一靜。」

「眞的？哈，有趣，有趣。」想了想，「嘿，不知道烏鴉跟貓……是不是世仇？」

「哇哈，你想逗呱呱？」

「一猜就中，呵，哪天找呱呱載我飛上天，我在牠背上偷偷戴上這眼鏡……」

「哎喲，你要害呱呱再夏眠三個月哦？」

「哈哈哈……」

送了蚯蚯幾篇《心經》後，一大離去。晚飯前獨自在操場練習用雙手走路，戴上了眼鏡倒立行走，麥片在不遠處巡著。

忽然聽見麥片嗯嗯唔汪，一大正倒立著，四下看去，「咻～」一支東西飛快射來，一大即時歪了一下身體，沒射到。

再看，一個黑影逼近。一大隨即直立身子，手腳採防衛姿態，那是一個人形影子，但，是黑白的，「碰到鬼了？」一大心中嘀咕，「他用魚槍鏢射我！」

又「咻～」一支魚槍鏢射來，一大看得很清楚，猛一側身，魚槍鏢擦身而過。

那人影衝向一大，「斷鼻？」一大看清楚了來人，大叫一聲。

交手幾回，打又打不著那斷鼻鬼，一大伸手拿起放在地上的書包，摸出手電筒，正要用小拇指按鈕，那影子忽地消失了！

一大愣在原地半晌，確定斷鼻鬼真不見了，才叫，「麥片，幫我找找魚槍鏢，應該有兩支。」

一人一狗找了許久，沒找到，「啊，難道說那兩支……是『鬼』魚槍鏢？」一大懷疑，「要是被射到，人會不會受傷或死掉？」

一大揹回書包，慢慢走向餐廳，「這貓眼鏡眞是個寶，看那鬼魚槍鏢飛來，我不但能看得清，還能躲得開！那斷鼻都成鬼了，還不忘找我麻煩，眞是一個十足的『討厭鬼』！」

吃完飯，回寢室。土也、阿萬閒著無聊，向一大借了貓眼鏡，說要去樹林中夜遊，看能不能交到「陰間朋友」，嘻嘻哈哈走了。

一大看到書桌上的兩個玻璃奶瓶，看著瓶底的大飛飛，思念起飛飛。想了想便伏案抄寫《心經》，心情慢慢平靜了。

土也、阿萬晚點名前累呼呼回來，洗了澡便睡去了。

燈熄後，一大睡不著，便拿出大飛飛，按亮閃光，放回瓶裡，心想，也許可看到什麼未來的事。看著看著，沒事發生，便按熄閃燈睡了去。

二、孫子單挑一大

星期六中飯吃過，一大跟土也他們說要去理髮，便匆匆往福利社走去。

「11001」一大心急的對鐵門報學號，一步跨上。

「呯！」，彈了回來。

一大滿臉疑惑，聽見小虎笑說，「一大哥，你二年級了。」

「哦。」轉頭重說，「21001」，鐵門隨即打開，一大走進鐵門內。

「一大哥，我學號是幾號？」聽見小虎在背後大叫。

「14023」，一大本能反應。

「14023」，「呯！」，小虎彈了回去。

「24023」，一大立刻又補上一句。

「24023」，小虎說後進了鐵門。

一大和小虎碰頭，忍不住大笑起來。

下了階梯，到了雲霧門，一大說，「小虎，你先，你叫『壁小虎』。」

「壁小虎」，小虎說完，過了雲霧門。

「席復天」，一大也過了。

一大隨即找到一台「小指掃描感應器」，把右手小指頭放上感應器的小指頭形狀處，螢光幕上顯示出「席復天」，接著有數字跳動上捲。

等到顯示的數字停止跳動上捲，一大看了下，有打架扣分，但也有加分的。其中助人抄錄《心經》，+200 分，出現多次，總積分是+58,620。

「哇，積分變正了，太、太、太好了！」

四下看看，沒人，悄悄掏出口袋中的那枚沉船櫃上的「手掌」金幣，將小拇指印那面放到感應器上，螢光幕上沒反應，也沒顯示出任何人名或數字。一大頗感失望。把金幣反過來再放一次，螢光幕依然沒反應。再將列印「手掌」金幣小拇指印的三張紙放上感應器，也沒反應。口袋裡摸出了另一印有小拇指印的小紙條，小紙條是跟貓眼鏡一起收到的。一大將小紙條放到感應器上，螢光幕顯示出「田星荷」三字，並有數字跳動上捲。

「『田星荷』？是誰？爲什麼送我貓眼鏡？不會是寄錯了吧？」一大不明白。

「算了，不管了，理髮去吧。」一大將金幣及小紙條放回口袋中，往理髮廳走去。

「一大哥，孫子他們三個說要找手電筒，想買一個。」小虎說。

「哦？」一大立刻矮下身子，以貨架作掩護，靠近孫子他們發出聲音之處。

「沒貨？什麼鬼福利社嘛？」孫子的聲音傳來。

「也沒人可問，到底什麼時候才會有貨？」小洪的聲音。

接下來，沒了聲音。

一大探頭看，眼前忽地跳出一人，「姓席的！」孫子大吼一聲，「你敢偷聽我們說話？」

既然被發現了，一大只好站直身，「我在聽我兒子的兒子說話沒在聽我孫子說話，閃一邊去！」一大直指孫子的鼻子。

孫子火大，一拳揮來，一大立刻迎戰，兩人在狹窄的貨架間纏鬥。

小洪、阿宙也隨之加入了戰團。「乒乒！乒乓！」，貨架上的物品散倒了一地。

「跪下！」好大一聲。

四人不由分說，立即跪了下地，四人抬眼一看，是何婆婆！

「怎麼回事？」何婆婆問。

「何婆婆，姓席的偷聽我們說話。」孫子先說。

「何婆婆，我只是在聽兒子的兒子說話。」一大說。

「姓席的，你！」阿宙掄起拳頭要打一大，拳頭被何婆婆一擋，整個人一震，往後飛跌出七、八公尺遠，頭昏眼花樣子，卻仍跪著。

三人看了，全都傻住。

「要不要我找梅老師來呵？」何婆婆笑笑。

「不要！」三人異口同聲，連阿宙也遠遠地在搖頭。

「那好，跪好三分鐘後各自起身離開。」何婆婆轉身要走，又加句，「離開時，把貨架扶正，物歸原位，一樣不對，我就找梅老師說去。」

四人跪了三分鐘後，各自起身，把貨架扶正及物歸原位後，分別離去。

「姓席的，你小心點，今天地方太小，不然你就知道哥哥我現在的功夫有多厲害了！」孫子回頭嗆一大。

「你以爲爺爺我的功夫會比你孫子差？笑話！」一大也回頭反嗆。

「你有種，那我們找個地方單挑！」

「單挑就單挑！怕你啊？」

「好，明天上午九點整，雲霧火車站！」孫子講完快步離開，小洪、阿宙也隨著走了。

一大要走，卻聽到小虎說，「何婆婆叫你進去理髮。」

「哦？」一大頹然轉頭，往理髮廳走去。

「一大哥，你好。」松松的聲音。

「松松，你好。」一大隨口回著。

進了旋轉門，「歡迎光臨」，八哥的聲音。

「歡迎光臨」，一大隨口回著。

「哇哈哈，一大哥，心情很壞呵？」呱呱的聲音。

一大心情確實很壞，只淡淡的說，「何婆婆好，呱呱好。」

「哎喲，一大，開心點，坐，理完髮，心情就好了。」何婆婆笑笑。

「嗯。」一大坐下。

「一大哥，明天上午決鬥，我送你去跟他鬥！」呱呱大嘴巴。

「……」一大不理牠，從鏡中偷看何婆婆，何婆婆沒特別表情。

「一大哥，那孫子簡直不知死活，敢找你單挑？」呱呱又講。

「……」一大仍不理牠。

「一大哥，記得要穿我的寶衣去。」呱呱還在講。

「……」一大低下頭去，不敢理牠，他擔心何婆婆會罵人。

很快理好了髮，「理好了，來，按一下小拇指，五十塊。」何婆婆說。

「何婆婆，剛才……對不起。」一大小心說話。

「沒事，回去洗澡，洗頭。」

「是，謝謝何婆婆。」

小燕子送上毛巾，「謝謝小燕子」，一大心情好些，起身要走。

「明天上午呱呱會陪著你，打架點到為止，別傷到人。」何婆婆叮嚀一大。

「是，謝謝何婆婆。」一大向何婆婆一鞠躬，往外走去。

「歡迎光臨。」八哥的聲音傳來。

「歡迎光臨。」一大迷糊回著。

背後一陣笑聲傳來。

走出福利社鐵門，「呼！」一大鬆了口氣，「小虎，看到沒，何婆婆的功夫好厲害。」

「那還用說，這山上到處都是高人。」

「嗯，是，確實是。」

「一大哥，明天你準備一個人去哦？」

「應該是吧，我得好好想想，計畫一下。」

隔天，早飯時，「一大，今天星期天，要不要去圖書館？」曉玄問。

「去圖書館？幹嘛？」一大心不在焉。

「幹嘛？看書啊！」曉玄盯看一大。

「哦，早上，我運動、跑步、還倒立，下午，下午我再去。」

「看你忙的，不會是交了女朋友吧？」曉玄問。

「女……朋友？學校裡面，女的，我就最接近你和小宇，哪來什麼女朋友？」腦袋中卻閃過小丹可愛的影子。

「外校呢？」

「沒，眞的沒有。」一大瞥見土也、阿萬在偷笑。

「好吧，那，等你有空，下午再去好了。」

「哦，謝謝，不好意思。」

一大回宿舍，穿上運動短袖上衣、短褲，先去洗手間，把蛇蛻小心鋪在襪裡及胸腹內。檢查書包，裡面有貓眼鏡、黑羽衣和幾張《心經》。把手電筒拿出藏入床下櫃中，打火機放入抽屜。

八點，到樹林中叫呱呱。

「一大哥，我到了。」呱呱來到。

「我們早一點到雲霧車站，如果朱鐵哥在，我還可和他說說話。」

「好啊，上來。」

風聲呼呼，「一大哥，昨天是因爲你在，所以何婆婆只罰你們跪三分鐘，算是特別優待。」

「哦，我可是丟死人了，理髮時，話都不敢多說。」

「哈，何婆婆說男生打架，小事一件。」

「何婆婆的功夫，可不輸男生哩！」

一大往下看，眞快，已到了車站上空。

「咦，你有沒有聞到一股貓味？」呱呱忽問。

「你回頭看。」

呱呱回頭一看，「呱！」驚叫一聲，羽毛直豎，雙翅大抖一陣，便直栽而下。

「唉呀呀～呀～」一大大爲緊張，抓緊呱呱脖子，「死了！死了！」風聲辟辟啪啪，打得他頭昏眼花，半昏半迷中，似乎看到車站月台上有片紅雲。

咻～唰～碰～

說時遲那時快，連鴉帶人被一雙巨手擋了下。

「哎喲，一大、呱呱，你們耍特技呀？」是朱鐵哥的聲音。

一大慢慢睜眼，發現自己已躺在月台上，「我還活著？」

「我的媽呀，我怎麼這麼不小心，居然揹了一隻貓？」一旁呱呱兩腳朝天哀叫。

「朱鐵哥，你好。」一大迷迷糊糊向朱鐵打了招呼，再使勁湊近呱呱，脫了眼鏡，「呱呱，不是貓，是我，我戴了付貓眼鏡。」

「啊？是一大哥？你要……把我……嚇死哦？戴啥子貓眼鏡？」呱呱站起，氣喘噓噓。

「哈哈哈……」一大和朱鐵相視大笑。

「稍等，完蛋了，我的黑亮羽毛好像少了幾根，我去湖邊照照鏡子，唉呀，一大哥，你眞是嚇死鴉不償命！」呱呱飛走了。

「鐵哥，好久不見，你好嗎？」一大向朱鐵說。

「是好久不見了，你都升上二年級了，時間過得可眞是快。」

「暑假我去海裡玩，你知道嗎？海裡有個『山水迴廊』，居然像山裡的『時空邊界』一樣神奇。我在那還碰到一個老爺爺，就一個人。」

「哦，就一個人？『跳出三界』？在海裡修行？」

「嗯，我想，應該是吧。」

「境界很高。」

「是呵，嘿，我們還要不要去『時空邊界』？」

「只要你有空，我們說去就去。」

「太棒了！」

「今天星期天，你怎不在學校裡休息，跑出來玩？」

「我來決鬥。」

「啊？」

「有個同學單挑我，在這裡決鬥！」

「打架？」

「對，九點，他快來了。鐵哥，你待會兒躲起來看，看我打得他滿地找牙！」

「我，哦，好，我躲起來，你要小心點。」

朱鐵回他小屋去，一大戴上「貓眼鏡」，坐在月台椅上等著。

眼角忽有一影子閃過，一大警覺，坐直身子，隔著鐵軌朝對面的樹林看，沒看見什麼人。

一回頭，見孫子已走上了月台，還戴了付墨鏡。一大站起身，往他身後左右看了看，沒別人。

孫子走近一大，「席復天，不錯，好膽識，敢一個人來。」

「孫成荒，你也不錯，說話算話，一個人來。」

「好，你我就痛痛快快打上一場，是輸是贏，自己負責。」

「很好，就自己心中有數，沒別人知道！」

兩人繞圈比劃著，一拳一腳，漸漸加快，眞打了起來。孫子用力踢出幾腳，踢不到一大，又狠打幾拳，也只打到一大肩臂而已，漸漸毛躁起來，變得亂踢亂打。

一大很少攻擊孫子，只偶而推他碰他一下，讓他倒退幾步，等站穩了，再繼續。

兩人你來我往，纏鬥超過了半小時，孫子力氣漸弱，一大趁虛而入，一腳輕帶，掃到孫子小腿，孫子的腿一軟，一個不穩，跌坐在月台上。

一大想等他站起再打，忽地，一個黑影飛快衝來，一大立刻本能自衛，用手刀側劈過去，那黑影閃過一大手刀，雙腳卻直直往孫子身上踩踢下去。

「孫子，小心！」一大反射動作，快手快腳往那黑影劈踢而去。那人來不及回身，腳背上中了一踢，頓失平衡，摔跌在孫子近旁，那人落地時猛地彈跳而起，跑幾步又翻了兩滾，躍下月台，穿過鐵軌，瞬間隱入對面樹林之中去了。

孫子面色發白坐在地上，墨鏡掉落一旁。一大在三步外站著，兩人都沒有進一步動作，只愣在原地。隔了大約一分鐘，孫子起身，拍拍身上的灰，撿起墨鏡，不發一語，緩緩地走下月台，往學校走去。

一大走向月台椅，疲憊不堪地坐下。

朱鐵跑來，「一大，你還好吧？」

「還好，還好。」挪動一下身子，「鐵哥，你坐。」

朱鐵坐下，「好快的身影，我都沒法看清楚。」

「你也看到那人影了？一身黑，還蒙住了頭臉。」

「沒錯，一身黑，速度快得不得了，連我想衝出來幫忙都來不及，轉眼間他就不見了。」

「我確定那是個人，我有踢中他一腳，但他速度眞的很快，像鬼一樣快！」

「你同學沒受傷吧？」

「我沒眞打到他，但，那黑人影，不知有沒有踢到或打到他？」轉頭問，「小虎，你有沒有看到那黑人影，有什麼特別？」

「嗯，就黑影而已。」

「哦。」

「呱……」烏鴉呱呱飛落在椅背上，「一大哥，朱鐵哥，呱呀，沒想到，還有速度跟我一樣快的人類。」

「呱呱，你有看到那黑人影？」一大忙問。

「呵，我去湖邊照鏡子時，就看到他鬼鬼祟祟的，便一路遠遠地跟蹤他，有看到他衝向你們，又飛快跑走了，他剛才在樹林裡發現了我，撿了一把石子飛天打我，呱呀，快狠準！打掉了我一根鳥毛，痛死我了，我趕緊飛逃過來。」

「哈哈哈……」兩人大笑。

「打掉一根鳥毛，怎會痛？」一大笑問。

「當然痛，本鴉『愛惜羽毛』嘛！」

「哈哈哈……」

「好了，呱呱，累不累，不累的話，我們就回學校去。」一大還在笑。

「我只有禿頭傷心時才累！平常，哪喊過累？」

「哈，那好，我們走吧。」一大向朱鐵道別，跨上呱呱背。

「等一下，一大哥，你得先拿下那付怪怪貓眼鏡，不然，我罷飛。」

「好你個呱呱。」一大把貓眼鏡收入了書包。

三、飛快的人影

回到宿舍，土也、阿萬、曉玄、小宇全在門口站著。

「哇，迎接我啊？這麼盛大。」一大嘻皮笑臉。

「一大，你慘了，孫子送醫院去了。」土也急急說。

「啊？」一大嚇一跳。

「哼，愛打架，你遲早打出人命！」曉玄加上一句。

「孫子……昏倒，梅……老師……好生氣。」阿萬也在說。

「大家別急，先聽一大說。」小宇叫大家停止說話。

一大看好友們緊張，也頗爲緊張，說，「我，和孫子，沒打得很兇啊，他怎會昏倒？」突想到，「他，眞被那傢伙踢到了？」

「喂，同學，你不是去單挑嗎？『那傢伙』？你說誰啊？」土也問。

「一個人影，一身黑，還蒙著頭臉，速度快得不得了，連朱鐵哥想衝來幫我都來不及，他……他也許有踢到孫子。」

「聽你說的，玄了，我看你先去找梅老師報到吧。」小宇說。

「哦。」一大無奈地走向老師宿舍。

一大見梅師母站在門口，心中安定了些。

梅師母看到一大，匆匆走向他，急問，「復天，那個踢孫成荒的人，你有看清楚嗎？」

「師母，您……？」師母問的話讓一大頗爲意外。

「復天，你說。」

「師母，那是一個人影，一身黑，還蒙著頭臉，動作速度飛快，我沒看清楚。」

「你沒看清楚？」

「嗯，那，師母，孫成荒他受傷？傷得厲害嗎？」一大小心翼翼問。

「孫成荒剛回到學校時都還好好的，隔了十幾分鐘，卻喊左大腿痛，還痛得昏倒在餐廳旁，梅老師、張老師原先送他到衛生所，隨後又轉送山下醫院去了。」

「那黑影爲什麼要對孫成荒下手？」

「不清楚。」

「師母，嗯，梅……老師，他什麼時候回來？我……要不要去……跪著等他？」一大試探的問著。

「復天，你呀，沒事就會闖點小禍，不用跪，到屋裡坐著等就好，來。」

一大跟著師母進到屋裡，梅老師不在，一大自在得很，和師母聊天吃水果，心情輕鬆。

「師母，是孫成荒他單挑我，男子漢嘛，我當然一口答應，就去了。」

「復天，你是練功夫的人，打架一不小心很容易傷到人的，以後不可以隨便和人打架，知道吧？」

「師母，我知道，我一直讓著孫成荒，都不主動攻擊他，他心裡應該清楚的，那黑影出現時，我還叫他小心，還踢了那黑影一腳呢！」

「你有踢到那黑影？」

「有，我感覺是有踢到那傢伙一腳，他跌了下，跳下月台，穿過鐵軌，跑向樹林去了。」

「力道猛不猛？哦，師母是問，有沒有踢斷他腿或傷到他人？」

「沒有吧，我爺爺和師父們可不准我用功夫傷人的。」

「也是。」

「師母，這，警方一定又以為是我打傷孫成荒的。」

「哦，等梅老師回來，再問問吧。」

「跟上次孫成荒斷腿一樣，我又要倒楣了。」一大念著。

電話鈴響，梅師母接起，是梅老師打來的。

講完電話，師母向一大說，「梅老師說，醫院已做了必要處理，孫成荒暫時沒生命危險，梅老師晚點才會回來，他叫你先回宿舍，有事會再找你。」

「哦，那，師母，我先回宿舍去了，再見。」

「等一下，復天。」師母說，「你如果這幾天見到你爺爺奶奶或你師父，幫師母問問，有一種功夫，被踢到打到的人表皮看不出傷痕，卻會在隔了一個鐘點後發作，還痛到撐不住昏過去，什麼人會那功夫？」

「哦？好，我會問。」

一大離開，心想那飛快的黑影、特殊的功夫，好像連梅老師、梅師母都不太清楚，「那人，嘿，一定是……高人！」

中飯時，土也、阿萬、曉玄、小宇都來問孫子的事，一大只說孫子沒事，踢他的另有其人，梅老師會處理，他下午要幫梅師母打探消息，所以圖書館就不能去了。

吃完中飯，一大回宿舍去拿了書包，就直奔地脈，去水潭找爺爺奶奶去。

坐下和爺爺奶奶熱烈問候過，一大便問爺爺奶奶，「我跟一個同學單挑打架時，有一個一身黑的人影，蒙著面出現，動作速度飛快，也不知有沒有踢到或碰到我同學，我同學隔了一個鐘點後才叫痛，還痛到昏過去，但表皮又看不出傷痕，有什麼人會那種功夫？」

「你跟同學單挑打架？又不乖了。」奶奶先說。

「哎，男孩子打架，別大驚小怪。」爺爺說，「爺爺知道以前有個人有這種功夫，他手腳打踢對手，便會傷人傷到深處，表面看不出傷，約一個鐘點後對手才會感覺痛，還痛不欲生。三天後，瘀傷才會出現到表皮上，泛紫泛黑。」

「三天後才……？哇，是什麼人那麼厲害？」一大吃驚。

「是個叫『蕭默』的，沉默的『默』，因他動作速度極快，有人稱他爲『霧上飛』。嗯，問題是那人已消失有十來年了吧。」

「十來年？爺爺，那，被他打到踢到會不會死掉。」

「若是打到踢到要害部位當然會，若是四肢等地方，就感覺痛，紫黑發過，幾個禮拜後還是會好的。」

「我同學是左大腿痛，應該不會死掉吧？」

「也許不會，但還是要你們學校裡的氣功老師幫忙，在他身上加氣，再在相關穴位按摩針灸，活血化瘀，比較保險。」

「喔，知道。可是，那個蕭默，這麼算算，也不算年輕吧，他的動作速度可是快得不得了的。」

「一大，功夫練得好，就算七老八十，照樣身手俐落矯健，不輸年輕人。何況，那個蕭默，大約也只中等年紀。」

「是，是。」一大看眼前的爺爺奶奶，還想到叢爺爺、盧爺爺，只就滿口稱是。

「你同學的身材個子，高矮胖瘦那些，跟你比起來……？」爺爺突問。

「差不多，而且，一樣穿的是學校的運動衣褲，就是我現在穿的這一套。」

「那蕭默會不會打錯人了？」

「啊？我……？」一大想到一事，「我當時還戴了這付眼鏡，我同學則是戴了付墨鏡。」書包裡拿出了貓眼鏡。

爺爺接過貓眼鏡，看了下，「嗯，你戴了這付眼鏡，蕭默再快，你看得清楚他的一舉一動，有充裕的時間閃躲開他的攻擊。別人看他，只像看見影子閃過而已。你同學還戴了墨鏡，可能連他影子都沒看到。」

「這樣啊，眞厲害，他的快，連烏鴉呱呱都說居然有人的速度跟牠飛的一樣快。」

「是嘛？呵，一大，你自己要多加小心。」爺爺停了下，「你碰見叢林時，跟他說一說這事。那『霧上飛蕭默』，叢林大約也知道一些。」

「好。」

一大心中想著快回學校去跟梅師母說，爺爺奶奶也看得出來，便叫他早點回學校裡去。

一大向梅師母說了爺爺提到的「霧上飛蕭默」以及他功夫的特別之處，只見梅師母面色凝重，「眞是他？喔，謝謝你，復天，梅老師回來時我會跟他說。」

「師母，那姓蕭的也有可能踢錯人，我爺爺說，他的目標有可能是我。」

「我和梅老師也有想到這一點，你自己要小心。還有，梅老師說，你不能去雲霧車站的禁令依然有效，你要記得。」

「啊？喔。」

一大離去，心中頗不是滋味。

第二天，星期一，早飯前，梅老師在餐廳門口叫住一大，「席復天，一、你犯了不能去雲霧車站的禁令，二、你還和孫成荒約在雲霧車站打架……」

話沒講完，席復天很自動，「咚！」，下跪在餐廳門口。

「老師沒叫你跪，站起來說話。」梅老師叫他起來。

一大站了起來，「老師，孫成荒不是我踢的。」

「老師知道，孫成荒左大腿有內傷，氣機紊亂，但醫院X光，電腦斷層都看不出傷勢。我跟校長幫他加了氣……」

「哦？」一大聽了連校長都去幫孫子加氣，傷勢必定嚴重。

「孫成荒他向警方說，是你把他踢傷的。」

「我就知道，因爲他可能連那姓蕭的影子都沒看見。」

「嗯，警方現在看不出傷勢，但再兩三天後就難說了。」

「我……」

「吃早飯去吧。」

梅老師、一大走進餐廳，一前一後。

土也、阿萬、曉玄腦袋湊來，土也問一大，「梅老師怎麼說？」

「唉，孫子向警方說，是我踢傷他的。」

「那……怎麼……辦？」阿萬問。

「等啊，現在，連梅老師也沒辦法。」一大聳聳肩。

「放心，你吉人自有天相。」曉玄安慰一大。

一大苦笑，「謝謝，吃飯，沒事，沒事。」

上第一節課，一大滿腦雜念。

「一大哥，羊皮說下課時翻筋斗給你看。」小虎來耳邊說。

「哦？」一大往右看，沒看見羊皮，伸手在書包內摸出貓眼鏡戴上，「哇！」一大嚇一跳，「羊皮，你這什麼打扮？」

「孫悟空！」

「孫悟空？」

「看你心情不好，我剛蹺課出去打扮了一下，下課時我翻筋斗給你看。」

「啊？我，哦，謝謝你。」一大看羊皮在臉上畫了個猴臉，心中一陣感動，「土也、阿萬、曉玄他們也可以來看嗎？」

「可以，好同學嘛，沒問題，到教室後方樹林裡，那沒太陽。」

「好。」一大看羊皮那張畫了花花綠綠的臉，雖滿好笑，但比原先蒼白的臉多了些精神，心中有欣慰，也有感慨。

下課十分鐘的時間，曉玄、阿萬、土也跟著一大來到樹林裡，輪流戴上貓眼鏡觀看羊皮的孫悟空翻筋斗，嘻嘻哈哈的，好快樂。

當輪到一大最後一個戴上貓眼鏡時，眼角似見一影閃過樹林邊，再看又不見了。同時，看羊皮也停了下來，外速側臉往樹林邊看去。

「叢爺爺叫你們儘快回教室去。」小虎向一大說，此時上課鈴響了起。

「喂，同學，上課了，回教室了。」一大喊了聲。

一大戴著貓眼鏡走在最後面，靠向羊皮小聲問，「羊皮，你剛才有沒有看到什麼奇怪的人？」

「有，有一個人影在樹林邊閃過，速度很快。」

「你也看到了？好小子。」

「我還看到另一影子，但，應該是鬼，追了上去。」

「哇，然後呢？」一大興奮。

「太快了，看不清楚。」

「哦。」接著轉說，「嘿，羊皮，謝謝你精彩的孫悟空翻筋斗，翻得太棒了，一下跳到這棵樹，一下跳到那棵樹，一下翻上樹頂，一下又翻到樹底，眞是令人佩服呵！」

「不客氣，下次有機會再來翻著玩。」

「好，好。欸，你的臉在哪畫的？花花綠綠的，好有趣。」

「圖書館，靠後面那有一間畫室，什麼樣的顏料都有，愛怎麼畫就怎麼畫。」

「圖書館裡有畫室？」

第二節課，一大原先滿腦子的雜念更雜了。下課時戴上貓眼鏡，和羊皮說樹林邊閃過的那人影，可能是他和隔壁班孫成荒打架時，踢傷孫成荒害孫成荒住到山下醫院的人。

「孫成荒以爲是我踢他的，眞倒楣，隔兩天警察一定會來找我問話。」

「抱歉，我都幫不上你忙。」羊皮說。

「沒事，沒事。」一大苦笑。

下午，一大找到圖書館後側的畫室，用顏料在臉上先畫了幾道，去洗手間照鏡子，搖搖頭，「不妥，羊皮是鬼，別人看不見他，我這樣子出去一定會嚇死一海票人。」便用肥皂把臉上顏料洗刷了乾淨。回到畫室，改將顏料畫在一張臉大的白紙上，畫了個青面獠牙的鬼王臉，畫好後，眼睛處挖了兩個小洞，去洗手間把青面獠牙畫放在臉上，照照鏡子，嗯，不錯，很滿意。再走回畫室，在另一白紙上寫上幾個大字，黏在青面獠牙畫紙下方。兩張紙的上下左右，都半浮貼上一些膠帶，弄好，收入了書包。

傍晚，先去練倒立行走，晚飯後，急忙衝去操場，穿上黑羽衣，戴上貓眼鏡，不一會兒，叢爺爺來了，問道，「一大，你怎麼惹上那叫蕭默的？」

「師父，我不清楚，我爺爺還要我跟你說這事，說您可能知道那姓蕭的。姓蕭的踢傷了我同學，我爺爺說，他有可能踢錯人，他的目標可能是我。當時，我戴了這眼鏡，看得到姓蕭的撲過來，我閃過後，他便踢到了我同學。」

「喔，你同學呢？」

「在山下醫院，梅老師跟校長有幫我同學加了氣。但，我同學向警方說，是我把他踢傷的。」

「當然啦，蕭默的動作快到你同學他根本不可能看得見。」

「哦？」

「十幾年了，『霧上飛蕭默』怎又出現了？」

「師父，您知道姓蕭的？」

「嗯，知道。」

「早上，您追上他了？」

「沒有，我多回頭看了你們一眼，再追，他已消失了。他現在的功力比起當年，更上層樓了。」沉思一下，「嗯，好了，不管他，我們練功吧！」

四、夜探孫子

練完功，一大穿著黑羽衣戴上貓眼鏡，往樹林裡跑去，邊跑邊叫，「呱呱、呱呱。」

呱呱很快出現，「二大哥，做夜貓子呵？」

「呱呱，要你夜間飛行，恐怕辦不到吧？」

「辦不到？笑話，人類的二十四小時對我呱呱來說，沒啥麼丁點意義！」

「呵，那好，你可否幫忙載我去山下醫院一趟？」

「小事，不，大事，你得先拿掉貓眼鏡，那之後，才是小事！」

「哈哈，沒問題。」拿掉貓眼鏡放入書包。

「呵，上來吧，在空中把你對孫同學的計畫說來聽聽。」

「哇，你知道我的計畫對象是孫子？」一大跨上呱呱背。

「我聰明過人，才智傲人，聰明頂呱呱。」

「哈哈，好，我待會兒要……」

夜風呼呼，星月光光，一大說著，呱呱聽著，一人一鴉興興奮奮，飛向山下。

「到醫院了，我先去轉兩圈，查看一下他在那一間。」呱呱說。

「好。」

「嘿，看到了，在那裡。」

「哦，在二樓，還好，呱呱，這樣，你飛近窗戶，放我下去。」

靠近窗戶，一大跨到窗邊突出的水泥簷突，簷突只有腳掌的三分二寬，一大外八字踏好雙腳，左手抓住窗旁排雨水的塑膠管。

站好腳後，一大回頭向呱呱說，「你去那邊樹上等我。」

「好。」呱呱飛到十多公尺外的一棵松樹上去。

一大摸出青面獠牙畫和寫了字的紙，紙上有大字：「不是席復天踢傷你的！」用紙張上的膠帶黏貼在臉上胸前，趴在窗玻璃上，接著用手敲玻璃。

一大從紙張挖好的眼孔中看見孫子從床上慢慢坐起，並往窗戶看，但他多看一眼後，卻隨即一跳而起，往病房門外跑去。

「膽小鬼！」一大暗罵，準備揮手叫呱呱來接他，但再一看，「啊，他又回來了。」看見孫子從門外探頭看窗，「哇，他手上拿了根大木棒！」

「呱呱，快，接我走。」一大回頭猛招手。

「咻～」，呱呱載了一大瞬間飛走。

「他應該有看到，嘻。」一大扯下身上的紙張，塞進書包。

「呱呱，麻煩飛回你剛才停棲的樹枝，我想再去觀察他一下。」

「好。」

飛到原先那樹枝上，才停好，「一大哥，你看，在他病房裡還有一人。」

「啊？哇，是那姓蕭的？呱呱，就是雲霧車站那人影，對不對？他在看孫子左腿？在幫他治療？太遠，看不清楚。」

「沒錯，是那人影，就是跑得飛快的那個人影。」呱呱應著。

一大隨手摸出貓眼鏡戴上，「嗯，姓蕭的，他蒙著面，一身黑，看到沒，他在孫子左腿上下按壓，正在按他陽陵泉。」

「連穴位你都看得清楚？」呱呱回頭，竟見一對貓眼零距離圓睜，「呱！」

呱呱一陣抽搐，慌亂撲翅，樹枝「叭！」應聲折斷。一人一鴉，咚！咚！跌落樹下。

一大摔落到地下，顧不了疼痛，立即起身，抬頭向二樓窗戶望去，見兩個人影出現在窗邊。

「呱呱，快起來，被發現了！」一大摘下貓眼鏡。

呱呱打起精神，「上……上來，走。」隨即飛起。

飛上去一會兒，呱呱喊，「糟，那飛快人影，他在地上追來了。」

「你再飛高一點，他才追不上。」

「剛才摔落時我被樹枝打到，呼，呼，力氣不夠，飛不高。」

「啊？」一大往下看，月光之下，前方似有水波反光，急問，「前面是不是有水反光？那是哪裡？」

「水潭，你爺爺那……」

「水潭？那，你飛近點。」

到了水潭上方，一大大聲說，「呱呱你快飛，我走了，再見。」戴上貓眼鏡，縱身一躍，朝水潭跳下。

「哇！你？」呱呱大叫。

「噗通！」一大落入水中，隨即施展「龜息法」，潛入水底深處躲藏。

「還好有穿黑羽衣，不痛，應該沒摔傷。嘿，戴著貓鏡，看這潭中黑暗的水底，這麼多發光的水族朋友，好美。」

一大躲了一陣，才慢慢游向水面。

「半夜居然有貓跳水？想不開，眞是的！」有沙啞聲音從黑暗中傳來。

「水水，是你嗎？我是一大。」

「誰？一大？開什麼玩笑，這時候，一大哥早睡了。貓朋友，幹嘛想不開，半夜跳水，自殺？貪玩？還是被狗追？」

「水水，你近視還是老花啊？我是一大，席復天，我這『龜息法』還是你教的，我眞的是被人追殺，我是從烏鴉呱呱背上半空跳下，潛入這水潭底的。」

「哎喲，眞的是一大哥，太黑了，看不清，我只聞到一股貓味，就游了過來，是想要救貓。」

「哈，那是因爲我戴了付貓眼鏡。」

「貓眼鏡？哦。」

「水水，岸上周圍有沒有什麼動靜？」

「岸上啊，沒什麼動靜，你爺爺奶奶都休息了。」

「好，我得去地脈那，快點回學校，也許趕得上晚點名。」

「好，我揹你比較快。」

才出學校地脈就聽到「嘶～，一大哥，快來，我送你回宿舍！」

「蚯蚯？哇，你怎會在這？」

「不多說，呱呱叫我在這等你，我速度快，姓蕭的不容易追上。」

「嘿，呱呱眞是太聰明了，你都知道啦？」

「是，走吧！」

「呱呱還好吧？」

「我幫牠運了氣，小事，傷了一點皮毛而已，小半天就會好的。」

「那好，謝謝你，蚯蚯。」

一陣風，一大回到了宿舍。快快洗個澡，剛好趕上晚點名。

過了幾天，沒聽說孫子有什麼事發生，也沒有警察來問話，一大心中升起一堆疑問。

隔周的星期一早上，吃早飯時，一大赫見孫子出現在餐桌上，還有說有笑。偷偷看去，孫子穿的是運動長褲，和大家穿著的短褲不同。土也、阿萬、曉玄也滿訝異看到孫子像沒發生事情一樣。

小宇走來，低聲向一大等四人說，「孫子大概腦袋壞了，老講些奇怪的故事，我懶得理他。」

「他講什麼奇怪故事？」曉玄問小宇。

「反正就說什麼有神佛降駕，神鬼附身的把他給救了。哼，鬼才相信！」

「梅老師說他確是左腿受傷，現在，才沒幾天就全好啦？是真的嗎？」一大問。

「他穿了長褲，我又看不出。」小宇回答。

「小宇，妳踢他一腳就知道了嘛，他也許裝了義肢。」土也笑說。

「要踢，你不會自己去？」小宇瞪土也一眼。

「我去？我直接脫他褲子。」土也回。

「嘻嘻……」幾人小聲笑起。

一大心想，「難道說，真是姓蕭的把孫子給治好了？」想到土也、阿萬曾說過，上次孫子斷腿，也曾有高人出現在醫院幫著他治療，想來想去，想不太通。

中午餵狗時，麥片問，「一大哥，我們最近好像有見到一黑色影子，速度快到我們搞不清那是人還是鬼，也聞不到味道，你有見過嗎？」

「有，這一陣子就是那傢伙在追殺我，爺爺說他叫『霧上飛蕭默』。幾天前，我和烏鴉呱呱還被他猛追，害我從呱呱背上半空跳下，潛入水潭逃命。」

「汪，那人影速度眞的很快，我們追不上他也很傷腦筋。我有去拜託灰灰、米米牠們警鴿多留意，他們能飛，速度快些。」

「好極了，有警鴿幫忙，也許能早一步掌握狀況。」

「是呀，汪。」

「麥片，我一個多星期前和孫子打架，好像是姓蕭的把孫子踢傷的，可是，又好像是姓蕭的把孫子給治好的，我想不透怎麼回事。今天孫子回來了，你找機會去接近他，聞聞他身上，尤其是左大腿，也許會有一點姓蕭的味道留下，那麼，以後姓蕭的一出現或靠近，你就會知道。」

「唔汪，好，那，我找飛刀、栗子或豆豆跟我去，避免他起疑。」

「聰明！」

傍晚，一大練倒立時，盧爺爺來了。

見盧爺爺帶了張木凳，一大以爲是盧爺爺要坐的。盧爺爺卻把木凳放在一大面前，左手掌面朝下，十指張開放在凳子面上，叫一大右手握住一削尖的筷子刺他左手小拇指。

不管一大慢刺、快刺，對準刺，盧爺爺左手小拇指好似長了眼睛，每一刺都閃躲得過。盧爺爺換右手掌面朝下，一大同樣右手握住筷子刺他右手小拇指，不但刺不到小拇指，其他各指頭一樣也刺不到。

停下後，盧爺爺說，「你試著用你右手拿筷子，用筷尖往下刺你的左手小拇指，再用左手拿筷子，用筷尖往下刺右手小拇指。有空就練，小拇指要練到瞬間反射動作躲開被刺，習慣後，人倒立著再練，速度由慢而快，之後再由筷子換刀子……」

一大聽了全身冒汗，面有難色，「盧爺爺，這好像也太難了吧！」

「怎麼，怕啦？」

「怕？哪會？」

「這是第二式『指掌迷蹤』，練好後，十指飄飄忽忽，敵人捉摸不著。好，盧爺爺明白告訴你，包括蕭默那一些惡人，都在以你的小指頭作奪取目標，你好好練，以防萬一。」

「您也知道蕭默？可是，盧爺爺，他幹嘛要我的小拇指？」

「『霧上飛蕭默』這名，我以前聽過，要你的小指頭，是因爲你的小指頭值大錢！」

「啊？」

「盧爺爺我不知道細節，也沒興趣知道，只想教你一點手掌功夫。你是練武的好材料，又有氣功底子，你練得好，我也算後繼有人。」

「是，盧爺爺，我練，我會練。」
「你好好練，今後，『虛天實地』和『指掌迷蹤』一起練，我每天都會注意你。」
「啊？」一大暗暗叫苦，但還是回道，「是，盧爺爺，謝謝您。」
吃完晚飯，一大右手拿起一枝筷子，抬高後，用筷尖猛刺平放桌面的左小指，「噢！」當場刺到，痛入心扉。
「同……學，幹……嘛啊？」阿萬驚問。
「你又在練什麼功呵？」曉玄也奇怪。
「我打蚊子。」一大放下筷子。
土也把自己的、阿萬的、曉玄的筷子全收來交給一大，賊笑了一下，「多幾根一起打，包中！呵~」
「不能殺生，我才故意用一枝的。」賊笑了回去。
「哈哈哈……」
笑著轉了下頭，瞄到孫子也在他那桌笑，一大心神不寧，回過頭說，「喂，我們餵狗去吧！」
四人到了狗舍，一大急急抱起麥片，小聲問，「孫子那你去過沒？」
「去過了，他身上都是藥味，聞不出其他人味。」
「喔，好。」一大放下狗狗，心事重重。

五、孵豆芽功課

這天，晚點名後，燈熄了，一大躺在床上睡不著，摸著小拇指想事情。

起身從奶瓶中拿出大飛飛，按亮閃光，再放回瓶裡，坐在書桌前盯看奶瓶，看著螢光規律地一閃一閃，頗有催眠作用。

似睡似醒之間，突見奶瓶亮光大閃，一大一驚，一顆心怦怦跳。

接連幾個畫面出現，一大完全醒了，「羊皮？」，「我？」，「哇，還有一個飛快的影子？」

趕緊從書包取出貓眼鏡戴上。

「這好像是……？對，是在操場旁的樹林裡。」

一大看見自己在樹林裡戴著貓眼鏡，穿著黑羽衣倒立著，羊皮雙腳站立在他朝天的腳上，羊皮臉上還塗得花花綠綠。

黑影動作很快，一大因戴著貓眼鏡，看得清楚他接近或出手出腳。羊皮一下跳上樹枝，一下奔跑在地，似在分散黑影的注意力。一大因有黑羽衣和貓眼鏡在身，動作也很靈活，忽高忽低的跑來跑去，一下直立，一下倒立，閃躲黑影的攻擊。偶而，一大似乎有被黑影打到或踢到，踉蹌倒退了幾步。

忽見黑影使盡全力，飛快的衝向一大，羊皮立即伸出右手撒出一把東西，辟辟啪啪，好多發亮的火點打在黑影身上。

黑影愣了一下，停住腳步，低頭用力拍打衣服上的火花，一大見機不可失，立刻手腳齊上，向黑影人猛劈狠踢而去。

那黑影人一閃跳開，左手一抬，飛出一條像軟索的東西，迅速在一大右手腕纏繞兩圈，遠遠拉住一大右手，再快速地用右手取出一把利刃，飛身往一大右手砍去。

「哇，完了！」一大驚叫一聲。

奶瓶的光影忽地消失，再看，只剩大飛飛的螢光一閃一閃。

「我的手？」一大低頭看自己的雙手，心怦怦跳。按熄了螢光，躺回床上想著，「那黑影人還是蒙著頭臉，看不到長相，動作又超快。可是羊皮怎會出現在那？還幫著我，他向黑影人撒了什麼東西？」

早上，第一節課，台上蘇老師在講些農事耕種，節氣，播種等事，講桌上放著幾個掌大的小碗，碗中有些植物幼苗。

一大早已戴上了貓眼鏡和羊皮聊起了天，沒注意聽老師在講什麼。

「上次你上課在玩的……，你說是什麼『撒豆成兵』的？」一大想問一些事。

「是啊，我以前跟人家學過，但功力淺，只是玩玩而已。」

「豆子呢？」

「在這。」羊皮從褲口袋內拿出幾顆綠豆。

「就抓握手中，朝敵人撒去？」一大接過幾顆綠豆看著。

「還有，口要念咒。」

「怎麼念？」

「席復天，起立。」突然一聲傳來。一大嚇了一跳，一看，是蘇老師在叫他起立。一大立刻摘下眼鏡，站了起來。

「到前面來。」蘇老師說。

一大走到台前。

「請把綠豆拿出來。」蘇老師說。

「啊？」一大愣看蘇老師。

蘇老師，四十多歲，因為常在田野間來來去去實地作業，體格壯碩，膚色黝黑，有著一副很健康的外表。

「請把雙手打開。」蘇老師又說。

一大打開雙手，幾顆綠豆出現在右手掌上。

「有幾顆呢？」

「嗯，六顆。」一大看了下右手掌。

「老師看到你剛才在和六顆綠豆說話，說什麼呢？可以說給同學們聽聽嗎？」

一大聽見背後有小小笑聲。

「報告老師，我剛才在問六顆綠豆，嗯，今天快不快樂？」

「哈哈哈……」背後爆出大笑。

「六顆綠豆怎麼回答呢？」

「還沒來得及回答，我就被老師叫起立了。」

「哈哈哈……」背後又笑。

「哦，那老師我問問綠豆，看他們怎麼回答？」

「啊？」一大再度愣了。

老師對著一大右手掌問，「綠豆，綠豆，你們今天快不快樂？」

「快樂！」

一大是有聽見小小的聲音，但他不確定，更不相信那是綠豆在說話。

「有聽見嗎？席復天。」

「我？……」

「綠豆說『快樂！』」

「啊？」

背後又有一堆笑聲傳來。

「『撒豆成兵』？依老師看，不如孵豆成芽來得有意思。」蘇老師說。

「啊？」一大只感覺一個腦袋瓜混亂到了極點。

「這樣吧，你請這六顆綠豆孵出六支豆芽，明天早上交給老師。」

「老……老師，怎麼孵？還……還明天早上交？」

「去圖書館查資料或問同學，就知道怎麼孵了。」

「喔。」

老師指了指講桌上的幾個小碗，「你看，這幾個小碗裡，有一些蔬菜幼苗，是老師昨天埋下的種籽，今天就長芽生苗了。」

「啊？」一大看了看幾個小碗，心中在想，「拜託，怎麼可能？」

「是蘇老師加了氣，讓我們快快長大的。」

一小小聲音從最靠近一大的小碗傳來，一大看了下那小碗，小碗的黑褐土中有一丁點翠綠菜葉迸出，碗旁貼著「小白菜」三字，一大大爲驚訝。

「聽見了嗎？席復天。」蘇老師對一大笑笑。

「……」一大點頭。

「人類自稱高等靈，植物也是有靈性的，你對著一朵花說話唱歌，盡心照顧，勤於補充水分、養分、或加氣，他聽得見收得到，會努力長得更美麗，更好看，回報於你。」蘇老師對著一大和全班同學說。

「……」一大張口結舌說不出話。

「好了，席復天，上課要專心，回座。」

「是，謝謝老師。」一大向老師鞠了一躬，走回座位。

坐下，低頭盯看右手掌的綠豆，又抬頭看看台上的蘇老師，只覺自己比綠豆還渺小。

下課時，土也、阿萬、曉玄都圍了過來。一大看到曉玄，馬上拜託的語氣，「曉玄，綠豆妳熟，請指點一下，明天我怎麼讓這些綠豆孵出豆芽來？」

「綠豆我熟？」

「妳常做菜，煮過綠豆湯吧！」

「哈哈哈……」土也、阿萬哈哈大笑。

「兩碼事，別混爲一談，綠豆，我不熟，我只熟你這個上課不專心又愛講話的……」

「王八！」土也順口一接。

「哈哈哈……」

「土也，你罵師父哦？」一大拍了下土也的肩。

「我罵師父？」土也不解。

「『水水』啊！」

幾人頓了下，又「哈哈哈……」大笑起。

笑完後，曉玄說，「好啦，跟你說，你拿一個小碗或類似的容器，裝一點水，用一兩片透氣紗布浸在水中，把六顆綠豆放在紗布中，置於陰涼處，保持潮濕，就好啦。」

「太好了，謝謝妳，但，你們三個要幫我給綠豆加氣。」

「加……氣？你……找……梅老師比……比較快吧。」阿萬說。

「你膝蓋多？借我跪！」一大賞他一白眼。

「哈哈哈……」

「一大哥，羊皮好羨慕你們嘻嘻哈哈，他在難過。」小虎來說。

「喔。」一大戴上了貓眼鏡看羊皮，「羊皮，別難過，跟我們一起，來，笑一笑。」

一大把貓眼鏡給土也、阿萬、曉玄輪流戴上，分別去跟羊皮說話，土也還怪模怪樣逗樂羊皮，羊皮才高興了起來。

第二節下課，一大找來一個小碗，兩片紗布，照曉玄說的，將綠豆放在浸水的紗布中。上課時，一大暗中氣聚丹田，雙手貼捧著碗，念念有詞。吃中飯時也不忘帶著碗，四人一起對碗中綠豆加氣。吃完飯，把小宇也找來幫忙，五人圍著桌對綠豆加氣。

一大注意到孫子在他那桌看得好奇，也想過來這桌看看，被小洪、阿宙拉走了。

「孫子的腿傷，對他一點影響也沒？」一大見孫子離開的背影，心中仍疑雲不散。

當天下午及晚上，好同學們全力以赴加氣催著綠豆發芽。一大捧著碗，直到半夜，「綠豆大大，拜託你們，明早發點芽，好不好？」一大臨睡，還叮嚀了一下。將碗放在書桌上，去睡了。

第二天一早，一大起床第一件事就是看碗裡的綠豆。

「哇哈，我……」一大感動到想哭，對著碗裡的綠豆說，「謝謝，謝謝你們。」

「不客氣。」一大聽見了細微的聲音回他。

一大把阿萬、土也推醒，叫起來看。只見六顆綠豆都迸出了一小點嫩芽，三人哇啦哇叫，興奮異常。

第三節是蘇老師的課。蘇老師進教室後，即說，「席復天，功課做好沒？」

一大走到講台，把小碗捧交給老師。

老師看了碗內，笑笑說，「席復天，不錯，要兩三天才能發芽的綠豆，你一天就讓他們發芽了，有沒有謝謝綠豆？」

「有。」

「有沒有謝謝你的四位好同學？」

「有。」

「好了，回座，以後上課要專心。」

「是，謝謝老師。」一大鞠了一躬，走回座位。

「呼，高呵！」一大坐下後，大呼一口氣。

「一大哥，你看羊皮。」小虎在說話。

一大戴上了貓眼鏡看羊皮，一看馬上壓低聲音湊過去，「羊皮，快收起來，小心老師罰你！看我被罰，你不怕哦？」

羊皮聽了，將桌上的好幾顆綠豆全收入了口袋。

「一大，我好無聊，找一天下午你們來圖書館地下陪我，好不好？」

「好啊，沒問題！」一大爽快答應。

下課時，一大上洗手間回來，一隻松鼠快速跑過眼前，「嘿，松……」一大看松鼠跑上十幾步外的一棵樹上叫他，「一大哥，來一下。」

一大知道是松松，四下看看，沒人，跑去樹下，松松跳到他手中。

「哈，松松，你好，又長大了呀！」

「是呵，一大哥，你好，『限時專送』。」

一大在松松尾巴中摸到一紙條，迅速放入褲口袋。

「一大哥，我走了哦。」

「好，再見。」

松松一溜煙跑了。

還沒聽到上課鈴聲，一大便繞到教室側牆邊，拿出紙條來看：

「一大，最近好嗎？有空來我家玩。XD ㄉ」

「呵，小丹，眞有趣，當然，有空一定去。」一大心中想著，將紙條放回褲口袋。

六、地下戲院

氣溫低了，學校裡公告制服換季，同學們換穿了長袖上衣及長褲。

這天星期六，一大約了土也、阿萬、曉玄下午去圖書館地下找羊皮，曉玄也約了小宇一起去。

一大先把羊皮的情況說給小宇聽，並提醒，加上小宇，一共就只他們五人知道此事，不可以透露給第六人知道。

小宇點頭，欣然同意，「嘻，有個幽靈同學，酷！」

中飯後，一大先回寢室，揹了書包，看看裡面有黑羽衣、貓眼鏡、手電筒、打火機，幾張抄好的《心經》，便再加帶了一壺開水。

五人一起到了圖書館地下的集合房間。

一大先戴上貓眼鏡，向大家說，「同學，待會兒大家輪流戴這貓眼鏡，我、土也、阿萬、曉玄都戴過，知道戴上這貓眼鏡可看到羊皮，現在因為在地底下，也有可能會看到其他無形的朋友，看到了別奇怪。」

大家都點頭表示知道了。

順著坑道往下，大家走在中央，頂上有燈亮起，照亮著坑道。

見羊皮來了，一大上前，指指小宇，「那是二班的夏心宇，我們的好朋友，我們叫她小宇，你們認識一下。」

一大摘下貓眼鏡，交小宇戴上，「哦，羊……羊皮，你好，我……是小宇，很高……興……認識你。」

小宇緊張兮兮。

「小宇，妳好，我也很高興認識妳。」羊皮回答。

小宇摘下貓眼鏡還給一大，一大戴上，「羊皮，你住這滿久了，這地下有什麼好玩的？」

「對鬼來說，沒什麼好玩，對人來說，應該不少，就看你們膽子夠不夠大。」

「膽子？」一大轉向同學們，「嘿，羊皮在問，我們膽子夠不夠大？他好像要帶我們去試膽的樣子，嘻……」

土也搶過貓眼鏡，「羊皮，我們這裡面，一大的膽子最小，你說我們其他人膽子夠不夠大？」

「他……土也，你……」一大推了土也一把。

「哈，土也，你夠膽！可是曉玄、小宇是女同學，你得問問看她們。」羊皮笑說。

土也把貓眼鏡遞給小宇，「羊皮說曉玄、小宇妳們是女的，沒膽，來，妳們跟羊皮說吧。」

小宇戴上貓眼鏡，「羊皮，看你臉嚇得那麼蒼白，應該是你最膽小吧？」

「哇哈哈哈……」幾人大笑。

「嘿，等我一下。」羊皮說。

「咦，羊皮不見了？」小宇四面八方找看。

隔了一會，「啊？羊皮回來了，哇哈，羊皮他畫了個紅臉回來！」小宇大叫。

大家一聽，爭相搶戴貓眼鏡來看，哈哈哈笑成一堆。

「我不蒼白了吧。」羊皮雙手叉腰笑著。

笑鬧完，接下來羊皮要大家跟他走，「我手上的豆子打到壁上地上，會打出綠色火點，誰要是不小心迷了路，也可注意火點，我會帶路。」

土也正戴著貓眼鏡，把羊皮說的轉述給大家。

羊皮帶著大家從集合室出來，不久即轉入一狹小通道，隨即見到一處有許多木頭柱子支撐的洞穴，「過了這洞穴，就不再有頂燈了。」羊皮說。

土也轉述後，一大取出了手電筒照亮。見洞穴上方有許多橫直的木柱架著，木柱斑駁黝黑陳舊，一看就知年代久遠，有些坍塌、有些折斷、有些腐朽。

「羊皮，你在幹嘛？」突聽見土也在問。

「土也，羊皮他怎麼了？」曉玄問。

「他說是……孵豆芽？」土也的口氣很是疑惑。

「孵豆芽？」大家一堆疑問。

「他說他孵了豆芽菜，好帶大家去玩。」土也繼續說，忽驚叫一聲，「哇，那麼大的豆芽菜？」越聽越奇怪，大家搶戴貓眼鏡看，每個人看了都「哇！」了一聲。

「這些就是你們前幾天孵好了的豆芽菜，是蘇老師後來交給我的，他說綠豆是我的，全還給我。六支，在這長得超好。等一下你們一人手抓一支，豆芽菜就會帶你們去玩。」羊皮一一向同學說明。

「蘇老師還給你的？可是，這些豆芽菜怎又粗又長？」一大戴了貓眼鏡，看著幾支如胳臂粗手臂長的豆芽菜問羊皮。

「我跟你說，鬼王和兩大護法都有來幫著念咒加氣。如果再加上你們對著他們念咒加氣，豆芽菜會長得更長……更長，一路帶著大家去玩，要回來，倒念咒語，會往回縮，就回來了。」羊皮興奮地說。

「太帥了，那，念咒，怎麼念？」

「『小石頭大石頭』，倒著念是『頭石大頭石小』。」

「哈……」一大笑著將羊皮說的跟大家說了，大家聽了也都嘻嘻哈哈笑起。

「小石頭大石頭。」一大手抓一支豆芽菜念道。

「咻～」豆芽菜忽地伸長，在黑暗中往前竄出了一大節。

「對他加氣，伸長得更快更遠。」羊皮說。

「哈，好厲害。」一大和土也、阿萬、曉玄、小宇交頭接耳一番。

「頭石大頭石小。」一大手抓那豆芽菜倒念咒語，豆芽菜又「咻～」縮了回來。

土也、阿萬、曉玄、小宇四人又驚又喜，每人手抓一支豆芽菜念起咒語，還順帶全心全意加氣。

「咻～」、「咻～」、「咻～」、「咻～」……

一大戴了貓眼鏡，看得很清楚，四支豆芽菜瞬間帶走了土也、阿萬、曉玄和小宇。

「羊皮，豆芽菜把他們帶去哪了？」一大很是驚訝，他看到每支豆芽菜分別拉捲住土也他們的手，往黑暗處直竄了去。

「跟上去看。」羊皮抓住一支豆芽菜，念了咒語後也不見了。

一大愣在當場，好一會兒，沒見任何人回來。

「小虎、小虎，你在哪？」一大叫著。

「書包上，嘎嘎。」

「哦，你有沒有看到，怎那麼詭異？」

「一大哥，你可以問問豆芽看。」

「對呵。」一大湊近剩下的那最後一支豆芽菜，「豆芽，你知不知道你的豆芽同伴把我的同學們帶到哪去了？」

「一大哥，來，抓住我，我帶你去找他們。」

「好。」一大右手抓住豆芽菜，氣運上手，念「小石頭大石頭」。呼～一聲，自己右手在前，整個身體飄飛了起，速度飛快，耳邊只聽見風聲呼嘯而過。

沿途盡是漆黑的坑道，忽左忽右，忽上忽下。一大眼戴著貓鏡，手握著電筒，速度雖快還是看得清楚，泥巴地上有骨骸散落著，反射出幽幽綠光，感覺背脊有點發涼。

偶遇幾個鬼魂遊蕩著，「哇！」居然還看見「斷鼻」也在其中，一大回頭看「斷鼻」，忽聽豆芽叫「一大哥，抓緊了！」，一大立刻抓緊了豆芽。

「唰！」一大只覺整個人垂直下墜，「哇哇……」還頭下腳上！「唉呀呀呀……」一大頭昏眼花，搞不清楚自己人在哪裡。

「到了。」昏頭昏腦中，一大似聽見豆芽說話，自己好像躺在地上。一大努力睜眼，眼前似乎有光，動了動手腳，坐直身子，「喔，是手電筒。」看到手電筒握在自己左手上，還亮著。

「頭下腳上？還好我天天練，習慣了。」拿起手電筒照了下，看見前面幾步遠處坐躺著幾個人，有嗯嗯唔唔的呻吟聲傳來。

「哈，一大，怎麼樣，夠驚險、夠刺激吧？」耳邊是羊皮的聲音。

一大抬起頭，「呼，羊皮，太驚險，太刺激了。眞有你的，嘿，土也、曉玄他們呢？」

「前面那幾個在嗯呀叫的就是啦。」

「喔。」一大往前挪著，叫著，「土也、阿萬、曉玄、小宇，你們怎麼樣？」手電筒照過去。

「頭昏昏的。」土也拍著腦袋回話。

一大站起身走近看，土也、阿萬、曉玄、小宇都一副昏暈模樣，半坐半躺在地。

見曉玄想吐的樣子，一大問，「曉玄，妳還好吧？」

「空氣……不太……流……通。」曉玄有點喘。

「妳喝口水。」取出水壺讓曉玄喝了口水。

一大注意到，空氣是不太好，立即向大家提醒，「喂，這地底空氣不好，大家可用『龜息法』調息！」

同學們聽了，便用龜息法調息。

「羊皮。」一大回頭叫，「這是什麼地方？」

「十八層地獄。」

「啊？」一大嚇一跳，但可不想轉述給同學們聽，怕嚇著大家。

「哈，唬你的啦，這是地下寶庫。」羊皮補上一句。

「地下寶庫？誰的？」

「不知，等大家休息好，往前面走去看看，包大家精神一振。」

「這裡離地面有多深？」

「兩、三百公尺吧。」

「那麼深哦，羊皮，空氣好不好對你應該沒影響。我也得用龜息法調息一下，不說話了，麻煩你，等個半小時，我們再繼續玩。」

「好。」羊皮便一旁等著。

幾人調息好後，一大向大家說，「羊皮剛才說這是地下寶庫，離地面有兩、三百公尺，休息好，我們就往前走。」

「兩、三百公尺？往前走？去哪？」曉玄問。

「寶……庫，那，八成……有黃金……珠……寶！」阿萬搶著答。

「也許是吧，不管，走吧。」一大轉頭，「羊皮，我們準備好了，走吧。」

羊皮在前，一大亮著手電筒走去，曉玄、小宇、阿萬、土也隨後跟上。

走了幾十步，轉過一洞口，「羊皮，等等。」一大看見洞內土牆邊歪坐著好幾具骷髏，隨即將手電筒光朝地上打，免得同學們看了驚慌。

又走，聽到小宇叫道，「哇，這地上，閃閃發光的是黃金嗎？」

幾人全低頭下看，「我想應是礦脈，像黃金，但有些也不一定是眞的黃金。」曉玄說。

「要眞是黃金，挖一些回去，就成大富翁了。」土也說。

「呵呵，恐怕……很……難挖……挖吧？」阿萬說。

「就算是黃金也搬不走，走了，跟上羊皮。」一大催著。

大夥繼續走，沒多遠，又有一洞口，幾人依次走入了洞內。

「啊！」大夥異口同驚。

一大靠向羊皮，低聲問，「這是什麼地方？」

「戲院，看戲的地方。」

「我猜也是，問題是，那麼多人，哦，不是『人』，他們是在等戲開場哦？」一大看得出來，那些坐在椅上的觀眾，都是灰黑灰黑的。

「對呵。」

一大上下左右看，這戲院不小，約可容納兩三百人。壁上、地上有金黃色的礦脈閃閃發光錯綜延伸，前方戲台上，有一些幽幽光線，從幾塊平亮的大石板面反射到台上。

一大轉向土也、阿萬、曉玄、小宇，低聲說，「羊皮說這是戲院，貓鏡給你們輪流戴上看一看，但，可別嚇到叫出聲，這裡面無形的朋友很多。」

土也先戴上貓鏡，看了看，「哇，幾乎客滿了！四周圍那些亮閃閃的都是黃金嗎？」

接下來，阿萬戴上貓鏡看，大吐舌頭，「那……麼多……人，老……老小……小……都……有。」

曉玄看了，也嚇得吐了下舌，沒說什麼話，將貓鏡交給小宇看。小宇看著說，「哇，這戲院，不但黃金滿屋，鬼也一大票，太酷……」小宇正說著，突似喉嚨卡住般，發出「喔……喔……咳……」痛苦的聲音。

一大隨即靠向小宇，將小宇貓鏡拿下，自己戴上。

「斷鼻?」一大竟然看見「斷鼻」正在掐小宇喉嚨,「放手!」一大立刻手腳齊上,攻向斷鼻,但,打不到斷鼻。羊皮來幫忙,也幫得有限。一大回頭一看,見許多觀眾都站了起,圍了上來。

「羊皮,快去請左右護法來幫忙!」一大急著靠向羊皮耳邊小聲說道。

「好。」

沒幾秒,兩道巨大影子忽地來到,「匡!」把「斷鼻」打倒在地。

一位護法轉向觀眾大聲說,「各位沒事,全回去坐好看戲,這幾位是大王的貴賓,對待貴賓要有禮貌。」

觀眾們都靜靜的回座坐好,左右護法要最後一排座椅上的幾位觀眾往前挪,空下六個位子給一大他們,向一大點點頭後,把「斷鼻」給架走了。

幾人驚魂甫定坐在椅上,大夥安慰著小宇,小宇倒一副沒事的表情,說,「別怕,那斷鼻鬼一定會被關起來,關到死爲止!」

「嘻嘻……」大家低聲笑起。

一大把水壺傳過,每人喝了點。

「一大,如果戲不好看,我們就早點回去吧。」曉玄說。

「好啊,要是大家沒意見就早點回去,等下先看他們演什麼?」一大回她,傳著貓鏡,幾人輪流戴上看著。

一聲鑼響，跳出個孫悟空，拉著騎馬的唐僧。

「哈，是西遊記，有唐三藏，還有……孫悟空。」曉玄正戴著貓鏡看。

「喔，我看看。」小宇接過貓鏡看。

一大、土也、阿萬對台上演什麼沒多大興趣，小聲低頭聊著天，一大偶而開亮手電筒往地下隨意照著。

突聽一大小聲說，「土也、阿萬，看我摸到什麼？」用手電筒往他打開的左手掌照去。

「珍……珠……和黃……金？」阿萬壓低聲音驚叫，看到一大左手掌上有兩顆白色珠子和黃光閃爍的幾顆碎石。

「哪摸來的？」土也靠來問。

「在地上隨便抓的，你們試試。」

土也、阿萬彎身下去。

「哇，眞的有，一大、阿萬，你們看，這些是眞的珠寶黃金嗎？」土也張開手掌，也有一些黃紅綠青的閃亮碎石。

「我也……也有。」阿萬手掌上也有黃紅碎石和一顆白色珠子。

「你們在幹嘛？」曉玄、小宇好奇湊過來問。

「看，這些是不是眞的珠寶黃金？」一大、土也、阿萬把手上東西倒到曉玄、小宇手上，一大把手電筒光線移往她們的手。

曉玄、小宇看了很是驚喜，但也不確定是什麼東西，兩人好奇，也伸手往地上抓了一把。

「喂，不會是死人骨頭吧？」小宇看著手掌上亮晶晶的東西，冒出了一句。

大家全靜了下來。

隔了會，一大說，「死人骨頭沒這麼多色彩啦，等一下問問羊皮看。」向小宇拿過貓鏡找羊皮，左右沒看到羊皮，但往台上看去時，突想到一事，「嘿，台上那個孫悟空會是羊皮扮的嗎？」

「哦，不會吧？」幾人又爭相拿過貓鏡看台上。

「好像是。」「好像不是。」大家猜著。

一大再拿過貓鏡看時，「咦？」他取下貓鏡，又再戴上，又再取下。

身旁的土也看一大的動作，很好奇，把貓鏡拿過去戴上，「一大，你在看什麼？」

一大站起身來，匆匆說，「土也，我去前面一下。」

「上廁所啊？」土也問，一大沒回答，往黑暗中走了去。

十幾分鐘後，戲演完了。土也看見「孫悟空」來到眼前，「哇，羊皮，剛才台上那孫悟空，眞是你扮的！」

「呵呵，你們猜到啦？不錯。」羊皮臉上塗了孫悟空的五顏六色猴臉，正呵呵笑著。

阿萬、曉玄、小宇都來戴上貓鏡和羊皮嘻嘻哈哈聊說他演得眞好。

「一大呢？」羊皮問。

「上廁所。」土也隨口回他，「喂，羊皮，你看這些是不是真的珠寶和黃金？」土也將手上閃光的小碎石給羊皮看。

「我也不清楚，要不然，你帶回去研究看看。」

觀眾在黑暗中紛紛散去，黑影幢幢。幾人等了許久，沒見一大回來，深覺奇怪，心中七上八下起。

「我去找找。」羊皮咻地走了。

十幾分鐘後，羊皮回來，「我到處找了，就是找不到一大。」

土也轉述給大家，幾人聽了面面相覷。

隔了會，曉玄說，「我們得先回學校去了，不然怕會趕不上吃晚飯。」

「也對，那，我們先走吧。」土也贊同。

幾人手牽手，羊皮偶而打亮一兩顆綠豆，在黑暗中帶大家往豆芽處走。偶而看見沿路土牆邊歪坐著好些骷髏，大家口中念著「阿彌陀佛」，低頭走過。

回到豆芽處，幾人各自抓牢一支豆芽，分別倒念咒語：「頭石大頭石小。」豆芽菜「咻～」、「咻～」、「咻～」地往回快縮而去。

七、黃金小鎮

一大匆匆離開土也他們，是要去找一個剛剛出現在台前又隨之一閃而逝的人影，或鬼影，遠遠地看不清楚那人的面孔，但那輪廓讓他直覺那人是他熟悉的人。

那影子是朝台前左方洞門出去的，一大亮起手電筒向那方向追去。穿過幾條走道，想起剛才土也把貓鏡拿走了，沒關係，自己就把黑羽衣拿出穿上，三步併兩步，跑跳著出了戲院。

「小虎，你在哪？」一大邊走邊問。

「書包揹帶上。」

「幫忙看，有什麼狀況告訴我。」

「好，一大哥，你是在追人啊？」

「在追……人或鬼，剛才太遠沒看清楚。」

「哦，不過，一大哥，你要記得回去的路哦。」

「啊？」一大立刻停住腳步，「你有沒有記？」

「來不及記，你跑太快了。」

「這？」一大前看後看，漆黑一片，剛才有走過幾條岔路，哪還記得怎麼回去？手電筒只能照亮一小圓圈的地方，看到的也就是老舊坑道的模樣，坑道裡容得下兩人併行，左右上方是黑灰土石牆，腳下是泥巴及碎石路。

「羊皮，羊皮，你在哪？」一大想到羊皮，小聲叫後又大聲叫，四下沒有回應。心想，這下麻煩大了，也不知土也、阿萬他們怎樣了。正在猶豫不決要前進或後退時，忽地前方閃過一影。

「小虎，你看到沒？」一大指向前方急問。

「有，一個影子，往前面那邊跑去。」

「好，走。」一大便繼續跑向前去。

又跑了約十幾分鐘，看到路中有一木頭插在地上，上頭有白漆寫的字。一大用手電筒照看：「活人入，死人出」。

「小虎，上面寫的字是『活人入，死人出』。如果活人進去就死著出來，那，我這活人得往哪裡走？又沒看到有別的路。」一大用手電筒往木頭後方照去，似乎看到一拱形洞門。

「那你就裝死人，用『龜息法』停止呼吸再過去。」

「唷，小虎，你什麼時候變得如此聰明的？厲害！」

「你忘啦？水水就曾這樣過門，都不用報學號和名字。」

「哈，是，你都還記得，太好了，我來試試。小虎，你先進口袋，摒住呼吸。」

一大才走了兩步就停下，「小虎，不對，水水那次是我抱他進去的，我現在是用雙腳在走，人家不用看就知道我是活人。」

「喔，喔，說的也是。」

一大和小虎待在原地，努力想著辦法。

「飛飛！嘎……」小虎突如其然叫起。

「小虎，這時叫飛飛幹嘛？」

「一大哥，你看嘛。」

一大抬頭，「啊？」見有一光點出現，「螢火蟲？」立即關了手電筒。

那光點在一大頭頂盤旋了一會兒，然後停在一大右肩上。一大愣住，心想，「黑白的，連閃光都是黑白的。」

「嘻，一大哥，你別猜了，是我，飛飛，你穿了黑羽毛衣，看得到我。」小小聲傳入一大耳裡。

「飛飛？你眞是飛飛？」一大又驚又喜。

「你們人類往生後變成鬼魂，螢火蟲也是有靈魂的嘛。」

「啊？哦？這……」一大心中感動又感傷，一時不知說什麼好。

「放心，一大哥，你和小虎要過這門，我幫你們。」飛飛說，「你就用龜息法倒立用雙手走進去，他們把你的腳當頭，又感覺不到你活人的呼吸，你還穿了黑羽毛衣，應該沒什麼問題的。」

「說的眞對，但飛飛，過了那門，裡面是什麼？」

「是『鬼鎭』，就是鬼居住的一個小鎭，沒什麼特別，只不過，到處都是黃金，那黃金對鬼來說沒什麼意義，但對活人來說，那就不得了了。所以，那邊寫『活人入，死人出』，免得有活人來搗蛋或偷黃金。」

一大想了想，「那，我看，別進去了，裡面應該沒什麼好玩的。」

「一大哥，你不是要追一個影子？問問飛飛看，牠也許幫得上忙。」小虎一旁說話。

「對，要追一個影子。」一大想起那影子。

「追一個影子？什麼影子？」飛飛問。

「哦，其實我也沒看清楚，我之前在戲院裡好像……好像看到我爸爸。」

「啊？你爸爸？」小虎、飛飛異口同驚。

「我沒看清楚，連那影子是人是鬼，我其實都不確定。」

「一大哥，這鬼鎭的鬼口是不少，也許不容易找到你要找的對象。可是你既然來了，瞄一眼也好吧？更何況，過了鬼鎭，那頭可以通到『楓露』。」

「啊？『楓露』？飛飛，你是說楓露中學？」一大來勁了。

「對啊，是楓露中學。」

「走……」一大隨之倒立準備要走。

「一大哥，先施展龜息法啦。」小虎提醒。

「喔。」一大先調息好龜息法，再倒立往前走。

小虎進了口袋，摒住呼吸，飛飛在前飛著。

進了拱形洞門，眼前所見眞的是一小鎭，有商店小攤，人們來來去去，只是人物景色全都是黑白的。往正前方看去，卻有黃色光絲閃動，一大心想，「裡面那些大概就是黃金吧？」便將雙手轉個方向，準備向左邊另一條路走，忽聽見一片整齊劃一的步伐聲向他靠近。

一大想問飛飛那是什麼，但不敢開口出聲，隨之見到一隊鐵甲兵丁「匡噹，匡噹……」大步走近。

一大靠邊停下，倒立著，緊閉嘴唇不作聲，鐵甲兵丁走過一大身邊。

一大突感覺到口袋內的小虎動了一下，還發出一小聲「嘎！」

「立定！」好大一聲傳來。

「唰！」整隊鐵甲兵丁瞬間停下腳步，立定，就站在一大身旁。

倒立著的一大只敢偷偷緩緩轉動眼珠，盯看著眼前狀況。

一高大的黑影自部隊前頭折返，走向一大倒立處。

一大隨時準備要跳起逃跑，見那整隊鐵甲兵丁，估計至少有三、四十員，一大全身緊繃了起。

「來啊，將他口袋裡的活壁虎抓起來！」

高大的黑影在一大前方五步遠的地方發號施令。

「是，隊長。」有兵丁大聲回應。

一大瞥見兩個兵丁自隊伍中走出朝他而來，再也忍不住，一翻而起，雙腳踩地，一溜煙向隊伍後方反方向飛奔竄去。

「一個活人？給我抓住他！」

一大聽見那隊長在他背後大吼。

「一大哥，跟我來。」飛飛在前快飛，閃著一丁點亮光。

一大想都沒想，跟了上去。

跑了一陣，一大抽空回頭看了下，哇，有一堆兵丁飄著在追他，距離還很近！

「飛飛，快找個安全地方避一下……」話沒說完，右手忽被一隻手拉住，一大大吃一驚，還沒回神，那隻手已拉了他衝進到幾步外的一個洞穴內。

一大順著勢往前衝，卻「咚」撞在洞牆上，頭昏眼花，定了定神，「死路？」

這一驚非同小可，後有追兵，前無去路！一大想看清楚拉他那隻手的人是誰？回頭看，只隱約看見一人的背影正在走出洞穴。

「等一下……」一大伸長手想拉那人，沒碰著，那人隨之消失在洞穴外，一大正想追出，隊長和一票兵丁已來到洞穴口。

「慘了，被害了。」一大腦筋狂轉，只好背抵洞穴內牆，面向洞穴口，準備抵抗，感覺洞穴內牆和洞穴口只有三公尺左右距離，「這……，跑都沒地方跑。」

僵持了一陣子，隊長在洞穴口外叫道，「快滾出來，否則捉你去下油鍋！」

「有本事進來捉我啊！」一大虛張聲勢，但同時也感到奇怪，他們怎不進來。

「一大哥，這裡陽氣太重，他們進不來。」

「飛飛？你說什麼？陽氣太重？」一大聽見飛飛說的，但搞不清楚。

「這裡陽氣太重，他們進不來，這洞穴應是活口高人打坐的地方，氣場很強。我常跟著你打坐，不怕，但外面那些鬼，全身都是陰氣，不敢進來的。」

「啊？這是高人打坐的地方？哇哈，我還以爲剛才拉我手的人是要害我的！哈，高人，高，眞高，哈，感激不盡。」一大笑起。

「臭小子，活人裝死！洞外明明寫了『活人入，死人出』，你是瞎了還是活得不耐煩啦？竟敢擅自闖入這『黃金小鎭』？」隊長在洞穴口外吼道。

「什麼『活人入，死人出』？我倒立進來的，只看到『出人死，入人活』。爲了要活，我只好進到這裡面來啦！」一大回嗆。

「好你個小子，滿口歪理，你不出來，我們就在這等你出來！看看誰厲害。」

「那你慢慢等吧，我呢，乾脆就在這打個坐，你兩個鐘點後叫我，我一高興，說不定會出去，哈……」

一大邊說邊要往地上坐，看到地上有一圓形草墊，便盤腿坐上了草墊。

「小虎剛才趁亂溜了，說要去找救兵。」飛飛在一大耳邊小聲說。

「喔，太好了，我們等牠回來，我先打個坐再說。」一大在調整位置好打坐，感覺內氣帶他轉面向內，背朝洞口，左右前上四方皆是洞壁，如半個碗形罩住了他，他便挺胸拔背，放鬆、靜心、守丹。哈三口氣，舌頂上顎，徐吸緩吐，「地震？」一大突感身體震動，嚇了一跳。但想了想，「不對……」只覺丹田一股溫熱飽滿，有氣一股一股往上衝，「是丹田氣動！這裡面的氣還眞足。」便再放鬆身心，意守丹田，若有似無。

坐了許久，似覺眼前有亮光閃動，便微啓雙眼。一個「窮」字出現在眼前洞壁上。

「是飛飛在寫字？螢光……白色的！咦，『窮』？是……我爸？」一大睜大眼左右上下看。

一大記得小時候，爸爸教寫「窮」字，說是一個人「弓」著「身」在「洞穴」裡打坐，意境很高的。

「拉我手進來的人，難道是爸？」一大在想，「如果眞是爸爸，那，還有另一個字。」一抬眼，一個「空」字出現在眼前。

「哇呀，『空』？眞是我爸？這……」

小時候，一大爸爸告訴他，「空」字，是說一個人在「洞穴」裡獨自做「工」至忘我之境，身心都空了。

「空」字消失後，出現「時空邊界」幾個字。

「時空邊界？」一大心神頗爲不寧，快快收了功，再看，有一個小指印按捺在那幾個字的最後面。一大難以置信，腦袋瓜混混沌沌，伸手往前方摸去，只摸到洞壁，才一下子，字全消失了，一大頓時悵然若失。

「一大哥，小虎回來了，還有羊皮和左右護法及豆芽也來了。」聽見飛飛說話，一大回了神。

「飛飛？你剛才寫……，哦，算了。」心想飛飛以前自己在奶瓶裡寫畫，事後都說不知道，便不再問下去，「你說小虎、羊皮、左右護法和豆芽來了？他們在哪？」

「在外面，左右護法正在罵隊長。」

「啊？走，出去看看。」

「金隊長，你等一會自己向一大鄭重道歉，如果大王追究下來，你就是再死十次也不夠！」一位護法正指著隊長罵，隊長低頭不語。

另一位護法見一大走出洞穴，立即迎上前去，「呵，一大小英雄，我們沒吵到你打坐吧？這該死的金隊長居然要捉拿你，簡直是死得不耐煩了，我們會好好教訓他，你放心。」

小虎爬上了一大右肩頭。

一大搖手笑了笑，「沒有啦，兩位護法，隊長他是看我在打坐，就站在洞穴口保護我，我還要謝謝他呢。」

「不是，一大哥，嘎……」

小虎想說話，嘴巴卻被一大一把捏住。

一大看著高他半個頭的隊長，盔甲在身，長靴在腿，刀棍佩腰，好不威風。此刻卻低頭不語。隊長聽了一大的話，抬起頭看一大，表情滿是感激。

左右護法見狀，「哈，金隊長，你小子走運啦，一大小英雄是大王的貴賓，他不和你計較，我們也就不好再多說什麼了。你待會兒好好陪陪小英雄，在這黃金小鎮走走玩玩。」

「是！」金隊長大力靠腿，舉手敬禮。

左右護法轉向一大，「小英雄，大王比較忙，我們左右護法時有疏忽，沒好好照顧你，非常抱歉。接下去，金隊長和他的甲士大隊就負責照顧保護你，你放心，不會有任何問題的。哈哈，沒事的話，我們哥倆就先走了。」

「謝謝左右護法，再見。」

左右護法轉了身，又回頭說，「對了，那個叫呂東，外號『塌鼻』的討厭鬼，供說是有人指使他捉你的一個叫『方曉玄』的同學。」

「曉玄？爲什麼？」一大心中大驚。

「她是你女朋友，捉不到你，捉了她可以要脅你。『塌鼻』已被我們關起來了，你別擔心，有新消息，我們會叫羊皮轉告你。」

「我女朋友？不……」一大想解釋。

左右護法揮揮手，走了。

一大看向羊皮，「羊皮，你厲害，居然找得到我。謝了。」

「是小虎他飛快跑來，遇上我跟豆芽，我才知道你在黃金小鎮，我先和左右護法說了狀況，豆芽再咻地載我們來啦！」

「小虎？哦，啊……」一大慌忙放開捏住小虎嘴巴的手，「哎呀，小虎，對不起，我忘了鬆手了。」

「咳咳，媽呀，咳咳，還好，還好我偷練了一點『龜息法』。」小虎邊咳邊說。

「喔，哈哈，小虎，有你的。我剛才是怕你多說，惹火了左右護法，那金隊長不就慘了，金隊長他也是職責所在，捉拿活人是他的責任，錯的是我，可不是他。」一大再轉向豆芽，「豆芽，辛苦你了，謝謝了。」

「一大哥，不客氣。」豆芽回答。

「咦，金隊長呢？」一大四周圍看了下，沒看到金隊長。

八、小丹出車禍

隔了一會兒，一大聽見一片整齊的步伐聲「匡噹，匡噹。」走近。

「立定！」

「唰！」一隊鐵甲兵丁立定在一大前方十步遠處。

金隊長來到一大面前，大力靠腿並舉手敬禮，「一大小英雄，本隊長金豹親率甲士六十四員，陪小英雄巡視黃金小鎮，請。」

「金隊長，叫我一大就好。我只隨便走走就好，不用甲士陪，那麼多甲士，我，這……」

「叫你一大可以，那你叫我金豹就好！甲士們是一定要陪的，否則左右護法怪罪起我，那還得了。」

「我叫你豹哥好了，甲士……不用……」

「豹哥？哈，好！一大，這樣好了，我讓甲士跟著，但離我們二十步遠，如何？」

「好，好。」

「那好。」金豹走去向排頭說了句話，回來就領了一大、羊皮、小虎、飛飛在小鎮中四處走看，豆芽也跟著。

走了一圈，一大看見壁上到處有黃澄澄的黃金礦脈，地上也有金塊散著，鎮上鬼魂來來去去卻沒一個鬼魂對黃金有興趣。

「一大，這裡有許多黃金，你一個活人，怎麼對黃金一點都不感興趣？奇怪。」金豹說。

「我爸從小跟我說，金銀財寶會害死人，不屬於自己的千萬別碰。」

「呵，你父親真是個明白人，比大王還……」金豹忽停下不說了。

「比大王還什麼？」一大好奇。

「噓……」金豹微彎下身，食指直上嘴唇，壓低聲音，「一大，豹哥我謝謝你剛才在左右護法面前幫我說好話，我偷偷跟你說一些秘密。」

「喔。」一大湊近金豹。

「這地下的黃金珠寶，被下過詛咒，如有人偷拿，過些日子瞎一眼，不還回來，再過些日子又瞎一眼。你，嗯，明白吧？」

「哦？反正我不會拿，我對黃金珠寶一點興趣也沒。」突想到，「咦，難道你說鬼大王他就是……？」

「噓，嘿，你小子聰明。」金豹四下看看，低聲接著說，「聽說大王在人世時特愛黃金，他混幫結派，打家劫舍，只要聽到哪裡有黃金他一定趕去搜刮。有次他來這洞裡偷黃金，出去後，幾個月就先瞎了一眼，再隔幾個月又再瞎一眼。眼全瞎了後，黑幫窩裡反，同夥搶了他的黃金，還把他給殺了。」

「那麼慘！」

「他的魂魄飄到這裡，看著眼前這許多黃金，竟沒一絲一毫能取走的，頓悟了，後悔在人世間所做的一切壞事，而誠心誠意地向地藏王菩薩懺悔。」

「地藏王菩薩？」

「嗯，地藏王菩薩掌管陰界，祂有著『地獄不空，誓不成佛，眾生度盡，方證菩提』的大願，我們都很尊崇祂。祂見大王真心悔過，便派他在洞內從清潔工做起，大王每天虔敬禮佛，修身養性，提升自我，被從地下十八層，提升到了十二層，後來還成了此地眾鬼之王。但他脾氣暴躁積習難改，在十二層一待就待了許久，許久。」

「喔。」

「前些日子，聽說有人送他《心經》，他時刻不忘讀經，心性大為改善，他求地藏王菩薩賞他眼珠子，說他若能看得見，就更能多做善事多積陰德，果真靈驗，聽說後來真有人畫了對眼珠子送給他，大王從那時起就又看得見了。」

「喔。」一大心中震了下，沒說什麼。

「大王看得見後，便常來這裡，獨自一鬼，用這裡的黃金打造了一尊地藏王菩薩坐像。」

「喔，在哪？」一大有興趣了。

「一大，你等一下。」金豹回頭走近部隊，說了幾句話，再走回來，「我叫他們留在原地，你是大王的貴賓，大王他的傑作，你一定得看看。」

「豹哥，我的同學好友，羊皮、小虎、飛飛、豆芽也去看看？」

「當然，他們一樣是貴賓，來，一起來。」

走了約三十幾步，轉進一山洞，內裡突豁然開朗，眼前有一尊黃金打造的地藏王菩薩坐像，約眞人高大，端坐洞內岩台上。

「南無地藏王菩薩」，金豹雙手合十向地藏王菩薩拜拜。

「南無地藏王菩薩」，一大，羊皮也雙手合十向地藏王菩薩拜拜。

「豹哥，大王眞的很棒。」一大小聲向金豹說。

「一大，佛家講究因緣，大王積善積德，性情平和後，生了特殊能力，才得以打造出了如此莊嚴宏偉的菩薩像。」

「是。」

「好，那，我們往回走吧。」金豹轉身走出。

大家出了山洞，又再走走看看。

一大突想到一事，問金豹，「豹哥，我知道有個姓崔的獨眼龍，他不會也是因爲這裡的黃金而瞎了一隻眼的吧？」

「崔一海？」

「你知道他？」

「知道，他就是因爲偷了這裡的黃金而瞎了一隻眼，在第二隻眼沒瞎前，被他二嫂逼著把偷了的黃金拿來還了。」

「崔媽媽？」

「你認識崔家人？」

「我認識和我同年的崔少勇、崔少丹，他們的媽媽是後來認識的。崔一海我不認識，但他一直要追殺我。」

「追殺你？嘿，八成是爲了黃金，你可得小心他。」

「爲了黃金？我又沒黃金。」

「崔一海那人，爲了黃金，什麼壞事都幹得出來。你沒黃金，也許你爸媽有，祖父母有！」

「啊？是麼？」

「這黃金小鎮及四周圍地下寶庫的各式金銀財寶現在全都歸我管，那崔一海別想來太歲頭上動土。不過話說回來，這地下的範圍太大，我和甲士們有時也顧不了全部，還好金銀財寶都被下了詛咒，誰拿走了都沒好下場。」

「啊！」一大突想到什麼事，轉向羊皮，「羊皮，在戲院裡，土也他們最後有沒有帶走地上撿到的那些看上去像是金銀珠寶的東西？」

「我不確定。」羊皮搖頭。

「一大，你是說，你同學在戲院裡帶走了從地上撿到的一些像是金銀珠寶的東西？」

「我也不確定。」

「如果是，得儘快叫他們送回來，不然就麻煩了。」

「喔，我知道。」一大心焦。

飛飛看一大焦急，轉移他到另一事，「一大哥，你要不要問一下金隊長有沒有見過你爸爸？」

「你爸爸怎麼了？」金豹聽見了，先問一大。

「哦，是，我剛才在戲院裡好像看見我爸爸，便一路追到這裡，我爸他和我媽一起失蹤都三年了，不知是死是活？」

「別的也方不說，在我這地盤，一大，不管死鬼活人，我全都一清二楚，你爸和你媽叫什麼名字？」

「我爸名叫席林風，我媽名叫絲雨。」

「席林風？絲雨？哦，沒，沒聽過，也沒見過。」

「沒事，沒關係。」

金豹四周圍看了下，低下頭向一大吞吞吐吐地說，「嗯，一大，你，嗯……」

一大覺得奇怪，「豹哥，你是不是知道我爸媽的事，不方便講？」

「不，不是。」金豹頓了下，「你書包裡的《心經》，可不可以送我兩張？」

「哇哈，豹大哥，你清楚不少事嘛！剛才你說那麼些有人送大王《心經》，有人畫眼珠子送給大王的事。你都清楚知道是誰，對不對？」一大恍然大悟。

「嘿，是，剛才左右護法一說你是『一大』時，我就全曉得也全都連起來了，我還真恨我有眼無珠，居然不認識你。還好，還好，你不計較我的魯莽，嘿嘿，眞不好意思。」

一大打開書包，拿出一些紙張遞給金豹，「豹哥，這些《心經》全送你，不只兩張。」

金豹接過，竟哽咽說，「一大小兄弟，太感謝你了，這叫我太感動了。我在這地底下當差，也想心靈上有所寄託啊，以後可以讀《心經》，太好了。」

「別客氣，豹哥，不夠的話，我回去再多抄寫些給你送來。」

「不敢當，小兄弟，有空就來玩，我帶甲士們當你的護衛，你想去哪都可以。」

「謝謝豹哥照顧，哦，還有，我這好同學羊皮和飛飛，也麻煩你在這多照顧了。」

「沒問題，小事一件，哈哈。」

「那，豹哥，我該回學校了。」

「好，我送你。」

「不用，豆芽會載我回去，快得很。」

「那好，有空隨時來找我。」

一大別了金豹和飛飛，羊皮則說自己會回去，小虎進了口袋，一大手抓豆芽，倒念咒語，「頭石大頭石小」，豆芽「咻～」往來處退縮而去。

風聲在耳邊呼呼作響，經過一段陳舊的礦坑道，「豆芽，這是另一條路嗎？」

「是。」

黑暗中，豆芽的速度雖快，一大還是看得清楚四下的景物，「底下還有小鐵軌？」

「一大哥，這地底的坑道太多了，來找你時繞了一些不同的路，所以這條回去的路你應沒走過。」

「喔。」

忽聽見前方有吭吭咚咚微弱聲響傳來，一大還沒來得及想那是什麼，卻看到一個小黃燈在前方小鐵軌上狂飆而來。

「啊！車！」一大大叫，「快閃！快！那……」

話沒說完，「呯！」一聲，緊接著一連串「喀卡卡卡卡……」金屬摩擦刮撞聲響起。

一大驚魂未定，慌慌回頭看去，一小板車頂著一小黃燈飛快往他背後衝去，歪了兩下後即失控脫軌，翻滾出去。

「停！停！停！」一大趕緊叫停。

豆芽停下，一大馬上念咒語，「小石頭大石頭」，豆芽便又往後方走過的路退去。

「豆芽，剛才是不是撞到車了？快，回去看看。」

「啊？我沒注意到。」

「那小車，不是黑白的？」一大的心狂跳。

「一大哥，到了，小車翻了，我沒想到這小鐵軌上還會有……車在跑，怎麼辦？」豆芽難過。

「不難過，豆芽，我，我去看看。」

一大下地，迅速前後查看。有呻吟聲傳來，一大循聲而至，見一男生橫躺鐵軌，一大走近一看，大叫一聲，「小勇？」

「救……妹。」小勇手指前方。

「啊？小……？」一大腿軟，使勁往前跌爬而去。

十來步遠處見一女生仰躺鐵軌邊上，一大衝了上去，「啊！是小丹！小丹！小丹！」

一大認出那是小丹，急得大吼大叫，又推又搖，撥開她臉上的夜視鏡叫她，小丹沒有反應。

一大抱著小丹，哭嚎大叫，「豹哥、左右護法、大王，救人！救命！豹哥、左右護法、大王！」

左右護法、鬼王很快出現，金豹帶了幾員兵丁隨後趕到，羊皮、飛飛也來了。

鬼王立即俯身探看小丹，並伸手護住小丹天靈蓋。

小勇爬來，叫著，「我妹……妹……妹……」

「左右護法、金豹，立刻帶這女孩和男孩到地藏王菩薩座前，快。」鬼王指示。

「是！」左右護法、金豹及兵丁立刻出手托抱起小丹和小勇，快速走了。

鬼王拉起一大右手，「一大，走！」

鬼王及一大轉眼來到地藏王菩薩座前。

「一大，別慌，女孩……我剛才把她的魂魄穩在她體內不讓離開，應不會有生命危險。來，我們向地藏王菩薩拜拜，祈求祂幫助那女孩和男孩，保佑他們平安。」鬼王向一大說。

「南無地藏王菩薩……」，鬼王雙手合十向地藏王菩薩拜著，口裡念念有詞。

「南無地藏王菩薩」，一大也雙手合十向地藏王菩薩拜拜，「地藏王菩薩，拜託保佑崔少丹，崔少勇兩個好朋友，拜託，拜託。」一大滿臉淚水，咚地跪了下地。

左右護法、金豹及兵丁們托抱著小丹和小勇來到，將小丹和小勇躺放在地藏王菩薩座前。

鬼王再仔細看了小丹和小勇，回頭向一大說，「我的陰氣重，加多了氣女孩她會受不住。男孩沒事，只頭昏和擦傷。這麼樣，現在送醫院緩不濟急，我等下帶你們去菩薩後方的地脈，你送他們倆去你爺爺奶奶處，請你爺爺奶奶救她，得用陽氣救才行。」

鬼王向羊皮說，「羊皮，你即刻去，去向梅揚老師或柳葉校長報告，梅揚老師會視情況通知崔媽媽，或安排醫生出診。」

「好。」羊皮走了。

鬼王向金豹說，「金豹，你去取兩張毛毯來，讓他們倆保持體溫。」

「是！」金豹立刻走了。

一大跪在地上俯看著小丹，小丹臉色淨白，面容安詳，睡著一般，「小丹，我是一大，妳要撐住，我會一直陪著妳，不怕，不怕……」

一旁的小勇臉上還掛著破了左半眼的夜視鏡，虛弱地問，「一大，這……這是什麼地方，我……妹……她怎麼了？」

「小勇，我們在地藏王菩薩這裡，小丹她……，我……不知道，我馬上……帶你們去找我爺爺奶奶……」

金豹很快回來，用毛毯裹住小丹，小勇則自行披上另一張毛毯。

「一大，你抱住女孩，讓男孩拉住你的一隻手，跟我來。」鬼王說。

一大抱起小丹，小勇拉住一大的一隻手站起身，轉個小彎，繞到地藏王菩薩後方。那有一塊十公尺見方的平地，一大見到地上有一圈圈的地脈，心中很是訝異。

「一大，你們三人進地脈去，你知道怎麼做，快去。」鬼王站在地脈外，邊說邊推他們三人進入地脈。

一大手上抱著小丹進了地脈，小丹渾身散發著寒氣，一大忍不住打哆嗦，身旁站著的小勇拉好一大的一隻手。

一大回身向鬼王點頭告辭，口中念了「雙潭」，隨之消失。

九、爺爺奶奶救小丹

「爺爺，奶奶，爺爺，奶奶，救救小丹……」出了潭邊地脈，一大一手抱著小丹，一手拖著身旁沒力的小勇，沒命地向水潭奔去，大聲喊叫。

在水潭邊看到陽光和水上屋子，一大心安了點，看到爺爺奶奶在朝他這邊看，一大衝上前去，跪倒在地，「爺爺奶奶，求你們救救小丹。」。

奶奶立刻伸手接過小丹，「哎呀，小女孩的身子寒氣好重，老頭子，快，救她。」奶奶抱小丹進了屋去。

爺爺扶起一大，「一大，傷的是女孩，交你奶奶就行了。是翻車了，摔得厲害。」看了看一旁的小勇，「這男孩也摔了，他，嗯，沒事。」

一大看爺爺沒進屋救小丹的意思，又跪下地，涕泗縱橫，甚至大磕響頭，「爺爺，求您救救小丹。」

爺爺再度扶起他，「起來，起來，不是爺爺不救她，唉，爺爺我……可是發過誓的！」

「我……」

「老頭子，快過來，快！」

聽到奶奶在屋裡大叫。

「嘖，老太婆，妳煩不煩嘛？」

爺爺不甘願地往屋裡走。

「老頭子，你看，她……」奶奶叫爺爺看小丹腳底，小丹躺在大床上，一動不動。

爺爺湊過一看，叫了聲，「啊呀，她，老太婆，快！快！快救她啊，妳怎麼還慢吞吞的，妳快去她頭那邊，我去她腳那邊。」

一大和小勇站在一旁傻愣看著，不知爲何爺爺的態度會有那麼大的轉變。

一大搬了張椅子叫小勇坐下休息，小勇坐下，披著毛毯，一副垂頭喪氣樣，「才第一次到坑道裡玩，就出事，唉！」

奶奶在小丹頭頂上方盤坐床上，雙手張開貼護著小丹頭頂。爺爺脫了鞋，雙腳貼住小丹雙腳。爺爺向奶奶點下頭，便一齊閉目運起氣來。

一大想到爺爺奶奶在這同一個屋子救活過自己，但又想到梅老師救「飛飛」卻救不活的情景。唉，唉，唉，心中大亂！

見爺爺奶奶額頭上大顆汗珠滾落，一大分別幫著他們擦汗，再跑去找了幾條乾毛巾，拿來放在床邊備用，又在爐上燒上一鍋熱水。

時間過了至少兩個鐘頭，爺爺奶奶還沒像要停下的樣子，只偶而向一大比一下手勢，要了水喝。

一大心不在焉，直到水水爬到腳邊，「一大哥，發生什麼事？」一大回神，「哦，是水水，到門外說去。」

一大和水水到了門外，一大對水水說，「床上那女孩叫小丹，在地下坑道發生了車禍，好像受傷很重，躺在那怎麼叫都叫不醒，我，唉！完了！」

「你女朋友？看你急得……」

「女朋友？」

「當年，你爺爺奶奶談戀愛時，也是你這模樣。」

「啊？我……」一大接不上話。

「放心，只要你爺爺奶奶肯出手救，八成救得活。」

「水水，稍早鬼王也出手救小丹，他說已把小丹的魂魄穩在她體內，但他陰氣重，加多氣怕傷了小丹。那鬼王他鬼通廣大，他知道我爺爺奶奶的陽氣才可以救小丹。還知道我會土遁，直接帶我們進了坑道裡的地脈，讓我帶小丹及他哥小勇一起來這裡。他還知道我們校長及梅老師，還有小丹及小勇的媽媽，這山上真的高人高鬼多多……」一大一口氣念說了一堆。

「呵，高人高鬼，哪個不是修身養性練氣練功一甲子以上的？你才幾歲？好好用功，多年以後，你也可能是個高人。」

「謝了，我安分守己，不調皮打架就阿彌陀佛了。阿彌陀佛，對了，水水，你聽過地藏王菩薩嗎？」

「聽過，地藏王菩薩是管理陰界的大菩薩。」

「你也懂？鬼王兩眼看得見後，獨自用坑道裡的黃金打造了一尊地藏王菩薩坐像，好莊嚴好偉大。」

「喔，鬼王開始讀經修心，修得心地善良後，他就會更受鬼眾尊敬了。」

小勇探頭出來，「一大，來一下。」

一大一步跨進屋子，見爺爺奶奶累坐椅上。

爺爺抓住一大的手，「你去熱些饅頭，煮一鍋蔬菜湯什麼的，爺爺奶奶有點累，休息一下先吃晚飯，待會兒才有力氣再繼續幫這女孩療傷，看來，今天整晚都得耗上了。」

「爺爺奶奶，謝謝你們救小丹。爐上我已燒好熱水，很快就可弄些熱食吃。」

一大在床邊俯身看了看小丹，「小丹，我爺爺奶奶一定會讓妳好起來的，加油喔！」小丹沒反應，仍靜靜睡著。

一大往廚房走去，看爺爺奶奶如此疲累，還要耗上整晚。他心中明白，小丹的情況一定不好，他不敢再多想。

弄了一些熱食，爺爺奶奶吃了，又去幫小丹療傷了。

一大、小勇吃不太下，隨便吃了點，兩人不打擾爺爺奶奶，移到門外去坐在走廊地板上。

「小勇，幾點了？」一大問。

「六。」小勇看錶，沒勁回著。

「今天星期幾？」

「六。」仍沒勁。

一大訝異，看剛才屋裡的日曆，今天是星期六，沒錯，可是，現在是傍晚六點？那就奇了。回想他和土也他們兩點多去圖書館地下坑道，走走玩玩又看了戲，看完戲就差不多五、六點了。之後，他追那像爸爸的影子，又在黃金小鎮打了長坐，還走逛了小鎮好一陣子，加一加，早就過了大半天了。怎麼說現在還是傍晚六點？爺爺剛才還說「吃晚飯」？

他看了眼夕陽，腦袋瓜有點打結。

「一大哥，呱呱來了。」小虎在叫一大。

「呱呱？在哪？」

「岸邊樹上。」

一大往岸邊樹林看去，一聲呱呱傳來，「一大哥，你好嗎？」

一大看到了，「哇，是烏鴉呱呱，你好，我？嗯，不好。」

「我知道，你女朋友受了傷，你當然不好。」

「你知道？」

「梅老師、柳校長、崔媽媽，全都在著急，但他們可不像呱呱我有翅膀，說來就來。」

「是哦，梅老師有沒有找醫生來？」

「找啦，但星期六沒有醫生能來，醫院說叫你們自己送去醫院。」

「喔，那，今天梅老師、柳校長、崔媽媽八成都來不了啦？」

「九成！」

「呱呱，你等一會。」一大轉向小勇，「小勇，你媽不能來，那你今晚想不想回家？」

「不，我要陪我妹。」小勇不加思索回答。

「喔。」一大轉向呱呱，「呱呱，請你轉告崔媽媽，我爺爺奶奶在幫小丹療傷，小勇沒事，請她不用太擔心，謝謝你。」

「好，我先去崔媽媽那，明天我再來。」呱呱飛走了，四周圍又靜了下來。

「一大，我好……害怕。」小勇幽幽地說，雙眼無神地看著潭水，「你看我妹……會不會……死？」

「死？不……不……」一大抖著口說話，「如果能用我的生命換小丹醒過來，我絕對願意。」

一大心中雖害怕，但不願去想小丹死不死的問題，小勇卻說出了一大心底最恐懼的事。

和小丹相遇，對一大來說，是非常奇妙的緣份，之後，才只又見過幾次面，但小丹可愛活潑又頑皮刁蠻的一哭一笑，一舉一動，早已深深烙印在一大心上。

夜，漸漸深了。一大沒勇氣再走進小屋，只和小勇靜靜坐在廊上，各自難過。

九點多，小屋裡有動靜，一大碰了下小勇，兩人站起身進了小屋。見爺爺奶奶下了床，要走出小屋。

爺爺說，「來，你們跟爺爺奶奶到隔壁屋去。」

一大、小勇跟著爺爺奶奶走入隔壁屋。

四人隨便找椅子坐下，爺爺說，「那女孩，小丹，她呼吸恢復了些，體溫也上來了，只是非常虛弱。她沒有明顯外傷，因有氣功底子，也沒造成重大內傷，但是受到極大驚嚇，還有強大陰寒之氣侵入。讓她睡，兩個鐘點後，爺爺奶奶我倆在她腳頭兩位置，一大在她身體左側，哥哥在她身體右側，我們四人盤腿打坐，一塊運氣並祈求小丹快快康復。一個鐘點後收功，看情形如何，再走下一步。」

一大、小勇點頭，也不知該說什麼好。

奶奶問小勇，「你們姓什麼？」

「奶奶，我們姓崔，我叫崔少勇，我妹叫崔少丹，我們是雙胞胎兄妹。」

「雙胞胎？你爸爸叫什麼名字？」

「崔一河。」

「崔一河……」爺爺沉思一下，問道，「哦，你們兄妹倆在暑假時來過這裡，對吧？」

「是，爺爺，那時我和我妹來找一大，沒找到，後來就走了。」

「嗯。」

看爺爺奶奶好像各有心事在想著，一大接下說，「爺爺奶奶，小勇他爸死了，崔媽媽我見過，人很好，是楓露中學的老師。」

「哦？他爸死了？」奶奶頓了下，問一大，「你是怎麼認識他們兄妹的？」

「打架認識的，他們兩兄妹有天晚上穿了一身黑到我們學校裡玩，碰上我，沒看清楚，就打了起來，也就認識了，我發現小勇很照顧妹妹小丹，小丹很活潑，後來，我們就玩在一起了。」

「呵，打架也能打到認識。」奶奶笑說。

「小丹也會土遁。」一大冒出一句。

「嗯，會土遁。」奶奶點頭。

隔了會，爺爺說，「你們兩個找時間休息一下，我和奶奶去看看小丹。」爺爺起身，拉了奶奶走回小丹躺著的小屋。

一大和小勇愣坐了一下，一大說，「小勇，我抄寫《心經》去，你，我帶你去找張床，睡一下吧。」

「好吧，頭昏昏的，我去躺躺也好。」

安排好小勇躺下後，一大便將黑羽衣脫了放入書包中，抄寫起《心經》。一面抄寫，一面念念有詞爲小丹祈福，抄好了幾張《心經》，收好。

一大坐著，右手突然飛快拿起一枝鉛筆，猛向左手刺去，「噢！」刺到，換手再刺，依然老是刺到，刺了幾次，撫摸著雙手，「這功夫，不簡單。」

奶奶走來，「一大，你和小勇過來吧，一起打坐，陪陪小丹。」

「好。」一大去叫小勇起身，往小丹那屋走去。

半夜了，四人分坐床上四個方位，面向小丹盤腿打坐。

打坐時一大感覺到小丹身上有一股寒氣逼來，但同時又收到兩股熱氣自左右爺爺奶奶方向湧來。一個鐘點後收功時，一大已滿身大汗，看看小勇，也在揮手拭汗。看小丹臉面，似有了血色，心安了點。

奶奶說，「我去弄點點心吃，不然下半夜可會餓的，順便熬鍋粥放著，可以的話，餵小丹吃點米湯，好提提她的元氣。」奶奶說了，便走了出去。

「一大，小勇，如果小丹醒過來，看到哥哥和好友在身邊，那就再好不過。我們四個就都在這屋裡陪小丹吧，你們兩個撐得住吧？」爺爺說。

「撐得住，撐得住。」一大、小勇大力點頭。

「好，好。」

「對了，爺爺，烏鴉呱呱來說，梅老師、柳校長、崔媽媽他們雖都著急，但沒法子過來，還有醫生也不能來，還叫我們自己去醫院。」

「呵，我聽到了。嘿，『擅入雙潭，有去無還』的規矩他們知道，所以就不方便來了。」

「啊？喔。」

「沒關係，他們就算來了，也幫不上什麼忙。反倒是你們兩個，明天得抽空回校，回家，免得師長和媽媽擔心。一大會土遁，來去都方便。」

一大、小勇互看了一眼，雖心中老大不願意，但也只好點頭答應。

十、為小丹開壇

下半夜，爺爺、奶奶、一大、小勇四人都在小屋裡陪著小丹。

早上天濛濛亮時，小丹的呼吸聲漸漸均勻有力，爺爺聽見，便把了下小丹的脈，向奶奶面露欣慰之色說，「她看來情況好多了。」

小丹微微睜眼，虛弱地四下看著，看到一大，緩緩向一大伸長手臂，沒力，又頹然垂下。

一大激動落淚，俯身靠近小丹，「我爺爺奶奶在這，小勇也在，你會很快好起來的。」

小丹再使力伸長手臂，緩緩圈住一大頸脖，微弱地說，「怕……」

「不怕，不怕，小丹，我都會在，我會一直陪妳，妳要加油哦。」一大在她耳邊說話鼓勵她。

小丹的眼角閃動兩滴珠淚，手臂沒力，慢慢地從一大頸脖滑落。

爺爺再把了一下小丹的脈，「別讓小丹太激動，老太婆，餵小丹吃點米湯吧。」

「好。」奶奶走出屋去，很快端了碗粥回來，「溫溫的，剛好。」便小匙小匙地餵小丹喝米湯。

爺爺拉過一大和小勇，「小丹看到你們了，一大，你送小勇回去，他也需要睡眠，他母親會照顧他。

另外，小勇，你把家裡小丹平常吃的糖果、餅乾、零食打一小包交一大帶回，如有汽水，也帶上一罐，爺爺有用處。現在就去，你們別耽擱，快去。」

一大拉了小勇就走，「小勇，你回去睡覺，不然身體會出問題。」

兩人快步走向岸上地脈處，手拉手。

一大念念，轉眼到了楓露中學。

出了地脈，一大四面看了看，「眞的沒水了。」

兩人隨即在黑暗中朝教師宿舍方向走去。

「汪汪……」有狼狗叫著衝來。

「彈簧，噓，別叫，是我和一大。」小勇對著狗叫方向低聲。彈簧嗯嗯走近，在兩人身邊打轉。

「彈簧，小丹去玩，隔幾天就回來。」一大說。

彈簧聽了，便跑了開去。

「一大，你爺爺要糖果、餅乾、汽水幹嘛？」小勇問。

「喂，幫小丹治病不花體力哦？我爺爺奶奶那麼大年紀還要熬夜，多辛苦啊。」

「好，好，那我包一大包。」

「好，趕快。」

「哇，我媽？」小勇突驚叫了一聲。

「啊?」一大也看見了，崔媽媽竟站在門口，手上還提了一包東西。

「媽，妳……這麼早?」小勇趨前。

「小勇，看看你，你妹要是有什麼三長兩短，看我怎麼……」

「崔媽媽，早。」一大見狀趕緊上前打招呼。

「喔，復天，早，把這包東西帶給你爺爺。」崔媽媽將手上提的一包東西交給一大。

「崔媽媽，這裡面是什麼?」一大頗感奇怪。

「小丹平常吃的糖果、餅乾、零食，還有一罐汽水。」

「啊?」一大當場愣住，小勇更張大了口。

「喔，母女連心，是小丹托夢告訴我的，復天，你快回去，再見了，有空再來玩。」

「喔，崔媽媽再見。」一大轉身跑去。

一大出了地脈，回到水潭，天色更亮了些。一抬頭，看見爺爺奶奶正在一張小桌上鋪著素布，爺爺還身穿灰袍。

一大忽然間明白，「爺爺要開壇作法?」

爺爺頭也沒抬，說，「一大，去幫你奶奶，快，爺爺要開壇作法，太陽快出來了。」

「是。」

奶奶和一大很快在桌上放一盤素果，燃上兩支白蠟燭。還把一大帶回來的糖果、餅乾、一罐汽水都放在桌上。一大不好問原因，就照著奶奶說的做，去搬出一張靠背的竹椅和兩張凳子。

「一大，去將小丹抱出來，要裹上毯子，別讓她受涼了，就坐這竹椅上。」

「喔，好。」

一大將小丹裹上毯子抱了出來，讓她坐在竹椅上。看小丹睜開雙眼，但眼神呆滯。

「一大，你坐小丹右手邊，左手握住她右手，奶奶坐她左手邊，握住她左手，調勻了氣息，奶奶和你一起念《心經》。爺爺等太陽一出來，就開始作法，懂吧？」奶奶說。

「懂。」

一絲太陽光剛出現，爺爺便合掌四下拜拜，燃了香，念念有詞起來。奶奶和一大坐在小丹左右的凳子上，一起小聲念起了《心經》。

太陽金光灑下，四個人全沐在逐漸溫暖的陽光中。小丹有點躁動，奶奶和一大的手更加緊握住她的手。

約過了半個鐘頭，爺爺停下，回過頭走來細細看了小丹的眼睛，「嗯，好，讓她再多晒一會兒太陽。」

一大繼續念《心經》，又過了十幾分鐘，感覺手心有指頭在搵動，他抬起頭看了眼小丹，只見小丹嘴角動了下，向他微微一笑。一大瞬間淚流滿面，「小丹，妳……」又哭又笑，不知說什麼好。

爺爺脫了灰袍走來，「奶奶已熬上草藥，待會小丹喝了就去休息，爺爺奶奶也要好好休息了。」

小丹喝了米湯，喝了草藥，一大攙她回屋子去躺下休息，爺爺奶奶吃了早飯也去休息了。一大拿了個饅頭吃著，就坐在小丹床邊椅上陪著她。

隔了約莫半小時，小虎爬上一大肩膀，小聲說，「呱呱在外頭。」

「哦。」一大輕手輕腳走出小屋，走到土岸樹林邊。

「一大哥，早呵。」呱呱飛到一大的腳邊地上，小聲說話。

一大索性也坐下地，「呱呱，你早，你難得這麼輕聲細語的。」

「我怕吵到小丹姐，還有你爺爺奶奶。」

「喔，你怎麼變得這麼有禮貌啦？」

「嘿，我跟你學的，你對你爺爺奶奶還有小丹姐，一向都很有禮貌啊。」

「呵。」

「你幾個好同學被張龍老師送到山下醫院去了。」

「我的好同學？土也他們？」

「土也、阿萬、曉玄和小宇，說是眼睛很不舒服。」

「眼睛不舒服？四個都……？」一大立刻想到發生什麼事情了，「啊？慘了！那梅老師呢？」

「梅老師進地下圖書館去了，說是去找羊皮。」

「唉唷，我這一忙全忘了，忘了通知他們……」

「通知他們什麼？」

「圖書館地下坑道裡的金銀財寶都被下了詛咒，昨天我和土也他們四個去地下找羊皮玩，一定是有誰拿走了一些金銀什麼的，糟了，眼睛可是會瞎掉的。」

「唉呀，那麼嚴重？」

「崔一海，那個小丹的叔叔獨眼龍，他就是因偷了地下坑道裡的黃金才瞎掉一隻眼。在第二隻眼沒瞎前去還了黃金，才留下一隻好眼的。」

「呱呀，還好我對金銀財寶沒興趣，給弄瞎半隻眼，我不就得永遠夏眠了。」

「哈，你……」一大頓了下，「不行，我得去趟地下坑道。」

「幹嘛？」

「向地藏王菩薩拜拜祈求原諒，我同學不是有意犯錯的。」

「哦？」

「地藏王菩薩管理陰間的事，這事，祂應該管得著。」

「那你不管小丹姐啦？」

「那，哦，等一下。」一大回頭小聲叫，「小虎，小虎，你在哪？」

「一大哥，在樹上，我下去。」

小虎很快爬上一大肩膀。

「我現在要趕去地下坑道，向地藏王菩薩拜拜。請你看著小丹，有什麼事，就到隔壁找我爺爺奶奶。」

「好。」小虎回答。

「一大哥，我送你？」呱呱說。

「哦，這次不用，謝謝你，我走地脈。」

「好，那，我先走了。再見。」呱呱飛走了。

「小虎，我會儘快回來。小丹就麻煩你了，再見。」一大交待小虎後，輕聲走回屋裡，看看小丹。見小丹雙手放在被外，怕她受涼，就小心地把她雙手放入被裡，同時，看見她腕上手錶指著7:53。到隔屋穿上黑羽衣，把前晚寫好的《心經》放入書包後揹上，清點一下書包中的東西後，便飛快跑向樹林中的地脈去了。

很快地，一大到了黃金小鎮，走幾步路，來到地藏王菩薩座前，跪下就拜，「地藏王菩薩，我叫席復天，我的朋友崔少丹的身體狀況好像比昨天好一些了，拜託您保佑她和她哥哥崔少勇都健健康康，平平安安。」磕三個頭，再說，「地藏王菩薩，另外，我有四個好同學，陳永地、萬木黃、方曉玄和夏心宇，昨天在地底戲院拿了幾樣金銀財寶，他們不是有意犯錯的，我保證他們一定會歸還，拜託您原諒他們，謝謝您。」

拜祈完，一大起身，一回頭，「啊呀，嚇我一跳。」一個高大黑影就站在背後，定睛一看，是金豹，

「唷，豹哥，這裡頭黑漆漆的，我一下適應不來，沒看到你。」

「哈，一大，很高興這麼快就又再見到你，我一知道你回來，便召集了甲士們來護衛你。我把你送

我的《心經》也分給甲士們讀，他們可喜歡了，對你是滿心的感激與敬佩。」金豹高興地說。

「別客氣。」一大從書包裡又拿出幾張《心經》，「這是我昨天抄寫的，都給你。」

「呵，感恩不盡。」金豹開心收下，「對了，你同學拿的那些金銀財寶，梅老師叫羊皮帶他到戲院，已全部歸還了。」

「眞的？太好了。」

「小丹她好一點沒？」

「我爺爺奶奶爲了救她一整夜沒睡，今早她似乎好了點，她哥哥小勇已回家休息去了，我來是跪謝地藏王菩薩的。豹哥，也謝謝你，還有大王、左右護法、甲士們的幫忙。」

「小事，你是大王的貴賓嘛。走，我們到外面聊。」

金豹轉身走出地藏王菩薩的山洞，一大跟上，看見有許多鐵甲兵丁站在洞外十幾步遠處。

「我爺爺今早開壇作法，桌上放有糖果、餅乾、汽水的，還讓小丹晒太陽。」

「喔，你爺爺奶奶加上太陽，小丹一定會很快好起來的，其實，小丹她……」金豹欲言又止。

「小丹怎麼了？」

「有小鬼上了她的身。」金豹小聲說。

「啊？小鬼？」

「噓，她雖有氣功底子，但突如其來的驚嚇，氣一下散了，一堆小鬼便一擁而入，占據了小丹的身體。」

「啊？」一大大爲驚訝，「她身體冰冷，是這原因？」

「是啊，大王只好先護住她天靈蓋，怕那些小鬼眞把小丹的魂魄奪了。」

「啊？那，大王怎不把那些小鬼趕走？」

「他不忍心傷害到小鬼，畢竟他們都是嬰兒、小孩，不懂事，他又怕陰氣會傷害到小丹，所以才叫你送小丹到你爺爺奶奶那去。」

「大王心地善良。」靈光一閃，「呵，我知道了，那些糖果、餅乾、汽水，是請嬰兒小朋友們吃的，好說服他們離開的。」

「聰明，呵呵，除此之外，還有一事……」

「還有一事？」

「有一個高人在小丹重重摔落時，即時伸手托了她一把，小丹才沒受到更嚴重的傷害。」

「啊？高人？是誰？」

「不知道，有甲士在現場附近看到一個影子，甲士追了上去，但，沒追到。」

「哦？」一大聯想起什麼似的。

甲士那邊突發一陣騷動，金豹大步走去，幾分鐘後，金豹回來說，「偷黃金的。」

「偷黃金的？」一大好奇。

「嗯，那小子偷了一袋黃金，被甲士抓了。」金豹抬了抬手，手上有一沉甸甸的小布袋，「人昏過去了，我交待甲士，等他醒了就放他走。」

一大遠遠瞥了眼躺在地上的人，「咦，是我們學校的？」一大看見那人穿的是「雲霧中學」校服，「豹哥，我可以去看看嗎？」

「可以。」

幾名甲士見金豹和一大走來，立定分站兩旁。

一大走近一看，大吃一驚，「貓眼鏡？」再細看，「孫子？」是孫子躺在地上，但臉上戴著貓眼鏡。

「你認識他？」金豹問。

「嗯，隔壁班的，他叫孫成荒。」一大點頭。

一大將孫子臉上的貓眼鏡摘下，往自己臉上戴了下，「這貓眼鏡，跟我的一模一樣，孫子也有一付？還是，這付就是我的？」

將貓眼鏡拿在手上摸摸弄弄幾下，想了想，還是把它掛回孫子臉上。

「他還有個同伴，但溜了，這姓孫的叫那人『小哥』。」金豹說。

「『小哥』？我不知……」一大搖搖頭，忽見一黑影以迅雷不及掩耳的速度繞過甲士隊，衝向孫子，抓起孫子左手，拖了就跑。

「追！」金豹見了，大吼一聲追了上去，甲士隊也立即散開，分頭追趕。

一細細的聲音來到一大耳邊說，「一大哥，孫子叫那人『蕭哥』，不是『小哥』。」

「是飛飛？」一大驚喜，卻猛然想起，「『蕭哥』？啊，蕭默？」下意識摸了下兩手的小拇指。

四周圍靜了下來，只有一點閃光黑白亮著。

隔了一會兒，一大說，「飛飛，那『蕭哥』八成是『蕭默』，他速度飛快，有『霧上飛』的外號，你有沒有看到他？」

「他速度超快，沒看清楚，似乎他才一出現，轉眼間連孫子也不見了。一大哥，你知道這人？」

「嗯，他曾經要抓我，沒抓到，看來，他跟孫子真有關係。」

金豹回來，「沒追上他們，他們跑得實在太快了。」

「豹哥，辛苦了。」頓了下，「那，我看沒事我就回去了，出來也滿久了。」

「好，那，我送你。」

金豹、飛飛及一大走到了地脈處，一大揮手向金豹、飛飛告別離去。

很快地回到水潭，一大直接走進小丹屋子。

小丹靜靜躺著，一大見小丹雙手又放在被外，就再把她雙手放入被裡，但同時看見她腕上手錶指著7:55。一大愣住，想想，覺得奇怪。

聽見小虎的聲音傳來，「一大哥，這麼快就回來了。」

「小虎。」一大抬眼見小虎自天花板爬下，「小虎，來。」小虎隨即爬上一大肩膀。

一大走到隔壁屋內，脫了黑羽衣，問，「小虎，你覺得我才去了一下子？」
「你看太陽光就知道了，你離開時和回來時，那穿過屋簷縫射到地板上的陽光位置，一點都沒移動。」
「哦？你是看太陽光的。」
「太陽光，百分之百準確。」
「當然，當然，小虎，你是對的。」
一大嘴上說著，心中卻甚爲不解。
「我去黃金小鎮許久，怎麼才兩分鐘？」
抬頭看太陽，看不出所以然。

十一、回校上課

中午，爺爺奶奶醒來。爺爺去看小丹，奶奶去弄午飯。

「爺爺，小丹她……？」一大見爺爺看完了小丹，忙問。

「她體內的外靈都離開了，但她身上寒氣比你當年跌下水潭時還來得厲害，爺爺奶奶須要花更多氣力，才能治好她。十天八天後，等她體力好點時，就要在太陽下多待待，多走動走動。」

「那……」一大不敢多問。

「你吃過午飯，就回學校裡去，你得好好睡覺，好好上課。有空時再過來看看，小丹她有爺爺奶奶在這看著，你放心。」

「我，好，回……學校。」心中雖不願意，一大還是點頭答應。

「蕭默在利用你同學，叫你同學務必小心。」爺爺突冒出一句。

「啊？喔。」一大看著爺爺，不自覺地問了一事，「爺爺，有沒有什麼地方的時間是靜止的？」

「打坐深度入定時，嗯，附近的『黃金小鎮』，還有其他一些特殊的地方也是。」

「啊？喔。」一大佩服爺爺。

「說到時間，特殊地方，嗯，暑假你去『時空邊界』看看吧。」爺爺又冒出一句。

「啊？喔。」一大簡直佩服爺爺到極點。

奶奶弄好午飯，先餵了小丹米湯。

三人吃過後，一大去小丹耳邊說，「妳氣色好多了，我待會兒會回學校去，要好好睡上一覺。明天下午沒課，我再過來陪妳，有爺爺奶奶在這看著妳，妳不會有事的，妳要加油喔！」

一大去隔屋揹了書包，轉回向爺爺奶奶跪下磕頭，「謝謝爺爺奶奶，謝謝你們救了小丹。」爺爺奶奶扶起一大，奶奶說，「小事，小事，別跟爺爺奶奶客氣，你快回學校，好好睡上一覺。」

一大起身，向爺爺奶奶告辭後，便直奔岸上地脈而去。

一出雲霧中學地脈，「咻～」一條黑影衝上，載了一大就跑。

「蚯蚯！」一大叫了聲。

「別出聲，那姓蕭的最近常出現。」蚯蚯飛快衝往學校宿舍。一大不再說話，很快到了宿舍門口，小聲謝過蚯蚯，便直接進入寢室。

寢室內，有幾個同學在。一大見土也、阿萬兩床空空如也，但土也的書桌上放著一付眼鏡，一大去拿起眼鏡，看了看，便放入書包去了。

和衣往床上一躺，一大像幾百天沒睡覺一樣，不到一秒就沉沉睡去。

不知睡了多久，只覺有人推搖，一大惺忪睜眼，見是梅師母，「復天，很晚了，你肚子餓了吧，起來吃點東西。」

「嗯……」一大睏死了，想賴床，但一轉身卻似見到一高大男人站在一旁，「梅老師！」猛一翻身，跳下床，精神全來了。

腦袋瓜迅速轉了一圈，忙問自己有沒有犯錯，但膝蓋好像已不聽使喚，彎了下，「咚！」，跪了下地。

「席復天，幾頓飯沒在學校裡吃，又沒請假，自己知道有錯，跪十五分鐘之後，到老師家吃飯。」

梅老師說完便走了。

一大抬眼看看梅師母，「師母，對不起，現在幾點了。」

「晚上八點半。」

「啊？」一大嚇一跳，又問，「師母，對不起，今天星期幾。」

梅師母摸摸一大額頭，「星期天啊。」

「喔。」

「復天，你是不是去做了什麼壞事，我知道梅老師很生氣。你幾個好同學又同時喊眼痛，又不見你的人影，搞得梅老師緊張死了，唉，你哦！」

「報告師母，我是爲了救崔少丹，小丹……」

「小丹？小丹她怎麼了？」

「小板車在坑道鐵軌上翻了，她差一點就……」一大伸出右食指彎了兩彎。

「啊？」師母一臉驚惶。

一大心想，師母心軟，提小丹，應該有用。

「小丹她現在潭底我爺爺奶奶那，情況似乎比昨天好了點。」

「在你爺爺奶奶那？你爺爺奶奶好嗎？」

「還好，爲了救小丹，一整晚都沒睡。」

「一整晚都沒睡？他們倆年紀大，整晚沒睡，那不好吧。」

「師母，那妳去看看我爺爺奶奶，請他們注意身體健康。」

「看？你爺爺奶奶才不讓人去看呢！」

「喔，是。」一大明白，便轉說，「師母，小勇也受了點小傷，是我送他回家的，崔媽媽知道事情的經過。」

「崔媽媽？崔媽媽……她好嗎？」

「她還好，只是把小勇罵了一頓，奇怪，她也沒說要去看小丹或找我爺爺奶奶。」

「她不會去的，喔，我是說她可能沒空去，去了可能也幫不上忙。你爺爺奶奶出手救人，大家都放心，不去看也沒什麼關係的。」

「咦，我可以動了。」一大發覺膝腿可動，便慢慢地起身，拍了拍膝蓋。

「走，去家裡吃飯。」

「喔。」一大嘴上說，人沒動。

「梅老師他帶狗巡校去了。」師母回頭笑笑。

「哈呀，那，我可以多吃一點了！」一大蹦跳跑出。

隔天，早上都是室外課，近十一點，在魚牧養殖區上課。

一大下了課，土也他們不在，羊皮怕太陽，可以不上。他就一個人慢慢地晃走，不料卻和二班正走來要上課的孫子、小洪、阿宙三人在大池塘邊狹路相逢。

「孫子，你個不要臉的小偷，敢偷我的眼鏡戴！」一大大聲嗆孫子。

孫子瞄了一大一眼，二話不說，衝上前去就是一拳，一大閃過拳頭，卻被三個人一撲而上壓倒在地，四人打成一團。

旁觀的同學圍了一圈，鼓噪叫鬧著。打得正起勁，一大忽然覺得手腳有點施展不開，正在奇怪，也看見孫子三人手腳忙亂在拉扯東西。

「網子！」一大搞清楚了，四個人全被一張網子給網了。

成老師走近，將旁觀的同學驅散，隨手拉緊手上的兩根繩索，那張網子隨之緊縮了起。

「姓席的，你說什麼鳥話，你有什麼證據說我偷戴你的眼鏡？」孫子怒說。

「我告訴你，孫子，昨天早上你昏倒在地底下時，我拿起你戴的眼鏡，用小石尖在眼鏡架上劃了個

『一』字作記號，昨晚我回寢室，在陳永地書桌上看到一付眼鏡，眼鏡架上就劃了個『一』字。陳永地人在醫院，他不可能用到眼鏡。不是你偷了用又心虛還回，還有誰會幹這種見不得人的鳥事？」

一大連珠炮嗆回。

「你才做見不得人的鳥事！跟鬼勾結在一塊，我全都看到了，人不人鬼不鬼的東西，還敢說我？」

「哼，不打自招，你戴了我的眼鏡，才看得到鬼，我的鬼界朋友可比你這個人間敗類正直善良得多。」

「你，去死！」孫子又踢出一腳。

「你才去死！」一大回踢一腳，「你跟著姓蕭的惡魔鬼混，你以後怎麼死的都不知道！」

「我……」孫子一時語塞。

一大和孫子一面吵還一面又推又踢著對方，小洪、阿宙也幫著推打一大。但網子越縮小，四個人就越被擠壓得更加靠近。很快的，別說打架，連揮拳抬腿都沒法子了。

網子又縮小了，四個人已緊緊黏貼在一堆。一大感到很不舒服，網子縮小到網繩已嵌入到他臉面肌膚中，嘴鼻都擠到變形了，吵不出聲，只有發出嗯嗯啊啊聲。

一大斜眼瞄了下，驚見成老師拉住兩根網索，往頭頂一根粗樹枝拋過，用力一拉，綑緊身上的網子立即騰空而起，四人便被吊到池塘上，在半空中晃來盪去，腳下離水面只幾公分。

看教魚牧養殖的成在功老師，人長得瘦瘦的，居然有如此大的力氣！

一大整個人像洩了氣的皮球般，偏偏眼前還跟三個死對頭黏貼在一起，真想死！便將身體使勁轉呀挪的，背對三人。

「同學，再打嘛。這魚網結實得很，你們四個，就在這特別座上課。」

成老師說完，拍手把其他同學召集了來，若無其事地在池塘邊上起室外魚牧養殖課來。

過了十來分鐘，一大聽見一片狗叫聲，心中暗喜，有狗來，麥片應該會出現，那也許會有所幫助。

但，又立刻暗叫一聲，「不好！可能是梅老師帶狗巡校！」

幾隻狗汪汪的來到池塘岸邊，對著魚網唔汪唔汪叫，一大看到了麥片，但，果不其然，糟糕，也看到了梅老師。

梅老師和成老師交頭接耳了一番，便帶著幾隻狗走了。

一大看在眼裡，心驚膽顫，梅老師怎麼可能這麼輕易放過他們四個打架的同學？

「梅老師帶狗狗去追他了。」

「那姓蕭的速度超快。」

「你看得到哦？」

「影子而已。」

「他要是到水塘泥巴裡就跑不快了。」

「嘻，說的也是。」

一大老聽到有說話聲傳來，但看看除了成老師在講課出聲外，他看不見有誰在說話。

隔了會，成老師突轉頭對池塘說了句，「噓，安靜。」說話聲立即停了。

一大努力低頭往腳下方的池塘看，「魚？」

池塘中養了許多魚，養大了後，山下村人會來用錢買去或交換米麵等食物。

一大知道了，剛才應是魚兒們在說話，心想，「『姓蕭的』，大概就是指蕭默吧？」

一大極目往自己左右前方張望，又想，「我沒穿黑羽衣，也沒戴貓眼鏡，又很難轉身，就算蕭默在這附近，我可很難察覺到。」

一大兩手用力地交握，包藏住兩隻小拇指。突又靈光一閃，「成老師把我和孫子吊在池塘水面上，難道說，是有用意的？」

直到二班的課上完，成老師才放下四個人的網子，帶著二班全班同學和一班的一大走向餐廳去吃午飯。孫子三人走在隊伍前面，一大悻悻然跟在隊伍最後面。

不久，梅老師帶了狗群從隊伍的後方跟上。

一大回頭走向梅老師和狗群，「報告梅老師，我和孫成荒打架是因……」

「老師清楚，回去再說，以後少一個人單獨行動，至少要有麥片跟著，或戴上你的眼鏡。」

「喔，是。」一大心中有訝異和疑惑，但有一事在心，不得不問，「老師，我吃過中飯，可不可以請假去……看……我爺爺奶奶？」

「可以，但你要帶著麥片，還有晚飯得回學校吃，早晚練功不可荒廢。你可以每天下午回你爺爺奶奶處，直到崔少丹病好爲止。」

一大聽了直想跪下感恩。

「不用想跪，你犯錯才跪。」梅老師輕描淡寫。

一大愣了下，只好轉頭假裝叫道，「麥片，麥片，來，來，我抱抱。」

抱起了麥片，小聲問，「麥片，有發覺到什麼不尋常的？」

「梅老師這兩天帶我們加強巡邏，還沒發現什麼不尋常的。」

隊伍前面突有騷動傳來，梅老師見了，快速帶著狗群跑到前面。一大沒跟上去。

同學們陸續停步聚在前面，忽聽見梅老師大叫，「席復天，你過來！」

一大放下麥片，不明就理往前跑，來到隊伍前面，只見梅老師和成老師都蹲在地上，地上有一同學。

一大趨前一看，是孫子！他躺在地上，正在打滾！

梅老師抬頭，叫了一聲，「席復天，跪下！」

一大想都沒來得及想，跪了下地。

只聽見孫子手摀左眼嗯呀叫痛，「席復天他打到我的眼睛，唉喲，痛死我了！」

一大腦中一片混亂，搞不清楚孫子是在玩把戲還是來眞的。

梅老師對成老師附耳說了幾句話，成老師起身，叫小洪、阿宙把孫子架扶起，和同學們一起，全先走了。

梅老師見同學們走遠，即說，「席復天，起來。」一大站起身，低頭不語。

「席復天，剛才不是眞罰你跪，是怕同學們恐慌。」

「啊？」一大搞不清楚。

「你們打架都過了一個鐘頭，孫成荒才喊眼睛痛，不對。」梅老師搖搖頭，「他可能……他可能偷拿了地底下的黃金。」

「啊？」一大嚇一跳，脫口而出，「他還了呀！」

「哦？」梅老師表情略顯驚訝。

「老師，我……」

「把你知道的全說出來。」梅老師盯看一大。

「就……黃金小鎮……」反正瞞不過，一大便將去了黃金小鎮向地藏王菩薩祈求，請菩薩幫助小丹和原諒土也四人之事，及後來金豹隊長的甲士抓到孫子，將在他身上搜到的一小袋黃金收了回去，孫子他應沒偷拿到黃金，之後，孫子被蕭默救走一事說了。

「這些老師大約知道，難道說……」梅老師頓了一下，「走，我們去餐廳。」

梅老師和一大到了餐廳沒見到孫子和阿宙，同桌的小洪說他們去洗手間了。

隔一會兒，孫子和阿宙回來，像沒發生任何事的樣子，「老師，剛才不好意思，我……我的……眼睛，不……不痛了。」孫子向梅老師行禮。

一大在一旁聽了火冒三丈，「他……孫子，你要我？混……」

「你才混……，就是你打到我眼睛的！」孫子回嗆。

「幹什麼！」梅老師斥責，拉開一大，盯看孫子眼睛一會兒，「孫成荒，你確定眼睛沒事？」

「老師，不好意思，我眼睛真的沒事。」

「好，回去坐下。」又轉向一大，「席復天，你三個同桌同學和這桌的夏心宇都還在醫院，下午才會回來，你那桌不開飯，你就和孫成荒三人共桌。」

「啊？」一大聽了差點昏死過去。

梅老師轉身吹哨子，「開動！」

一大心中不快，懶得正眼看面前三個死對頭，低頭隨便扒了兩口飯，便離座回寢室去了。

十二、好友同學都受了傷

一大回寢室揹了書包，先去餵了狗狗，轉跟麥片說，「麥片，我、土也他們都不在的時候，誰餵你們，誰幫你們洗澡？」

「梅老師。」

「梅老師？哦，梅老師他，眞是超級無敵萬能的好老師。」

「嗯，汪……」

「同意吧，好了，吃飽了，走吧，先去楓露中學，再去我爺爺奶奶那。」一大包了一包狗食帶上。

「去楓露找小丹姐？」

「先找彈簧，再去找小丹，小丹在我爺爺奶奶那。」

「喔，知道了。」

一大戴上貓眼鏡，半路再穿上黑羽衣，和麥片快跑到地脈。隨之到了楓露中學，一出楓露中學地脈，就看見彈簧飛奔而至和麥片唔嗯唔汪的打起招呼來。

「彈簧，小丹在我爺爺奶奶那，你想不想去陪她？」一大問。

「當然想，唔汪。」

「那你跑得快，去跟崔媽媽說一聲，我們等你。」

「崔媽媽剛才就叫我去陪小丹姐，你看我背上還揹了要給小丹姐的換洗衣物，現在有一大哥帶我去，再好不過了。」

「哈，那我們走。」

進了地脈，一大右手抱起麥片，左手拉住彈簧的右前腳，轉眼間來到潭底爺爺奶奶處。

「麥片，彈簧，你們先在岸邊等我一下，我看情況再來叫你們。」

兩隻狗便靜靜的就地趴下，一大去和爺爺奶奶打招呼，爺爺奶奶都在小丹躺著的屋裡。

奶奶對一大說，「我半個鐘頭前餵小丹喝了米湯，她現在睡得很沉。」

爺爺說，「小丹是有一點好轉，不過速度很慢。爺爺奶奶得利用早上的陰陽交會時刻多幫她加氣，好把陰氣逼出。」

「謝謝爺爺奶奶，我帶了我的狗『麥片』和小丹的狗『彈簧』來陪小丹，小丹的狗還揹了小丹的換洗衣物來。」

「好，讓牠們進來陪著小丹吧。小丹的狗來，她熟，對她應很有幫助。」爺爺點頭。

「這麼說，我明天請小松鼠『松松』也來，牠和小丹也熟。」一大想到了松松。

一大走出屋子，招手叫麥片和彈簧進屋，「彈簧，這兩位是我爺爺奶奶，你在這多陪陪小丹姐。」

「一大哥的爺爺奶奶，你們好。」彈簧向爺爺奶奶問好。

「呵，好，你還揹了小丹的換洗衣物來？」奶奶指著彈簧背上的袋子。

爺爺撫摸彈簧的頭說，「很不錯的狼狗，看得出和小丹的感情很好，好。」

一大解下彈簧背上的袋子，交給奶奶。奶奶打開看了眼，「是小丹的衣褲，好。」，拿出一小機子，

「一大，這是什麼？」

一大接過看看，「奶奶，是錄音機。」一大打開開關，聽見了崔媽媽的聲音，「小丹，我是媽媽，妳要加油……」

「喔，是崔媽媽錄了音，給小丹聽的。」一大向爺爺奶奶說。

爺爺說，「那好，一大，你放在小丹耳邊讓她聽。」

爺爺奶奶起身到隔屋去休息，一大打開錄音機，正起身要走到屋外。一毛茸茸的東西忽跳到一大腳邊，「一大哥，你好。」

一大低頭一看，差點叫出聲，隨即壓低聲音，「哈呀，是你呀，松松，我剛才還說明天去請你來哩！」

「崔媽媽一跟我說小丹姐的事，我就立刻跑來了。」

「太好了，小丹姐她還在睡覺，你也去屋裡陪陪她。」

「好。」松松和彈簧、麥片打過招呼，便坐在床沿陪伴小丹。

錄音機裡崔媽媽的聲音感性說著，「要聽一大爺爺奶奶的話，他們一定會幫妳的，媽媽好想妳，好想抱抱妳，妳聽了媽媽的聲音就當媽媽在妳身邊，妳是媽媽永遠永遠最疼愛的寶貝。因為媽媽學校裡有很多事，走不開，不方便去看妳。不過媽媽有祈求觀世音菩薩保佑妳，保佑妳早早康復……」

一大俯身看小丹，「小丹，彈簧、麥片和松松都在這陪妳，妳聽見妳媽媽的話了嗎？快點好起來，我們一起去潛水，去爬山，去看星星、看月亮，好不好？」

只偶而看到小丹眼睫毛或嘴角輕微動了下，其他大一點的動作全都沒看到。

一大陷入一種難以形容的悲苦心境，明明就是個活蹦亂跳可愛開朗的小丹，現在竟如此靜靜躺在床上，對周遭的一動一靜沒有絲毫反應。

一大只覺心情起伏不定，便去另一屋的書桌前坐下，抄寫起《心經》。

晚飯前，一大收起幾張寫好了的《心經》，用帶來的狗食餵了彈簧，然後向爺爺奶奶告辭和麥片一起回學校裡去。

一大身上穿著黑羽衣，臉上戴著貓眼鏡，一路上小心翼翼，一出學校地脈就有蚯蚯來接，很快就到了餐廳。在餐廳外，一大說，「麥片，我先去餵其他狗狗。」

餵完狗，脫了黑羽衣，拿下貓眼鏡收入了書包，走向餐廳門口。

一眼看去，土也、阿萬、曉玄，都在餐桌旁，看另一桌，小宇也在。

一大很是開心又興奮，大步走上前去，「土……」，「也」字還沒叫出，大叫，「哇，你們，那麼嚴重？」

眼前土也、阿萬、曉玄三人，左眼全戴了眼罩，臉腫腫的，氣色也很不好。一大回頭看另一桌，小宇也是，戴了眼罩！

「土也、阿萬、曉玄，醫生怎麼說？」一大急問。

「醫生說，他沒把握，唉。」土也幽幽地說。

「啊？沒把握？什麼意思？」一大很是驚訝，「阿萬、曉玄，那你們感覺怎麼樣？」

阿萬結結巴巴，「我就……，嗯，痛……，嗯……」

曉玄只搖頭流淚，不說話。

一大抬頭見梅老師走來，立刻站起，「老師，他們，這……？」

「醫生說症狀特殊，一星期後拿下眼罩，再回診，再觀察一段日子，再看……」梅老師回答得含含糊糊。

「啊？」一大只覺腿軟，無力地坐回椅上。

梅老師轉過身去，吹了聲哨子，喊「開動！」

一桌四人，沒人動筷子。一大毫無胃口，「怎麼會這樣？」又想到小丹躺在床上，小勇在家養傷，「完了，我最好的同學朋友全都……，唉！」

一大起身走去看小宇，「小宇，你感覺怎樣？」

「嘿，你看，我呵，像不像獨眼正妹。」小宇笑笑，倒還看得開。

「嗯。」一大正想要安慰她，孫子一旁冷言冷語插嘴，「小宇，你就是被這姓席的掃把星害成這樣的，幹嘛還理他？」

「孫子，你閉嘴！」一大沒好氣。

孫子跳起，「你才閉嘴！」

兩人互瞪，見梅老師起身走來，孫子才坐下，一大也走回了自己的位子。

一大坐著，隔了會兒，說，「土也、阿萬、曉玄，反正大家都不想吃，那，我看回寢室去休息吧？」

曉玄點頭，土也、阿萬也說好，一大就陪著三人回寢室休息去了。

一大去找梅師母，一見到師母，一大就急得流下淚來，「師母，我……我四個最好的同學，他們的眼睛看起來好像……很嚴重，小丹、小勇又都受了傷，怎麼辦？」

師母安慰一大，「別難過了，校長和老師們都在想辦法。梅老師說，應不會有失明的危險。」

「失明？」一大聽了，心情又更加低落。

「你待會兒見了你叢師父，順便問問，也許他能想到什麼好法子可幫你同學。」

「哦。」一大差點忘了晚上練功之事，「好，我會去問問師父。那，師母，我走了，再見。」

「再見，記得帶上狗狗。」

「好，知道。」

一大先去帶上麥片，再回寢室拿書包。看土也、阿萬躺在床上閉目養神，便悄悄地走了出去，穿了黑羽衣，戴上貓眼鏡，跑向操場。

一見到師父，一大就急問，「師父，請問，我同學眼睛，那……很痛，有沒有好法子可幫他們？」

「你同學把金銀等物全都還回去了，你也向地藏王菩薩祈求原諒了，我想，他們眼睛痛過一陣子就不會有事了。沒其他好法子幫他們，就戴付黑眼鏡遮住傷眼上的眼罩，拿下眼罩後，也有保護眼睛的作用，尤其在白天有太陽時。」

「啊？哦，黑眼鏡，是，師父。」一大就猜師父清楚事情的經過。

「你同學不會像崔一海那樣變成獨眼龍的。」叢爺爺補上一句。

「崔？哦，是，謝謝師父。」

「好啦，練功。」

「是，師父。」

練完功夫，脫了黑羽衣，取下貓眼鏡，都放入書包，自行倒立走了幾圈操場。

一大叫麥片回狗舍，自己回到宿舍，見土也、阿萬怔怔地併坐在阿萬床上。

「土也、阿萬，你們可以戴黑眼鏡遮住眼罩，之後也可保護眼睛，星期六下午我會去福利社買黑眼鏡，一共買四付。」

「嗯，好。」土也沒勁地回著。

一大再跑到女生宿舍，請一位女同學叫曉玄、小宇出來一下。

曉玄、小宇出來，「咦？」一大竟見小宇戴著黑眼鏡，「小宇，妳戴了黑眼鏡？」

「是孫子借我的，他說戴黑眼鏡可以遮蓋住眼罩，拿下眼罩後也有保護受傷眼睛的作用，我才剛試戴，你就來了。」

「啊？喔，那……那星期六我去福利社時，只買三付就夠了。」

「買四付，孫子要我自己買一付，買到後這付要還他，還催我快一點去買。」

「啊？好，那，我知道了，別太難過，你們眼睛很快就會好的，早點休息，晚安。」

眼見曉玄、小宇長得還眞像，那「斷鼻鬼」掐小宇喉嚨，可能弄錯對象了。看她們眼睛不舒服，心情不好，一大不想多說，怕又多一事嚇到她們。

一大想了想，轉去找梅師母，「師母，我師父說，戴黑眼鏡可以保護我同學受傷的眼睛。」

「黑眼鏡？嗯，也對。」

「師母，您這有沒有黑眼鏡可先借用，我星期六去福利社買了再還您。」

「哦，師母找找，嘿，好久沒戴黑眼鏡了。」師母進房裡去了。

找了幾分鐘，師母走了出來，「復天，只找到一付，有點舊了，你先拿去用吧。」

一大接過，燈光下，鏡架邊閃了一下，一大拿近看，「『一』？師母，這鏡架邊上刻了個『一』字。

呵，我的眼鏡架上也刻了個『一』字，我自己亂刻的，代表我的外號『一大』。師母刻的比較好看。

那，師母，謝謝，我走了。晚安。」

師母愣了下，沒回應。

一大再回到女生宿舍，請一位女同學叫曉玄出來。

「曉玄，這付眼鏡給妳戴。」

「這麼晚，你這黑眼鏡哪弄來的？」曉玄面露開心的神情。

「對嘛，曉玄，要想辦法讓自己開心一點，這眼鏡是我向梅師母借的。」

「哦，謝謝你，一大，晚安。」

「晚安。」

一大離去，有撲翅聲接近，一大立刻戴上貓眼鏡，抬頭看，「喔，是灰灰、米米呵！你們夜間巡邏啊？」

「一大哥，你好，我們到處巡巡，沒事，晚安。」灰灰飛過，米米跟上。

「連警鴿都在夜間巡邏，看起來滿緊張的。」一大心想。

十三、崔媽媽探望小丹

白天只要沒課或逢假日，一大就帶了麥片去潭中小屋陪小丹，一星期過去，小丹偶而可坐起，偶而會對一大微笑一下，但大多數時間她都在昏睡。一大多半時間就坐在小丹床邊，說說故事或念念書本內容給小丹聽。

爺爺奶奶也只會告訴一大，「再過一些日子，小丹便會好起來。」一大聽了，能做的也只有等待。

星期一，一大將梅師母的黑眼鏡還了。見土也、阿萬、曉玄、小宇都戴上了福利社買來的黑眼鏡，一大乾脆也把貓眼鏡戴上，反正，和好友一樣戴付眼鏡，才算友情堅定，同時也方便和羊皮聊天。

可是，當一大看見孫子也沒事都戴著黑眼鏡，就老覺得礙眼。

吃過中飯，一大見小宇走來他這桌，便隨口問了下，「小宇，孫子他幹嘛也戴黑眼鏡？」

「我問過，他說我們都戴他才戴的。」

「這也要學人家？有毛病。」土也低聲罵道，「我去打他眼睛一拳，他才有資格戴。」

「打他？手還會痛，不如乾脆叫他去地下圖書館拿些黃金珠寶，我賭，他一定會去。」一大調侃著。

「哈，一大，你……眞……陰險。」阿萬笑。

「嘿，對付孫子，得陰險點。」一大頓了下，說，「欸，不管他了，我們幾個最近都要多加留意，似乎黑衣人和黑衣鬼都在找……我們幾個麻煩。」

一大想把左右護法說「斷鼻」鬼那幫人想抓走曉玄好要脅他的事提了，但只針對曉玄，不好說，怕嚇到她，而改說「我們幾個」，讓大家心理上多所防備。

「人都防不了，又加上鬼，我們要怎辦？」小宇問。

「如果離開教室或宿舍較遠，又是單獨一人時，最好帶上狗狗，比較保險。」一大回答。

「嗯，對……」大家點頭同意。

一大忽飛快地用右手拿起一枝筷子猛向左手刺去，左手掌及五隻指頭似會自動閃躲，分分合合的，

「咦？喔。」一大突想到，是戴了貓眼鏡的關係。拿下貓眼鏡，再刺，「噢！」刺到了，痛！

一大抬眼，四付墨鏡全朝他看著。

「喂，這餐廳有那麼多蚊子嗎？」曉玄取笑一大。

「戴了貓眼鏡就看得到，這蚊子，嘿，是無形的。」一大得意自己的反應。

「無形的？」大家驚嚇。

「嘿嘿嘿，等你們眼睛好了，我們再來玩……抓蚊子，一起抓。」一大放下了筷子。

「轟隆隆……」一串巨響像打雷打到附近，五人頓時驚得抬起頭看，同學們也都在左顧右盼，阿萬

更是左右上下瞄看。一大霍地站了起身。

「噓……」曉玄將右食指直在嘴唇，在桌面寫「一大一小」四字。

「一大一小？」土也念出聲來。

「轟隆隆……」又一串巨響打來。

「曉玄，什麼事那麼神秘？」小宇拉曉玄手問。

一大往前方看去，梅老師已站起來，大聲說，「各位同學，繼續吃飯，沒事。」

一大小聲急說，「我有事，先走。」便出了餐廳，叫了麥片跟來，直奔地脈。

才進樹林，「一大哥，快，我送你。」

「蚯蚯？」

「呱呱叫我在這等的。」

「喔。」一大沒時間多問，立即轉向麥片，「麥片，快跑，地脈見。」

麥片快跑了去，一大上了蚯蚯背。

一大很快到了地脈，麥片隨後趕到，一大抱起麥片一步跨進了地脈。

一出深潭地脈，一大便聽見，「呱，一大哥，等等！」

一大抬頭，見烏鴉呱呱棲在地脈邊樹枝上。

「呱呱，發生什麼事了？」一大忙問。

「噓，是崔媽媽和小勇哥來了，只是，你爺爺奶奶不見崔媽媽。」

「啊？」一大愣了下，「那，崔媽媽呢？」

「崔媽媽在那，就跪在岸邊。」

「跪？我去……」

「等一下，聽我說。」

「喔。」

「你爺爺奶奶一大早回潭中島去了，崔媽媽來是想看小丹姐，小丹姐還住在原先住的屋子裡，但崔媽媽沒得你爺爺奶奶允許，不敢進小丹姐住的屋子。」

「啊？」

「你爺爺奶奶好像為這事還吵了架。」

「是呀，我就是聽見了轟隆隆的打雷聲，知道爺爺奶奶在發脾氣，趕緊跑來。」

「我早算到了，所以請蚯蚯快去接你。」

「呱呱就是聰明過人。」

「當……然。」

彈簧跑來和麥片唔汪唔汪說話。

「一大哥，水水在水邊等你。」小虎靠近一大耳邊說。

「喔，呱呱，我找水水去。」一大先向呱呱說，再轉向彈簧和麥片，「彈簧、麥片，跟我來。」

跑到岸邊，一大看見崔媽媽跪在那裡，小勇在一旁站著，便一步上前去攙扶崔媽媽起身，「崔媽媽，崔媽媽，您先起來，我馬上去求我爺爺奶奶。」

「復天，你來啦。」崔媽媽看看一大。

「小勇，快幫你媽起來。」但一大、小勇攙扶了半天，崔媽媽卻仍跪著，紋絲不動，一大猛想到，

「哇，您是不是……沒法解跪？」

「不，沒事，沒事，我多跪一會兒，沒關係。」崔媽媽笑笑。

「一大哥，你好！」一沙啞聲傳來。

「水水？」一大往水邊看，「水水，快，載我去潭中島。」

「不用去了。」

「爲什麼？」

「你爺爺奶奶說，可讓這位崔媽媽在這陪她女兒一星期，崔媽媽若同意，就可以起來。」

「我同意！」背後崔媽媽立刻回答。

一大回頭，崔媽媽正在站起身，小勇一旁扶著。

「崔媽媽，來，往這邊走。」一大帶崔媽媽到小丹住的屋子裡，小勇跟著。

崔媽媽看小丹躺在床上，睡得很沉，便靜靜的坐在床沿，也不說話，就兩眼含淚，定定地看著小丹。

一大拉小勇出了小屋，「你和你媽怎麼來了？什麼時候來的？」

「我媽早上說想小丹，就叫我陪著來了，走路就走了兩個多鐘頭，在這裡待了半個鐘頭左右。」

「那，你媽和我爺爺奶奶沒見到面？」

「沒……」

「哦？」

一大去弄了食物，讓崔媽媽、小勇吃了。崔媽媽餵小丹吃粥，不斷地對著小丹輕聲細語說話。

一大又拉小勇走出小屋，「小勇，你媽和你能在這陪小丹最好了，廚房吃的食物也夠，我這禮拜就偶而過來看看，怕學校裡的功課跟不上，你說好不？」

一大看有崔媽媽在這陪小丹，很放心，心中掛著土也幾人的眼傷，想在學校裡多待一些時間。

「沒關係的，我們去跟我媽說。」小勇說。

「好。」

崔媽媽聽了一大所說的，回道，「謝謝你，復天，崔媽媽在這可以照顧小勇、小丹和我自己，你學校裡的功課要多用心，有空才過來，沒關係的，一星期一過，我和小勇便離開。」

「喔，好。」

「復天，你順便送彈簧到前面山路，讓牠回學校裡去，這裡有我和小勇在就可以了。」崔媽媽再轉向彈簧，「彈簧，你星期天再過來，我星期一回去。」

彈簧唔唔汪汪，點頭。

「好，彈簧，我們走。」一大說。

帶上麥片彈簧走到水岸邊，一大低聲叫，「水水，水水。」

「一大哥。」水水從水中探頭。

「水水，我爺爺奶奶還好吧？」

「還好，還好，沒再聽見吵架聲了，呵……」

「他們吵什麼？」

「爲了讓崔媽媽可以待多少天，一天，三天、五天、還是七天，兩人就吵起來了。」

「嘻……」一大吐舌低笑了一聲，「好，那，水水，我先回學校去了，再見嘍。」

「再見。」

晚飯前，一大和麥片跑向操場，一大戴上了貓眼鏡倒立行走。

「戴貓眼鏡刺手指，就像穿烏鴉衣倒立行走一樣，練不出眞功夫。」盧鼎爺爺的大嗓門突在一大耳邊響起。

「啊？」一大嚇一跳，差點沒摔倒，站直了身，「盧爺爺，您好。」

「這些都是基本功，你得紮紮實實的練，不可以投機取巧，懂不懂？」

「是，盧爺爺，我懂。」一大冒汗，取下貓眼鏡。

「左右手的手指互刺時，不可戴貓眼鏡，時時刻刻練習，練好了，不但別人對你的指頭捉摸不著，甚至連整個手腕及手臂也捉摸不到。」

「啊？喔。」一大吃驚。

「就只這麼兩式，『虛天實地』和『指掌迷蹤』，勤加練習，以你的氣功底子，不難。」

「是。」

盧爺爺再加指點了一些訣竅，一大不敢懈怠，很認眞的學著。

過了幾天，下午，梅老師和張龍老師載了土也、阿萬、曉玄、小宇去山下醫院做眼睛的例行複診。

晚飯時，土也神祕小聲地跟一大說，「除了我們四個，你猜，下午梅老師還帶了誰去看眼睛？」

「校長？」一大詭笑。

「神經，是孫子！」

「啊？」

一大回頭看向孫子那桌，孫子戴著墨鏡，看不出有什麼異狀。

「梅老師沒說孫子爲什麼要一起去看眼睛。」曉玄接說。

「小宇說……她也不清……楚……孫子的……情況。」阿萬加上一句。

「孫子在搞什麼鬼？」

一大喃喃說著，右手又抄過一支筷子往左掌快速刺去，「噢！」

十四、小丹不見了

星期天一早，吃了早飯，一大揹了書包，帶了麥片到了深潭。

才跑到到潭水岸邊，一大便被眼前所見景象給驚到傻住。

他萬萬沒想到，竟然看見爺爺奶奶面色凝重站著，而爺爺奶奶面前地上，竟跪著崔媽媽和小勇！

「一大，你跟爺爺奶奶進屋來。」爺爺招手叫一大跟來。

一大跟著爺爺奶奶進到小丹住的屋子，又一次被眼前所見景象給驚到完全傻住。

小丹沒在屋裡，床上空空如也，四周圍也沒有小丹人影！

「小丹不見了！」爺爺指指床上。

「爺爺奶奶，小丹怎麼會不……見了？」一大腦袋瓜極度混亂。

「崔媽媽和小勇說昨晚太累了，在隔房睡得太沉，不知道小丹怎麼不見了的。」奶奶說。

「啊？」一大難以相信眼前所見。

「原以為小丹的媽媽和哥哥在這照顧小丹是再好不過的事，我跟你奶奶就離得遠些在島屋裡住，沒去注意這屋裡，沒想到竟發生這種事。」爺爺搖頭。

「爺爺奶奶，怎麼崔媽媽和小勇會跪在地上？」

「崔媽媽一方面說感謝我們，一方面又說對不起我們，再一方面又拜託我們幫忙找小丹，唉！」爺爺又搖頭，「我叫他們起來都不起來。」

「喔，那，爺爺奶奶，小丹身體還可以嗎？找得到她嗎？」

「小丹她身體應該撐得住，至於找不找得到，那得看你。」爺爺看著一大。

「我？」

「他們抓了小丹，你爺爺判斷，是要逼你出面。」奶奶說。

「啊？我？」

外頭有狗聲汪汪傳來，麥片衝進來，「一大哥，是彈簧，牠帶了松松回來。」

「松松？」一大跑出。

見彈簧趴在崔媽媽和小勇身邊，低頭舐著一團毛茸茸的東西。

一大跑上前去，「是松松！松松，你怎麼了？」

「一大哥，松松剛說清晨天未亮時，有人來抓走小丹姐。小丹姐緊抱牠不放，結果牠被人用力搶去摔到樹幹上，昏了過去，我剛從學校來，發現牠倒在小路邊喘氣。」彈簧說。

「我看看……」一大抱起松松，「松松，別怕，我請爺爺奶奶看看你。」順手摸了下松松尾巴。

一小紙頭掉落地上，一大立刻撿起，看了下，「有字？『上』，上下的『上』？」一大念著。

爺爺將松松接去察看牠的傷勢，說，「不嚴重，爺爺會治好牠。」

崔媽媽抬起頭，「復天，你那小紙給我看看。」

「喔。」一大把小紙頭遞給了崔媽媽。

崔媽媽看了看，隨即說，「小勇，彈簧，我們該回家了。」

崔媽媽拉起小勇，向一大爺爺奶奶深深一鞠躬，「兩位老人家，非常感謝您兩位的大恩大德，我們先回去了。謝謝，謝謝。」

崔媽媽和小勇去屋裡收拾一些衣物，打包好便匆匆告辭離去了。一大爺爺奶奶看崔媽媽急著離去，留不住，也不好再說什麼。

崔媽媽和小勇走了，小丹不見了，一大悵然若失。

「『上』？上下的『上』？」一大還在念。

「一大，是『叔叔』。」爺爺笑笑。

「『叔叔』？」一大茫然。

「大概匆忙緊張中，只寫了『上』字，下面的筆畫沒來得及寫。」爺爺說。

一大在手心畫了下，「啊，是『叔叔』，一定是小丹的叔叔！獨眼龍，崔一海！」

「是熟人幹的，所以這裡才沒有打鬥掙扎的痕跡。」奶奶說。

「那，我……」一大在想下一步如何做。

「爺爺我會找叢林說這事，他會幫忙處理的，呵……」爺爺笑笑。

「叢爺爺？」

「嗯，好了，沒事了，你回學校去吧。」爺爺說。

「喔，那爺爺奶奶，我隨時會回來看你們，再見了。」

「好，再見。」

一大叫上麥片和小虎，便跑向地脈。

出了學校地脈，一大想到早上沒見到蚯蚯，便向大樹爺爺方向走去，到了大樹下，一大向上喊，「樹爺爺，您好。」

「呵呵，一大小朋友，你好。」樹爺爺呵呵。

「呼～嘶～呼～嘶～」一大聽見樹洞內有用力呼吸聲傳來。

「咦？蚯蚯？」一大奇怪，探頭洞內。

「蚯蚯是不是冬眠啦？」小虎一旁說。

「喔，可能。」一大回頭，看到麥片在樹根左右地上嗅聞著，發出「嗯嗯唔汪唔汪」聲。

一大警覺地戴上貓眼鏡，「麥片，怎麼了？」

「嗯汪，有奇怪的味道。」麥片說。

樹洞內有聲音斷斷續續，「一……大哥……進……來……幫……我……」

「啊？蚯蚯，你怎麼了？」一大又探頭洞內，小心探看。

「剛才，有……毒蛇……噴了……我一臉……毒……液，呼嘶……」

「毒蛇？噴你……毒液？」一大很驚訝，看清楚了，蚯蚯僵直的癱在洞內地上，即問，「那毒蛇呢？」

「不……知。」

「我去找梅老師？或我爺爺來？」

「小事，只……眼睛……特不……舒服。」

「眼睛？那，我的眼鏡給你戴。」一大只想到這辦法。

「貓眼鏡？不！嘶……嘶……嘶……」蚯蚯反應激烈。

「好好，不戴，不戴。」

「你對著……我臉……撒泡尿！沖……我眼睛。」

「啊？蚯蚯，你，你瘋啦？」

「沒……瘋，快，童子……尿……解……毒。」

「我……你……他……」又氣又急，不知如何是好。

「快……點！我眼睛……又刺又痛，再不……救，我會……瞎掉。」

「我……你……他……」氣到想罵髒話。

但沒法可想，一大只好進到樹洞內，照辦。

尿完，一大出到樹洞外，「呼～」吐了口氣。

隔了幾分鐘，樹洞內蚯蚯聲傳來，「謝……謝你，一大……哥，滿有效的！呵，嘶……嘶……嘶。」

蚯蚯從洞內滑溜出來，「呵，看……得到……東西了。」

一大見了嘖嘖稱奇，「哇，這麼有效？」

「眼睛……比較……不痛了，但我……得好……好……打坐……運氣，回……復一下元……氣，今天……就……不送……你了。」

「好，喂，等一下，那毒蛇，是什麼毒蛇？」

「外……來種，我從……沒見……過，滿大條的，居然……會噴毒液，一噴……好幾……公尺遠，我閃……避不……及才……，你……要小心，狗……狗也是。」

「喔，好。」

「再幾天，我要……冬眠，到……時候，你幫我……找……東西堵住……我洞口，那外……來種要……是不冬……眠，找……上門來，我……就……麻煩了。」

「外來種？可能是有人帶來的吧？」

「我也這……麼想，你要……小心。」

「好，蚯蚯，你去打坐，快開飯了，我要去餐廳了。再見。」

「好，再見。」

「麥片，你剛發現什麼？聞到什麼奇怪的味道？」一大邊走邊問。

「就，爬蟲類，但不是蚯蚯，身體又大又長，跟蚯蚯差不多。」麥片回答。

「小虎，小虎。」一大摸口袋。

「嘎嘎。」小虎爬出。

「小虎，爬蟲類也算你的同類，你知道那外來種是什麼毒蛇？」

「我聽說，有種唾蛇張口會噴出毒液攻擊敵人眼睛，可噴好幾公尺遠，可是，也聽說，唾蛇在非洲草原才有。」

「非洲？遠在天邊！真的是有人帶來的？長得像蚯蚯那麼又大又長，難道牠也練氣？」一大喃喃自語。

「一大哥，要注意四周圍，別被那蛇跑來用毒液噴到眼睛。」麥片唔汪。

「哈，我有戴貓眼鏡，不怕。」頓了下，「麥片，你也該戴付眼鏡，還有小虎，也……」

「啊？哈，還好飛飛不在，牠一定會大笑！」小虎嘎嘎笑。

「飛飛？牠飛得高，不須要戴。」一大賊笑一下。

「噢，嘎。」小虎掉頭鑽回口袋。

麥片跑向前去，但很快又轉回來，「一大哥，前面……大公雞……在亂蹦亂跳。」

一大跑上前去，見公雞全身羽毛直豎，衝前衝後抓狂一般，便大喊，「咯咯，咯咯，你在幹嘛？」

「咯呀，是一大哥，那蚯蚯臭蛇，居然又開殺戒，咬傷了我家小雞，我要報告梅老師，報告校長，把那臭蛇斃了！氣死我也，狗改不了吃屎！」轉身，「嘿，麥片，不是說你。」

「咯咯，別生氣，蚯蚯早改吃素了，牠是不可能去咬小雞的，何況牠今早……」一大勸著，猛一想，

「咯咯，快，快回雞舍，快，別問爲什麼，快。」

咯咯愣住，一大不管三七二十一，抓抱住牠就往雞舍跑去。

「咯咯，立刻叫所有雞隻回籠，快。」到了雞舍，一大喘著吼著，「快趕那些在外頭走動的雞隻回籠。」

「好，好……」咯咯感覺到有大事發生，就先趕雞回籠再說。

所有的雞回籠後，一大細細檢查雞舍，將雞舍門窗及大縫隙都關好，堵好。

「麥片，有聞到那外來種毒蛇的味道嗎？」一大問。

「有，唔汪。」

一大向咯咯說，「咯咯，咬傷小雞的是一條外來種的毒蛇，不是蚯蚯，蚯蚯牠就是被那毒蛇噴毒液弄傷了眼睛，正痛苦的在家休養呢！」

「啊呀？有毒蛇？不是蚯蚯？啊呀呀？」咯咯緊張得亂亂踏步。

「咯咯，你們都別走出籠子，我去報告梅老師。」

「喔，好。」

「我走了，再見。」

「再見。」

一大剛衝到餐廳門口便被梅老師叫住，「席復天，你過來一下。」

一大是想找梅老師報告事情，但突然被梅老師叫住，心還是怦怦跳，「報告，報告……那……」手指背後喘著說，一大見梅老師戴著一付墨鏡，有點訝異，隨手摘下自己的貓眼鏡。

「席復天，你有戴眼鏡，很好。中飯後，你眼鏡戴著，書包揹著，書包裡放手電筒、《心經》及黑羽衣，來這找我報到。」

「啊？喔，是。」一大有點不安。

「好，去準備吃飯。」梅老師已下了結語。

「是。」

一大看不見梅老師墨鏡後的眼神，猜不透他要幹嘛，轉身走入了餐廳。

一大才坐下，土也就靠上來，「喂，你做善事啦？梅老師怎那麼愛你，老找你讚美一番啊？」

「要愛你去愛。我還希望他恨我，別找我。」一大心神不寧。

「一大，說眞的，梅老師幹嘛找你說話？」曉玄問。

「我也不清楚，說叫我中飯後向他報到。」

「不包……括我……們……吧？」阿萬問。

「想陪我？歡迎。」

「哈，免……，你……自己……去。」阿萬直搖手。

一大轉話題，「嘿，你們的墨鏡還得戴多久？怎連梅老師也戴上了？」

「眼睛刺痛刺痛的，就只好戴著吧！梅老師也戴，是表示他愛我們，要和我們同甘共苦！」土也嘻笑。

「那，孫子也愛你，土也，他也是要和你同甘共苦？」一大賊笑。

「哇，咳咳，我要吐了！」土也作嘔。

「哈，哈……」

十五、毒蛇出沒

中飯後，一大先回寢室，檢查了書包，手電筒及黑羽衣都在，《心經》有兩張，抽屜內又找出四張，共六張，放入了書包。揹上書包，戴上貓眼鏡，走回餐廳。

一大遠遠見到一卡車停在餐廳另一邊，幾隻狗狗圍著梅老師打轉，梅老師戴著墨鏡。走近一看，張龍老師坐在卡車駕駛座上，校長也在，校長坐在張龍老師旁邊，兩人也都戴著墨鏡。

「校長好，張老師好。」一大在窗邊向車內敬禮打招呼。

「喔，席復天，你好啊。」校長向他揮揮手，張老師也向他點點頭。

一大看卡車後方車斗上放著一個大鐵籠子，鐵籠大到可裝八、九個同學。滿腹疑問走到梅老師面前，「報告老師，我來了。這書包裡有手電筒、黑羽衣及《心經》六張。」

「好，來，先抱狗狗上後面的車斗。」

兩人把狗狗弄上車斗，梅老師叫一大跳上去，自己拴好車斗擋板，再跳上。梅老師和一大在車斗上鐵籠邊席地而坐，麥片搖尾而來，緊靠一大蹲著。

卡車緩緩開動了。

「席復天，我們現在要去收蛇。」梅老師說。

「收蛇？」一大嚇一跳。

「收服一條大蛇，有毒的。」

「喔。」這下子一大明白了。

「你中飯前就是要跟我說大蛇的事吧。」

「哦，哦，是，是。」

「我怕功力不夠，還特別請了校長也來幫忙。」

「啊？」一大心底一震。

「找你來，是因你不怕蛇，有貓眼鏡可以防護毒液，並且看得清楚那蛇的動靜，還有可用手電筒的光去罩住蛇。」

「喔，喔，是。」

「你先穿上黑羽毛衣，動作可更靈活些，如有危險，你就快跑脫離現場。」

一大穿上黑羽毛衣，手握手電筒，「老師，那蛇，比蚯蚯大嗎？」

「不相上下，只是蚯蚯沒毒，那蛇有毒。牠最厲害的是會向對方眼睛噴毒液，我們戴墨鏡，牠看不清楚我們的眼睛，就算噴出毒液，鏡片也可保護眼睛。」

「喔。」

「去收蛇，不是要傷害牠。山上氣溫低，牠一定不適應，快入冬了，得儘快收了牠交給相關單位，好送牠去動物園或收容所之類的。」

「是。」一大心中七上八下，撫摸著身旁蹲著的麥片。

卡車慢慢停下，一大看了下周圍，這地方應是在雞舍下方一、兩公里左右的山谷。

「狗狗們，等一會小心大蛇，牠會噴毒液，看到蛇別汪汪叫，回來告訴我們就好了。」梅老師向狗狗說。

校長和張老師已走到車後，放下車斗擋板，狗狗全跳下了車，一大和梅老師也下了車。

張老師在鐵籠邊取出一根人高木棍和一堆繩網，右手握棍，左肩揹了繩網。

狗狗們一起往車後斜坡方向跑去，梅老師低頭看草，指向斜坡方向，「是朝那方向去的。」

山谷的草長得比膝蓋還高，有陣陣山霧飄過，涼涼地打在臉上，模糊了大家的視線。一大小心翼翼踩踏腳步，跟著校長和老師迂迂迴迴走著，偶而看得出有草被重壓歪倒的痕跡。

約半小時後，狗狗們跑了回來，嗯嗯唔唔低叫，梅老師轉頭跟一大小聲說，「你往狗狗跑回來的方向看去，看看有什麼動靜？」

「沒……」一大努力踮腳，「啊！有！有！哇……」一大小聲叫道。

一大戴著貓眼鏡，那蛇只露出一小截，遠遠地一閃即逝，但他看得清楚。

「看到了？」梅老師問。

「嗯，前面二、三十公尺外那堆大石頭，牠溜到石頭背後去了。」

「你帶狗狗們墊後，叫狗別出聲。」梅老師向一大說，隨之和校長、張老師向前走去。一大比手勢叫狗狗們安靜跟上，離梅老師六、七步遠。

往前推近約十來公尺，一大眼睛餘光突感到左側有一黑影閃出，回頭一看，「啊！」叫了一聲。一條暗黑色大蛇昂頭吐信，就在一大左側約十步遠的長草中竄出，「狗狗，退後！」一大大叫，舉起手電筒，但遲疑了下，小拇指沒按下按鈕。

只見那大蛇一張口「沙～」強勁地噴出一箭液體，直向一大射去。

一大只覺臉面一濕，接下來，感覺左眼一陣刺痛，「哇，痛！」

同一時間，梅老師、張老師轉頭向左，並立即伸出雙手用十指指向那蛇，但，那蛇只震了下，反更兇狠地嘶嘶吼著。

只見校長上前一步，口中念念有詞，也伸出雙手，十指指向那蛇，那蛇被震到歪了去，但旋又昂起蛇頭嘶嘶吼吼。校長及兩位老師繼續加力十指指向蛇頭，臉都脹紅了，過了一兩分鐘，那高高昂起的蛇頭才緩緩地癱軟下去。

梅老師隨之跑近一大，「別動，我看看。」

校長、張老師也跑了來。

校長架起一大右胳膊，向梅老師交待兩句後，便快步跑回卡車，在車內拿起一壺水，脫下一大眼鏡，小心地往他眼睛沖水。

梅老師、張老師合力將大蛇網住，用木棍穿網，扛回卡車，將大蛇放入鐵籠中，鎖好。

「先去衛生所做初步清理，再送山下醫院，快！」校長指示，扶著一大，擠上了前座。

狗狗全上了車斗，梅老師也在車斗上坐好，向前喊了聲，「好，走！」

張老師將卡車開到衛生所，初步清理了一大身上臉上的毒液，大家再上車，車開到何婆婆管理的庫房邊，將鐵籠卸下，梅老師從一大書包中拿出幾張《心經》交給何婆婆並說了些話。

校長、張老師回辦公室，狗狗回犬舍，梅老師開卡車載了一大，直奔山下醫院。

折騰到晚上十點多，梅老師載一大回到學校，直接回梅老師家，梅師母下麵給兩人吃。

梅師母心疼地問一大，「復天，你的眼睛……醫生怎麼說？」

「醫生說，毒液濺到了左眼，不多，不多，一滴滴而已，過幾天再去檢查檢查，沒有問題的，還好我戴了眼鏡。」一大不想讓師母太擔心，輕描淡寫說。

「那條蛇身上有種奇特的氣，可能是屬於巫術方面的。」梅老師說，「牠怎會來到這裡？還攻擊席復天和蛇蚯蚯？老師會再去看牠，牠雖關在籠裡，但還是得防牠噴毒液，我看最好打把傘，穿雨衣，光戴眼鏡似乎擋不住牠的毒液。」

一大心中驚驚，沒說話。

一大要離開時，師母把她的墨鏡交給他，「復天，你用得著，留著。」

「好，謝謝師母。」一大伸手接下。

一大回寢室，土也、阿萬已睡了。洗澡時，老覺身上仍有味道，多沖洗了幾次才感覺好些。

躺回床上，想著，「黑羽衣也該洗一洗，明天請何婆婆幫忙。」

忽聽小虎說，「一大哥，叢爺爺來找你。」

「啊？」一大翻身坐起，抓過貓眼鏡戴上，「師父。」想站起來。

「一大，坐。我來看看你眼睛，還好吧？」叢爺爺挨他身邊坐在床沿。

「師父，就刺痛，說是毒液濺到左眼，醫生說，過幾天要再去檢查一下。」

叢爺爺在一大左眼睛四周圍摸摸按按。

「那毒蛇啊，是條會巫術的蛇，形體會忽隱忽現，我剛去和牠說了話，他是受人指使才要傷害你的。」

「會忽隱忽現？難怪，牠突然冒出，我來不及躲，我也猜牠是受人指使的。」

「我看見有幾張你抄寫的《心經》黏在籠上。」

「嗯，我抄寫的《心經》，那是梅老師要的。」

「好，一大，師父來是爲了另一件事，是要向你借黑羽衣用用。」

「啊？喔，好，不過師父，黑羽衣上面還有毒液，我準備明天洗一洗。」

「交給我，我洗了再穿，濕的也沒關係，師父今晚要找人，不想被人認出。」

「找人？」

「嗯，找擄走你女朋友的人。」

「小丹？」一大一震，差點兒叫出聲。

「呵，是。」

「小丹是……好朋友啦。」一大笑笑，「我爺爺有說，那是小丹的叔叔幹的。」

「是啊，那個崔一海，我上次找不著他，他一定躲在什麼隱密處，我得好好查他一查。」

一大把黑羽衣交給了叢爺爺，「師父，拜託您了。謝謝。」

「小事，用完就還你，師父走了，你休息吧。再見。」

「好，師父，再見。」

一大再躺回床上，心想，「這毒液還眞毒，眼睛又刺又痛！怎麼睡嘛？」

小虎來說，「二大哥，你要不要撒泡尿沖眼睛？」

「撒泡尿？」一大猛地翻身坐起，旋又想，「喂，小虎，這好嗎？」

「蚯蚯不就好了？」

「你個渾小子，蚯蚯是蛇，我是人。」

「那，嘿，我就不知了。」

一大回頭見土也、阿萬睡得正熟，補了句，「小虎，我再想想。」

第二天一早起床時，土也、阿萬就發覺一大不對勁，阿萬問一大，「你……左眼……好……腫，怎麼了？」

土也湊上盯看，「同學，你昨天去偷黃金哦？看來偷了不少，分點用用吧。」

一大摸出師母的墨鏡戴上，「我跟你們說，本來更腫更痛的，現在好一點了。至於黃金嘛，沒偷到半點，毒液倒噴了滿臉。」

「毒液？」土也、阿萬兩人驚訝。

「噓，有隻大蛇出現在山上，那蛇會噴毒液。昨天下午我向梅老師報到，他叫我跟他去抓蛇。」

「哇，神勇！但，爲什麼找你？」土也問。

「我的肉好吃。」一大賊笑。

「哈，找阿萬去不更好。」

「土……」阿萬一把推開土也，三人嘻嘻哈哈。

「好了啦，是因爲我戴貓眼鏡，那蛇神出鬼沒，我看得清楚。」一大停下，「喂，沒時間了，我洗臉去，等一下再說。」

早飯桌上，繼續聊大毒蛇的事。一大說校長、梅老師、張老師有多神勇，簡簡單單就將大蛇制伏了。

曉玄又害怕又愛聽，招手叫小宇陪她一起聽。

「我昨天晚上從醫院回來時，一個臉腫到寢室門都差點進不去，左眼皮上下全黏死了，要兩手上下用力掰，才掰開一條細縫……」一大戴著墨鏡，看著面前也都還戴著墨鏡的四個好同學，想減輕一點他們的憂慮，把自己情況說得既誇張又活靈活現。

「那你今天看來好多了嘛。」小宇說。

「嘿，特效藥果眞厲害。」一大嘴角揚了一下。

「特效藥？」四人異口同聲。

「嗯。」一大仰高頭又重重點頭。

「什麼特效藥？剛才一早沒聽你說。」土也問。

「你們眼睛都快好了，所以，就不用說了。」一大欲言又止模樣。

「還……是……說一……說……嘛。」阿萬催著。

「你們四位都想聽我才說，但是，聽了可不許罵我。」一大先聲明。

四人互看了下，都點點頭，「一大，你說吧！哪有什麼不好說的。」曉玄也催。

「撒泡尿沖眼睛！」一大吐出一句。

四人愣了一下，「哈……」，「哇……」，「嘻……」爆出一陣叫笑聲。

「這也不是什麼奇聞，只是一大，你不錯嘛，這種方法也知道。」曉玄笑笑，「書上是有說，可用小孩的尿解毒。」

「還眞沒什麼事能考倒曉玄的，厲害。」一大豎起大拇指。

小宇卻捏著鼻子，「一大，你身上……有尿騷味耶。」

「去妳的，妳眞以爲我撒尿沖眼睛哦，神經。」一大接說，「喂，下午沒事，我想去和大毒蛇聊聊，牠關在何婆婆庫房邊的鐵籠裡，牠會噴毒液，光戴眼鏡擋不住，去的話最好打把傘，你們想不想去。」

「好哇，刺激！」土也點頭，阿萬跟進點頭。

曉玄、小宇互看一眼，也點了頭。

「一大哥，呱呱來了，在外面。」小虎向一大說。

「喔。」一大向四位好友說，「走吧，要上課了。」

走出餐廳，一大說要上廁所，叫四人先走。

「一大哥，早安。」是呱呱的聲音由上方傳來。

一大抬頭，「呱呱，你好呵。」見呱呱棲在松樹上。

「小丹逃走了。」

「小丹逃走了？」

「是。可是，有一點我想不通，崔一海那獨眼龍怎麼跟你一樣，抄寫起了《心經》？」

「等一下，你說小丹逃走了？逃去哪了？」

「呱，不知道，全世界都在找她。」

「崔一海抄寫《心經》，嗯，他樂意就好。」一大已聯想到了叢爺爺。

「對了，那大毒蛇關進鐵籠的事，我跟蚯蚯和咯咯說了，蚯蚯安心準備冬眠了，牠說你不用幫他堵住洞口了，咯咯也可安心得繼續早上叫大家起床了。」

「好你個呱呱，眞聰明。」

「那當然，我還跟大毒蛇聊過天了，你信不信？」

「信，你們聊了什麼？」

「那毒蛇居然說，牠噴了一嘴毒液到一隻貓頭烏鴉身的傢伙身上，嘶嘶地自以爲自己有多了不起。」

「哇哈，然後呢？」

「我跟那毒蛇說牠死定了，牠噴到的那貓頭烏鴉身的是個高人，我們都尊稱他爲『一大哥』的，那烏鴉身是一隻叫『呱呱』的宇宙絕頂聰明的神鴉送給一大哥的黑羽毛神仙衣。」

「哈哈……」

「那毒蛇一聽，嚇得沒魂飛魄散也屁滾尿流，直問我該怎麼辦？」

「我說，簡單，就抄寫《心經》道歉吧！」

「你叫牠抄寫《心經》？」

「108遍給一大哥，108遍給過山刀蚯蚯，108遍給叫『呱呱』的神鴉，108遍給叫『咯咯』的公雞。」

「哈哈……」

「大毒蛇傷害你跟蚯蚯的眼睛還有我的羽毛，更傷了咯咯的小雞。我告訴牠必須用毛筆抄寫《心經》，向四位高手道歉，否則有高手會招待牠進旋轉門，把牠打爛，做成一碗蛇羹。」

「呱呱，你，哈哈……，太好笑了。」一大忽打住，「嘿，我要上課去了，再見。」一大快跑離去。

「再見。」

十六、和大毒蛇聊天

教室裡，第一節下課時，小虎問，「一大哥，蛇有手嗎？」

「四腳蛇才有，其他哪條蛇有手呵？小虎笨……」話才出口，一大猛地一震，「唉呀，我笨，是我笨！都是那臭呱呱……」低頭捶桌。

「你幹嘛？」土也湊來問道。

「就……寫《心經》，哦，沒事，沒事。」一大搖搖手，把墨鏡摘下換上貓眼鏡，往羊皮看，「羊皮，最近如何？」

「中等。」羊皮沒勁。

「好壞各半？」

「算是。」

「喂，有點精神嘛！」

「難。」

「那下午去和毒蛇聊天如何？」

「哪？」

「庫房邊鐵籠子，我們吃了中飯一點左右去，反正冬天沒什麼太陽，你就來找我們一起去和毒蛇聊天。」

「好呀，這好玩。」羊皮有了精神。

「那毒蛇會巫術，忽隱忽現的，還會噴毒液，你看到我左眼沒，就是被牠毒液噴到才……」

「喔，我以爲你打架打的，才沒問你。」

「打架？嗯，也算是，可這次我連還手機會都沒，就成了這德行。」

「嘻，你被毒液噴到眼睛，有沒有馬上撒泡尿沖沖？」

「哇哈，羊皮，你也知道這種特效藥？」

「普通常識，我小時候，聽長輩說過這方法。」

「哈……」一大轉向土也、阿萬，「土也、阿萬，羊皮他也知道撒尿沖眼睛的方法。」

土也、阿萬兩人分別戴了貓眼鏡和羊皮聊了聊，對下午找毒蛇聊天的事興致勃勃。

接下來，上中醫課，全老師正巧說到中毒、化毒、解毒相關醫理，講後問同學們有沒有問題。

一大聽了即舉手發問，「老師，請問人尿有沒有解毒作用。」

有同學低聲在笑。

「喔，古人用童子尿解毒，在醫書上是有記載的，童子爲純陽體質，其眞元陽氣排出的尿，是有某種解毒療效。近日也有新聞說有人在深山裡被蜂螫了，立刻用他十來歲兒子的尿緩解蜂毒，又擦又喝的，是能消痛又消腫。不過，現代醫學發達，嗯……」老師停了下，「席復天，你和幾位眼睛不舒服的同學，在醫院治療就好，別隨便用尿治療，知道吧？」

「是，老師，知道。」

一大看著講台上的全老師，口中喃喃，「心裡想什麼，老師都知道。」

全老師接下來教脈診，先說明「寸關尺」的定位。在手內腕以中指定關位，然後以食指定寸位，再以無名指定尺位。並要同學與鄰座同學互相把脈，練習「寸關尺」定位。老師繼續說，脈搏正常速率爲一分鐘六十到八十五間，一分鐘八十五以上爲數脈，六十以下爲遲脈，數、遲即是快、慢……

一大和土也互相把脈，以三根手指感覺對方的脈搏跳動。初學，也沒有什麼大的心得。

一大戴了貓眼鏡看羊皮，羊皮對他抬抬手，一臉難過，「我測不到脈搏。」

一大湊上安慰了幾句，「別管脈搏了，下午一起去找毒蛇聊天。」羊皮開心點頭，一大反而難過了起，暗嘆一口氣，「唉，活人才測得到脈搏，你要是活著，那該多好。」

吃了中飯，四人找了小宇，回宿舍找了兩支傘，全戴上墨鏡，往庫房邊鐵籠方向走去。

還離鐵籠十幾公尺遠，一大小聲提醒撐傘。

五人擠躲在兩支傘後，伏低身子向鐵籠推進，「咦，籠子是空的？」一大探頭看去，「哦，等一下。」

換戴上了貓眼鏡，只見是有一長條黑影伏趴在籠底。

一大回頭一看，羊皮正貼著他，也朝鐵籠方向看，「啊，你是人是鬼？」

「鬼。」

「呵，是，是，羊皮，你看得見那蛇嗎？」

「看得見，大蛇，暗黑色的，在籠底趴著。」

「呵，隱形？羊皮，你有沒有辦法讓牠現形？」

「我去試試。」

幾人遠遠地等了一兩分鐘，鐵籠方向突然傳來吭吭匡匡聲音。

「一大，快叫大家退後，退後，大蛇抓狂大發脾氣，猛撞籠子！」羊皮急喊。

一大立即叫，「大家退後，退後，快！」

五人趕緊退後了十來公尺。

「發生什麼事？」曉玄問一大。

「羊皮說，大蛇抓狂大發脾氣，在撞籠子。大家輪流戴貓鏡看看，不過牠好像隱形了，戴貓鏡看也只看得到黑影。」一大將貓鏡遞給最近的曉玄。

大家輪流戴貓鏡看了看，沒看到什麼具體的東西。

貓鏡回到一大臉上，羊皮靠近說，「一大，我跟你說，剛才我和大蛇說過幾句話，原先也都還好，但當我說到你的名字『席復天』和『一大』字眼時，牠就忽然間抓狂了。」

「抓狂？牠那麼不爽我？」一大無法理解。

「哇呀，好大！」忽聽身旁幾人哇哇大叫。

一大往鐵籠看去，「哇，現形了！」

只見那大蛇昂頭吐信，威風凜凜的在籠子裡嘶嘶叫著，頸部兩條白橫紋一鬆一緊的，樣子頗爲嚇人。

「傘，傘，快躲！」一大提醒大家，五人立刻又伏低身子躲在兩支傘後。

正在想下一步怎麼做，一大忽聽見，「嘶嘶，一大哥，我跟你說話。」

「蚯……，咦？不對，低沉，這聲音……低沉渾厚，不是蚯蚯。」一大探頭看。

「一大，那蛇說要跟你說話，聽到了沒？」羊皮在耳邊說。

「眞是那蛇？我有聽到，我……，等一下，我和土也他們商量商量。」

「土也、阿萬、曉玄、小宇，那蛇說要跟我說話。」一大低下身說。

「啊？」四人愣了下，「別去。」、「小……心。」、「是陷阱。」、「牠又會噴你毒液。」四人都勸一大不要去。

「一大哥，光頭校長點了我穴道，我暫時不能噴毒液了，別擔心，我只是要跟你說話。」低沉的聲音又傳入一大耳朵。

「牠說校長點了牠穴，不能噴毒液了，我去！」一大霍地站起。

「喂，喂！」幾人拉不住他。

「大蛇，我是席復天，外號『一大』，你要跟我說話嗎？」一大遠遠地喊話。

「好個一大，大家都說你膽大，你怎不敢靠近我說話？嘶～你先拿下你那令蛇厭惡的貓眼鏡。」

一大摘下貓眼鏡交給了土也，往前走了五、六步，「什麼不敢？笑話，我是膽大，但我還外加心細。」

「呵，嘶～，不過一個小傢伙，居然陰陽兩界、人鬼禽鳥蟲獸都有你的朋友。」

「因爲我不會沒事亂噴毒液暗算人家！」

「是呵，你還抄寫《心經》幫助人家。」

《心經》？喔，我只爲朋友抄寫。」

「那，一個敵人要怎樣才能變成朋友？」

「請他抄寫《心經》啊！」

「他想抄，但他沒手。」

「梅老師說，找你就……」

「等……等……等……，沒手……這跟我無關吧？」

「梅……，等……等……等一下，你就跟梅老師說你沒遇見到我。」

「梅老師說你今天下午會和五個同學來看我。」

「啊？我……」一大腿軟了一下，不由自主的四下看看。

「一大哥，這樣好了，如你幫我抄寫《心經》，我呢，也教你一招巫術，當作交換禮物，如何？」

「噴毒液？嘿，免啦。」

「噴毒液哪算巫術，另外的，你答應了，我才跟你說。」

「你……等……等……」一大沒戴貓眼鏡，想找羊皮商量也沒辦法，往褲口袋摸摸又回頭看土也他們。

「自己就能決定，幹嘛還找羊皮、小虎、同學問？」大蛇嘶叫。

「哇呀，你這賊……賊……，知道我在想什麼？」

「喳喳，不是賊賊。」

「喳喳？」

「非洲原民叫我『喳喳』。」

「『賊賊』比較適合你，好，好，算了，看你叫我一大哥，我就叫你『喳喳』。」

「你答應幫我了？」

「哪有？」

「當非洲原民說『喳喳』時，就表示一切ok，答應了。」

「嘿，毒東西，你身上還不只毒液毒，心也毒。」

「這是『智慧』。」

「蚯……，不，喳……，他……，怎蛇類都用同一種語言？」

「一大哥，你別婆婆媽媽了，反正梅老師說，他交待你做的事，你沒有做不到的。」

「梅老師？我……，唉唷！好吧，那，你就列個清單吧。」

「108 遍給一大哥你，108 遍給過山刀蛇蚯蚯，108 遍給烏鴉呱呱，108 遍給公雞咯咯。才來一兩天就得罪了一票人鬼禽鳥蟲獸，昨晚一堆高人高鬼在我四周圍轉來晃去，連青面獠牙的鬼大王都帶著保鏢來，要我別欺負你。」

「哈哈，蚯蚯蛇，呱呱鴉，咯咯雞、松松鼠、狗狗、壁虎、螢火蟲都是我的好朋友，鬼王、護法、師父、老師、校長，都是我的監護人，還有……，一時說不完，以後有空再說吧。」

「我現在大約知道了。所以，神鴉才指點我說，可以寫《心經》向各位道歉。」

「神鴉？」

「神鴉說，要是我不寫，下場會有多慘，你知道嗎？」

「有多慘？」

「我會被丟進旋轉門，打糊做成好幾碗蛇羹！」

「哈，一碗吧？」

「一大哥你愛說笑，我這麼大尾。」

「哈，眞……我……他……」一大猛搖頭，「對了，說實話，你昨天爲什麼要衝著我噴毒液？」

「任何一條蛇見到一個臉戴貓眼鏡、身穿烏鴉衣、腿綁巨蛇蛻的怪咖，不先下手？那可就沒臉叫蛇了。」

「你眞……，我，嘿，不對，你是外來種，定是有人故意放你來這，就是爲了要對付我的，對不對？那人是誰？你剛聽羊皮說我的名字又特別激動，只是沒法噴毒液，不然，你又噴了。」

「好傢伙，你都明白。今早，校長、老師、人鬼一票都來問我是誰放我來這的，盜有道，蛇有義，我基於道義，不能說。」

「不說？好，那我不寫。」

「好好，那，你先寫一張，我告訴你那人的姓，就一個字，然後，你再繼續寫其他。」

「姓而已？」

「已經很多了，那人不准我說他名，但，沒說不能說他的姓。」

「哈，你眞他……賊，不，眞有……智慧。」

「呵，嘶嘶，反正這山上氣候不適合我，不宜久留，隔幾天我就會被送走，會被關在動物園或收容所冬眠。你抄寫《心經》是修身養性，我偶而會回來看你的。」

「修身養性？是，大家都這麼說。但你關在動物園或收容所怎可能回來看我，我去看你還差不多。」

「呵，一大哥，你以爲動物園或收容所關得住我？那裡可沒有像這山上有麼多的高人高鬼。到時，我想來就來想去就去，誰也管不了我。」

「好傢伙，你應該來雲霧中學上課的，那樣你就知道天有多高，地有多厚了。」

「像你，就是個例子。」

「你怎知道？」

「何婆婆說的。」

「哈，何婆婆，她啊，太瞭解我了，她是好人，也是高人。」

「我領教過了，她貼上這幾張《心經》，還教我一字一句念，我竟然反抗不了，乖乖照念，連我自己都難以相信，就是她說要我修身養性的。」

「哈，是，是，修身養性！這幾張《心經》便是我寫的，你知道不？」

「知道，不過何婆婆先前這麼說時，我不信，現在信了。」

「爲什麼？」

「你小指頭發出的氣，和這幾張《心經》上的字發出的氣是一致的。」

「哇，高蛇，你居然看得出？」

「呵，嘶嘶，你昨天舉起手電筒對準我，但沒按下按鈕，那時我就盯著你的小指頭看了。見你心有慈悲，所以我毒液也就只噴了一小部分，便收住了。」

「哇，那叫一小部分？我……你……」

「好了，一大哥，反正人上有人，我再高，碰到你老師、校長還不是一樣被弄昏給抓了。你回去抄寫《心經》吧，下次再見面時我就教你一招巫術。」

「好……吧。」面對高蛇喳喳，一大再講不出其他道理，只好轉說，「喳喳，我介紹我的好同學給你認識吧，以後若不小心遇上，你可別對他們胡亂噴毒液。」

「呵，嘶嘶～，好，好。」

一大回頭招手，叫土也他們靠近來，土也幾人小心翼翼走來。

「喳喳，這四個是我的好同學土也、阿萬、曉玄、小宇，另一個無形的叫羊皮，口袋裡的是壁小虎。」

小虎爬了出來。

「你們好，我叫『喳喳』，大家初次見面，別害怕，以後就認識了，你們講話我懂得，我說的你們若不懂，讓一大哥轉說。」

一大把喳喳說的話轉述給好同學，同學們心中怕怕地看著籠裡的大蛇。

土也先說，「『喳喳』，我叫土也，我們戴著墨鏡是因為別的事弄傷眼睛的，跟你無關，別奇怪。」

喳喳嘶嘶笑，「土也，戴墨鏡很帥呵，有機會我也要弄一付來戴。」

大家聽了一大的轉述都吃吃笑。

曉玄接下去說，「『喳喳』，我是曉玄，我們人類如果一個人對著另一個人吐口水，是很不禮貌的事，你以後見到人，最好也別噴毒液或吐口水，好不好？」

喳喳說，「呵，曉玄，妳的說法頗有智慧的，我聽進去了，但一時之間我積習難改，我會好好想想，看有沒有辦法修正一下。」

一大轉述，曉玄笑了笑說，「好吧。」

小宇說，「喳喳，你好像胖了點，是不是該減肥了？」

「嘶嘶……」只見喳喳一個轉身。

「哇哇……哇……」幾人大叫，只見喳喳身體從比大碗公碗口還粗突變得比細竹竿還細。

「媽呀，如不認識，肯定當你是妖怪！」一大驚駭。

阿萬看得喘喘，「喳喳，你……這麼……瞬……間減……肥，看得……我……喘……」

「呵呵，好玩吧？阿萬，你多運動就可以減肥了！」

一大轉述後，大家都叫阿萬以後要多加運動了。

「羊皮，你也可以說說話。」

一大聽見喳喳叫著羊皮，便向土也拿回貓眼鏡戴上，看向羊皮。

「我……我……看你們活著……活蹦亂跳的，好羨慕，唉……」羊皮黯然。

「嘿，羊皮，別太看輕自己，跟你的好同學們一起修身養性，不修今生修來生。」喳喳說。

羊皮臉上綻放出希望的笑容，「好，謝謝。」

一大轉述給同學們聽，曉玄聽了說，「看不出來，喳喳還滿懂哲理的。」

說完了，幾人才向喳喳說再見，嘻嘻鬧鬧地離去。

十七、尋找小丹

小丹失了蹤，一大魂不守舍。而奇怪的是，竟然連一大爺爺奶奶、叢爺爺、盧爺爺、崔媽媽、小勇，都查無小丹的絲毫消息。

叢爺爺只覺找不到小丹很沒面子，隔天晚上碰面時，還了一大黑羽衣，交待一大自行練功，沒多聊，又找小丹去了。

一大沒事就抄寫《心經》，好努力靜下心來。

兩天後的下午，一大去找喳喳，「喳喳，看，我幫你寫好十張《心經》了，我會分別送給烏鴉呱呱，公雞咯咯，至於蚯蚯蛇，等牠冬眠醒過來後再送。我還會繼續寫……」

「好極了，一大哥，來，我教你一招巫術，感謝你的好心。」

「喳喳，不用了。」一大沒精打采。

「爲了找小丹，你很煩惱？」

「啊？」一大嚇一跳。

「我教你的巫術，只須念兩句簡單的咒語，學了之後，我再和你討論如何找小丹。」

「喳喳，別逗我了。」

「蚯蚯冬眠去了，不然，牠會和你討論如何找小丹，對吧？你趁我還沒冬眠，好好把握，嘿……」

「那……？」一大心中清楚，蚯蚯具有特殊的智慧，看著眼前的喳喳，一大懷疑，「蚯蚯很有智慧，你的智慧也很高，但你和蚯蚯比？嗯……」

「不試一下，又怎知道？來，我教你念咒語，『嘶嘶嘶嘶，嘶嘶嘶嘶。』」

「你還眞逗我，『嘶嘶嘶』的，誰不會？哪還用學？」

「嘿，一大哥，舌頂上顎發出嘶嘶聲，你會？更何況，這聲是有音階變化的。」

「啊？」一大不清楚。

「你舌頂上顎，像打坐練氣時一樣，然後發出嘶嘶聲……」

「嘶……嘶……」一大試著發嘶聲，「嘿，是不容易，嘶……嘶……」

「你有氣功的底子，慢慢地練習，會將任督二脈的氣藉舌頂上顎搭橋，集於一處發出。」

「嘶……嘶……」一大又試了幾次，搖搖頭，「呼，好累。」

「那，先記下 DoReMiMiReDoLaLaLa，這比較簡單吧？」

「嗯，簡單 DoReMi，MiReDo，LaLaLa。」

「簡譜就是 123，321，666。」

「嗯，123，321，666，記下了。」

「用嘶嘶聲，舌頂上顎搭橋發出這九音。沒練氣的人，就算學會發出這九音，也沒效。」

「哦？那，喳喳，我練好後，會怎樣？」

「先背123321666，熟了，再看。」

「好。」

「你腦袋瓜老想著小丹，我看，你把幾張《心經》先分送給烏鴉和公雞，就找小丹去吧。」喳喳說。

一大想了想，「嘿，也好，那，喳喳，我先走了。」跑了去。

一大先回寢室，看土也、阿萬在睡午覺。便將十張《心經》放入書包，書包內有黑羽衣、貓眼鏡、打火機、眼藥水，另去裝了壺開水放入書包。戴著墨鏡坐在床沿，想了想，不知找小丹要從哪找起。

「先找爺爺奶奶去。」決定了。

便去找到麥片跟著，先將五張《心經》給了公雞咯咯，並請牠原諒大毒蛇。沒找到烏鴉呱呱，一路帶著麥片哼著，記著，「123，321，666，DoReMi，MiReDo，LaLaLa，嘶嘶嘶嘶……」

一大走到地脈，抱起麥片，一步跨入圈圈中。

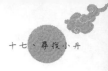

一出地脈，麥片就飛跳跑了去，一大急叫，「麥片！」卻一下當場傻住，「啊？」眼前竟是一片陌生的景象，這才發現自己居然置身在一座大山之上，四周圍長有許多野生果樹。

「汪汪，汪汪……」一大猛地回神，見麥片又衝了回來，「麥片！咦，還有……狼狗？」麥片跑近，後頭跟了一條狼狗。

「一大哥，快來。」麥片汪汪叫。

「那是彈簧？」一大愣了下，那狼狗竟是小丹的狗，彈簧。

麥片、彈簧一道，似要帶一大去什麼地方，「一大哥，小丹姐她……」彈簧唔汪叫。

「小丹？」一大一聽，立即拔腿快步跟上兩狗。

兩隻狗快跑衝進一漆黑山洞，一大立即換戴貓眼鏡跟進，兩隻狗停住，嗯嗯唔唔的。

「啊？小丹！」一大看見地上躺了一女孩，一眼看出是小丹，慌忙跪地俯看，「小丹，小丹，是我，一大，妳，這……」

小丹微微張眼，沒力地說，「這……你也……找得……到……我？」

「彈簧，小丹怎會……在這裡？」一大問狼狗。

「我又揹又拖的，和小丹姐從地脈逃到這裡，小丹姐這幾天只有吃水果和餅乾。」

「哇，這……，不行，我們走。」一大抱起小丹癱軟的身子，快步走出山洞。小丹一下子受不了光線刺眼，忙閉雙眼。一大立即給她戴上墨鏡，走向來時的地脈出口。

進了地脈，一大將小丹站直靠著他，「麥片上來，彈簧，你靠著小丹姐。」麥片跳上一大臂彎，彈簧緊靠著小丹。

一大念了「雙潭」，轉眼間到了深潭邊的林子中，一抬眼，爺爺奶奶就在眼前。

「爺爺奶奶，小丹她……」一大快哭了出來。

「不難過，小丹不會有事的，來，我們走。」爺爺說著，走向潭邊，奶奶幫著扶住小丹跟上。在岸邊，四人二狗上了竹筏，水水拉著，竹筏緩緩前行。

到了潭中島，四人二狗上了小島。

爺爺奶奶將小丹躺放屋內床上，蓋上棉被，爺爺立即幫小丹把脈。奶奶端來一碗熱米湯，一旁放著。

爺爺幫小丹把好脈，向奶奶點點頭，奶奶走來扶起小丹上身，一匙一匙餵著小丹喝米湯。

「別擔心，小丹又餓又累，很是虛弱，待會兒喝過米湯，再睡個飽覺，就會好些的。」爺爺拍拍一大肩膀。

「謝謝爺爺奶奶，我……」一大心情混亂。

「來，爺爺看看你眼睛。」

「哦，爺爺，是一條大蛇對我噴毒液，我去醫院治療過了。」

「你校長、梅老師、叢林也都幫你治療過，沒事，大蛇並沒使出全力攻擊你。」爺爺說。

「嗯。」一大肅然起敬。

「爺爺奶奶看到你進了雲霧地脈，但你卻跑到深山去，還找到了小丹，一大，看來，是那條大蛇在幫你。」

「大蛇幫我？可牠是條毒蛇。」一大不可置信。

「牠是有毒，但被你校長、老師收服了，又有你師父、人鬼鳥獸一幫朋友勸導牠，你和牠又有緣，牠就幫了你。」

「爺爺，我不太明白。」

「大蛇有教你什麼嗎？」

「呵，沒什麼，只教我……嘶嘶嘶嘶……」

「你再說仔細點。」

「牠教我舌頂上顎，搭橋，集氣，口出嘶嘶聲，音像 DoReMi，MiReDo，LaLaLa，簡譜是 123，321，666。」

「好傢伙，那條大蛇不簡單，來，一大，跟我來。」爺爺起身走出屋子，一大跟上。

「你看著爺爺。」爺爺發出幾種如 DoReMiMiReDoLaLaLa 音的嘶嘶聲，高高低低。

突然，爺爺不見了。一大頗為驚訝，四面八方看，沒有爺爺的蹤影。

隔了一兩分鐘，爺爺才又出現。

「爺爺，您剛才……怎不見了？」

「哈，猜到沒？是隱身術！一大，好好練習，這玩意兒有趣。我倒著發 LaLaLaDoReMiMiReDo 音的嘶嘶聲，便又現形回來了。」

「爺爺，高呵，難怪那條蛇神出鬼沒，忽隱忽現的，真神奇，那蛇牠倒沒跟我說倒著發音可現形回來。」

「呵，還有啊，簡譜是 123，321，666，你背著背著，踏上雲霧中學地脈，才一念『123』，你就跑到那座『眼耳山』去了，發音很像，呵呵……」

「啊？」一大心中對爺爺佩服到簡直想跪了又跪。

「只是，小丹怎會躲到『眼耳山』去？等她醒後再問問她。」

「嗯。」

「爺爺奶奶會陪小丹在潭中島這裡調養，絕不會讓她再被人綁走了。對了，松松身體復原很好，已離開了。你若忙上課，星期六、日來就好，爺爺會把小丹的情形通知她母親。」

「好。」一大看看天色，「爺爺奶奶，那我和麥片先回學校去，不然趕不上晚飯了。」

「好，爺爺奶奶會照顧小丹和彈簧，你回去吧。」爺爺說。

「爺爺奶奶再見。」一大揮揮手。

水水拉了竹筏送一大和麥片到岸邊。

回到了學校，麥片自行回犬舍去。

阿萬向一大說有他的信，一大便去資訊室收信。

看信，是叔叔寫來的，一大心中雖不樂意，但還是收下看了：

「復天，

你快要放寒假，也快要過農曆年了。叔叔一直很想念你，也很希望你能回家過年，你放心，你若回家，叔叔嬸嬸會住到別處去，不會打擾你的生活。我們會爲你準備好充足的素菜水果，夠你和五、六個好同學們一起享用兩星期。叔叔是從小看著你長大的人，這世上你最親近的人也只有叔叔我了，叔叔所作所爲都是爲你著想的，請好好想想，叔叔等你回覆。

叔叔」

一大摺了信，放入口袋，心中只覺難過。

呆坐資訊室電腦桌前，胡亂想了一會兒，一大忽說，「小虎，來，到桌上。」

「嘎～」小虎爬到了桌上。

「小虎，你看我，看得到吧？」

「嘻，我看到的是一大哥，你是誰？」

「嘿，幽默，是我一大哥啦，看著。」

一大舌頂上顎，發出高高低低音調的嘶嘶聲。

「小虎，你還看得到嗎？」

「看得到。」

一大繼續發嘶嘶聲。

「還看得到？」

「還看得到。」

「呼，功力太差，爺爺一次就 ok 了。」一大喪氣。

「咦，一大哥，你的手？」小虎口氣怪裡怪氣。

「啊？」一大一看，嚇了一大跳，「我的手？哇，右手不……見……了？」用左手摸右手也摸不著，右手臂關節以下全空掉了。

這一驚非同小可，一大四面八方張望了一下，資訊室空蕩蕩，一個人也沒有。

「這……這……呼，別急，我應該倒著發 LaLaLaDo……的嘶嘶聲。」一大看著右手小臂空處，緊緊張張，但忽又打住，「等等……」

他隨即從外套口袋中摸出一枝原子筆，握在左手中，然後舉高左手，快速往右手刺去。

「哈，刺不到！」一大洋洋得意。

隔了一會，「一大哥，一大哥，我看不到你了。」

聽見小虎慌慌張張叫著，一大心中頗為興奮，「眞的？哦，大概是我功力差，要等上好一陣子才可成功隱身。好傢伙，來，我倒著發 LaLaLaDo……嘶嘶嘶嘶嘶嘶……」

又隔了好一會兒，「又看到了。」小虎嘎嘎笑。

「哈……」

「混小子，偷雞摸狗！」好大一聲，一大耳鼓被震得嗡嗡作響。

「啊？盧爺爺！」一大差一點摔跌下椅子。

「爬蟲類的雕蟲小技，跟我人類的『指掌迷蹤』完全是兩碼事。你給我繼續實實在在好好的練『指掌迷蹤』。你功力不夠，那隱身術你須要有充足時間才能成功，而『指掌迷蹤』是你的瞬間反射動作，知道吧？」

「知道，盧爺爺，我會繼續……實實在在的練『指掌迷蹤』。」

「好。」盧爺爺咻地不見了。

一大愣了半晌，「唷，這是……資訊室！哎喲，我真笨，第一次就是在這碰上盧爺爺『手掌』的。」

「嘿嘿，喳喳還真有一套。」一大轉頭盯看小虎，「小虎，你個子小，把你變不見可能快些也容易些，我變你好不好？」

「不！」小虎一溜煙衝回褲口袋去。

「哈……，好啦，不變，不變，走，我們吃飯去。」

十八、喳喳幫一大退敵

晚上見到叢爺爺，一大還沒開口，叢爺爺就問，「你在『眼耳山』找到了小丹？」

「是，師父，我在『眼耳山』找到了小丹。」反正叢爺爺一定都知道，一大就直說。

「難怪我找不到，可是你又怎麼去到『眼耳山』的？」

「我爺爺說，我在踏入地脈時剛好念到『123』，那音和『眼耳山』很像，所以我就去到『眼耳山』了。」

「喔，可是，那小丹又怎會知道逃去『眼耳山』呢？」

「我不知道，我爺爺也說，要等小丹有體力後再問問她。」

「嗯，有意思，師父我沒想到去那裡找小丹。」

「師父，那山很特別嗎？」

「聽說是，我沒去過，不很清楚。」

「師父，那，我想問……另一件事。」

「想問崔一海怎麼抄寫起《心經》了？」

「嘻，師父，是，是我聽呱呱說的。」

「好吧，我跟你說好了，記得幾個月前想要置你於死地的秦威嗎？」

「記得，當然記得。」一大想到那個方形臉，下巴有痣的厲害閃電人。

「師父我懲罰秦威，因他是我的徒弟。而崔一海的功夫，大多是秦威教的。雖崔一海沒正式拜秦威為師，但也算是他的半個徒弟，師父找了秦威，要他好好管教崔一海，秦威也同意。我看秦威這幾個月下來，已不再逞兇鬥狠，且有改過向上的心，便將他早晚發病時所受的痛苦減去大半，至於用毛筆抄寫《心經》乙事，轉一半叫崔一海抄寫。崔一海聽秦威的話，便抄寫起《心經》來了。」

「喔。」

「崔一海綁走小丹，原是要逼你出來，可是，他不知你是我的孫徒也就算了，還膽敢綁走我好徒弟的女兒，哼！」

「師父，您的好徒弟是指崔一海的哥哥？小丹的爸爸？」

「崔家三兄弟，老大崔一江、老二崔一河都曾正式拜我為師，當時崔一海年紀小，沒拜師，只跟著一旁玩玩，師父的好徒弟……指的是小丹的媽媽，她也正式拜我為師過。」

「啊？」

「小丹的媽媽，悟性很高，心地也善良，是師父的好徒弟，也是位女中豪傑。師父以她為榮，呵呵……」

「是，崔媽媽，她人很好，功夫也棒。」一大很意外，但也似乎明白了一些事情。

「既然小丹平安，你也沒事，崔一海也在抄寫《心經》，這事，就告一段落了。來，好好練功。」

「是。」

第二天早上，第一堂課上課前，小虎來說，「一大哥，羊皮要和你說話。」

「喔。」一大取下墨鏡換上貓眼鏡。

「喳喳走了。」羊皮說。

「喳喳走了？」一大訝異。

「一早被山下動物園的人接走了。」

「啊？」一大心情頓時低下。

老師來了，上課。

第一堂課下課時，羊皮又湊來說，「之前還沒說完，喳喳有說，下午牠會在操場旁的樹林裡和你碰面，你吃過中飯後去一趟。」

「等等，喳喳不是走了？」

「喳喳是不是說過牠想來就來？」

「是說過，哈，但才半天，牠就又溜出來了？」

「牠說趕著來向你講一個字。」

「一個字？哪個字？」

「不知道。」

「羊皮，你下午沒事的話，陪我去。」

「好啊。」

「去和一條不在籠裡的大毒蛇碰面，嘿，刺激，但也恐怖。」

「說的是。」

吃過中飯後，一大書包裝了黑羽衣和貓眼鏡，斜揹上，一個人走到操場旁的樹林裡。樹林裡霧氣很重，一大感覺陰冷，便穿上黑羽衣，戴上貓眼鏡。

羊皮忽地蹦跳出，來到一大面前，一大一驚，退一步叫道，「唷，羊皮，嚇我一跳，你臉上幹嘛又塗得花花綠綠？」

「當孫悟空，身手更靈活俐落，這樣……」話沒說完，羊皮猛轉臉向左，同一時，一大也猛轉臉向右。

張望幾秒後，一大轉回頭，小聲說，「搞不好是喳喳在用隱身術逗……」話才說一半，一影子飛快衝來，一大瞥見，隨之一閃，一下沒站穩，跪跌在濕濕厚厚的枯葉殘枝上。

「小心，不是喳喳！」羊皮大吼。

一大跳起，機警四下張望，「這麼快？是蕭默！」

黑影動作很快又竄上來，一大因戴著貓眼鏡，看得清楚，穿著黑羽衣，動作也很快，快閃快躲，直立又倒立，閃躲著黑影。偶而，一大似乎有被黑影掃到而踉蹌摔倒，但很快又站了起。

羊皮跳上跳下，奔來跑去，在分散著黑影的注意力。偶而還腳對腳踩在一大倒立的雙腳上，一起抵擋黑影的攻勢。

黑影衝打一陣後，似乎失了耐性，便使盡全力飛快的衝向一大，只見羊皮朝黑影使勁撒出一把東西，辟辟啪啪，許多火點打在黑影身上。

黑影頓時停下腳步，低頭猛拍衣服上的火花，一大見機會難得，立刻向黑影人手劈腳踢上去。

那黑影人快閃跳開，左手一抬，飛出一條軟鞭，在一大右手腕上飛快纏繞兩圈，遠遠地拉住了一大右手。再用右手迅速取出一把利刃，衝上往一大右手砍去。

「哇！」一大驚叫一聲。

但，瞬間，黑影舉刀的右手卻停在半空中，一大看見那黑影的雙手都戴著黑色手套。

「哇！」一大又驚叫一聲，他竟然看不到自己的右手臂！那條軟鞭鬆脫落下，黑影遲疑了一下，收了軟鞭，「咻～」消失不見。

羊皮靠來，「有沒有受傷？」

「好像沒有，我的右手，不見了。」

「啊？」

「嘶嘶嘶……嘶嘶嘶……」忽聽一串嘶嘶聲高高低低傳來。

「一大，是喳喳！在那裡。」羊皮說。

「哇！右手回來了。」一大向羊皮指的方向看去，看見遠遠的有一蛇昂頭。

「一大哥，羊皮哥，你們好。怕嚇到你們，我不靠近了，我要回山下動物收容所冬眠去了，明年春天再見，嘶嘶……」

「喳喳，謝謝你。」一大大喊。

「我欠你一個字，『過』。」

講完，蛇頭一沉，喳喳消失了。

一大轉向羊皮，「應是喳喳用隱身術把我的右手變不見的，要不然，我右手就被那姓蕭的給砍了。」

「哈，那姓蕭的鐵定沒想到你還有這一招。」

「姓蕭的全身上下，連手都緊包著黑布，恐怖！」

「說的也是！」

「你剛撒的辟啪火點，是綠豆嗎？」

「是米粒。」

「嘿，米粒太小了，下次用黃豆，火點大些，燒他個屁滾尿流。」

「粟子更大，我回去好好練練。」

「哈哈……」一大大笑，「欸，羊皮，喳喳那一個字，『過』，是什麼意思？」

「不知道。」

「打架打得一陣混亂，忘了問清楚。」

一大羊皮分了手，一大突然想起，「哇，剛才的情景在奶瓶見過，怎都給忘了？最近發生一堆事，腦袋瓜一團亂，得保持清醒，清醒。」拍了拍額頭。

想不出「過」字是要幹嘛的？一大有點苦惱。晚飯時，在三張小紙條上分別寫了「過」字，分交土也、阿萬、曉玄，問，「各位，這『過』字，讓你們聯想到什麼？

「改『過』向善。」

「『過』去之事。」

「經『過』。」

「路『過』。」

「罪『過』。」

每人說的都不一樣，一大聽著，想著，搖著頭。

忽聽阿萬說，「姓……『過』……的。」

一大震了下，「阿萬，你說姓『過』的？」

「對啊，我……一個小……學同學……他姓……『過』。」阿萬再說一次。

「好傢伙。」一大暗笑了下，「居然有人姓『過』？」

「一大，你問這幹嘛？是不是又犯了什麼『過』錯？」曉玄問道。

「沒，噓，情報顯示，放毒蛇喳喳到我們學校裡的是個姓『過』的傢伙。」一大小聲說。

「啊？」三人驚訝。

「那傢伙，混那裡的？」土也小聲問。

「情報沒顯示。」

「嘻嘻……」幾人嘻笑。

「梅老師走過來了。」土也說了便低下頭吃飯，一大當然跟進。

隔了一會兒，一大聽見，「席復天，吃完飯找老師報到。」

一大抬起頭，「是，老師。」

梅老師走了。

「一大，梅老師眞愛死你了。」土也湊來。

「不必！唉，煩耶，幹嘛又找我？」一大搖頭，左手抓了支筷子便往右手刺去，「噢，痛。」

「一大，你是不是有自殘的傾向？」曉玄問。

「哪有？我只是確定一下，手是不是還在。」

三人全盯看一大。

「好好，我，我是有自殘的毛病。吃飽了，我去向梅老師拿藥，飯後服用。」一大做個鬼臉，緩緩起身。

「嘻嘻……，呵呵……。」背後傳來一片竊笑聲。

梅老師見一大走來，便示意他到餐廳外說話。

「席復天，去操場或附近樹林時，要記得帶上麥片。」梅老師表情嚴肅。

「喔，是，梅老師。」一大心噗通跳。

「不可以去找什麼姓『過』的。」

「啊？」

「不可以去找姓『過』的，聽清楚沒？」

「聽……聽……清楚了。」

「喳喳是條毒蛇，噴毒液是牠的天性本能，你基本的自我保護還是要做確實。」

「是，是。」

「這一次你沒受傷，下次未必這麼幸運，出到空曠地、樹林子，記得隨時帶上麥片，出了事牠也可幫你。」

「是，是。」

「自己要多注意安全。」

梅老師走了。

一大大呼了口氣才離去。

晚上練功時，叢爺爺忽問，「你腦袋瓜裡怎老想著姓『過』的？」

「我……，師父，您聽過有人姓『過』？」

「當然，喂，等等，你招惹到姓『過』的了？」

「師父，不是。我是聽說有個姓『過』的放了一條非洲毒蛇到我們學校裡。」

「毒蛇，是姓『過』的放的？」

「我聽說的。」

「聽誰說的？」

「毒蛇。」

「毒蛇怎會說給你聽？」

「毒蛇傷害了我和過山刀蚯蚯的眼睛，烏鴉呱呱的羽毛，也傷了公雞咯咯的小雞。呱呱要牠用毛筆抄寫《心經》各一百零八遍向我們道歉，可是毒蛇沒手，梅老師就告訴毒蛇找我幫忙抄寫。毒蛇感謝我，教我隱身術和說出是姓『過』的放牠來的。」

「哈哈，一大，你可眞有一套啊！連毒蛇都感謝你，另外牠……還幫你唬走了蕭默。」

「啊？喔，是，是。」

「毒蛇本是放來要對付你的，現在反而跟你化敵爲友了，很好，你心地好，有你一套。」叢爺爺拍拍一大肩膀。

「我……」

「好了，別管那什麼姓『過』的了，我們練功！」

十九、過九堂

星期六，早飯過後，一大向幾個好友說要去爺爺奶奶那住兩天，也向梅老師請了兩天假。揹了書包，帶了麥片，一大便往地脈跑去，半路上，跑在前面的麥片突然悶叫一聲，不見了。一大立即停步，換戴貓眼鏡，四面八方找看，沒見麥片的影子。看自己所站之地，應是離蚯蚯家兩三百公尺的樹林中。

「一大哥，小心背後！」

突然聽到呱呱的叫聲，一大瞬間轉身，看見一個中年大胖子左臂夾著麥片，麥片被網子網了，動彈不得。

「姓席的，你朋友還不少嘛。」胖子詭笑一下。

「你知道我？」

「當然。」

「那狗是我朋友，請還我。」

「笑話，你朋友還你？那，我朋友也請你還我。」

「我又沒拿走你朋友，還你什麼？」

「我朋友是口水蛇喳喳，你敢說你沒拿走？」

「喳喳？哦，牠去山下動物收容所冬眠了。」

「就因爲你，牠才被送去收容所的。」

「屁話，你有什麼證據？」

「牠去找你，結果就不見了，那就是證據。」

「嘿，看來，你就是姓『過』的？」

「誰告訴你的？」

「喳喳。」

「不可能，我不准牠說我名的。」

「哈，你可沒不准牠說你的姓。」

「啊？」胖子傻愣，右手抓頭。

「還我狗來！」

「還我蛇來！」

「等等，我問你，喳喳蛇有什麼本事？」

「噴毒口水！」

「還有呢？」

「沒了。」

「連喳喳有什麼本事都不清楚，還敢說牠是你的？」

「汪汪汪……汪汪汪……」忽然間一群米格魯竄出將胖子圍了住，灰灰、米米兩隻警鴿在頭頂上盤旋。

灰灰停來一大肩上，「一大哥，麥片叫我們來幫忙，檸檬、胡桃、栗子、天星、豆豆、飛刀、公仔七隻警犬全到了。」

「喔，好極了，麥片還會打電報搬救兵呵！」

胖子被四周圍狂叫的狗狗惹得毛躁發火，用網子將麥片纏好綁掛在腰際，對群狗手劈腳踢，狗狗嗚嗚汪汪跑來跑去叫著。

「上啊，一大哥，打那胖子！」

一大聽見呱呱在大叫，愣了下，「呱呱，他用的全是黑衣人的功夫，但他穿的卻是……白衣灰褲。」

「管他白衣黑衣，有兩隻狗被他踢到了！呱呀，快穿上我的寶衣！還手，打！」

一大立即穿上黑羽衣，飛身往胖子撲打而去，手刀腳刀全用上，那胖子雖胖，但手腳卻相當靈活。一大無意傷人，何況麥片又掛在胖子腰際，一大一路虛劈假踢，躲躲閃閃，以防衛爲主。胖子也無意強攻，也虛晃著招式。但見幾隻狗狗疲於奔命，汪汪亂叫。

忽然間凌空傳來一聲巨吼，「跪下！」

一大想也沒想，手腳一收，「咚」，跪了下地。那胖子似乎沒聽見，抓住眼下大好機會，高高跳起，飛抬右腳就朝一大踢去。

一大本能閃躲，同時瞥見身旁另竄出一腳，一勁強擋胖子右小腿，說時遲那時快，胖子被震到空中，翻了兩圈，摔趴在地。

一大看清楚來人，一驚，竟是叢爺爺，「師……父？」

「一大，你起來。」叢爺爺說。

一大站起身。

那胖子也很快站起，又要衝向一大，但突然好像失神一般，愣站原地，面色慘白。

「過九堂，見到師父還不跪下請安？」叢爺爺大聲。

「師……父？」那胖子一臉懷疑。

「過九堂，你不認識師父啦？」叢爺爺又說。

胖子又多看了眼叢爺爺，忽然大了聲，「我師父早死了，你是什麼人？敢裝神弄鬼說是我師父？」

「很好，那剛才這位小兄弟用的是什麼功夫？」

「手刀腳刀啊。」胖子停下想了想，「咦，他……他……的功夫，跟我的……是一樣的？」

「跪下！」叢爺爺大吼一聲，胖子雙腿不由自主一彎，「咚」，跪了下地，「這小兄弟叫一大，是師父我新收的孫輩徒兒，你竟敢放蛇害他，還出手打他？」

「啊？我，這……」胖子一聽，完全傻住。

叢爺爺轉向一大，「一大，去解開網子放狗。」一大照做，放了麥片。

叢爺爺接著說，「梅揚趕來了，師父帶這傢伙先走。」

叢爺爺拉起胖子，三兩步便消失了蹤影。

一大愣了會兒，聽狗狗們唔汪叫，回頭看，梅老師已到了眼前。

梅老師看看一大，「你……沒事吧？」

「沒……沒……事。」一大搖頭。

「那好，幫忙檢查每隻狗狗，看有沒有受傷？」

「是。」

一大和梅老師蹲著檢查了每一隻狗，沒發現有狗受傷。

「姓『過』的沒下重手，好。那席復天，你帶上麥片先走，其他狗我帶回去。」

「是，老師。」

梅老師帶著七隻狗離開了。

呱呱來到一大頭頂上的樹枝，「一大哥，我最近忙著查崔一海抄《心經》的事，呵，原來是秦威叫他抄的。」

「哎喲，呱呱，我都聽說了。」

「聽說了？呱，又漏我氣！」

「小事，不算漏氣。對了，我這還有喳喳要我幫牠寫的《心經》，要送給你的。」一大翻開書包。

「呵，還是一大哥最照顧我，太好了。」在樹枝上叼過一根垂下的細藤蔓，「麻煩你捲起《心經》，用這細藤綁了，掛我頸脖上，下午到理髮廳，我請何婆婆打開再看。」

「哈，有你的。」一大用細藤綁好紙捲，掛上呱呱頸脖，「好了，呱呱，那我先走了，我去爺爺奶奶那。」

「代我問候小丹姐好。」

「咦，你怎知道……小丹在我爺爺奶奶那？」

「你猜，呱，123，DoReMi。」

「哇，你神鴉！」

「呱哈哈……」呱呱開心拍翅，飛走了。

一大轉過身，「麥片，那我們……也走吧。」

小虎爬上一大肩頭，「二大哥，那個叫過九堂的，是叢爺爺的徒弟嗎？」

「好像是吧，我也才知道。」

「那你就有一個師兄了。」

「一個……傻師兄！」

「嘻……」

「小虎，照這麼說，那姓秦的和小丹的大伯黑馬面，也算是我師兄了！」

「哇，不好吧。」

「還好，有崔媽媽，但，崔媽媽是我師姐？哇？」

「叫師嬸好些？」

「師嬸？那秦威、姓『過』的……不就是師叔了？」

「嘎，亂了。」

「叫『叔』可不好，叫伯、爺、公……？哎，算了，算了，以後再說，走吧。」

進了地脈，轉眼間到了深潭。水水在岸邊招呼，一大和麥片、小虎上了竹筏，一大問水水，「小丹有沒有好些？」

「好多了，吃得下也睡得好。」

「那就好。」

上了潭中島，彈簧跑來和麥片唔唔汪汪，屋內傳來嘻嘻哈哈笑聲，一大很是訝異，走進屋內一看，

「哇！」

只見爺爺奶奶坐著，小丹站在他們倆面前說著話，講到開心處，小丹不但大了聲，還手舞足蹈了起。

「喔，一大，你來了。」爺爺看到一大進屋。

小丹回頭看見一大，收起笑容，繼之一步跨來抱住一大，「一大，謝謝，謝謝你。」淚眼汪汪。

一大手足無措，忙說，「沒什麼，沒什麼……」

「你救了我，還說沒什麼？」小丹抬起頭看一大。

「是爺爺奶奶，救……救妳的……」

「我謝過爺爺奶奶了。」

「那，喔，小丹，小丹……別……抱，這……」一大不好意思。

奶奶看了，便叫，「小丹，來，坐奶奶身邊。一女孩家怎好抱住男生不放嘛，看一大臉都紅了。快，過來坐，快。」

小丹一臉不捨樣，坐到奶奶身邊去了。

「爺爺奶奶，你們好，小丹……她……全好啦？」一大向爺爺奶奶問好。

「半好！」小丹一旁嘟嘴。

「半好？」一大奇怪。

「你來了才全好。」小丹補上。

「哈哈哈……」爺爺奶奶哈哈大笑。

「一大，這小丹呵，可不得了，這兩天完全成了我們兩老的開心果了。」爺爺呵呵笑。

奶奶說，「小丹她啊，鬼靈精一個，能言善道，又會說故事，奶奶這麼多年，從沒這麼一天到晚嘻嘻哈哈的，嗨呀，小丹眞是討人喜歡哦！」

「小丹，那妳就多陪陪爺爺奶奶吧。」一大說。

「好呀，我喜歡爺爺奶奶這，反正快放寒假了，我打算一直待在這兒，寒假也不回家去了。」

「小丹，不可以，家還是要回的，不然妳媽可擔心了。」奶奶說。

「哎喲，我媽有我哥照顧，爺爺奶奶可沒人照顧。」

「哈哈，看這個小丹，嘴巴多甜呵。」爺爺笑著。

「爺爺，您就跟我媽說，我身體沒完全好，要在這調養到春天才行。」

「唷，鬼靈精，連妳媽也想騙？妳以爲妳騙得過妳媽？」奶奶說。

「那我就跟她直說，我要在這陪爺爺奶奶。」小丹轉身抱住奶奶，「奶奶，您說好不好嗎？」

「呵呵，好妳個小丹，再說，再說吧，呵呵……」奶奶很是開心，起身說，「我得去採些青菜，中午吃。」

「奶奶，我幫您。」小丹跟著奶奶往後門走了出去。

爺爺指指身邊椅子，「一大，坐。」

一大在爺爺身邊坐下。

「早上和過九堂動手了？」爺爺問。

「啊？嗯，是。」

「叢林把他帶走了？」

「是。」

「過九堂，是叢林的大徒弟。」

「哦？」

「過九堂的功夫練得很不錯，後來仗著功夫到處找人挑戰打鬥，有一次被人打傷，傷到腦袋，人就變得傻傻的，時好時壞。」

「原來……」

「一大，練功夫是強身保身用的，千萬別自以爲了不起，記著，人上有人，懂吧？」

「懂。」

「還有，那個蕭默老跟著你，要多小心。」

「是啊，他還差一點砍了我的右手，還好毒蛇喳喳即時用隱身術把我右手變不見，那個蕭默才跑了。」

「呵，你好福氣，連毒蛇都幫你。」

「可是，爺爺，我怎麼先只有右手變不見，隔了好一會兒，人才變不見？上回爺爺都可以一下子整個人就變不見了。」

「哦，那是因爲你任督二脈沒通。練氣功，要打通任督二脈，得看你練得勤不勤，悟得透不透，資質夠不夠，有人花上十幾年，甚至幾十年才通，有人花上一輩子也不通。」

「喔。」一大指指屋後，「爺爺，小丹她完全好啦？」

「嗯，小丹她沒事了，只是她媽媽……」爺爺欲言又止。

「崔媽媽？她怎麼了？」

「嗯……，沒什麼。」爺爺沒講下去，「對了，小丹說她小時玩木頭人，喊『123』時剛好站在地脈上，忽然間就消失了，後來在眼耳山被她爸爸找到。」

「喔，『123』，『眼耳山』。」

「呵，有意思吧。」爺爺喝了口茶，「哦，剛才小丹說快放寒假了，那你寒假農曆年去哪過呢？」

「我？不知道，我叔叔有寫信來，要我回他那過年，我不想去。」

「哦，你爸媽不在了，你叔叔那，嗯，你再想想吧。對了，一大，你確定你爸媽……真的死了？」

「我爸媽？我也不是很確定。」

「爺爺有件事不明白，想……，嗯……」

小丹從屋後跑來，喊著，「一大，一大，你力氣大，來，幫忙揉麵，待會兒蒸饅頭吃。」

拉了一大的手就走，嘴還喊著，「爺爺，對不起哦，待會兒再來陪您。」

二十、放寒假

距寒假還三星期，一大到潭中島，得知小丹已回家去了。聽爺爺奶奶說，崔媽媽要小丹回校補課，寒假前得把生病時落後的功課全補上。

寒假前兩星期的星期一早上，九點多，一大的叔叔來學校裡找梅老師，勸一大回家過寒假，至少勸他回家過農曆年。

叔叔和一大坐在梅老師辦公桌前，當著梅老師的面，叔叔低聲下氣，一副委曲求全模樣。

梅老師笑笑，「林先生，本校的立場，當然是希望席復天同學回家過寒假，過農曆年。」

叔叔擠出了一絲笑容，「梅老師果真深明大義呵，做叔叔的來請姪兒回家過農曆年，本就天經地義，理所當然嘛。」

「不過，林先生，本校還有個立場，就是希望席復天回家過寒假，是平平安安的去，平平安安的過，再平平安安的回。」

「那是，那當然是，我這做叔叔的保證，復天從頭到尾一定平平安安。」

「可是，林先生，照去年席復天回家過寒假的情況看，你似乎並不能保證他平平安安喔。」

「哦，去年？去年那是意外，梅老師，今年，你放心，不會有意外，絕對不會有任何意外。」

「林先生，我有個建議，可否和你商量一下。」

「哦？梅老師，你請說。」

「我建議席復天今年在我家過寒假，大年除夕時請林先生及夫人來舍下，我們一起過年。這麼一來，你們夫婦倆不會因席復天不回去而掃興，也可和席復天共享年夜飯團圓之夜，豈不兩全其美。」

「啊？」叔叔臉露一絲不悅，隨又陪上笑臉，「呵，梅老師說的，嗯，也是有道理，可是我還有孩子要照顧，這……嘿……」

一大暗爽，佩服死了梅老師。

叔叔轉向一大，「復天，叔叔我可是打心底疼你的，雖然你嬸嬸她勢利眼，但她可也念著要你回家過年的，你說說看，回家過年對你沒什麼不方便吧？」

「叔叔，我很感謝你，可是，我爸媽都不在了，那個家已不像是我的家了，回去只有難過而已，我想……在梅老師家過寒假比較好。」

「你，唉……」叔叔一臉無奈。

梅老師見狀，接說，「林先生，是啊，席復天他的爸媽都已不在，他回去就只他一個人，是會難過，請林先生再考慮一下我的建議，好吧？」

叔叔低頭想了下，緩緩起身，「好，我想，我也不是復天的親叔叔，既然復天他不想回家過年，我也不好再多說什麼了。梅老師，這樣子，我們夫婦也不好來你家過年打擾，我們在家陪孩子過就好。謝謝你，我走了，再見。」

梅老師也起身，送叔叔出辦公室門口。

一大站起，看著叔叔上了一部黑色轎車離去。

梅老師回身，「席復天，你回去上課吧，寒假要在哪裡過，想好了跟老師說一聲。」

「是……是是，謝謝老師！」一大往教室走去。

學期結束前兩天，一大向梅老師、梅師母說寒假會去爺爺奶奶家過。梅師母說還是會準備饅頭、素包給一大，要他離校前去拿。

飯桌上，土也、阿萬、曉玄、小宇都在討論寒假要怎麼過。幾人眼睛都好了，不用再戴黑眼鏡了。大家當然都希望能天天聚在一塊最好，偏偏一大又是說不清楚自己的寒假動向，甚至連住哪都不確定。

「我反正就一個人，去哪都可，你們先決定你們的計劃，最後再說我的。」一大說。

可是到學期最後一天，幾人也說不出有什麼具體計劃，只有一些看電影、打電動、看書、吃飯、睡覺，一般的想法。

一放假，好友們一早就各自打包，帶了狗狗及狗食，離校回家去了。一大穿了梅師母送的外衣，去向梅師母告辭，接過一包饅頭、素包，放入了書包，慢慢地走回宿舍。

同學們走光了，宿舍沒人，一大頓覺冷清，心中難過，揹著書包垂頭坐在床沿，腳邊蹲著麥片，肩上趴著小虎，也都一樣，沒勁。

眼前忽然一暗，一大一驚，「誰？矇我眼睛！」一想，麥片、小虎沒有動作，是熟人，而且，手小，還是個女生，便笑說，「哈，曉玄？小宇？想我啊？還特別回來看我？」

「啪！」好大一聲，後腦杓被重重打了一掌，一大猛回頭，「啊？小！丹！」一大大為驚訝，只見小丹兩眼圓睜，繼而摀臉哭起。

一大完全傻住了，半晌動彈不得。

「一大哥，你慘了，快去說說好話，哄哄小丹姐。」小虎提醒。

一大沒動，反低聲責怪，「小虎、麥片，小丹姐來，你們也不通知一聲，我……」

「臭一大！幹嘛怪小虎、麥片？要怪怪我，我不該來的。」小丹往門口走去，抽抽搭搭。

一大看小丹身穿牛仔長褲，咖啡色皮夾克，頭戴同色毛線帽，腳穿一雙同色短靴，背上揹了個咖啡色底綴了兩朵黃花的小背包，很是俏皮可愛。

小虎跑上前跳上小丹肩頭，「小丹姐，別走嘛，一大哥剛才還說要去找妳呢。」

「小虎，你老實說，曉玄、小宇是誰？」小丹問。

「我們的……同學，嘎，男……的同學。」

「男的？」

「公的。」

「公的？」

「嘎，是……兩隻……貓咪，喜歡玩躲……貓貓。」

小丹聽了，擦擦眼淚，回過身，「一大，沒事了，躲貓貓，嘻……」

一大暗抽了口氣，「小……丹，這……妳……怎麼……會來這？」

「放假啦，走了，快，彈簧還在外頭等。」

「哦，去哪？」

「去玩啊。」

小丹拉了一大的手出了宿舍，麥片跟上。宿舍外，彈簧也跟上。小丹拉著一大，一起跑向地脈。站入地脈，小丹抓著彈簧頸毛，一大抱住麥片，一大笑笑說，「小丹，是要去爺爺那？」

話沒說完，竟聽見小丹喊，「123」。

一大腦袋瓜還沒轉過來，便到了另一地脈出口，「小丹，妳？」一大知道，小丹和他是來到眼耳山了。

「噓……」小丹右手食指直在嘴上，對一大、彈簧、麥片分別示意別出聲，再小小招手，叫大家跟她走。

走了十多分鐘，小丹從背上小背包取出夜視鏡戴上，一大見了，也立即戴上貓眼鏡。

很快來到一山洞口，一大四下看看，不確定是不是上回救出小丹的同一山洞。

進入山洞，小丹拉住一大的手併肩而行，彈簧、麥片在兩人腿邊緊緊跟著，走道寬高約各有三米。

走著走著，周圍慢慢變黑，轉過幾道漆黑的彎道後，眼前忽出現了亮光，是一個大房間，兩人來到房間入口處。

小丹和一大取下眼鏡，四下看著，房間有兩間教室大，室內光線柔和，光線是從幾個鑿穿洞壁的小窗口照亮的，沒看見任何人影或家具，只看見幾個方塊草墊整齊排列在一堵洞牆腳下。

小丹附耳一大，「我上次躺在山洞地上時，有眼睛和耳朵……」

一大聽得見兩三句，後面的居然聽不見，「小丹，聽不見！」

兩人互看一眼，大為吃驚，兩人嘴巴說著話，但很明顯的，兩人互相聽不見對方說的話。

一大抓了小丹一隻手就要往回跑，但兩人四腳不聽使喚，卻往草墊方向移去，兩人臉上盡是疑惑。

一大找狗，卻見彈簧、麥片趴坐在兩張草墊前方。

兩人不由自主走到彈簧、麥片趴坐處，分坐上兩張草墊，很自動，盤腿，打坐。

一氣入丹，一大只覺丹田氣動厲害，便放鬆身心，靜靜打坐。心想，這裡的氣好足啊！想向身邊的小丹說話，可是，咦，小丹不見了，再看，在膝前趴著的彈簧、麥片也不見了。

一大的心猛然怦跳了幾下，想起身找看，但似被一股莫名力量定在打坐草墊上。掙扎一陣後，沒用，仍動彈不得。

一大無法可想，只好乖乖地挺胸拔背，好好打坐。坐了一段時間，想看想聽任何一點動靜，結果，什麼動靜都沒有。便繼續坐，不知過了多久，才不由自主地搓手收功。

寒冬中，一大坐得通體溫熱，氣定神安，身心舒暢！

直到發覺離得開坐墊後，一大才緩緩起身往房間入口處走去。

站立一會兒，欣見麥片搖尾走來，小丹、彈簧也走了來。

「小丹，剛……」一大叫著。

小丹右手食指直在嘴上，示意一大往回走。兩人分別戴上夜視鏡和貓眼鏡，進入山洞走道，小丹拉住一大的手靜靜走著，彈簧、麥片在兩人腿邊跟著，轉過幾個漆黑的彎道後，眼前出現了亮光，回到了山洞入口。

「呼，哈。」小丹大呼一口氣，脫下夜視鏡，對一大笑笑，「一大，我剛才什麼都看不見，聽不見，打坐時更是，你呢？」

「是啊，打坐完全入定，好特別。」一大脫下貓眼鏡。

「我覺得我的眼睛和耳朵全都關起來了。」

「對呵，我聽不見妳說話，看不見妳，也看不見彈簧、麥片。」

「我上次躺在山洞裡時，黑暗中，有眼睛和耳朵的影像顯現在我眼前，我有點害怕。後來，索性閉上眼，意想丹田，之後發覺會聽不見聲音，也看不見東西，心反而靜了，定了。所以，想再回來探個究竟。」

「這山叫『眼耳山』，是有道理。」

「嘻，太棒了，下次有機會再來。」

「好，欸，小丹，幾點了。」

「十。」小丹看錶，兩手食指交叉一下。

「十點？」

「嗯。」

「不可能啊，我們走出宿舍時，都應該九點半多了。」

「對啊，還走了一段路，打了很久的坐呢。」

「啊！對，打坐入定，打坐完全入定，時間就靜止了。」

「眞的？」

「爺爺說的。」

「喔，那是眞的。」

「還有一個地方。」

「怎樣？」

「時間靜止。」

「哪?」

「黃……,嗯……」

「幹嘛吞吞吐吐?」

「那是妳……摔車的……痛苦……地方。」

「我又沒掛,有什麼不能說的?」

「呵,小丹,妳很勇耶!」

「才知道,嘻,走。」

「去哪?」

「我摔車的地方。」

「啊?」

「遠不遠?」

「遠!哦,不遠。」

「遠還是不遠?」

「妳真有膽識,遠是遠,但有捷徑,走……」一大將貓眼鏡遞給小丹,「待會兒妳戴上這眼鏡,看得見無形的人或東西,可別害怕,我穿上黑羽衣也看得見。」兩人停下腳步,一大穿上了黑羽衣。

小丹接過貓眼鏡，拿在手上翻轉看，「咦，我媽也有一付，同樣的。」

「你媽也有一付？同樣的？」

「對啊，她都不讓我戴的。看，左右小螺絲處各刻有一『木』字，很小的字，我以前看過。」

「我看。」一大湊近看，「是有『木』字，我沒注意，我自己只會劃個『一』字在邊上，代表我『一大』。」

「哈，跟我爸一樣。」

「跟妳爸一樣？」

「他的『一』字代表『崔一河』啊。」

「啊？」一大腦袋瓜嗡了一響，轉問，「那，你媽……雙『木』，代表她姓林？」

「錯，我媽姓田，田地的田。」

「姓田？」一大腦袋瓜又嗡了一響。

「『田星荷』，你想啊，在一望無際的田野中，夜觀星星，日賞荷花，美吧，我媽的名字，可美了。」

「『田……星……荷』？」一大腦袋一陣混亂，「喔……，嗯，美，美。」

小丹戴上貓眼鏡，右手勾住一大左臂，「嘻，一大，跟你在一起，眞好。」

「我怎不覺得？」

「你？討厭，討厭。」兩手往一大左肩啪啪亂打。

「哎哎，把我打掛了，這深山中，可就沒人陪妳了。」

兩人邊走邊鬧，兩隻狗在旁邊緊跟著，不覺已踏入了地脈圈。

「好，不打，那，你重說。」小丹嘟嘴。

「重說什麼？」

「說『跟你在一起，眞好。』」

「黃金小鎮。」

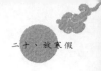

二十一、再訪黃金小鎮

出了地脈，兩隻狗低聲唔唔，小丹緊靠一大，「這裡是在地底下？」

「嗯，來。」

一大拉了小丹來到地藏王菩薩座前，兩隻狗跟著。

「小丹，妳受傷昏迷時，我們向地藏王菩薩跪拜過，求祂救妳，現在妳復元了，我們一起來感謝菩薩。」

一大磕頭跪拜，小丹跟著。

兩人跪拜後起身，兩隻狗唔汪了起，「彈簧、麥片，安靜。」一大對狗狗說。

「哈哈，一大，歡迎再度光臨黃金小鎮！」背後傳來爽朗笑聲。

「是豹哥！」一大聽了，回頭打招呼，「豹哥，你好！」

「怎麼今天有空來？還帶了女朋友？」

「豹哥，她是崔少丹，是前些日子摔車昏迷，被鬼王、左右護法還有您救了的那位女同學，我們來向地藏王菩薩跪拜謝恩，還特別要向你們幾位說謝謝的。」一大轉向小丹說，「這位是甲士部隊的金豹隊長。」

「金豹隊長，您好，我是崔少丹，謝謝您救了我。」小丹向金豹隊長鞠躬。

「喔，妳是那位摔車昏迷的崔少丹啊，看來都康復了吧。」

「都康復了，謝謝你。」

「咻～咻～」幾條影子忽地出現。

「哈呀，一大，帶小丹來啦！你爺爺真是位高手，小丹完完全全康復了。」

「大王、左右護法，你們好。」一大轉向小丹，「小丹，這位是大王，兩旁是左右護法，你昏迷時，大王及左右護法全都來幫忙救妳。」

小丹深深鞠躬，「謝謝大王、左右護法，謝謝你們救了小丹。」

「小丹，別客氣。一大跟我們都是好朋友，他的事就是我們的事！哈哈……」鬼王轉向金隊長，「金豹，你要好好照顧一大和小丹，他們倆可都是本大王的貴賓。」

「是！」金豹大聲回答。

一大翻書包，「大王，這有幾張《心經》，送您。」

「哈，好，謝謝你，一大。」

左右護法代大王收了《心經》。

「一大、小丹，你們就隨意走走，本王忙去了。」

「謝謝大王，再見。」

「再見。」

鬼王和左右護法離去。

「一大，這些都是你的朋友？」小丹低聲說，「大王他……臉色青青的。」

「嘻，是呵，很棒的朋友。大王他原來還一副青面獠牙恐怖樣呢，後來勤讀《心經》，又修身養性，臉色才變好了些。」

「哦？」

一大轉向金豹，「豹哥，我和小丹就走走看看去。」

「好，我帶甲士跟著保護你們，但離你們二十步遠，不打擾你們，」金豹回答。

「謝謝你，豹哥，你等一下。」一大又翻書包，「豹哥，這還有幾張《心經》是送你的。」

「我也有呵？一大，豹哥眞太感謝你了。」收下了《心經》。

一大帶小丹往前走，金豹和一隊甲士二十步外跟著。小丹頗感新奇四處張望，兩隻狗也是。

「小丹姐，妳好。」一個小亮點飛來，黑白閃光。

小丹愣了一下。

「小丹姐，那是飛飛。」小虎來說。

「飛飛？螢火蟲飛飛？」

「小丹姐，是，我是螢火蟲飛飛。」小亮點說。

「小丹，牠是飛飛的靈。」一大補說。

「啊，飛飛？你已……」小丹搗嘴想哭。

「小丹姐，妳當我在地底下冬眠就不會難過了。」

「嘻，來，飛飛，到我手上來。」小丹打開右手掌平伸出去，小亮點就停在她手掌上，一閃一閃亮著。

「小丹，飛飛夏天時就會再回來的。」一大安慰小丹，「走，我帶妳去一個特別地方。」

一大來到先前為了躲金豹和甲士追趕而逃入的洞穴，「小丹，這洞穴很特別，是高人打坐的地方，氣場很強。妳進去打個坐，體會一下。」

「才在『眼耳山』打過坐。」小丹頓了下，「嗯，沒關係，我再坐一會兒。」小丹走進洞穴。

「小丹姐，這裡陽氣重，金隊長他和甲士陰氣重，進不來，我以前常跟著一大哥打坐，我沒關係，我來陪妳。」飛飛說了，便飛到穴壁上去。

「好，謝謝你，飛飛。」

小丹盤腿坐下，只覺丹田怦然氣動，內氣帶她轉向面壁，背朝洞口。

小丹很快入定，過了約半個時辰，微睜眼看了一下，她看見飛飛的光點在壁上橫畫了個「一」字，立感氣血翻滾，再看，還出現了「時空邊界」四個字。小丹心神大動，便搓手收了功。

小丹踏出洞穴，「呼……」

「在這裡面打坐，很不一樣吧？」

「嗯，是很不一樣，我……好像見到了我爸，奇怪。」

「妳爸？」

「眼前壁上出現了橫的『一』字，我跟你說過，我爸都用『一』字代表他的，還見到『時空邊界』四個字。對了，我來問一下飛飛。」

一大雖驚訝，但隨即回說，「小丹，其實，飛飛牠也不清楚，我跟妳說……」

「咻~」一聲凌空傳來，「呵，一大，你來玩啊？」

「哈，是羊皮！」

羊皮抓了支豆芽來到，一大便將羊皮和小丹互相介紹一下，向羊皮說，「羊皮，這是小丹，楓露中學的同學。」再向小丹說，「小丹，這是羊皮，我同班同學，一年級露營時妳好像看到過他在和我說話。」

「哦，有印象，是那個……」

羊皮，小丹互相點頭問好。

小丹小聲問一大，「你同學，他是那個鬼？」

「對，羊皮和飛飛一樣住在這裡，他就是那個……」一大解釋。

羊皮笑笑接口，「小丹，我離開人世了，目前住在這裡，也在『雲霧』上課。」

「喔，所以，你是飄來飄去的？」

「也算是，但，我剛才是搭『豆芽』來的。」

「搭『豆芽』？」小丹睜大眼。

一大就指著一旁粗粗的豆芽加以說明。

「那，我也想搭『豆芽』。」小丹說。

「啊？」一大愣了下。

「沒問題，我讓『豆芽』回去叫兩個同伴來，我們一起搭『豆芽』去玩。」羊皮說。

「好呵！」小丹高興拍手。

羊皮向豆芽說了句話，豆芽「咻～」不見了。

小丹問，「這到處黃金，你們好像都視而不見。」

「小丹，千萬別動這裡的黃金，眼睛可是會瞎的。」羊皮說。

「啊？」

「這裡的黃金被下過詛咒，妳叔叔瞎掉一眼，就是因爲拿了這裡的黃金才那樣的。」一大補充。

「我叔叔？哦，就是這……，嘿，誰叫他……」

「咻～咻～咻～」，三支豆芽來到，叫道，「小丹姐，一大哥，你們好。」

小丹愣了一下。

「小丹，是豆芽在和你們打招呼，我跟豆芽說了妳的名字。」羊皮說。

「喔，哈，太有趣了，我居然聽得到豆芽說話。」小丹開心，「豆芽，你們好。」

「小丹，這些豆芽是加過氣的，長得又大又長又有靈性。」一大說。

「嗯，那我們去哪？」小丹問。

「就先附近繞繞。」一大說。

「小丹，搭『豆芽』要念咒加氣，念『小石頭大石頭』，豆芽會一直伸長，一路帶著妳去玩，要回來，倒念咒語『頭石大頭石小』，就往回走，要停就喊『停』。」羊皮說，「妳才受過傷、跨坐安全些，一大和我用單手抓住豆芽就行了。」

「我們速度慢一點，彈簧、麥片也可跟著跑。」一大說。

「那別對豆芽多加氣，速度會比較慢。」羊皮說。

一大扶小丹跨上一支豆芽，要小丹試試。小丹試了兩個短距來回，興奮得雙頰冬冬紅，「哇哈，太爽了，快，我們去玩。」

一大往後跑去和金隊長說了些話，也和彈簧、麥片說了些話，跑回來，「羊皮、小丹，好了，走！」抓住一支豆芽就「咻～」衝了出去。

三人分別坐著、抓著豆芽，忽前忽後，騰空而行。放慢速度，在坑道間來回跑了好幾圈，彈簧、麥片在地上跟著跑。

一大和羊皮說了些話，羊皮就在前領路，「跟我來。」小丹、一大在後跟上。很快來到小鐵軌上方，再一會兒，羊皮喊，「停！」，小丹、一大跟著喊，「停！」。三人下到地上，彈簧、麥片隨之來到，見金隊長已率了一隊甲士等在前方。

小丹原本嘻嘻哈哈笑得開心，但當她看清楚眼前景象時，忽地激動了起來，接著小聲哭起。

金隊長走向小丹靠腿敬禮，大聲說，「小丹小朋友，我們大王親自率領左右護法及我們弟兄，將妳這小車完全修復了，就等妳傷好交還給妳，現在，請妳驗收。」

「我……我……」小丹抽抽搭搭。

「小丹，翻車時小車都摔壞了，去看看吧，看看修好了沒？」一大鼓勵小丹。

小丹抹抹眼淚走向小車，看小車完好如初，靜靜的停在小鐵軌上，她摸摸弄弄，並推拉滑動了兩下。

「小丹小朋友，我們大王和一大是好朋友，妳又是一大的好朋友，大王修好車，他說算是送妳身體康復的一個禮物。」金隊長一旁說。

「謝謝你，金隊長，謝謝大王，謝謝左右護法及所有甲士。我太感動了，我……」小丹又淚眼汪汪，深深一鞠躬。

「豹哥，眞謝謝你的驚喜安排，我也要謝謝大王，謝謝左右護法及所有甲士弟兄。」一大也深深一鞠躬。

「哈哈，好好，不用客氣，那，小丹要不要把小車開回家呢？」金豹笑問。

「啊？嗯，好。」小丹有點遲疑。

「小丹，妳身體沒問題吧？」一大問。

「有你陪我，我就沒問題。」小丹側臉。

「我？好好，當然，我陪你。」一大點頭。

「哈哈，那你們和狗狗都上車，往那方向開就可以到楓露中學，我和甲士殿後，一路護衛送你們到楓露出口。」金豹指著前方說。

「豹哥，眞謝謝你。」一大說著，再轉向羊皮、豆芽、飛飛告別。

飛飛卻說，「二大哥，我也要陪小丹姐到楓露出口。」

小丹聽了立即說，「好，飛飛再陪我一段。」

「嘻，小丹姐，那我在前面領路，妳慢慢開。」飛飛說。

彈簧、麥片先上車蹲坐好，一大、小丹也上車坐好，小丹在前負責開車，一大在後負責煞車。

「羊皮、豆芽再見了。」小丹揮手，車緩緩地往前滑去。

「再見。」羊皮揮手。

小車蜿蜒前進，小丹很是開心，盯看著前面飛著的飛飛小亮點，小心開車，金豹和一隊甲士則在後方飄飛跟隨。

轉過了幾個大小彎道，小亮點突飛回，「小丹姐，妳叔叔和他手下在前面。」

「啊？獨眼龍？」一大聽見，已拉了煞車。

「一大，怎麼辦？」小丹回頭問。

小車停了下來。

金豹靠上來說，「你們暫時別動，我去前面看看。」飄向前方去了。

「小丹，妳叔叔他躲在這裡？」一大低聲問。

「難怪我媽說找不到他。」

「嗯。」一大想到叢爺爺也說過找不到崔一海。

金豹回來說，「一大，小丹，我安排好了，他們有幾個人，我叫甲士用『鬼遮眼』擋住他們，他們看不見小車和你們，別擔心，繼續走。」

「謝謝你，豹哥。」一大低聲說。

小車又緩緩地往前滑動，不久就看見有幾個人在鐵軌旁站著，蹲著，小車靜靜的經過，那幾個人沒事般的聊著天。

一大很驚訝，心想，「那些人真的看不見小車和我們。」見前面不遠處似乎有微光透入，「那是出口吧？但沒看到獨眼龍。」

「啊呀！」忽聽小丹驚叫一聲，兩隻狗也隨之汪汪大叫，一大立即向狗吠方向看去，「鱷魚！」

小車左側竟竄出兩條鱷魚，直往小車衝來，一大大叫，「加速！快！」

小車瞬間加速，一大完全放開煞車，並抬腳往靠近的鱷魚踢去，同時也見到金豹和甲士舉起刀棍打向鱷魚，鱷魚張牙舞爪，很是嚇人！

沒幾秒，小車衝出了坑道，天色忽亮，被天光一眩，一大、小丹本能地抬手遮陽，閉眼，小車頓了頓，慢下。

一陰沉的吼聲自前方傳來，「姓席的，滾下來！」

「啊！是叔！」小丹一聽，大爲吃驚，

一大睜眼一看，只見五、六個黑衣人在前方幾十公尺外的鐵軌上站立，「是獨眼龍！」立即跳到小丹身邊，高喊，「衝！」

「鬼怕光，保不了你們了，停車！」獨眼龍大吼，還伸長左右手作勢要擋車。

「咻～」小車衝了上去。

幾個黑影立即跳躲開去，但獨眼龍一閃，居然跳上了車尾，還抓住了煞車桿。

「麥片，咬他！快！」一大回頭大吼。

麥片立刻撲了上去，一大更加快了車速。

獨眼龍在車尾，麥片在車中央，彈簧在麥片身後，一大、小丹在車頭，小車飛快的跑著。

麥片一再衝上要咬獨眼龍，小車晃動太厲害，咬不到，小丹大叫，「彈簧，幫麥片，快去！」

彈簧這才上前加入麥片，但只向崔一海吠叫。

車速飛快，獨眼龍站不太穩，但左手仍奮力抓著煞車桿，想煞住小車，右手和雙腳則對狗狗又劈又踢。

「火車！」小丹突指一大左後方大叫。

「啊？」一大回頭看，看見一列火車正追上『勇丹號』，兩車平行飛馳！

「紅雲？」一大叫出了聲。

「呵，眞是一大！」那邊車頭紅雲中探出一頭。

「鐵哥，幫我！」

「好！」

只見朱鐵抬手一指，沒過幾秒，見車尾的崔一海猛用右手在空中揮打，口中亂罵。

一大、小丹搞不清楚怎麼回事。

蒙住崔一海右眼的黑眼罩似被什麼力量憑空一扯，「唰！」不見了，露出一黑窟窿。

崔一海一愣，忙用右手摀住右眼窟窿，隨即飛身跳車，瞬間消失。

「黑眼洞！」一大看了心中一驚，「和鬼王一樣！」

「一大！快去煞車。」小丹大叫。

一大立刻匍匐到車尾，緊拉煞車桿，卡，卡，卡，卡……，小車慢慢停了下來。

「呼……」一大、小丹又驚又累，癱坐在車板上。

「呱……」

一大似乎聽見呱呱叫聲，四周圍看，沒看到什麼。

「呵，一大！你怎麼在這？」朱鐵停好了火車，順著小鐵軌跑來，看見小丹，「哦，和女朋友出來玩呵。」

一大向朱鐵說，「鐵哥，你好，她是崔少丹，楓露中學的同學，我們叫她小丹。」再向小丹說，「小丹，這是朱鐵哥，開火車的大哥。」

「朱鐵哥，你好。」小丹向朱鐵打招呼。

「哦，小丹，妳好。」朱鐵向小丹點點頭，一屁股坐在小板車中間，小板車「咯啦！」一聲，兩人兩狗都嚇一跳。

「哇，鐵哥，別坐，別坐，你太重了。」一大忙搖手。

「嘿，好，那我站著。」朱鐵起身站到車旁。

「朱鐵哥，你怎麼長得這麼高壯，身上又有紅紅的霧氣？」小丹抬起頭看他。

「高壯是練身體練來的，紅霧是練氣功練來的，嗯，我是這麼猜的。」朱鐵笑笑。

「猜的？嘻，好好玩。」小丹也笑笑。

「你們怎碰上獨眼黑衣人的？」朱鐵問。

「那獨眼龍是小丹的叔叔。」一大說。

「小丹的叔叔？啊，這……」朱鐵抬手抓搔腦袋瓜。

「爲了抓我，獨眼龍和黑衣人一直都在跟蹤我。」一大說。

「可是，獨眼黑衣人是小丹的叔叔，你……？」

「鐵哥，小丹是小丹，她叔叔是她叔叔，她叔叔不好，我叔叔也不好，他們兩人和我們兩人不一樣的。」

「喔，哈，這樣，那我明白了。」朱鐵轉頭朝左右喊，「呱呱，呱呱。」

「呱呱？鐵哥，你叫的呱呱，是烏鴉呱呱？」一大奇怪。

「來，我跟你說……」朱鐵附耳一大。

「哇哈哈哈哈，笑死我了，哈哈……」一大聽了大笑到捶胸頓足，好不容易才停了下來，之後，一大發出 LaLaLaDoReMiMiReDo 音的嘶嘶聲。

隔了一會兒，一隻大烏鴉忽地出現在朱鐵的右肩上。

「呱呀，我又活過來了，呱呱呱哈哈……」烏鴉呱呱笑道，「哎喲，是一大哥救了我！呱哈哈……」

「呱呱，你還敢說你聰明過人呵？」一大笑說。

「一大哥，我是聰明一世但糊塗一時，好玩嘛，就只知念 DoReMiMiReDoLaLaLa 的嘶嘶聲，沒想到飛過湖面時，竟然看不見我自己俊俏的身影，哇呀，是隱形了，嚇死鴉也，只好找鐵哥幫我想辦法，都怪那喳喳，我沒聽見牠說要怎樣才能現回原形。」

「嘻，一大，這隻大烏鴉好好笑哦！會變不見，卻變不回。」小丹一旁笑了出來。

「啊，一大哥，這位美麗可愛的女孩就是你朝思暮想的小丹姐，對吧？」呱呱拍翅。

「啊？」一大沒來得及說，小丹已接上，「大烏鴉，謝謝你，我是美麗可愛的小丹，你認識我？」

「呵呀，小丹姐，叫我呱呱就好，你是一大哥的女朋友，我當然認識。妳不知道，妳受傷昏迷時，爲了救妳，一大哥哭爸哭母，求爺爺告奶奶，到處拜啊求的，說有多可憐就有多可憐，我看了都忍不住掉下一缸子烏鴉眼淚。」

「哈哈，嘻嘻，呱呱你實在太會說話了。一大對我好，我都會記住，我也會對一大好的。」

「好，好。」呱呱頓了下，「小丹姐，妳那貓眼鏡別常戴，烏鴉啊，對貓，嗯，超級過敏。」

「烏鴉對貓過敏？哈，你眞是好有趣哦。」小丹取下貓眼鏡，還給一大。

「哇哈！」一大突叫了一聲，「呱呱，你，剛才是你抓掉崔一海眼罩的？」

「嘿，一大哥，你有天眼通啊，我都隱形了，你還看得到我？我的鴉爪神功，怎麼樣？神勇吧！」

「眞的是你？我原先還以爲是鐵哥發的什麼神功呢！你太神勇了，我穿了你的寶衣，小丹戴了貓眼鏡都看不見你。」

「呱哈哈……」

朱鐵插嘴說，「一大、小丹、呱呱，我得先走了，火車上還有乘客呢。」

「好，那，再見，謝謝你了，鐵哥。」一大、小丹、呱呱向朱鐵道別。

朱鐵走了，呱呱飛到一旁樹上。

一大、小丹決定先回楓露中學，「呱呱，我們回楓露中學，你要不要搭順風車？」一大大聲問。

「那我坐哪？」

「中間。」

「做電燈泡？不了，我要去湖那邊。」

「湖那邊？幹嘛？」小丹笑問。

「幾天沒看見我俊俏的身影，我得趕去照照……」

二十二、過師兄

到了楓露中學，一大、小丹將小板車用枯樹枝葉遮掩好後走去。

回到小丹家，沒看到崔媽媽和小勇，一大看壁上的鐘，「才十一點？好像在外頭待了三、四個鐘頭，至少也該下午了。」

肚子餓，一大拿出素包和小丹吃了起，一大說，「梅師母做的。」

「難怪好吃。」

「妳媽和小勇去哪了？」

「我哥去山下同學家，我媽，不知。」小丹搖搖頭。

「妳叔叔會不會追來？」

「他忙著找黑眼罩，哪有空追來？」

「哈哈……」

「烏鴉呱呱怎麼長得那麼大？」

「牠練氣，加上地靈，所以鴉傑。」

「哈哈……，地靈鴉傑，烏鴉也練氣？」

「蛇也……，哦，我說這附近山上，很多人鬼鳥獸都練氣。」

「一大，你的生活眞精彩，人鬼鳥獸的朋友一堆。對了，喳喳是誰？還會隱形？」

「喳喳是……，等一下，小丹，妳怕不怕蛇？」

「蛇？不怕。」

「哦，喳喳是條大毒蛇，我們不打不相識，後來和好，我抄《心經》送牠，牠會隱身術，就教了我。」

「大毒蛇！刺激！教你隱身術？那你也教我。」

「啊？這……」

「學會了，叔叔就抓不到我了嘛！」

「哦，是，也對。」

一大便教起小丹隱身術，教了半天，小丹也隱不了身，只有時隱形了幾根手指頭，看得兩人嘻哈笑鬧。

「小丹，我自己練時，一開始也只能隱掉右手，偶而才成功隱身，爺爺說我現在任督二脈未通，要慢慢練才行。」

「喔，那，我就慢慢練，有意思，一大，跟你在一起，眞好！」

「哦。」

「喂，你欠我兩次了。」小丹嘟嘴。

「欠兩次？」

「就是我有說『跟你在一起，眞好。』兩次，你都沒回，你重說，兩次。」

「啊，哦，嗯，跟妳……」

「小丹，妳回來啦？」門口傳來崔媽媽的聲音。

「媽，是，還有一大，席天復。」小丹跑向門口。

崔媽媽走進屋子。

「崔媽媽您好。」一大打招呼。

「復天，你來啦，坐。」崔媽媽叫一大坐在客廳椅上，自己坐在他旁邊，「放寒假了，我看你就在這裡過寒假，好不好？」

另一邊的小丹立刻叫，「好！」

「小丹，媽又沒問妳。」崔媽媽回頭拍了小丹胳臂一下。

「崔媽媽，我……還是去爺爺奶奶那過，我……」一大回答。

「那，我跟你去。」小丹馬上對著一大說。

「小丹……」崔媽媽又回頭制止。

「媽，我一個人在家多無聊啊！」

「妳哪會無聊？」崔媽媽回頭看小丹，又仔細看，「咦，妳頭髮？妳剛才……開快車？等等，還遇見過妳叔叔？」

小丹愣住，舌頭打結，沒有回話，崔媽媽轉向一大，「復天，你們剛才怎麼來的？」

一大心想反正崔媽媽大約知道，便說，「崔媽媽，是我帶小丹去地底黃金小鎮向地藏王菩薩拜拜，謝謝祂保佑小丹。後來，鬼王他們爲了祝賀小丹身體康復，把小丹的小車修好，送還小丹當禮物，我們就開小車回這裡，出坑道時，獨眼龍，哦，小丹的叔叔，出現在坑道口堵我們，我們衝了過去，飛快的回到了這裡。大概就是這樣……」

說完了，客廳一陣靜默。

隔一會兒，崔媽媽笑了下，「呵，原來崔一海躲在黃金小鎮坑道裡。復天，謝謝你，有你照顧小丹，崔媽媽放心。寒假時，你在這裡過或去你爺爺奶奶那過，都好，小丹可以跟你一道。」

「耶，謝謝媽，謝謝。」小丹緊抱住媽媽。

「好了，媽去弄飯給你們吃。」

「媽，我們吃過了。」小丹說。

「吃過了？吃過什麼？」

「回來時，肚子餓，一大拿了素包請我吃，好好吃哦，是梅師母做的。」

「梅師母做的？還有沒有？」

一大愣了下，說，「有，有……」打開書包，將整包饅頭和素包拿出，遞給了崔媽媽，崔媽媽拿出一個素包便大口咬下。

崔媽媽吃了一個，又拿一個，繼續吃。

「媽，妳那麼餓哦？我跟一大一人才吃一個就吃不下了。」小丹說。

崔媽媽沒理小丹，只微閉雙眼嚼著，「嗯，嗯……」一副享受其中的樣子。

一大起身，拉了小丹，小聲說，「我們餵狗去。」小丹便去取了狗食，兩人走出門口去餵麥片、彈簧。

餵完狗，又幫牠們洗澡，弄了個把鐘頭，兩人探頭往屋裡看，沒見著崔媽媽。

小虎來說，「崔媽媽去睡了。」

「啊？」一大、小丹同表驚訝。

兩人商量著，一大說，「小丹，妳媽睡了，就不吵她了，我們先去爺爺奶奶那看看再說，好不？」

「好啊。」

兩人回屋拿了背包、書包、狗食，往外走時看見包饅頭和素包的袋子放在茶儿上，一大搖搖手說，「妳媽喜歡吃，就不帶了。」

兩人兩狗跑向地脈，很快到了深潭。

一出地脈，一胖胖身影忽地跳出，隨即兩手叉腰擋住兩人，一大抱著的麥片立即汪汪大叫，彈簧唔唔嗯嗯。

「過九堂？」一大大驚一叫，抱緊麥片。

「大師伯？」小丹也驚叫。

過九堂看見小丹，抓抓頭問，「小丹……丹，妳怎麼會在這裡？」

「大師伯，我才要問你，你怎麼會在這裡？」

「我……我師父叫我來的。」

「你……師父？誰是你師父？」小丹奇怪。

「他……師父。」過九堂指向一大。

「姓過的，你在說什麼啊？」一大大了聲。

「叫師父！」過九堂對著一大大聲說。

「叫誰師父？」一大搞不清楚。

「叫我師父！」

「傻胖子，你叫我叫你師父？」

「跪下！」過九堂突向一大大吼一聲。

「笑……」一大「話」字未出口，「咚」，跪了下地，一臉驚訝。

「大師伯，你？」小丹也搞不清楚。

「敢對師父……沒禮貌？」過九堂指著一大。

「你？什麼師父？」一大起不來，氣得大叫。

「一大哥，叢爺爺和一大爺爺來了。」小虎來肩上說。

「啊？」一大隨之穿上黑羽衣，順手把貓眼鏡遞給小丹，示意她戴上，小丹戴上了貓眼鏡。

「呵呵……」叢爺爺和一大爺爺笑呵呵走來。

「過九堂！」叢爺爺的聲音傳來，「你讓一大起來。」

「喔，是，師父。」過九堂應著，轉向一大，「一大，你起來。」

一大拍拍膝蓋起身，「一大爺爺，叢爺爺好。」

「好好好，呵呵……」兩位爺爺笑笑。

叢爺爺走近小丹，「這位可愛的小女孩，是小丹呵，好好好。」

「伯伯，您認識我？」小丹仰頭看著叢爺爺。

「呵，叫我叢爺爺。」

「叢爺爺，您好。」

「呵，呵，長得像妳媽，聰明伶俐，呵，呵，不錯，真不錯。」

「叢爺爺，您認識我媽？」

「當然認識，妳媽是……，叢爺爺在世時的徒弟。」

小丹，「咚」，跪了下地，還向叢爺爺磕了三個頭，「小丹拜見師公。」

「呵呀，這，小丹，這麼有禮貌，起……起來，呵呵。」

小丹站了起來。

「好好好……」叢爺爺轉向過九堂，「九堂，你剛才幹嘛叫一大下跪？」

「師父，您叫我教一大功夫，那我就是他師父，我就……叫他下跪啦。」

「你是一大師父？那我呢？」

「您是一大師父，那我……，咦？不對，那我是……誰？」過九堂傻住。

一大爺爺上前一步，「我來說吧，因爲這位過九堂居無定所，叢爺爺來找我商量，今後就安排過九堂到這雙潭安頓下來，他會在潭邊搭個小屋住，平時就教教一大功夫，也幫爺爺奶奶做些家事，比如燒飯、做菜、砍柴的……。爺爺奶奶老了，是須要個幫手。」

「一大，過九堂的功夫遠在你之上，你跟他一起切磋功夫，對你也有助益，叢爺爺也就可以專心修身養性去了，以後你就叫過九堂『師兄』好了。」叢爺爺說。

「喔，知……道。」

一大心中五味雜陳，心想，哼，那點破功夫，跟我不相上下，竟叫我叫他師兄？

隔了一會兒，叢爺爺走了，一大爺爺回小屋去了。

小丹說要去找奶奶說話，帶彈簧走去。一大也說要找奶奶去，過九堂卻說，「一大，你留下。」

「我留下？幹嘛？」

「幫師兄砍材。」

「砍材？要幹嘛？」

「蓋屋子啊。」

「我……」

「你不想學功夫？」

「想……」

一大只覺得眼前的胖師兄，似乎有時傻，有時又不傻，從他身上可能會多知道一些事，便留下幫他砍材。

師兄遞給一大一把斧頭，兩人便往密林中走去，麥片跟著。師兄只撿拾枯倒樹木，砍了可用的大小樹枝，拖到附近平坦空地，便開始立柱架屋，一大在旁幫著。

師兄雖胖，但動作靈活，一大看著師兄蓋屋，越看越有趣，「師兄，你以前蓋過房子？」

「多了，每到一地方，就蓋一間。」

「厲害！」

「每一地方大概住半年，就搬走了。」

「啊？」

「有次只住了一個月，就走了。」

「住不慣？」

「怕仇家上門。」

「仇家？」

「蛇。」

「蛇？」

「我抓蛇賣蛇，換錢吃飯。」師兄手沒停，拉過一條樹籐綁牢樹枝。

「哦？」

「我腦袋瓜被人打壞了，找不到事做，只好抓蛇賣了換錢，但得罪了很多蛇。」

「哦？」

「我隔一陣就搬，免得蛇來找我報仇。」

「蛇會報仇？」

「當然會，害一條蛇，有兩條來報仇，害兩條，就有四條來報仇。」

「哦？」

「幾年前，遇上一個外國人，他看我籠子裡有幾條蛇，跟我比手畫腳，我不清楚他要幹嘛，他從他袋子裡取出一條蛇來送給我，又比手畫腳一番，之後便走了。」

「送蛇給你？」

「嗯，我沒多想，繼續賣蛇，卻聽見『放了這些蛇吧，我叫喳喳，是非賣品。』我找了半天，才知道是外國人送的蛇在說話。我嚇了一跳，想了想，應是老天要我別再殘害生靈，後來我走到山林中去把蛇都給放了。但那條叫『喳喳』的蛇卻不走，我只好帶牠回住處。」

「哦？」

「喳喳厲害，會噴毒口水，把來找我報仇的蛇都趕走了，還捉了些雞、蛙、兔，給我吃。」

「哇！」

「欸，等一下。」師兄突盯看一大，「你，你在這幹嘛？」

「啊？哦，我在聽師兄你說，喳喳會捉雞、蛙、兔給你吃。」

師兄搔頭摸耳一陣，「哦，嗯，後……來，喳喳告訴我，牠的外國主人是個會巫術的人，因為要回國，看出我是個練氣的人，便把牠留給我照顧。」

「哦？」

「喳喳跟著我打坐練氣，長得又快又大又長。」

「哦，可是，師兄你……幹嘛叫喳喳對付我？」

「崔一海借喳喳去玩，他……」

「又是那姓崔的，壞透了！」

「姓崔的，壞人，嗯，可小丹、小勇是好人。」

「崔媽媽也是好人，我見過。」

「你見過？哦，她常接濟我，我這身衣服就是她做給我的，我胖，嘿，挺費布的。」

「嘻……」

「咦？嗯……」

一大看師兄手上抓著一樹枝，忽愣站原地。

「師兄，你怎麼了？」

「我……不是在……和你打架，怎麼不打了？」師兄又兩眼盯看一大。

「啊？」一大隨說，「喔，是……我叫你師兄，所以，我們就不打了。」

「哦？」師兄想了下，搖搖頭，緩緩將手中樹枝往木屋頂上放去。

二十三、師兄戒酒

胖師兄做了一桌豐盛的晚餐，一大爺爺奶奶及一大、小丹吃得很是開心。

一大注意到師兄吃得不多，看著他胖大的身軀，怕他吃得太少，暗地裡留了兩個饅頭在外套口袋中。

吃過飯，幾人隨便聊著，一大爺爺看看過九堂，突問，「九堂，你……想不想戒酒？」

「啊？一大爺爺，我？嗯……」過九堂愣住。

「沒酒你就吃不下飯，不如乾脆戒了吧，對身體也比較好。」一大爺爺又說。

一大明白了，原來師兄吃得不多，是因爲沒酒喝。

「我，嗯，想……戒，但戒……不掉。」過九堂結結巴巴。

「來，你坐過來。」一大爺爺指指身旁凳子。

過九堂在一大爺爺身旁坐下，一大爺爺在他頭上，背後摸摸按按，幾分鐘後向一大奶奶使個眼神，一大奶奶起身走出房門口，不久，端了個碗回來，遞給一大爺爺。一大、小丹在一旁，聞到了濃烈的酒味。

「來，九堂，你喝這酒，這可是上好的陳年老酒。」一大爺爺將那碗酒遞給過九堂。

過九堂側臉湊近那碗酒，喝了一小口，卻霍地起身跑開，還摀住口鼻，「這……哇，嘔……」衝出了房門。

一陣嘔嘔聲自門外傳入。

一大很是驚訝，跟出門外看，只見師兄趴在岸地上，嘔吐不停。

師兄吐了許久，起身走回房間，一大爺爺對他笑笑，「呵呵，這酒，你還喝不喝？」

「不，不敢喝，不喝了。」過九堂猛搖雙手。

「哈哈，你不喝，那我喝，別浪費了。」一大爺爺一口喝了那碗酒。

小丹忍不住說，「爺爺，您太神了，我媽一直勸大師伯戒酒，大師伯就是戒不掉，您眞厲害。」

「呵呵……」爺爺只呵呵笑著。

一大看著眼前這幕，深感神奇。

晚了，小丹要和奶奶睡，師兄回他蓋的林中小屋去，一大想去小島，但先跟著師兄回小屋去。

「師兄，帶床棉被去吧，晚上冷。」一大拿了一條棉被跟上。

「好。」師兄向林中走去。

一大打亮了手電筒照路。

「你黑暗中看不見路？」

「看不見。」

「功夫不夠。」

「啊？」

到了小屋，「你想不想睡這？」師兄忽問一大。

「師兄，這小屋那麼小，你一個人恐怕都睡不下吧？」

「呵……」師兄在身旁樹榦用腳一蹬，手一撐，上了小屋頂，躺平了去，「我睡樓上。」

「哇呀！」一大慌忙用手電筒上下照去，樹枝樹葉搭成的小屋竟然沒有垮下來，「哇！這……？」

「你就睡樓下吧！」師兄往下看。

一大想了想，說，「師兄，還是請你下來睡吧，我把棉被鋪上，冬天晚上很冷，你別睡樓上，我去潭中島睡，睡前我還想多抄幾篇《心經》。」從口袋中拿出兩個饅頭放在棉被上。

「抄《心經》？哦，很好，那你去吧，抄好後送我幾篇。」

「喔，好。」一大轉身要走。

「謝謝你留的兩個饅頭。」

「喔，不……客氣。」

一大站了會兒，沒見師兄下來，便找了麥片，划了竹筏往潭中島而去。

「一大哥，這兩天我去了大海一趟，才回來。」一沙啞聲自竹筏邊傳來。麥片唔汪了一聲。

「呵呀，是水水，還沒睡啊？」一大說。

「還早，還早，我說，前兩天，我去了大海一趟。」

「哦，那，灰面和你的徒弟牠們都好嗎？」

「好，都好，嗯，可是那沉船的『手掌』找上我了。」

「沉船『手掌』？」一大吃驚。

「對，那『手掌』滿生氣的，叫我轉告你這單純的小孩說，他要你辦的事沒辦。」

「啊？完蛋了，我……」

「別急，我告訴他，你有在辦，你一直在找那在金幣上印指印的人，只是還沒找到。」

「那，他……」

「他說你沒良心，叫你立刻去見他。」

「啊？叫我立刻去見他？」

「嘿，不急，我跟他說，『那小孩良心一直都在，但要上學走不開。何況，這種天寒地凍的季節，哪個人類會在這時候到大海玩？進到海水中，就算不凍個全死也凍個半死，要是那小孩凍死了，您不就沒指望了？所以，請您再多忍耐一下，我回去會轉告那小孩，不管事情辦得怎麼樣，叫他暑假時來一趟，向您回報。』」

「水水，你真有智慧，可是，暑假，我？這……」

「這叫『緩兵之計』，至少嘛，先拖他個半年，再想辦法就是了。」

「喔。」一大伸手入口袋摸著那沉船「手掌」金幣，腦袋混混沌沌。

「一大哥，你和小丹姐一起來的？」

「嗯，還認了一個師兄。」

「岸上樹林子裡的胖哥？」

「嘿，你看到啦？他叫過九堂，嗯，是叢爺爺活著時的徒弟，叢爺爺叫他教我功夫。」

「哦，他教你功夫，很好啊！」

「他腦袋被人打傷過，有時候會突然短路，變得傻傻的。」

「哦。」

「剛才飯後爺爺還幫他戒酒呢，好神奇，後來給他一碗酒，他才喝一小口就衝了出去，還吐個不停。」

「呵，戒酒啊，對你爺爺來說，小事一件！多年前，有個醉漢醉倒林子裡，你爺爺見了，氣運上手，在那人身上摸摸按按，那人的十指竟流出酒來，滴滴答答的滴了一地，那人沒多久醒了，後來也是看了酒就怕，再也不喝了。」

「那麼神！」

到了潭中島，竹筏靠岸，「我們上岸去了，水水，再見。」一大和麥片跳到岸上。

「好，再見。」

進屋後，一大點上蠟燭，坐下靜靜的抄寫《心經》。

「嘎嘎。」

「小虎，去玩去。」一大聽見小虎在叫，沒抬頭，隨口說著。

「一大哥，其實胖師兄習慣吃葷喝酒，吃素不習慣，才吃不下的。」小虎爬上書桌。

「啊？喔。」一大放下了毛筆，「師兄是吃葷的？我怎沒想到。酒戒得掉，但吃葷，就傷腦筋了，這裡大家都吃素的，怎麼辦？」

「師兄一人住樹林子裡，有人會送宵夜給他吃的。」

「你是說我送的那兩個饅頭？那也是素的啊。」

「我是說喳喳。」

「喳喳？」

「師兄他不是說喳喳會抓雞、蛙、兔給他吃？」

「哇，小虎，你高啊！」

「嘻……」

「喳喳神出鬼沒，你說的對，嗯，非常對。」

「可是，喳喳跟虾虾一樣，也在冬眠，不會出來吧。」

「說的是，那，嗯，你不是會抓蚊蟲？葷的。」

「幽默！一大哥，我是會抓蚊蟲，但你師兄他吃蚊蟲嗎？」

「哈哈，算你聰明。」

「我也改吃素了，早就不殺生了。」

「那，也只好請師兄改吃素了。」

「嗯。」

「咦，麥片呢？跑哪去了？」

「麥片他說去巡邏，還有看星星月亮。」

「小虎，你才幽默呢，麥片去巡邏，我瞭解，但還看星星月亮？這……」

「麥片看星星月亮，是因爲想念栗子牠們。」

「啊？」一大的心震了下，「哦，我也想念狗狗們，當然更想念土也、阿萬、曉玄、小宇他們，我找麥片去，順便……看星星月亮。」

「我陪你去。」

「好，走。」

一大走出小屋，小虎趴在他右肩上。天冷，一大裹緊外衣，走到水岸邊，往天空看去，高掛黑幕上的一勾彎月和點點繁星全倒映潭中，好美。麥片走來一大腿旁，唔嗯搖尾。

「麥片，乖，你在想你的狗狗好友啊？」一大蹲下撫著麥片。

「唔，嗯嗯。」

「我想辦法聯絡土也他們幾個，看能不能早點回校碰面。」

「唔，嗯，但，至少要過了人類新年再說吧。」

「哦，是，人類新年。」

「一大哥，你看那邊……」小虎突然小聲說。

「哪邊？」一大警覺地伏低身子。

「左前方水面上，遠遠的……」

「啊？在水面上……像有……一個人？」一大緊張起來，「看不清楚。」

「是你師兄。」麥片一旁說。

「我師兄？你說過師兄？」

「嗯，我聞到一絲風吹來他的味道。」

「哇，他在水面？麥片、小虎，他腳下有竹筏？木頭？板子？」

「好像沒有。」「好像有。」麥片、小虎也不確定。

「師兄他在幹什麼？」

「巡邏。」麥片回答。

「看星星月亮。」小虎加上一句。

「嘿，又幽默。」

正說著，低低傳來一聲，「一大，你們回屋去睡吧，水潭一切平安。」

「眞的是師兄，麥片、小虎，走，我們回屋去。」一大邊說邊向四面八方再看，已看不見任何人影。

回屋後，一大問，「麥片、小虎，你們剛才有聽見師兄叫我們回屋去嗎？」

「有。」麥片、小虎異口同聲。

「那麼遠？」一大自語，轉說，「你們去休息吧，我再抄些《心經》，晚安。」

「一大哥，晚安。」

二十四、年夜飯

在深潭快樂的過著日子，轉眼間到了除夕。胖師兄忙著裡裡外外打掃，還蒸了一大籠蘿蔔糕，一大籠饅頭，一大籠素包，並準備著年夜飯的菜餚。

小丹因媽媽要她務必回家吃年夜飯，下午時便得回家去。中飯簡單用過，小丹問奶奶，「奶奶，我可不可以不回家去？」

「不可以，年夜飯是要跟家人團圓的，乖，回家去。」

「嗯，那，年夜飯，我要是不在這，奶奶，您會不會想我？」

「當然會。」奶奶好奇看她。

小丹轉頭問一大爺爺，「爺爺，那您會不會想我？」

「會，當然會。」爺爺笑笑。

小丹問大師伯，「大師伯，您會不會想我。」

「那還用問？會。」

小丹轉頭問一大，「一大，你呢？會不會想我？」

「不會。」一大搖頭賊笑了下。

小丹徐徐站起身，「好，三比一，通過，大家都會想我，這麼樣，我先回家陪我媽吃年夜飯，只吃一半，然後，我趕回來陪你們吃另一半，謝謝各位。」一鞠躬。

「哈哈……」一桌子哈哈大笑。

「我就說嘛，小丹是個鬼靈精。」奶奶笑說。

「至於一大，嘴巴不好說想我，心裡想就好。小男生面對小女生，難免心口不一。」小丹慢條斯理說。

「啊？」一大愣了下，聽見爺爺、奶奶、師兄又笑。

「為了感謝一大的心意，我請一大吃到一半時來接我回來。」

「哈哈……」大家又笑。

一大只覺灰頭土臉，「小丹，妳……妳……自己回來……就好了嘛。」

「我一個人？才不，我怕黑。」

「有彈簧陪妳。」

「彈簧是條狗，我要你陪，不然你……」

「不如狗？」

「我可沒說。」小丹嘟嘴撒嬌，「唷，我要你來接我嘛。」。

「好，好，我在這吃一點東西後，就去接妳回來。」

「要到我家接我。」

「當……當然，妳家。」

「順便向我媽拜個早年，然後，我們再慢慢地走回來。」

「幹嘛還慢慢地走回來？」

「看星星月亮啊。」

「啊？」

「哈哈……」大家又笑。

一大聽見小虎也在某個角落嘎嘎笑。

年夜飯，一桌子的菜，爺爺、奶奶、師兄、一大四個人開心地吃著，聊著。一大看師兄味口不錯，放心了些。

「九堂，謝謝你幫我們兩老打點這頓年夜飯，這深潭裡，多年來就我和老太婆兩人，過年和平常日子沒兩樣。這個除夕夜有你在，有一大在，比較像個家了。謝謝你了。」爺爺感性說話。

「一大爺爺，別……別客氣。我尊敬我師父，您是我師父老友，我會將您當我師父一樣尊敬。也謝謝一大爺爺、一大奶奶讓我留下，我流浪多年，現在也才像有一個家的感覺，謝謝您們。」師兄起身，向一大爺爺、一大奶奶深深一鞠躬。

「呵呵，好，好，有緣，有緣，坐，坐。」一大爺爺轉看一大，「一大這孩子也是一個人，能在這裡團圓吃年夜飯，真的是有緣，大家有緣。」

一大也起身，向爺爺奶奶深深一鞠躬，「謝謝爺爺奶奶，新年快樂。」再轉向師兄，「謝謝師兄，也祝您新年快樂。」

大家嘻嘻哈哈，很是快樂。

隔了一會兒，奶奶提醒，「一大，你得去接小丹了。」

「喔，好，我這就去。」一大叫了麥片跟著，匆匆走出房屋。

「一大哥，我覺得你應該戴上貓眼鏡，穿上烏鴉衣，帶上手電筒，『楓露』那可是黑衣人大本營。」

小虎在耳邊說。

「對呀，雖是除夕夜，要是不巧碰上哪個黑衣人吃飽飯沒事幹，出來看星星月亮，就不妙了。」

一大轉回去拿書包。

「一大，有事？」師兄見了便問。

「沒事，我拿書包。」鞠了個躬，「爺爺、奶奶、師兄，再見。」

一大跑向岸上地脈，邊跑邊穿戴上黑羽衣和貓眼鏡，左手握手電筒，右手抱起麥片。

很快到了楓露，一出地脈，麥片立即小聲示警，「一大哥，趴下。」

一大立即趴下，不敢亂動。

「右前方林中，有五、六個人影。」小虎在耳邊小聲說。

一大朝右前方林中看，有幾點火星明滅，喃喃說，「他們在抽煙，聊天。」但又立刻警覺，「小虎，四面再看看，尤其我背後。」

「背後？哇，眞的有，三個，藏得很隱密。一大哥，神啊，背後有人你也知道？」

「眞正的圈套不會輕易讓我看到。」一大想到爺爺的話，即說，「我們像被包圍了，麥片，躲進我的黑羽衣裡，你的花毛容易被人看見。」

麥片躲進了黑羽衣中。

過了十幾分鐘，一大說，「他們有備而來，我看他們短時間是不會撤的。」

「一大哥，我去找小丹姐，他們看不到我的。」小虎自告奮勇。

「對你來說太遠了，等你找到小丹，天都亮了。」一大說，「咦，奇了，沒見到其他警衛犬？」

「大概跟我們一樣，由同學們帶回家過寒假去了。」麥片在黑羽衣裡說。

「可能！對了，麥片，你打電報給彈簧看看。」

「早打了，沒回音，可能太遠，我又不能出聲。」

「那，這……」

又過了十幾分鐘，「有打架聲。」麥片把耳朵豎到黑羽衣外。

「打架聲？小虎，你四面八方再看看。」

小虎爬上一大頭頂，極目四望，「哇，高手，擺平了，全擺平了，一、二、三、四、五，前後，共九個。」

「怎樣了？」一大問。

「全都躺下，不動了，昏了吧。」小虎說。

「是彈簧！牠朝這跑來了。」麥片探頭。

「哦？」一大立刻半蹲起。

彈簧很快跑到一大身旁，和麥片唔唔汪汪。

「彈簧，小丹呢？」一大問。

「在後面，還有崔媽媽。」

「我去接她。」一大已跳起衝了出去，「一下子擺平九個，那高手一定是崔媽媽。」

「不是，那高手比崔媽媽胖一倍還多。」小虎說。

「啊？」一大停下腳步，「胖一倍多？小虎，你看清楚那人了沒？」

「沒，只見人影。」

「難道說……」一大想想，「不可能。」

「我覺得是……」

「是什麼？」

「過師兄。」

「小虎，你確定？」

「那麼胖，又會功夫。」

「可是……」一大看見三條人影在黑暗中走近，快步迎上前去。

「崔媽媽、小勇、小丹，新年快樂。」一大打招呼。

「復天，新年快樂，吃飽了沒？要不要來崔媽媽家再吃點？」崔媽媽說。

「謝謝崔媽媽，我吃飽了。」

「你吃飽了哦？難怪這麼晚才來接我。」小丹說。

「小丹，我早來了，只是我……」

「小丹，不可以老作弄復天，妳還麻煩復天晚上來接妳，眞是的。」崔媽媽責怪小丹。

「媽，我答應陪爺爺奶奶吃年夜飯的，可是我又不敢一個人摸黑回去，才……」

「好，讓復天陪妳回去，代媽媽向爺爺奶奶問好，祝他們倆新年快樂。」崔媽媽說後，轉向一大，手上拿了一個紅包袋，「復天，這壓歲錢是給你的，新年快樂。」

「啊？壓……歲……錢？」一大又驚又喜又感動，沒伸手接。

「一大，你就收下吧，我和妹都收了。」小勇說。

「謝謝崔媽媽，我……」一大低頭哽咽。

「一大，我媽說以後每年都會準備三個壓歲錢紅包，都會有你一份的。」小丹拉過一大雙手接下了崔媽媽手上的紅包袋。

「謝謝崔媽媽。」一大抬起頭，滿天星星似都長了毛毛尾巴。

「一大，別難過了啦，不然我也要哭了。」小丹抹抹眼睛。

「好了，時間不早了，你和小丹走吧，有空隨時來玩。」崔媽媽拍拍一大肩膀，「對了，天黑，路上別耽擱了，直接回深潭去。」

「知道了，崔媽媽。」

小丹拉住一大的手，「媽、哥，再見。」

「崔媽媽，小勇，再見。」一大搖搖手，轉頭叫，「麥片、彈簧，要走了哦，跟上。」

兩人兩狗和小虎很快回到了深潭，一大喘著快跑進屋子，一看，飯桌上，不但師兄在，叢林爺爺，盧鼎爺爺也在。

「盧爺爺，叢爺爺，您們都在啊？祝您們新年快樂。」一大鞠躬。

師兄說，「一大，大過年的，光鞠躬那不成敬意，你得向長輩們磕頭，來，師兄和你一起。」師兄起身拉了一大，離桌三步跪了下地。

「大師伯，我也要。」小丹咚地在一大身旁跪下。

「好，來，我們三人一起，祝福一大爺爺，一大奶奶，盧爺爺，叢爺爺，幾位大師父，新年快樂，事事如意。」

師兄磕頭三響，一大，小丹跟著做。

「呵呵呵，好，好，請起，請起，也祝你們新年快樂，身體健康，學業進步。」一大爺爺笑呵呵的說。

師兄起身時，一大看到他褲腳鞋面上沾了許多灰土。

三人坐回桌上，一大奶奶遞給師兄、一大、小丹每人四個紅包袋，「這是三位爺爺和我給你們的壓歲錢，祝你們新年快樂。」

三人伸手接過，驚喜之情溢於言表。

「這位可愛的女孩，是誰家的孩子呵？」盧爺爺看著小丹。

「盧爺爺，她叫崔少丹，是我在楓露中學認識的同學。」一大回答。

「哦，我怎覺有點面熟呵？像誰吧？」盧爺爺仍看著小丹。

「盧爺爺，您好。一大爺爺、一大奶奶、一大他們都叫我小丹，我爸叫崔一河，我媽叫田星荷。」小丹說。

「啊？哦，那妳有個叔叔叫崔一海？」

「嗯，是。」

「哦，沒事，妳像母親，難怪有點面熟。」

「老臭驢，小丹是我和老太婆的開心果，我們當她像孫女兒一樣疼的，她和一大又是好同學，這緣份不算淺吧？」

「呵呵，不算淺，是好緣，我和一大這種師徒緣，不也是奇緣化了好緣麼，哈，大年夜的，儘管開心，來小丹，多吃點，以後有什麼事須要盧爺爺幫忙的，儘管找我。」

「盧爺爺，謝謝，我怎麼找得到您呢？」

「哦，倒立用手掌拍地三響，這附近幾座大山，水潭之內，盧爺爺可是片刻就到。」

「哇，這麼厲害，太棒了！」

「呵呵……」

夜深了，盧爺爺，叢爺爺離開了。一大爺爺、一大奶奶休息去了。師兄在收拾碗盤，一大脫了黑羽衣和貓鏡。

小丹說，「一大，等下我跟你一起守歲。」

「守歲？」

「對啊，過了十二點才去睡。」

「喔，我記得以前有守歲過一兩次，可是都撐不過十二點就睡著了。」

「今年我在，你一定得陪我守歲，撐過十二點。」

「我……？」

「不只今年，以後的歲歲年年，你都要守著我，護著我。」

「好，好。」

「那，現在，去看星星月亮。」

「啊？」一大想了下，說，「小丹，我先去後面幫妳大師伯清一下碗盤，妳等我一下。」

「喔，好，那我在這把桌椅擦乾淨。」

「好。」

一大在廚房幫師兄清洗碗盤，向師兄鞠躬，「師兄，謝謝你，你在楓露幫了我大忙。」

「楓露？我幫你……什麼大忙？」師兄反問。

「你弄昏了幾個黑……黑暗中躲著的人，我才順利接了小丹回來。」

「哦？是嗎？」

「真的謝謝你，師兄。」

師兄突然停住手中清洗動作，「等等，一大，你剛……問我什麼？」

「啊？沒，沒有。」一大又看見師兄傻傻的模樣。

兩人隨後又低頭洗碗，安靜了一會兒，師兄說，「好了，小丹在等你去看星星月亮呢，去吧，這些，我來弄。」

「啊？喔，好。」

一大走出廚房，回到吃飯小屋，「這麼遠，師兄聽得見我們剛才說的話？」

找了小丹，走到水岸上席地而坐，看星星月亮在天空潭水輝映著，一派寧靜景色，美好極了。

小丹頭倚一大右肩，「一大，永遠這樣多好。」

「嗯。」

「一大，我說『永遠這樣多好』。」

「嗯，永遠這樣多好。」

「你木頭哦，你不會說，『小丹，我希望此景長在，此情長存。』」

「會啊，小丹，我希望此景長在，此情長存。」

「你換一個詞嘛，大木頭，一點都不浪漫。」

「好，小丹，星星知道，月亮明白，樹林在側，潭水在前，宇宙如此巨大，我如此幸運，今晚能陪著可愛美麗俏皮的小丹在潭水邊看星星月亮。但願天地不分上下，妳我不分彼此，美景長在，友情長存，日日月月，月月年年，直到永遠的永遠，永恆的永恆。」

「哇，你？」小丹飛快在一大臉頰上親了一下，再又將頭倚回一大右肩上，雙手抓緊一大右臂，「嘻，你不是木頭嘛。」

「呵，呵……」

二十五、金龜子的事

兩天後的晚上，一大在潭中島上小屋內將抄寫好的幾張《心經》整理一下，收好放入書包。打開書包時，看見幾個紅包袋躺在裡頭，便全拿了出來，一一平放在書桌上。

一大注意到每個紅包袋上分別寫了崔媽媽、及盧爺爺，叢爺爺、一大爺爺、一大奶奶的字樣，「還好，不然不知道哪個紅包是誰給的。」

將崔媽媽那封拿起，將裡頭硬幣倒出，一大嚇了一跳，「哇，是金龜子！這……」拿起那枚金幣細看，「我還以爲是十元或五十元硬幣，崔媽媽怎包給我一個金幣，這，太貴重了吧？」

隨之將其他四個紅包一一倒出，一大又嚇了幾跳，「全都是金幣？金龜子！」腦袋瓜暈陶陶，傻看著桌上五面金幣在燭光下微微閃爍金光。

「小虎，你在哪？」一大小聲叫。

「嘎嘎，一大哥，我在天花板上，就來。」

小虎爬上書桌，「嘎哇，金光閃閃……」

「是崔媽媽、盧爺爺、叢爺爺、一大爺爺，一大奶奶他們給我的壓歲錢。」

「哦？」

「沒想到全是金幣！太貴重了吧。」

「我想，是『壓歲』嘛！貴一點重一點，他們不想你長大。」

「幽默！」一大想了想，說，「我覺得確實太貴重了，我又用不著，是不是應該還給幾位長輩？」

「明天問問你師兄和小丹姐再說吧。」

「嗯，也對。」

一大將五枚金幣分放回原紅包袋，愣坐了許久才去睡覺。

第二天一早，一大抱著書包，找了小丹，拉她到門外問，「小丹，妳媽和奶奶，幾位爺爺給我的壓歲錢，全是金幣！金龜子！這……是不是太貴重了，妳覺得呢？」

「不會啦，我跟我哥從去年開始就收到我媽和幾位長輩給的金龜子壓歲錢，第一次收到金幣的壓歲錢也像你一樣很驚訝，也想退還呢。」

「哦？那妳後來怎麼處理金幣？」

「我媽說，沒人在退還壓歲錢的，那不禮貌，我媽教我們存入保險箱，就這樣。」

「存入保險箱？地下保險箱嗎？你們也有？」

「對啊。」

一大沒再多問，轉了話題，「小丹，妳知道妳大師伯比起妳媽，誰功夫厲害？」

「當然是大師伯囉，哦，我媽說的。」

「哦？那妳大師伯的頭受傷，不影響功夫？」

「他頭受傷後練起功來更能心無旁騖，反而功夫更高了，我媽說的。」

「哦？」

「一大，再四天就要開學了，我媽要我在開學前提早幾天回家，好複習功課。」

「哦，那，妳在這還可再待一兩天囉？」

「嗯，我走後，你會不會想我？」

「當然會！」

「嘻，我以為你又要講『不會』。」

「講『不會』？那妳又會說我心口不一，我還不如直接講『會』，省得麻煩。」

「嘻，你越來越瞭解我了。」頓了下，「嗯，不太好，不能讓你瞭解我太多。」

「為什麼？」

「我是女生啊！」

「啊？」

見奶奶從房門出來，小丹上前，「奶奶，早安。」

「小丹，早。哦，你們在聊天呵。」

「奶奶，早。」一大也打招呼。

「早，一大，你們好準備吃早飯了。」

小丹去漱洗，一大停下問奶奶，「奶奶，我收到崔媽媽和奶奶以及三位爺爺的壓歲錢，但全是金幣，太貴重了，我想……我想……」

「別想太多，壓歲錢用不著可存起來，不管銅板或金幣，就當作紀念，好記得長輩們的愛護，也許以後有機會，你可再傳給晚輩，下一代或有緣人。」

「這……」

「這是傳統，世世代代傳下來的，重的是緣份，不是金幣本身，好好留著，好了，去吃早飯。」

「好，謝謝奶奶。」

早飯吃過，爺爺奶奶回房去，小丹在餵狗，一大和師兄收拾著碗盤。

一大一時興起，左手掌朝下貼在桌面，右手快速抓起一筷便向左手刺下，「噢！」低哼了聲，又刺到了，忍痛收手。

「啊？」一大猶疑。

看桌面伸過一隻胖胖的左手掌，一大忍著痛，順手上看，只見師兄笑笑，「刺！」

「刺！」

一大一筷刺下……

「啊？」

胖胖大大的手掌，看上去目標顯著，筷子竟然沒刺到！

「再刺！」師兄再說。

一大又一筷刺下，又沒刺到！師兄的手指、手掌閃躲得飛快。

一大更加快速地連刺了五、六下，也都沒刺到！

一大放下筷子，「咚」，跪了下地，「師兄，對不起，原諒我，我以爲你的功夫沒什麼了不起。」

「又沒掉筷子，別跪地下找，我們洗碗去。年過完了，要收心加強練功了。」

「是，師兄。」一大匆匆爬起，跟著師兄洗碗去。

洗碗時，一大忍不住問，「師兄，我想問，你怎連盧爺爺的『手掌』功夫也會。」

「他年三十吃年夜飯時教我的。」

「啊？才幾天就……」一大驚訝極了，「我練了好幾個月都沒……」

「功夫是日積月累才能融會貫通的，我練功練了三四十年，新功夫，點一下就能通。」

「師兄，你功夫很高，怎麼那天和我打架時不一下打倒我？」

「呵，記得我說過嗎？害了一條蛇，會有兩條來報仇，害兩條，就有四條來報仇。人，也一樣，打傷一人，就有兩人來報仇，打傷兩人，就有四人來報仇。後來我明白了，打輸了，我還能平安脫身，打贏了，我就永遠不得安寧。我頭上的傷疤，會隨時提醒我的。」

「喔。」

「等一會你先到我小屋那等我，我忙完就去，先檢驗一下你練功情況，再看怎麼教你。」

「是。」

一大出了小屋，找不著小丹，往潭中望去，「哇呀，小丹！妳？」一大大驚，小丹竟站在水面！隨之見小丹向他移來，一大才恍然一悟，「哈！是在水水背上！」

「一大哥，別嚇到，小丹姐和我聊得開心，我載她逛逛。」水水的沙啞聲先到。

「嘻，一大，水水還說要教我『龜息法』，夏天時可以帶我潛到潭水底下，那一定好玩。」小丹雙頰紅冬冬。

「哦，好，好，小丹，水水陪妳，我去妳大師伯小屋那。」

「好。」

一大走向師兄林中小屋。

隔了約半小時，見師兄慢慢走來，「咦，一大，你怎麼來這裡？」

「啊？哦，師兄你說要檢查一下我的功夫，再看怎麼教我。」

「哦，是嗎？看我這腦袋……」師兄傻愣了一下，忽將手伸入口袋，從口袋中拿出四個紅包袋，「對了，這幾個紅包袋給你。」

「師兄，這些是奶奶和三位爺爺給你的壓歲錢，不用給我，我已經有了。」

「這我記得，可是這些金龜子對我這年紀半百的人來說沒什麼意義，交給你保管，拿著。」

「不，你交給小丹保管，好不？」

「不行，小丹她媽會罵我的，你家沒大人，不會有人罵我。」

「啊？」換一大傻了。

「來，坐這樹根上，我教你看『金龜子』，坐。」

「啊？」一大又傻了。

師兄伸過一手往一大肩膀一壓，一大絲毫無抗拒之力，一屁股坐在腳旁樹根上，師兄在旁邊另一樹根也坐了下。

「來，這個是，嗯，一大奶奶的，你打開兩手掌。」師兄從一紅包袋倒出一枚金幣，放一大左手掌上，「這個是一大爺爺的。」從另一紅包袋倒出一枚金幣，放一大右手掌上「你看，仔細看，有什麼差別？」

一大只好仔細看，看了好一會兒，「哪有什麼差別？」

「哈，來。」把一大左手上金幣取來，「一面是金龜子，一面是小指印，知道嗎？」

「知道。」

「你看，這金幣上的小指印凹下去，你那金幣上的小指印更凹。」

「哦？」一大近看又摸了摸，「是耶。」

「再看另一面的金龜子，高凸了起來，你那金幣上的金龜子更高凸。」

一大又看又摸摸，「嗯，是。」

「嘿，知道為什麼？」

「不知道。」

「功力越高的人按下小指的勁道就越大，金幣上的小指印就更凹下。」

「哦？」一大很是訝異，張大了眼睛，再仔細近看又東摸西摸。

「是不是一大爺爺比一大奶奶的小指印更深凹些？」

「好像是。」

「你功力更高時就更容易感覺出來了。」

「哦。」

「你再看另一面的金龜子，是不是一大爺爺比一大奶奶的金龜子更高凸一些。」

「嗯，是。」一大貼近看。

「因為那一面的小指印按得越凹下，這一面的金龜子就越高凸。」

「哦。」

「最後，你看出或想出什麼沒？」

「沒……」

「若是功力高，那面一按便會讓這一面的金龜子張翅。」

「哇！」

「聽說，深山中有三百歲祖師爺級的高人，那面小指印一按，這面的金龜子就飛上了天。金龜子飛天，能制人伏魔於百里之外。」

「啊？眞的假的？」

「就，聽說嘛。」

「太厲害了。」

師兄停了下，「咦？我是不是……找你來練功的？」

「是。」

「哦，咦，這些紅包是幹嘛的？咦，我……」

「……」一大不知該說什麼，只愣看著師兄。

師兄忽大夢初醒，「啊，對了，你再看看叢爺爺與盧爺爺的金龜子……」將剩下的兩個紅包袋內的金幣倒在一大手心。

一大手心有了點感覺，「師兄，兩個一比，我好像感覺到一個熱，一個冷，奇怪。」

「嘿，不錯，你感覺得到，冷的那個是叢爺爺的，熱的那個是盧爺爺的，叢爺爺過世多年，他的金幣陰氣重，盧爺爺的功夫全集中在手上，所以金幣聚了他的手熱。」

「哦，這樣子。」

「四個比較，叢爺爺的小指印較淺，那是他死時的印記。」

「哦，是。」

「以後，有朝一日你有了不錯功力，若有人拿出金龜子，你一看一摸，就知對方功力如何了。不過，很少人會拿自己的金龜子示人的，至於送人，那更是除了送親人外，只有送徒弟，或送有緣人而已。」

「哦，知道，那，師兄，你有沒有自己的金龜子？」

「有，當年叢爺爺，我師父，給了我不少另一面沒指印的金龜子，要我有了功力自己印上小指印，唉，慚愧。」

「怎麼了呢？」

「我喜歡吃喝玩樂，每天喝酒，大魚大肉的，師父死了，我難過，自我墜落到底，金龜子全換了酒肉，吃光喝光，說來，丟死人了。」

「你沒親人？」

「孤兒一個，從小在墳堆撿人祭拜的酒菜吃了過活，被叢師父碰上帶回家，教我讀書、做人、練功、做飯、燒菜……，唉，師父死了，我也死了，每天喝得爛醉如泥。醒了就找人比武打架，贏取一點吃的喝的，卻也得罪了一海票人，天天有人找我比武打架，好了，有次大意，被人打到腦袋開花，我師弟師妹，就是小丹的爸媽救了我，收留了我，休養了一年多才像個人樣，之後，我不想打擾他們一家子，一個人流浪去了，偶而才去探望他們。」

「嘿，比我精彩多了，我是十歲時爸媽不見了，在叔嬸家住了兩年，心情惡劣，天天打架鬧事，後來被雲霧中學收留了。」

「好小子，我爲什麼要把這些金龜子給你？知道嗎？」

「不知道。」

「喳喳有個本事，看得出人心好壞。當崔一海描述你的情形、樣子、名字時，喳喳跟我說，你應該心腸不壞，當牠和你面對面時，更確定你心地善良。我這些日子也觀察你，加上叢師父對你的看法，都很好。也知道你不愛金銀財寶，所以，我決定要把這些金龜子給你。」

「這，哦，謝謝。你後來見過喳喳？」

「嘿，嗯。」

「牠不是在冬眠？」

「醒來個三、五分鐘也沒什麼大不了，年三十晚牠還跟我去了趟楓露呢！牠那晚……是隱形的。」

一大霍地站起，「哇，你……你們？我……」

「哈哈，坐，坐吧，以前跟你不熟，有些事不好對你明講。現在在這裡，我酒戒了，也見不著魚肉，得謝謝你抄寫送我的《心經》，念著念著，好像還能幫我減了吃葷菜的慾望，很好，很好，我現在像個正常人在過正常日子了。」

「哦，那好。」

「把這些金龜子給你，我放心，你以後可用來做善事，懂吧。」師兄將四個金幣分別放回四個紅包袋中，遞給了一大。

一大不好再說什麼，收下了四個紅包袋。

兩人靜默了片刻，師兄突問，「欸，你剛才……是不是……有事來這找我？」

「啊？哦，是，練功的事。」

「是嘛？我，怎不記得了。」

「哦，那，師兄，沒事了，我找小丹去。」起身要走。

師兄頓了一下，叫到，「喂，站住。」

一大站住，「師兄？」

「叢師父叫我教你功夫，你想偷懶不成？來，蹲馬步，開始，沒叫你休息不能休息！叢師父說的。」

一大悻悻然，只好半蹲，扎起馬步。

隔了會兒，一大突一念閃過，叫到，「師兄，等下要記得叫我休息，你可別忘了。」

二十六、孫成荒快瞎了

這天小丹要回家去，一大也向爺爺奶奶及師兄說要提早回校看看，假日沒事便會再回來。

中飯過後，一大揹了書包，走地脈先送小丹回家，快到小丹家門口時，「小丹，我就送妳到這了，今天不和妳媽和小勇聊了，我想先回學校向梅老師、梅師母拜個年。」

「嗯，好，我不在時，你要照顧好自己，不要生病或受傷什麼的。」

「當然，妳也一樣。」

「我從小就怕分離。」小丹抱住了一大。

「小丹，別……別怕，我會常來看妳。」

「你說的，不能騙人，打勾勾。」小丹眼中含淚，伸出右手小指頭。

「好，打勾勾。」

兩人打勾勾，小丹將自己小指頭和一大小指頭對著互按了下。

「這是？」一大好奇。

「七七三一。」

「七七三一？」

『指指相印』，嘻……，『心心相印』。」小丹抹了下眼，微笑一下，轉身往家走去。

一大愣站了好一會兒，直到聽見小虎的嘎嘎聲才醒轉，「麥片，走了，跟彈簧說再見。」

從雲霧地脈出來，一大直奔梅老師家，在門外叫，「師母、師母。」

師母應門，一大高高興興，「師母，新年快樂！」

師母很是開心，「復天，你來啦，新年快樂！」

一大一眼瞥見梅老師坐在客廳，「梅……老師，新……年快……樂！」

「哦，席復天，新年快樂！來，坐。」

一大在客廳坐下。

「席復天，你爺爺奶奶好嗎？」

「好，他們很好，謝謝老師、師母。」

「好，嗯，老師有件事跟你說。」梅老師看著一大，緩緩地說，「孫成荒，他有隻眼……快瞎了。」

「啊？」一大一時弄不清梅老師在說什麼。

「欸，復天剛到，別嚇著他了。」師母一旁緩和氣氛。

「老師，孫……他？」一大想弄清楚些。

「孫成荒他昨天回校請老師幫他，老師和校長看他左眼情況不太好，幫不上忙，先送他去了山下醫院，他現在住在醫院裡觀察。」

「住院？觀察？老師，孫成荒的眼……為什麼……快瞎了？」

「他說，是你害的。」梅老師看著一大。

「啊？我？孫子，他，他什麼事都賴我。」一大又驚訝又不爽。

「孫成荒有一群朋友，說要找你討公道，在醫院裡大吵大鬧，要老師把你給交出去。」師母一旁說道。

「老師、師母，我沒害孫成荒啊，他朋友要找我討公道？這……」

「孫成荒說，他聽了你說的可用尿治療眼傷，過完年後，他就用尿治他眼睛……」梅老師說。

「啊？我……」一大大驚。

「結果受到感染，無法可想，回校找老師。」

「老師，我沒跟孫成荒說過用尿治眼的事啊。」旋想到，「同學，一定是同學傳的，老師，我在上中醫課時問全老師，人尿有沒有解毒作用，全老師說醫書上是有記載古人用童子尿解毒。但全老師也說，眼病要去醫院治療，別隨便用尿治療。」

「嗯，你用尿幫蚯蚯沖洗眼睛的毒液是臨場應變的辦法，牠又是條蛇，人眼有病，還是得去醫院治療。」

「是。」一大心中忐忑，蚯蚯的事梅老師也知道。

「其實，孫成荒像是被人威逼利誘，上學期有幾次去偷黃金小鎮的黃金，他的眼睛那時已出了問題，但有功力高強之人運氣助他治眼，但那只掩蓋住了表面，寒假時他回家去，沒人幫他加氣，所以眼病就發了出來，他無法可想，便用上了尿療，唉……」

「哦。」一大大約明白了。

「老師知道他跟一些不良分子交往，也規勸過他，他說會改，但這下麻煩大了，沒處理好，眼睛可是會瞎掉的，唉……」

「嗯。」一大以前從沒見過梅老師唉聲嘆氣，有點訝異。

「席復天，孫成荒的朋友要找你討公道，是有心人藉故興風作浪，你要注意安全。」

「是，老師，孫成荒共偷了多少黃金，如全部歸還，他的眼睛會不會好？」

「唉，那詛咒，難說，何況他每次偷一點，加一加，共偷了五公斤。」

「那麼多？」

「嗯，恐怕沒人能湊齊五公斤黃金歸還的，即使還了，也不能保證他眼睛不會瞎。」

「那……？」

門外忽傳來唔汪唔汪聲音。

師母起身，走到窗邊往外看，「又多了兩條狗？」

一大跳起，衝到窗邊，「哈！是飛刀和豆豆！」

「有同學回來啦？那你去找他們吧。」師母說。

「好。」一大向梅老師和師母快速鞠了一躬，「老師、師母再見。」

一大快跑衝回寢室，見土也，阿萬兩人正在寢室內踱著步，便大叫，「哈，土也，阿萬，真的是你們！」

土也看見一大，立刻上前，「哇，你還活著？」

「啊？」一大奇怪，「我當然活著，有什麼不對？」

「土……也說，有……一……票人……要……剁了……你！」阿萬說。

「舊聞了，說點新鮮的嘛。」一大笑笑。

「我有朋友傳話來，要你交五公斤黃金出來，否則把你剁了丟海裡餵魚。」土也說。

「五公斤黃金？我要有，我們三個加曉玄、小宇，五個人分分，一人一公斤，多爽，幹嘛給別人？」

「這次不同，我朋友說，你把太子眼睛弄瞎了，事情太大條，非五公斤黃金不能擺平，還說，今年暑假結束前必須要辦到。」土也補充。

「暑假結束前？去他的太子？我還他皇帝呢！」

「那個『太子』就是一個綽號叫『皇帝』的大哥大的兒子。」

「『皇帝』？他姓什麼？名什麼？」

「不知道。」

「土也，阿萬，你們害怕？」

「不，是替你害怕。」土也說，阿萬點頭。

「幹嘛替我害怕？坐，坐下聊。」三人坐在一大床沿，「那，我跟你們說，那個叫『皇帝』的大哥大，是姓孫，他的兒子叫『孫子』。」

「喂，什麼跟什麼啊？皇帝姓孫？他的兒子叫……『孫子』？」

「我說的是孫成荒，孫子！」

「這跟……孫子……孫……成……荒，有什麼……關係？」阿萬急問。

「我剛去看梅師母，梅老師也在，他說孫子……」一大將梅老師說孫子可能眼快瞎了，卻賴到他頭上乙事詳細說了。

「哇，這樣聽起來，應該就是孫子了，原來他有個在混的大尾爸爸。」土也說，阿萬一旁點頭。

「黃金沒得給，給他點同情吧！孫子快跟崔一海結拜成兄弟了，獨眼兄弟。」

「嘿，你們提前回來，就爲了告訴我這事？」一大問道。

三人互看笑了笑。

「是啊，我聽到後就去找阿萬商量，後來想反正下星期一就開學了，乾脆就提前幾天回來通知你。你小子原先已被一幫黑衣人追殺，現在又被另一幫人卯上，夠猛！」土也說。

「夠衰才是！像梅老師說的，那是有心人藉故興風作浪，找我麻煩。」

「你窮……光蛋一……個，他們……老弄……你……幹嘛？」阿萬搖搖頭。

看著阿萬搖著的頭，一大忽問，「阿萬，你的頭有沒有五公斤？」

「啊？」阿萬一頭霧水。

「哈……，你不會叫阿萬砍下腦袋給你打包，假冒黃金交差吧？」土也笑看一大。

「什麼話？我只是在想五公斤的黃金堆起有多大。」一大回著。

「哈，你神經哦，拿阿萬的腦袋作比較？」土也又笑。

「嘿，有……了，我……前天量……『豆豆』體重，十……五公斤，除以……三，大概就……是五公斤啦！」阿萬說。

「阿萬，你腦袋聰明呵！有這種腦袋，小心別搞丟了。」土也鬧著。

三人嘻嘻哈哈。

「對了，我收到……一點……壓……歲錢，想……去地下……保險櫃存，你們陪我……去一趟吧！」阿萬說。

「喔，好，我陪你去。」一大回他。

「反正沒事，我也去，把狗狗都帶上。」土也說。

門外叫了狗，三人三狗走向圖書館。

快到圖書館門口，土也指了指圖書館裡的人影，「嘿，看來，還有同學跟我們一樣提早回來了。」

「圖書館裡的是周士洪和李新宙。」

一大聽到狗狗在交談。

「等一下。」一大攔住了土也、阿萬，小聲朝狗狗問，「麥片，是不是小洪、阿宙在圖書館裡面？」

「是，還有另一個年紀大的人，他的聲音我沒聽過。」麥片回答。

「土也、阿萬，躲一邊，快，麥片，叫狗狗跟上。」一大已閃到館旁牆後，狗狗、土也、阿萬也迅速跟來。

「圖書館裡面的是小洪、阿宙，另外還有一個麥片不認識的大人。」

「啊？」土也、阿萬面露驚訝之色。

「我們等一下下，看他們會不會先走。」一大小聲說。

話才說完，狗狗汪汪大叫起，但才沒幾秒，狗狗卻轉為淒厲悶叫，只見三隻狗狗分別翻滾出去，再又爬起，吠咬一個快速移動的人影，三人大為驚嚇。

一大隨即探手入書包，抓了貓眼鏡就戴，只見一個身著灰衣灰褲，腳穿黑色功夫鞋的白髮老人正在快速來回打狗，踢狗。

一大大吼，「幹什麼！你……」話沒說一半，眼前已挨了一揮，貓眼鏡被打飛了去。一大努力站定，沒了貓鏡，只好再探手入書包抓黑羽衣，狗狗汪汪攻擊聲斷續傳來。

一大才剛披上黑羽衣，就看見白髮老人正朝他以泰山壓頂之姿，雷霆萬鈞之勢撲打而來，一大來不及出手出腳，只得雙手一抓順勢舉起書包擋住頭臉，隨之聽到「呯！」一聲巨響。

一大悶哼一聲，向後摔飛出去，滾了十幾滾才停了下來。一大只覺暈頭轉向，慢慢爬了起，努力定定神，還好有黑羽衣披著，動動身子手腳，還算靈活。

一大站定，四下看，眼前已沒了老人影子。

「一大哥，那人走了，小洪、阿宙也溜了。」傳來小虎的聲音。一大拍了拍身上塵土，把黑羽衣塞回了書包。

土也、阿萬跑來。

土也戴著貓眼鏡問，「一大，一大，你有沒有怎樣？」

「還好，倒楣，在這裡居然還會碰到高手。」

「一大，小……洪、阿宙……跑……了，那人也……」阿萬結結巴巴。

「快看看狗狗有有沒有事？」一大提醒，「麥片，來。」

三隻狗狗唔嗯走來，「我們沒有受傷。」一大聽見麥片說。

「麥片說，狗狗沒受傷。」一大坐地撫摸麥片。

土也、阿萬也坐到地上抱著狗查看。

「嘿，你武功蓋世，早說嘛，我跟阿萬有你罩，天下無敵！」土也朝一大笑笑。

「什麼鳥話，我剛像被火車頭撞飛，滾了至少十公尺遠，差一點小命不保，你還笑？」一大不爽。

「那老頭被你的無敵神掌轟到那牆上再滑落下地，跛著腳跳逃而去，我戴著你被他打掉的貓鏡，看得一清二楚。」土也指著館旁高牆。

一大看土也講的活龍活現，「真的嗎？」轉頭瞧向阿萬。

「我沒看……清楚，他動作……很快，但從牆上滑……落地……上，跛腳……跑走，有看……到。」阿萬說。

「麥片，你和飛刀、豆豆看清楚那人沒？」一大轉問麥片。

「是一個白短髮的老先生，灰衣灰褲，速度很快，我們咬不到他，他揮手打掉你的貓鏡，土也撿了戴上想反擊，但老先生他跳得很高向你打去，你披上呱呱衣服並舉起書包擋他，碰出好大一聲，你撞飛出去，他也撞飛出去，他撞到那牆上，滑落到地下，爬起後，跛著腳，和小洪、阿宙一起跑了。」麥片唔嗯說著。

「我，他，怎麼回事啊？」一大滿腹疑雲。

「梅老師、張老師來了。」小虎忽然說。

「喂，梅老師、張老師來了。」一大向土也、阿萬說。

三人站起身，梅老師、張龍老師走近，「你們三人有沒有受傷？」梅老師問。

三人搖頭，「沒有。」

「狗狗有沒有受傷？」

三人又搖頭，「沒有。」

梅老師、張老師分別抱起三隻狗狗，仔細檢查一番，並和狗狗交頭接耳了一會兒。

「好，來，你們跟老師走。」梅老師說了，和張龍老師往圖書館走，回頭又加上一句，「老師護送你們去保險櫃那。」

三人面面相覷，和狗狗跟著兩位老師走進了圖書館。

進到坑道，到了距保險櫃十步遠處梅老師停下，「我和張老師在這等著，你們自行過去開保險櫃。」

只有阿萬一人走向保險櫃。

「你們兩個不去？」梅老師問一大、土也。

「我們是陪萬木黃來的。」一大回答，土也一旁點頭。

阿萬存放好東西後，兩位老師再陪了三人回宿舍去。

回到宿舍，三人喊累，躺上床休息，很快睡著了。

睡沒多久，一大聽見小虎叫他，「一大哥，梅師母來找你，在門外。」

一大爬起，睡眼惺忪走到門外，「師母您好。」

「哦，復天，在睡覺啊？這兩個紅包是梅老師和我之前就準備好要給你的壓歲錢，你收下。」師母放了兩個紅包在一大手上後便離開了。

一大迷迷糊糊謝過師母，回房倒頭又睡。

沒過幾秒，一大突跳起，抓過書包打開，「是紅包袋！金龜子！」一大頭腦清楚了起，「那白髮老人衝過來打我時，我用書包擋他，他才彈去撞牆的！是金龜子！八成是！梅老師看出來了，又給了我兩個，高，高，高啊！哈！」

二十七、石盤角中學

距開學日還有兩天，同學們已陸陸續續回到了學校。

孫子從醫院回來了，仍戴著墨鏡。看到小洪、阿宙也戴著墨鏡，一大只心想他們是陪著孫子戴的，好朋友都是這樣的。

曉玄、小宇知道孫子有隻眼可能會瞎，心情又是驚恐又是同情。

一大、土也、阿萬和孫子、小洪、阿宙有事沒事就隔空互瞄，雙方心中有結，似乎深仇大恨隨時有可能一觸即發！

趁開學前的星期六下午，一大去理髮廳理髮。看到松松，「松松，好久不見，你好嗎？我順便帶了幾張《心經》來送你。」遞上紙張。

「謝謝一大哥，我很好。有限時專送或口信要寄給小丹姐嗎？」

「哦，小……丹，我……有……可是……不……不……那……」一大吞吞吐吐。

「哇，一大哥在談戀愛了。」

「什麼？」

「談戀愛的人，講話都像你這樣。」

「誰說的？」

「小丹姐。」

「啊？」

「小丹姐昨天跟我講話就像你這樣，她說她好像戀愛了。」

「呵呵……」一大傻笑兩聲。

何婆婆出來，「是一大呵，快進來。」

「何婆婆您好，新年快樂！」一大打招呼。

「新年快樂！」何婆婆回了句。

「歡迎光臨。」八哥叫著。

「歡迎光臨，八哥，你好！」

聽到烏鴉呱呱的叫聲傳來，「一大哥，你好。」

「呱呱，你好，你看來羽毛光鮮，精神很好呵！」一大坐下，準備理髮。

「春天到了嘛，當然精神好。昨天蚯蚯剛醒，看到我大吃一驚，還懷疑我去美容了呢。」呱呱開心說著。

「哈，美容？哦，蚯蚯醒啦，嘿，眞是春天到了！」

「一大，這紅包是我給你的壓歲錢。」何婆婆給過一紅包袋。

「啊？」一大驚了下，遲疑沒伸手接下。

「收下吧，這是壓歲錢，沒人不收的。」

「喔，謝謝何婆婆。」一大收下了紅包袋。

「一大哥，高人獨家專用的金龜子，裝在紅包袋裡，用處可大了，放你書包裡，不管哪一個白髮花髮灰髮老傢伙敢打你，你就馬上拿起書包擋他，他要不反彈去撞牆，我頭給你！」呱呱說得興致勃勃。

「啊？」一大差點跳起，「呱呱，你神鴉！」

「呱哈哈……」

理完髮出來，一大慢慢走回寢室，一路上滿腦子都想著紅包袋及金龜子。

一進到寢室，看土也一步跳來，「一大，我想起來了！」

「啊？想起什麼？」

「那打你的白髮老頭，我見過。」

「你見過？」

「我跟阿萬都見過，記不記得我跟你說過，我跟阿萬吃了你叔送的瀉藥發糕住到山下醫院去，那時孫子因斷腿也在住院，每天晚上都會有一白髮老人去看孫子，幫他運氣那事？」

「啊？你是說，這個人和那個白髮老人是同一個人？」

「保證！那幾次他穿黑色功夫裝，黑色功夫鞋，這次穿灰衣灰褲，動作太快，我一時想不起。剛剛和阿萬聊天，突然想到，應該就是他，阿萬也說是他。」

看土也背後站著的阿萬在點頭，一大說，「孫子他背後，看來，是有一些高手在幫他！」

「應該是。」

新學期，新的課程表加了烹飪課和縫紉課，三月份開始，一個月有兩堂新課程，分由廚子白伯伯和庫房的何婆婆教學。

一看到新課表加了烹飪課和縫紉課，一大、土也、阿萬、小宇全圍上了熟悉處理家務雜事的曉玄問東問西，曉玄煮的飯炒的菜大家見識過了，縫紉想來當然也難不倒她。

一大、小宇至少小時候還跟著爸媽在廚房幫忙過，土也、阿萬則是只會吃，從沒進過廚房。至於縫紉，除阿萬沒碰過針線外，一大、土也、小宇都縫補過衣服。

「怪哉，這學校居然要教我們煮飯炒菜縫衣服補褲子。」土也不可置信。

「土也，學校是要我們能自立，以後一個人生活也不會餓死凍死。」小宇說。

「小宇說的對，煮飯炒菜縫衣服這些都是日常生活基本事，非學不可。」一大補上。

「其實也不難啦，學學就會了，想想長大後我們互相拜訪，去同學家裡玩，還可吃到同學自己下廚做的菜，多好啊！也許不是山珍海味，至少也是溫暖滿桌啊！」曉玄笑說。

「咕嘟。」

大家聽見阿萬猛呑一下口水。

「哈，阿萬你呑口水那麼大聲，還不會結巴！難得哦！」小宇指阿萬笑說。

「哈哈哈……」哄堂大笑。

開學後，一大晚飯後仍一如以往到操場練功，過師兄雖說星期一到星期五都會在八點左右來教一大練功，但一星期過去，他只出現了兩晚。

一大瞭解師兄健忘，大多時間就獨自一人練習。麥片會在一旁巡著，小虎也幫著四面注意。

自從被白髮老人攻擊後，一大認爲自己功力實在太差，自我加強要求，每晚都卯足勁專心練功。羊皮似乎快樂了許多，他跟一大說，「有高鬼高官鐵甲兵丁罩我，地下的生活比以前好多了。」

「那好，欸，你過年有沒有吃年夜飯，或去玩什麼的？」

「哪過什麼年？我跟平常日子沒兩樣，我活著時，多期待過年啊！現在，唉，算了，不提了。」

「好，不提。」一大轉話題，「欸，我、土也、阿萬在開學日的前幾天，在圖書館旁和一個白短髮，中等身材，穿功夫衣，功夫鞋的老人碰上，他功夫高強，直朝我攻擊，動作很快，嗯，好像比蕭默慢些，他跟二班的孫子、小洪、阿宙他們可能有關係，你如遇上他，幫我留意一下。」

「哦？學校裡面也有人敢來亂？」

「對啊！還有，孫子在黃金小鎮偷黃金，有隻眼可能會瞎掉，他居然又賴到我頭上，說是我害他的。我聽說他爸爸混得很大尾，現在要我小命的人，大概一下子多了一千八百個！」

「哇，你大大出名了呵！我尊敬你，崇拜你！」

「神經，我可不想出這種鳥名，一不小心掛了，就成孤魂野鬼了。」

「嗯，是，活著比較好，活著比較好，別像我，好，好，我會幫你留意白短髮的老人。」

學校貼出公告：

「主旨：校際觀摩活動

時間：三月一日及三月二日

主辦：本校

地點：本校

來訪學校：石盤角中學

來訪人員：老師三名，男同學二十名

觀摩內容：日常課程，生活起居，氣功交流。另有比賽、觀摩、學習、表演項目，同學可填表選項參加，校方將頒發獎品予表現優異之同學。

校方同時亦將邀請同學們的家長、監護人或親朋好友於上述二日來校參訪，以加強同學親子互動與學校關係。

請同學們自即日起至二月十五日止，將欲邀請之家人及親朋好友名單列交梅揚老師。早午晚三餐，由校方提供免費素食，並在餐廳側之樹林中搭建臨時帳篷，供來訪師生、家長、親朋、好友休憩及住宿之用。」

中飯吃過，小宇走來曉玄這桌聊天，曉玄說，「校際觀摩活動，有他校的同學來這裡，有趣。」

「石盤角中學？不知道在哪裡？」土也說著，看看曉玄、一大、阿萬、小宇。四人都搖頭。

一大說，「我們要準備什麼拿手本事讓人家觀摩，那才重要。」

「拿手本事？那得學孫子。」土也往孫子那桌看。

「孫子？他有什麼本事？」一大也往孫子那桌看。

「偷黃金啊！」土也說。

一大、阿萬哈哈大笑。

曉玄則說，「喂，喂，人家眼睛都快瞎了，有點同情心嘛！」

小宇也說，「就是嘛，要學曉玄才是，曉玄最有愛心了！」

「愛心，那……也算……本……事吧？」阿萬笑說。

大家正說說笑笑，一大卻見小洪走來。

「孫成荒在問，你們朝他又看又笑，是不是在譏笑他的眼睛快瞎了？」小洪語氣不太好。

「是又怎樣？他偷了不該偷的東西，他活該！」一大站起，面對小洪。

「沒有同情心的傢伙！」小洪大了聲。

「同情心？你們叫那白髮老頭下重手攻擊我時，有同情心嗎？」一大也大了聲。

「什麼白髮老頭？放尊重點，他叫『武六爺』！告訴你，我們的靠山可不只他一個，你最好出入小心！」小洪又說。

「他……」一大伸出食指指著小洪，血脈賁張。

土也忍不住站起說，「姓周的，不管你什麼五六七八爺，你最好立刻滾開，不然先把你打個七扭八歪。」

「你……」小洪還想回嗆。

小宇立即插口，「梅老師走過來了。」起身拉了小洪走回自桌去。

晚飯時，大家吃著飯，曉玄說，「我下午和小宇去圖書館，用電腦搜尋『石盤角中學』，查到是山下縣裡少年感化院，即少年輔育院，的中學部。」

「啊？」一大、土也、阿萬三人同感驚訝。

「少年感化院？」一大喃喃。

「一大，人家來向你學習如何打架、罰跪、做壞事的。」土也笑笑。

「還有抓……蛇、刺……手指、玩壁……虎，那些。」阿萬補上。

「喂，怎不提我抄寫《心經》的助人善事？」

曉玄則說，「我們學校怎會安排少年感化院的同學來觀摩呢？」

三人互看，搖頭，沒人知道。

小宇走來，「嘿，同學，你們知道嗎？原來是張龍老師在『石盤角』教過打坐，所以感化院院長透過他安排了『石盤角』的同學來我們學校觀摩。」

「喔。」一桌四人異口同聲，明白了。

「小宇，誰跟你說的？」曉玄問。

「孫，嗯……」小宇欲言又止。

「孫子？」一大立即猜下去。

小宇點點頭，「喂，別說是我說的，他知道的話又要來鬧了。」

「小宇，就算我們不說，他也會猜到是妳說的，怕他幹嘛？」土也不爽。

「我們就裝不知道就好了，別讓小宇難做人嘛。」一大說道。

「對嘛，一大說得對，裝不知道就好了。」曉玄說，轉頭向小宇，「小宇，不管這事，吃飽了，我們回宿舍吧，走。」

曉玄拉了小宇走了。

「土也，阿萬，發現沒？」一大湊近兩人，「孫子和感化院的人可能有聯繫。」

「啊？」土也，阿萬驚訝。

「老師沒宣布，我們也沒聽到其他消息，孫子八成是從感化院那邊聽來的消息。」一大小聲說。

「對喔，如果他爸是大哥，難免有小弟進去那邊。」土也說。

「那，孫子……就會……從內……部得知……消息。」阿萬補充。

「嗯。」

三人各有所思。

「哇，他……」一大突拍了下桌子。

「怎樣？」土也，阿萬看向一大。

「老師三名，男同學二十名，裡面該不會有孫子的朋友，要來一起對付我吧？」一大說。

「喂，你會不會想太多了？」土也笑笑。

「也許，也許。」一大也笑了笑，「唉，管他的，不想了，走，回宿舍去。」

二十八、十指不復

星期天，吃過早飯，一大向梅老師請假去看爺爺奶奶，說晚點名前會回來。

一大帶上麥片，戴了貓眼鏡，直奔蚯蚯家，到了大樹下，和大樹爺爺打了招呼，脫下貓眼鏡，在洞口叫，「蚯蚯，蚯蚯。」

「嘶，哈，一大哥，你好！好久不見了，請進。」蚯蚯探頭洞口。

「蚯蚯，你好！能從冬天一覺睡到春天，眞爽呵，我都想當蛇了。」一大說著，進入洞內。

「別羨慕蛇，人是萬物之靈，才值得羨慕。」

「嗯，這有幾張《心經》，是『喳喳』，就是那噴你毒液的毒蛇，牠向你賠罪用的，我幫你貼在壁上。」

「那毒蛇叫『喳喳』？」

「是呵，外國名字。」

「咦，怎還是你的筆跡？」

「蛇有手嗎？」

「哈哈，你又更加修身養性了。」

「是，有梅老師時刻不忘提醒我修身養性，呱呱那張烏鴉嘴也不忘補上一嘴，唉！」

「別嘆氣，好心會有好報。」

「是，好，都貼好了。」一大坐到樹洞口去，「嘿，蚯蚯，你知道高人的金龜子金幣，有什麼功力嗎？」

一大將前幾天用書包快擋一個攻擊他的白髮老人，書包中有九個高人給的壓歲錢金幣，自己被打倒退了十公尺遠，對方更被反彈到去撞牆之事描述了一下。

「金龜子金幣不是重點，高人的小指印才是震到對方撞牆的關鍵，而且你身上的金幣不只九個，一共有十三個。」

「啊？哦，書包中原只有九個，加上梅老師、梅師母、何婆婆後來給的，一共是十二個。」一大突然想到，「啊！我褲口袋裡還有一個，是海底沉船『手掌』的那個尋人金幣！白髮老人攻擊我時，我身上的金幣，正確說是十個。」

「一大哥，你夠幸運，也是那白髮老人太過急躁，只顧猛攻，不顧其他，他恐怕連做夢都沒想到，一個小孩身上竟會有『十指不復』功力，一時大意，反被震了撞牆去。」

「『十指不復』？」

「話說兩百多年前，出現了一個功夫了得，卻到處欺壓善良的殘暴魔頭，因沒有任何一個人能單獨對抗得了他，他就越發囂張，越發兇狠。最後有十個高人放棄門派之分及一己之見，願意貢獻出個人小指功力，號稱『十指齊出，萬劫不復』，要將魔頭打下地獄，萬劫不復。該魔頭非但不怕，還又再到處犯案，其中一位高人集了十人小指功力於一身，一舉將魔頭擒下。但高人心生善念，並未取魔頭性命使之萬劫不復，反勸其改過向善，後來魔頭也真的徹頭徹尾覺悟改過了。」

「厲害，蚯蚯，你真有學問又有智慧，懂那麼多。集中十個高人小指功力於一身？是不是就像這十個金幣的小指印集中在我身上這樣？」

「正是，聰明！但，我沒手，也沒高人長輩朋友送我壓歲錢或指點我，所以我沒機會試。」

「哈哈，蚯蚯，你太客氣了。但說到沒手，哪天喳喳來，你們認識一下。喳喳他也練氣，還會巫術。」

「哦，是條高蛇。」

「嗯，算是。校長、梅老師、張龍老師收服牠，何婆婆教牠念《心經》之後，牠好像有些改變了，還幫過我趕走敵人，現在牠在山下收容所冬眠，大概跟你一樣，也醒了吧。牠的主人姓『過』，以前是叢爺爺的徒弟，我們不打不相識，叢爺爺叫我叫他師兄，他現住在潭邊樹林裡，也順便幫我爺爺奶奶燒飯做菜。」

「哦，很好。」

「三月一號，大約一個月後，學校要舉辦校際觀摩活動，蚯蚯，你知不知道？」

「不知道，不過好像以前每一屆都有舉辦，就是邀請他校同學來做比賽、表演等交流之類的。」

「嗯，只是這次的『他校』是少年感化院中學部。」

「哦？」

「學校同時還會邀請我們的家長、親朋好友來校參觀。」

「哦？」

「同學可自由參加比賽、觀摩、學習。」

「你們的家長、親朋好友也來？」

「對啊，有部分感化院內部消息，我們學校沒公佈，卻是從一個常和我打架的姪孫的同學那傳來。」

「姪孫的同學在感化院裡有認識的人？」

「哈，你跟我的反應一樣。」

「是哦，感化院會來多少人？」

「老師三個，男同學二十個。」

「很難判斷有什麼玄機，但家長、親朋、好友，如果沒有過濾的話，誰都可以參加，那就有所顧慮了。」

「嗯，你顧慮的是。」

「我的建議是，不管你參加什麼比賽、觀摩、學習，你都不要贏！」

「啊？爲什麼？」

「贏了，你就會有麻煩，輸了，你就不會有事。當天，一定會有人注意你的功力，是不是進步了？是不是更具威脅性？」

「哇哈，你跟我師兄講他自己往事一個樣。」

「是嗎？」

「他說，打傷一人，就有兩人來報仇，打傷兩人，就有四人來報仇，他是被人打破腦袋後才明白的。蚯蚯，你眞有智慧！」

「不客氣，參考，參考。」

「那，蚯蚯，我看我該走了，我去看爺爺奶奶和師兄。」

「要不要我送你？」

「不了，很近。」

「好，你路上小心，再見了。」

「好，再見。」

一大向樹爺爺說了再見，離開大樹。戴上貓眼鏡，四下張望了下，便帶上麥片，直奔地脈。

一出深潭地脈，「嘶嘶~」，突有一條黑影衝上，「哇！」一大嚇一跳，一步跳開，麥片汪汪大叫。

「喳喳，那是一大，別亂來！」

一大聽到師兄在喊。

「喳喳？」一大吃驚，定神一看，又嚇得往後退了幾步。

「蜥，呵，是一大哥，對不起，我還以爲是一隻貓呢！」

「哇，是喳喳呵，你好。這是麥片，學校裡的警衛犬。」一大脫下貓眼鏡。

喳喳和麥片認識了。

「喳喳，你冬眠醒啦？」一大笑笑。

「是啊，跟蚯蚯一樣。」喳喳昂頭蜥蜥。

「啊？哦，蚯蚯，是，是，我剛從牠那來的，還把幾張我幫你抄寫的《心經》送給牠了。」

「呵，好，好，謝謝你了，一大哥，『冤家宜解不宜結』，『冤冤相報何時了』。」

「咦？」

「哈，蜥蜥～」

「好了，喳喳，你去別處玩去。」師兄一旁說。

「好。」

聽了蜥蜥聲遠去，一大說，「師兄，喳喳回來啦？我還眞不習慣牠不在籠裡，又離我這麼近，嚇人。」

「喳喳偶而才來，沒事，沒事。」

「哦，對了，師兄，問你一件事，你有沒有聽過五六爺這人？」

「五六爺？沒有。」

「哦，那，我先看爺爺奶奶去。」

「好。」師兄才說好，又忽叫，「喂，等等。」

「哦，師兄，有事？」

「你認識小勇、小丹很久啦？」

「沒有師兄您久，我是去年才認識他們兩個雙胞胎兄妹的。」

「三胞胎。」

「什麼？」

「三胞胎，他們是三胞胎，兩男一女。」

「三胞胎？我沒見過他們家有第三個孩子啊？」

「我也沒見過。」

「啊？」

「但他們倆……是三胞胎。」

一大覺得師兄腦袋又打結了。

「哦，那，我……」一大想走。

「一大，你幾月生的？」

「六月。」

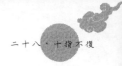

「六月？嗯……」

師兄仰頭想事，沒再說話。

「師兄，師兄……」

「……」

又等了一會，師兄仍沒回應，一大說，「師兄，那，我先看爺爺奶奶去了。」

師兄揮了揮手。

一大和麥片走向水潭小屋。

向爺爺奶奶問好後，一大便問，「爺爺奶奶，你們有沒有聽過五六爺這人？」一大右手先張開五根指頭，再伸了大拇指和小拇指，表示五和六。

「是文武的『武』，不是數字的五。」爺爺笑笑。

「哦，是文武的『武』，『武六爺』。」

「他老人家姓卓名武，卓越的卓，人稱『武六爺』。你回校那天他對你動手，卻沒想到碰上十隻金龜子，還被震飛了去，呵呵。」爺爺說得像他在現場。

「我，我……」一大接不上話。

「不打緊，你只是擋了他一下，沒攻擊他，不會傷到他，他沒事。只不過，他得傷腦筋去想，打了你怎會反彈回去？你身上怎有十隻金龜子？每隻金龜子又代表的是誰？呵呵。」

「老頭子，那卓武，你認識？」奶奶問。

「只聽過，不認識，我們隱居了這麼久，我哪會認識他？」

「喔。」

「一大，你身上沒事就放幾隻金龜子也好，金龜子力道雖比不上眞人，但足以讓對手身心震撼，捉摸不透，呵呵……」

「是。」一大從褲口袋中取出一金幣，「爺爺奶奶，這是海底那沉船『手掌』的尋人金幣，水水說那『手掌』要我暑假時向他報到，可是我根本找不到這上面小指印的人，怎麼辦？」

「別擔心，爺爺和奶奶會幫你處理這事的。」奶奶回答。

一大看看爺爺，只見爺爺笑笑，沒說什麼。

「一大，如果你參加學校裡什麼比賽或在生人面前，或送人禮物，或寫書法畫畫時，沒事不要特別按上小指印。」奶奶接著說。

「哦，奶奶您是說，怕人家探我的底？」

「嗯，你成年後就不怕了，現在還小，小心點總是好的。」

「是，我知道。」

爺爺接下說，「一大，暑假時你就去一趟海底，到時爺爺會教你怎麼做，你要保管好那沉船的金幣，可別弄丟了。」

「好，我知道。」

看爺爺氣定神閒，一大心中安定了些，想想，暑假時再去一趟海底，那一定又刺激又好玩，反正看來爺爺會有辦法解決那沉船手掌金幣之事，自己就無須多想了。

二十九、五公斤黃金

「四封？」

星期三下午，一大去資訊室收信，一看嚇了一跳，竟有四封信給他。匆匆看過，有小丹、校長、叔叔的信，還有一封未署名。

一大先收未署名的信，拆開看：

「請幫忙湊黃金五公斤，急急急，拜謝！」

「這？」

是一張小小普通白紙，印表機列印，一大滿腹疑雲，翻看半天，看不出所以然來。

「黃金五公斤？這，誰啊？」一大腦中閃過孫子的影子，隨之又搖了搖頭，「不可能。」

呆坐了會，拆開小丹的信看，

「你要想念小丹哦，嘻嘻。」

「哈，這小丹……」心中回信，「我有想念小丹，剛才又用力想念了一次。」

拆開校長的信看，

席復天同學，

校長謝謝你之前協助捕蛇，特別送你一枚校長的金幣。

校長柳葉

「哇，校長也……送我金幣！」

一大將信封開口朝左掌心倒出了一枚金幣，仔細瞧看了一陣，再連信和金幣放回了信封，收好，放入褲口袋。

一大看電腦螢幕，還有叔叔的信未收，心中猶疑半晌，最後還是收了，展開信紙：

復天吾姪，

三月一、二日，你學校要舉辦校際觀摩活動。請你別忘了將叔叔林志新和嬸嬸路嬌的名字交梅老師，以便他發邀請卡邀請我們參加。

叔叔

「他……」一大想罵人，將信紙用力揉成一團。

心情壞透了，一大呆坐了會，叫道，「小虎，你在哪？」

「椅背上。」

「哦。」一大轉身，「小虎，我叔嬸居然寫信說要來參加校際觀摩！這有多氣人！你知不知道？」

「啊？我不知道。」

「不知道？哦，你沒叔嬸，你當然不知道。」

「我有叔嬸，只是沒寫信聯絡罷了。」

「啊？」一大頓了下，隨之大笑，「哇，哈哈哈，小虎，你眞是幽默一虎！走，吃晚飯去。」

「嘎，嘻嘻……」

到了餐廳，一大見土也、阿萬、曉玄已到了，往小宇那桌看去，小宇、孫子、小洪、阿宙四人都在，孫子沒什麼異狀。

「土也、阿萬、曉玄，我叔嬸居然說要來參加校際觀摩！」

「你跟他們說的？」土也坐直身子。

「才不是，你們看。」把一團信紙遞給土也。

土也、阿萬、曉玄三人抹平信紙看。

「你不理他們，也別幫他們報名不就好了，小事一件嘛！」土也笑笑，阿萬點頭附和。

「喂，我叔他見過梅老師，我不理他們，他們會直接找梅老師的。但，奇怪，他們怎麼會知道這校際觀摩的事？又爲什麼要來參加？」

「這裡內外眼線一堆，雲霧只要發生一點鳥事，全人類都會馬上知道！」土也說。

一大想了想，說，「我先去報告梅老師，請梅老師別發邀請卡邀請我叔嬸參加。」

「這……樣……好嗎？」阿萬問。

「曉玄，妳覺得呢？」一大轉問曉玄。

「順其自然就好啦！你叔嬸要來，就算沒邀請卡也可以來，對吧！」曉玄輕描淡寫回答。

「說的也是，但，我叔嬸幹嘛要來嘛？」

「你是他們的金庫，當然得看牢點！」土也賊笑。

「我？」一大笑不出，另拿出一張小紙，「你們看。」

三人湊來看。

「黃金五公斤？誰寫給你的？」土也即問一大。

「沒署名。」

「沒……名……字？」阿萬疑問。

「我第一時間只想到一個人。」一大說。

「孫子！」土也、阿萬異口同聲。

「對，孫子！」一大頓了下，「但第二時間又想，不可能！」

「是啊，孫子他絕不可能低聲下氣求你的。」土也搖頭，阿萬也搖頭。

「五公斤黃金？太看得起我了。」一大搖搖頭。

「是『湊』五公斤黃金，表示你和你親朋好友都可一起『湊』。」曉玄說。

「嘿嘿，聽到沒，那，我們四個加小宇，一人負責『湊』一公斤如何？哈……」一大笑笑。

「我明早交！」土也突舉手。

「啊？」三人全看向土也。

「廁所門外等著。」土也加一句。

「臭土也！哈哈……」幾人笑成一堆。

飯中，一大腦袋瓜閃過一念，「我那些金幣加加，不知有沒有一公斤？」偷偷地向孫子看去，孫子正在嘻嘻哈哈聊天，一大心中頗爲不爽，「去他的，關我屁事！」

隨手把筷子迅速往左手掌插去，「噢！」頭也沒抬，咕噥著，「蚊子還眞多！」猛扒了一口飯。

飯後，一大休息一下，便揹了書包帶上麥片去操場練功。

約練了一個鐘頭，小虎說，「一大哥，叢爺爺要跟你說話。」

「師父來了？」一大從書包取出貓鏡戴上，「師父，您好。」

「好，好，一大，你練功練得很勤，很好。」

「師父，師兄他忙，我自己練。」

「哦，你師兄腦袋不靈，容易忘東忘西，他不在時，你就自己練，師父會偶而過來看看。」

「謝謝師父。」

「今天師父來，是爲了五公斤黃金的事。」

「啊？師父，我今天收到一封信，就是要我……」

「嗯，師父知道，是你盧爺爺要我幫你查查這事。」

「盧爺爺？」一大一念閃過，「哦，是，那資……訊室。」

「盧爺爺瞄到你的信，他想其中可能有鬼。」

「高！」

「師父會留意，但沒任何線索，也不一定能查出什麼結果。反正，既然有鬼，還是由鬼來查較方便，呵……」

「嘻，是。」

「不管寫信給你的是誰，你絕不可以在黃金小鎮或地下坑道拿或偷黃金，那後果會很嚴重。」

「師父，我曉得。」

「好，你練功，師父走了。」

「謝謝師父，再見。」

看師父走後，一大一回頭卻看見羊皮走來，「咦，羊皮？」

「一大，有事跟你說。」羊皮走近。

「哦？」

「開學前幾天，你說在圖書館旁碰上一個白短髮，中等身材，穿功夫衣功夫鞋的老人，我剛才晃到坑道靠楓露中學那出口端時看到一個像他的人。」

「靠楓露中學出口端？那，他跟崔一海八成有關係，他就一個人？」

「嗯，就一個人，在打坐，他知道我靠近，揮手叫我走開。」

「呵，那端的坑道出口，人找不著，鬼管不到，躲在那裡，高呵！」

「金豹隊長也這麼說。」

「是哦？那人，他身上有沒有受傷或流血什麼的？」

「看不出，但感覺到他的氣很弱。」

「哦？你感覺得到？」

「你們早上打坐，第一堂上課時氣最足，慢慢地氣會弱下，我都感覺得到。」

「有你的。」

「我在陰間過日子，對陽氣可是超敏感的。」

「是呵，就像你躲太陽。」

「嗯。」

「喂，羊皮，據你所知，這山中，除黃金小鎮、地下坑道外，你有沒有在其他地方看過有黃金？」

「沒，咦，你問這幹嘛？」

「我下午收了一封信……」一大把有人要他湊五公斤黃金一事說了，「我和土也、阿萬、曉玄唯一想到的人只有二班的孫子，但，他又不可能會向我低頭，應該不是他。」

「我沒看到其他的地方有黃金，我，那再多打聽打聽。」

「好，謝了。」

「咦？」羊皮忽向一大的左後方樹林看去。

「怎麼了？」一大回頭看。

「蛇，那毒蛇。」

「毒蛇？」一大看見黑暗樹林中有兩個亮點晃動，「你說那是喳喳？那發光的是牠的眼睛？」

「汪汪，是喳喳。」「嘎嘎，是喳喳。」

聽到麥片和小虎都確認說那是喳喳。

「呵，一大哥，我是喳喳，可不可以靠近你？」

是喳喳遠遠傳來的聲音。

「可……可以。」

「嘶呼～」瞬間，喳喳呼吸聲已近在一大耳邊，「呼，進貴校居然還要被蚯蚯盤問，真是的，牠說牠是這裡的地頭蛇。」

「被虯虯盤問？哈哈，沒錯，牠是這裡的地頭蛇。」一大大笑。

「還好，我這些日子修身養性，和虯虯也沒啥大不爽，冤家宜解不宜結嘛！互聊了兩句，我說來找一大哥練功，虯虯二話不說便放了我過來。」

「哈哈，有意思，你找我練功？」

「哦，上次教你『喳喳隱』隱身術之後，你也知道了隱身後的現身方法，但我想也該教教你縮小變大的巫術。」

「『喳喳隱』隱身術？有趣的名稱。我幫你抄《心經》，你教我一樣巫術我已很感恩了，你不用再教我其他的。」

「嘿，你現在是過大哥的師弟，那又不同了，來，就是『喳喳隱』口訣後加『小小小』，你就會縮小，變矮變小。『喳喳隱』口訣後加『大大大』，就變高變大。」喳喳一口氣說著。

「哇哈，喳喳，你眞是高蛇！」

「客氣，好了，一大哥，這山裡才是高人高手高蛇一海票，我得溜了，別又被逮到，有空再聊。」

「等一下，我拿幾張《心經》給你。」一大從書包中取出一些紙張。

「呼～」一陣風刮起，一大手上幾張《心經》脫手而飛，和喳喳一起瞬間消失在暗夜中，「一大哥，感恩，再見。」在一大耳邊留下一句。

「高。」

一大愣站了一會兒，「爺爺說我任督未通，隱身術都隱不全，還縮小變大？除非一旁有高人幫忙加持，呵，這喳喳眞是多禮。」

回頭和羊皮說了再見，即和麥片、小虎走回宿舍去。

三十、石盤角師生來訪

果眞如曉玄猜測，一大看見叔嬸名字出現在觀摩會參訪親友的名單上了，另外，一大還意外見到火車司機員朱鐵的名字。

另見備註欄：未列上述名單者若有意參加，同學們仍可於二月底前向梅老師報名。

聽梅老師說，親友大多是安排於三月一日早晨搭火車上山，隔天搭火車下山。火車司機員朱鐵，就也順便會跟著同學們的家長、親友一起來校，所以他的名字也列在邀請的名單上了。

一大報名書法比賽，土也報名健走比賽，阿萬報名腕力比賽，曉玄、小宇報名歌唱比賽。之後，他們注意到孫子、小洪、阿宙三人都也報名了健走比賽，土也覺得人單勢孤，把一大、阿萬也拉了去報名健走。另爲替阿萬壯聲勢，一大、土也也報名了腕力比賽。

土也、阿萬、曉玄、小宇的親人朋友裡，小宇的舅舅、阿萬的大伯會來參加，其他人都說沒空來。算算名單上的親友，有百多人。

三月一日前兩天，全體師生動員，在餐廳側之樹林中搭建臨時帳篷，教室中加排課桌椅及餐廳中加排餐桌椅，好準備迎接石盤角中學師生來訪，以及提供學生家長、親友兩天一夜休憩及住宿之用，要準備的事情不少。

三月一日早上六點左右，一大提著水桶在菜園澆水，麥片跑來，「一大哥，有輛巴士載了二十幾個他校的人來到學校。」

「哦，那是石盤角中學的老師和同學，他們會來兩天。」

「是，可是，有兩個我認識。」

「你認識？兩個？你是說，在那些人裡面，有你認識的？」一大頗爲驚訝。

「嗯，他們是你的朋友。」

「我的朋友？麥片你開什麼玩笑？」

「『呆鵝』和『狂牛』。」

「什麼？」

「『呆鵝』和『狂牛』，去年寒假在你家，你還和他們打架，那時你叔嬸也在。」

「啊？你確定是『呆鵝』和『狂牛』？」

「嗯，他們的味道我都記得。」

「他們在石盤角中學？感化院？」

「應該是。」

一大放下水桶，轉身跑去找土也、阿萬。

找到了土也、阿萬，一大急說，「我以前小學一起混的兩個同學，居然是石盤角學生，而今天他們來到我們這裡了，去年寒假我叔嬸帶他們來我家，我還跟他們大幹了一架，這……」

「哇，你……同……學，感……化院？這……」阿萬急急說話。

「一大，那，你打算如何？」土也鎮定地問。

「我打算如何？我想先知道他們打算如何？」

「我跟阿萬挺你，還有幾隻好狗在，諒他們也不敢對你怎樣。」土也說。

「嗯，只是，他們爲什麼進了感化院？」

「就打……架、殺……人、搶……劫嘍。」阿萬說。

「嗯。」一大、土也都點頭。

「呆鵝和狂牛打打架還可以，但要殺人、搶劫，他們沒那個膽。」一大說。

「頂包！八成是。」土也突說。

「你是說，幫大哥頂罪？」一大疑問。

「可能，我就有認識的小弟幫大哥頂罪，去關了兩年多的。」土也說。

「那……多累……啊？」阿萬說。

「有這種事？」

「累？有安家費的，坐牢還可賺錢，很不錯的，嘿。」土也笑笑。

「神經，你……去？」阿萬推了把土也。

「快要吃早餐了，待會兒餐廳裡就會看到他們了，走。」一大說。

三人向餐廳走去。

在餐廳門口，一大小聲叫，「小虎，小虎。」

「你叫我？一大哥。」小虎從褲口袋探頭。

「是，呆鵝和狂牛，你還記不記得？」

「嗯，應該記得。」

「吃早餐時，你幫我去聽聽他們說些什麼。」

「嘻，我專長，沒問題。」

餐桌上，一大把呆鵝和狂牛的事也說給曉玄聽。

「你可不能和他們又起衝突。」曉玄正經地說。

「當然不會。」

「而且你還要教他們學好。」

「我教他們學好？拜託哦，曉玄，他們壞透了，我怎麼教？」

「你不也壞過，現在也都學好了。比方說，你可以安排讓他們見見羊皮，讓他們看羊皮死後，作孤魂野鬼的情況有多無助多可憐……等等。」

一大愣了下，「曉玄妳……有智慧，佩服！」

「噓，來了。」土也指指餐廳前方。

一位穿白襯衫灰外套，卡其色長褲的中年高壯男子領頭，後面跟著一行穿白襯衫藍外套，藍長褲，白布鞋的中學生魚貫走入餐廳。走到餐廳前方，高壯男子喊了聲，「立定！」學生即立定站好。

「全都是光頭，哪認得出呆鵝和狂牛？」一大極目盯看。

「管得很緊呢。」土也說。

「很有……規矩。」阿萬說。

「自排頭起四人一桌，由老師最右邊一桌坐起，稍息後開始動作。稍息！」自稱老師的高壯男子發號施令，加一句，「請郭老師及沈老師一旁協助。」

兩位較年輕的男子上前一一指導學生就座。

就座完畢，柳校長起身說，「魏老師、郭老師、沈老師三位，你們請坐。」指著身旁師長席的三個空位，三位老師便在三個空位坐下。

「各位同學，請起立鼓掌歡迎石盤角中學來本校參訪的三位老師及二十位同學。」同學起立，一陣掌聲響過，「好，坐下，今明兩天，石盤角中學師生們將在此和我們一起生活，互相學習，請本校師生務以最好禮貌和最大誠意招待所有來訪的客人。」頓了下，「好，接下來，校長請石盤角中學的魏老師說幾句話。」

高壯的魏老師站起，向左右點點頭，「柳校長，各位老師，本人僅代表石盤角中學感謝貴校給我們莫大的方便與協助，並促成此次參訪活動。我們石盤角中學師生計二十三人今日來到貴校，希望能在貴校學習到珍貴的修身養性功夫，更希望學習過程中能對本校同學們的身心健康有所啓發。謝謝。」

魏老師坐下後，梅老師站起，「我是梅老師，石盤角中學的同學們在本校參訪活動期間，務必依照已發給各位同學之本校課程表，按時打坐、上課、用餐、休息、就寢、起床、種菜。不要有違反校規之情事發生。如有任何問題，皆可隨時向老師們反應。」停下，看了一轉，拿起哨子，「嗶！」，「開動。」

吃飯，一大心事重重，食不知味。

「看到你朋友沒？」土也低聲問一大。

一大搖搖頭，「每個人長得一樣，有點遠，看不出。」又向前排看去。

一大的座位距師長席有六、七排桌椅之遙，最前一排坐了石盤角中學同學，中間還有五、六排桌椅空著，是預留給稍後陸續抵達的親友們坐的。

「一大，好好吃飯，別想那些，待會兒自然會見到他們。」曉玄說。

一大沒說什麼，回頭隨便看，卻正看見孫子伸長脖子往前排看。一大順著孫子視線往前看，有一臉面黑黝的石盤角同學正往孫子看，並微揮了下左手。

「土也，你看。」一大立刻小聲叫土也。

「看什麼？」

「你看，前排右第二桌，那個黑面，剛才在和孫子打招呼。」

「啊？」土也的頭轉來轉去看。

阿萬跟土也交頭接耳後，也跟著轉頭東看西看。

小宇走來找曉玄。

一大立刻小聲問小宇，「小宇，孫子和那人認識？」手往前排黑黝的石盤角同學指。

「好像是吧，我也不太清楚。」

吃完飯，同學們正三三兩兩起身往外移動。

「喂，天大，那麼爽，在調戲良家婦女呵？」

忽聽見背後有說話聲傳來，一大頓時神經一緊，猛跳起，回頭，「你們？」眼前兩個光頭少年正在對他嘻皮笑臉。

「兩位同學，請你們搞清楚，席復天是我們同學，什麼調戲良家婦女？莫名其妙。」曉玄義正嚴詞的聲音自一旁傳來。

「兩位同學，你們來我們學校，是客人，不要在那裡胡說八道，不懂規矩！」小宇補上一句。

土也、阿萬站了起來。

「呵呀，天大，有這兩個恰北北雙胞胎正妹天天陪你在這裡開心，難怪你不想下山。」一光頭少年嘻皮笑臉說著。

曉玄、小宇氣得說不出話。

「你們……，有事外面說。」一大叫兩光頭少年去外面說。

「等一下！那個痞子，我記得！」另一光頭少年突指向土也，「他……，天大，你居然跟敵人同桌吃飯？難怪你拋棄我們兄弟！」

土也嗆聲，「喂，你們要是再胡說八道，就別想走出這餐廳大門！」

一大伸雙手制止兩邊，「呆鵝、狂牛，有事外面說，走。」掉轉頭往外走，同時也瞥見校長、梅老師、師長們和石盤角的三位老師已走出了餐廳。

一大遲疑了一下，回頭想就地談，沒想到回頭一看，呆鵝、狂牛、土也、阿萬四人互不相讓衝撞了起，狂牛一不小心被桌椅絆倒，踉蹌摔跌在地，四人隨即扭打成一團，一大立刻衝上前去。

五人拉扯，一大忽感背後被什麼東西碰了一下，瞬間定住，再一看，呆鵝、狂牛、土也、阿萬四人也定在他眼前。

「怎麼可能？」一大腦袋瓜急轉，校長、梅老師他們不都走了嗎？

一大看呆鵝、狂牛眼露驚恐之色，心中只覺好笑。

有幾個石盤角中學的同學靠近看，有人還伸手推推五人，五人除眼珠外，全都動不了。

一大看到曉玄、小宇走近，曉玄湊近說，「我去找梅老師來。」

「不要！」一大想叫，叫不出聲。

「一大，我知道你不希望我找梅老師來。可是，我和小宇都沒看到是誰定住你們的，也只能去找梅老師來解定了呀。」

一大聽了，心中又無奈又驚恐。

不久，梅老師來了，在五人肩背拍了下，全都解了定，五人立定乖乖站著。

「吃完早飯是要打坐，不是打架。」梅老師倒一派輕鬆模樣，「好了，往打坐室移動。」

五人趕緊往門口走。

「席復天，你留下。」

背後一聲傳來，一大一聽頭皮發麻，只好悻悻回頭。

「你的朋友？」梅老師走到一大面前。

「是……小學同學。」

「『呆鵝』吳大山和『狂牛』朱光力。」

「……」一大驚訝至極，說不出話。

「別緊張，老師希望你做一些事，善事。」

「我？」

「找機會讓他們戴貓鏡認識一下羊立農，或下坑道走走等等，好開導開導他們，但，別去也別提黃金小鎮。」

「哦，是。」

「此次請感化院同學來觀摩我們的生活起居，目的是想讓他們有更多機會學習改過向善。你是活教材，可以多幫一點忙，張龍老師少年時期待過感化院，他很能體會感化院同學們的心理，一直很努力的在幫助他們。」

「哦。」

「好了，打坐去。」

「是。」一大鞠躬，轉身離去。出了餐廳，小虎爬上一大肩膀，「一大哥，早飯時，我沒認出呆鵝、狂牛，他們吃飯也不說話，所以，沒有情報報告。」

「沒關係，別說你了，連我都認不出他們來。但至少他們這次看起來比上次有精神些，上次頭髮是彩色的，現在，哈，連一根頭髮都沒了。」

「嘻……」

「剛才打架，梅老師沒叫我下跪？奇了！」

「有客人在，留點面子，免跪。」

「哈……」一大停步，「對了，小虎，我們打架時，你有沒有看到是誰定住我們的？」

「沒看到。」

三十一、呆鵝、狂牛遇羊皮

動靜功做完後，呆鵝、狂牛走向一大。

「天大，這打坐動功，我們在學校裡面早上也有做，你們的比較累，噢……」呆鵝邊說邊掮肩。一大沒好氣，掄了下拳頭，「你們兩個最好離我遠一點，不然出什麼事可別怪我沒說。」

呆鵝仍嘻皮笑臉湊上，「呵，天大，別生氣嘛。我們在裡面悶到吐血，出來還能見到老朋友，爽死了，喂，帶我們四處逛逛，看看你的宿舍，如何？」

土也、阿萬、曉玄、小宇走近。

「那，這樣，你們先向我四個好同學道個歉，這兩天包在我身上，除了四處逛逛之外，還再加刺激節目，爽死你們為止，好不？」

「啊？好，當然好！可是……」呆鵝才說好又面有難色。

「不道歉？那好，自己照顧自己。」一大轉身要走。

「喂，等一下，道歉就道歉。」呆鵝說，「狂牛，來，向天大的同學道歉。」

兩人嗚哩哇啦口齒不清的向土也、阿萬、曉玄、小宇又鞠躬又敬禮的，算是道了歉。幾人也互相報上姓名外號，認識了彼此。

反正要回宿舍換制服，一大便說，「那，你們就跟我先到我宿舍看看吧，順道。」

「好，欸，天大，說眞的，你天生就是做大哥的料，你頭腦好反應快。我和狂牛就想跟著你啊，再去衝鋒陷陣，打遍天下，保證無敵。」呆鵝口沫橫飛。

「別再鼓我了，我現在這樣比以前好多了。」一大頓了下，「我問你，你跟狂牛怎麼進去的？」

「哦，重傷害，對方一人斷手一人斷腳。」

「憑你跟狂牛？屁話！唬我？」

「天大，你眞瞭解我們呀！」

「替人頂罪？」

「噓，天大，小聲點。」呆鵝四下看看。

「敢頂還怕人知道？」

「天大，你？」

「多少？」

「什麼多少？」

「安家費。」

「不能說。」

「幾年？」

「最多三年，老大說的。」

「進去多久了？」

「快一年了。」

「不知死活。」

「是義勇雙全！老大說的。」

「神經病，你老大是什麼人？」

「神魔隊隊長，十七歲，年輕有為，我們一票吃喝玩樂全他罩。」

「年輕有爲？他罩？那是他上面還有大咖，十七歲，有屁錢罩你們？」

「他爲我們兩肋插刀，超級義氣！」

「義氣？他出事你們頂？」

「這……」

「算了，懶得說你們。」

「這……」

幾人走進一大寢室，「這，我床，坐，我換制服去。」

土也、阿萬也在另一頭換制服。

「天大，住這很爽嘛。」狂牛拍拍床墊。

「當然爽，還超自由。」一大穿著衣服。

「自由！唉，我跟狂牛想自由快想瘋了，眞想逃。」

「想逃？」

「對啊！可是逃不了，有電子腳環。」呆鵝越說越小聲。

「有什麼？」一大沒聽見。

「這個。」狂牛提起褲腳，拉低白襪，露出一扣在腳踝上方的透明環狀物，很精巧，不仔細看還看不見。

「這電子腳環，如沒報備，離開老師視線一百公尺響一下，兩百公尺響兩下……」呆鵝說。

「厲害！」

「三百公尺不會響。」狂牛加一句。

「三百公尺不會響？」一大奇怪。

「沒跑到那麼遠，早就被警犬拖回來了，還響個屁？」呆鵝回著。

「哈，有一套。」頓了下，「我們學校就不用腳環了，校長、老師個個都武功高強。」

「武功高強？對了，早上在餐廳，爲什麼我們打架打一半，突然全都動不了了？」呆鵝問。

「噓，高人。」一大神秘地向天指指，雙肩聳聳，「我也沒看到誰弄的，但在這裡犯錯，隨時隨地都會被高人罰站罰跪罰半蹲。」

呆鵝、狂牛兩人傻愣。

一大、土也、阿萬換好制服，一大悄悄取了貓鏡放入口袋中，三人領著呆鵝、狂牛一起朝教室走去。石盤角中學的二十名同學，十名在一班上課，另十名在二班上課。呆鵝、狂牛在一班上課，第一堂是尹水章老師的天文地理課。

進了教室，「你們隨便找位子坐。」一大指指幾個空位，呆鵝、狂牛便隨便坐下了。

一大剛去坐下，呆鵝跑來，「嘻，天大，我坐你旁邊好不好？」

「等等……」一大立刻制止呆鵝，「這位子有人坐。」

「騙鬼！」呆鵝不理一屁股坐下。

「我可警告過你了，這位子有人坐，趕快走。」一大見老師走進教室，壓低聲音說。

呆鵝左看右看，充耳不聞。

上課了，「一大哥，羊皮在生氣。」小虎小聲在一大耳邊說。

一大戴了貓鏡往呆鵝那看，見羊皮縮擠在呆鵝坐的椅子一角，正生氣著，一大沒法再管，轉回頭聽課。

幾分鐘後，突然，「哇啊！」呆鵝大叫一聲。

老師停了下，全班都回頭看呆鵝，一大看呆鵝面如死灰，嘴唇發抖，而羊皮則在一旁偷笑。

尹老師走下講台，向呆鵝走來，「這位新同學，這位子有人坐了，你換個位子坐。」

呆鵝一聽，當場腿軟，撐了許久才站起，沒力地往教室後方移去，然後，面向講台呆呆地站著。

「老師是說，你可換個其他位子坐，不是去站著。」尹老師向呆鵝說。

「老⋯⋯老師，我⋯⋯知道，我⋯⋯等⋯⋯等一下⋯⋯去⋯⋯去坐。」呆鵝結結巴巴。

一大和土也、阿萬交換眼神，偷笑到肚子快炸了，其他同學也在交頭接耳。

老師走回講台，繼續教課。

呆鵝竟一人在教室後方呆站到下課。

下課時，一大、土也、阿萬、曉玄、狂牛走到教室後方。

呆鵝拉了狂牛，指著羊皮的位子咬耳說了些話。

「騙鬼！」狂牛搖手，逕自走去羊皮的位子，曉玄想拉住他，狂牛不理，在羊皮位子上重重一坐，還回頭嘻笑。

但兩三分鐘後，狂牛「哇啊！」大叫一聲跳起，兩步便跳到呆鵝面前，兩人滿臉惶惑地交頭接耳。

一大、土也、阿萬忍笑背過身去。

曉玄向一大低聲說，「你跟他們說嘛。」

「我有說那位子有人坐，呆鵝不聽，嚇嚇他們也好，老師快來了，下節下課我再跟他們說。」一大低聲回說。

趁老師還沒來，一大戴了貓鏡，靠向羊皮，把剛才呆鵝、狂牛之事大約說了，羊皮笑了笑，不生氣了，還答應會配合一大演戲。

第二堂是中醫課。全老師進了教室，見呆鵝、狂牛在教室後方站著，指了指靠窗兩個空位，「後面那兩位新同學，靠窗那兩個空位沒人坐，去坐下。」

兩人遲疑，忽看見魏老師自窗外走廊走過，兩人立刻矮身竄到靠窗空位坐下。

下課時，一大、土也、阿萬、曉玄一道走向呆鵝、狂牛，一大說，「呆鵝、狂牛，我本不想說這秘密的，嗯……」故作神秘狀。

土也立刻補上，「你們兩個剛才坐到……某種東西身上了！」

呆鵝、狂牛霍地起身，滿腹疑雲又求救似地看著眼前幾人。

「對，對，那東西……還在我……耳邊吹……冷風……風，發……怪音。」呆鵝語無倫次。

曉玄笑笑說，「聽說你們兩個本性不壞，進石盤角中學也算是不得已替人頂罪的，這，還好，還好……」

阿萬接說，「本……性……不壞，還有……救。」

呆鵝、狂牛越聽越惶惑。

呆鵝問，「天大，說實話，這學校裡是不是……很怪異。」。

「我來第一天就知了，這學校確實是怪異，怪異到爆！」一大取出貓鏡，「後來，有高人送了我一付眼鏡，可以改善一些。」

「高人？眼鏡？」呆鵝、狂牛兩人四眼大睜。

「嗯，我剛來時心情超級不好，品性又極其惡劣，常常打架鬧事，老師要我改，我還偏不改，土也、阿萬也是。結果呢，就常被鬼戲弄還加教訓，搞到快瘋了，只有方曉玄很乖，鬼就從不弄她。」一大故意壓低聲音。

土也、阿萬、曉玄一旁點頭，呆鵝、狂牛張口結舌。

「來，這高人眼鏡你們兩個輪流戴上，如果看得到什麼怪異的東西，別出聲，也別害怕。」一大先把貓鏡先交給呆鵝。

呆鵝愣了下，戴上，前看後看，當看到一大背後時，兩眼一直，立刻摘下眼鏡，嘴唇顫抖。

狂牛戴上貓鏡，也一樣，兩眼一直，立刻摘下眼鏡，傻愣住。

「有看到？」一大低聲問。

呆鵝、狂牛忙點頭。

「嗯，看來，你們兩個本性眞的不壞，不然看不到的。」曉玄說。

一大拿回貓鏡，「上一堂課，你們坐我旁邊那椅子，正好坐到『他』身上了。」

「啊？」

「老師快來了，不說了，回座位去。」一大說。

土也、阿萬、曉玄轉身要走。

「喂，喂，喂，各位……」呆鵝一個箭步跳來擋住幾人，「我，那我……跟狂牛該怎麼辦？剛剛那個……是什麼？」

「方曉玄比我們乖，你問她有用些。」一大說。

「方……方曉玄，那，拜託，這……」呆鵝急得冒汗。

「嗯，我會再跟他說，看他怎麼說，再跟你們說。」曉玄淡淡的說。

土也、阿萬、曉玄走了。

一大回頭對呆鵝、狂牛低聲說，「噓，偷偷跟你們說，剛剛那個……是鬼，活著的時候因逞兇鬥狠，被人殺死了，唉，你們想想，他跟我們年紀差不多，卻成了鬼，他有多不甘願啊！」

「啊？」呆鵝、狂牛頹然而立。

一大搖搖頭，走了。

三十二、恕空和尚

中午下課後，同學往餐廳移動。

呆鵝、狂牛跟著一大、土也、阿萬、曉玄、小宇問東問西。一大瞥見右前方不遠處孫子、小洪、阿宙正和那個石盤角黑面同學嘻嘻哈哈走著。

「呆鵝，那個黑面是誰？」一大手指指去。

「問他幹嘛？」呆鵝沒好氣。

「不爽他？」

「爛人！」

「姓爛？」

「姓鍾，鍾克難，外號爛人。」

「你跟他不對盤？」

「那爛人，欺善怕惡，俗辣一個。」伸出小指。

「他動過你？」

「動過！後來被我跟狂牛一起討回來了，雙方暫時和平共處。」

「哦？」

「天大，你那些同學幹嘛都戴黑眼鏡？好像跟爛人很熟？」

「眼睛出了問題，三個都是我們的死對頭，以前有事沒事就幹架！」

「幹架！天大，呵，那才像你嘛！」

「所以才會碰到鬼，被鬼教訓！」

「啊？」呆鵝緊張得回頭望了下。

「有太陽，他不會跟來的。」

「哦？」

看到魏老師在餐廳外，正準備吹哨，要集合石盤角的同學說話。

一大、土也、阿萬、曉玄、小宇先進餐廳去，一大在門口突看到什麼，急要轉身，但來不及了，「復天啊，呵，好久不見了。」叔叔已走到身邊。

「叔叔好。」一大只好硬著頭皮打招呼。

「呵，看你身體健康，叔叔嬸嬸也放心了。」

「嗯，嬸呢？」一大沒看見嬸嬸。

「你嬸嬸和我坐那……」叔叔指向第二排左邊第一桌。

一大看到嬸嬸，只見嬸嬸遠遠瞄了一大一眼，一副不爽的表情，隨之自顧自和同桌另兩人說話去了。

「呵，復天，你坐你的，別招呼叔嬸，去吧。」叔叔滿臉堆笑。

「叔叔，那個呆鵝、狂牛，他們有來。」

「呆鵝、狂牛？是嗎？叔叔好久沒看到他們了，都記不得了。」擺擺手，回身朝嬸嬸那走去。

回頭，一大見小宇拉著舅舅、阿萬領著大伯來和他、土也、曉玄說話，雖見大家在說說笑笑，一大心情仍莫名沉重。

長輩們陸續就座，一大幾人回座，石盤角的老師同學也都回座位了。

校長在說話，說些歡迎家長親友來訪之類的話。隨後聽見一聲哨音，「請用餐，開動。」

一大坐下，邊吃飯邊四下張望，前幾排新擺的桌椅幾乎都坐滿了。

見餐桌上有一張 A4 印刷紙，一大拿起看，是比賽時間表。書法比賽，一點半至三點，歌唱比賽三點十分至五點三十分。書法比賽在一班教室，歌唱比賽在二班教室，都在今天下午舉行。

一大看了看書法比賽同學名單，共四十二人，其中居然有吳大山、朱光力的名字，「呵，呆鵝、狂牛，他們也參加書法比賽？從沒聽說他們會拿毛筆寫字。」又看，第二天下午一點半至三點，腕力比賽；三點十分至五點三十分，健走比賽。

一大靠向土也和他聊著比賽表的內容。

「小施主，阿彌陀佛。」

忽有一低沉有力的聲音在身邊傳來，一大抬起頭，見一出家人雙手合十向他行禮，趕緊起身，慌忙雙手合十回禮，「阿彌陀佛。」

出家人一身灰，灰長衫、灰長褲、灰布鞋，一大以爲他是找好友的，回看一下土也、阿萬、曉玄，但三人正看向他，看上去他們不認識這出家人。

一大定睛再看，忽大驚失色，小叫一聲，「秦……？」眼前的方臉，三角眼，右下巴黑痣，痣上有毛，他見過！

「別驚訝，別……」出家人安撫一大。

「你？你……」一大仍難掩驚訝。

土也、阿萬、曉玄見狀，全站了起來。

「各位小施主，阿彌陀佛，我只是一名出家人，法號恕空，和這位小施主有過一面之緣。大家請坐，請坐，不用緊張，沒事。」

土也、阿萬、曉玄坐了下。

「你……找我？」一大上下打量眼前的出家人。

「是過師兄讓我順道問候小施主，同時向小施主道個歉。」

「過師兄？哦。」一大連起來了，秦威是過九堂的師弟，「你現在怎是和尚？還來這……道歉？」

心情緩和了些。

「貧僧出家不久，今來是爲從前所做錯事向小施主道個歉，對不起。同時，也對不起打擾各位用膳，貧僧告辭，阿彌陀佛。」出家人雙手合十向四人行禮，緩退兩步，轉身走出了餐廳。

一大傻愣了一會兒才坐下。

「那和尚是誰啊？」土也忙問一大。

「仇家。」

「啊？」

一大一看，六隻眼全盯著他。

「哦，現在，他是……和尚。」

「一大，你跟和尚怎也有恩怨啊？」曉玄疑問。

「他以前不是和尚，叫秦威，跟黑衣人有關，他曾經還想要殺我。」停了下，「說眞的，我也搞不清楚是怎麼回事，嘿，有機會我再問問他。」

一大扒口飯，往前幾排多看了幾眼，「連秦威都來了，不會還有其他仇人冒出來吧？他，怎麼出家了？」

小虎爬上一大肩膀，「一大哥，剛才魏老師向石盤角所有同學說，電子腳環在雲霧中學裡的設定失效，他告訴同學不要有逃跑的意圖，雲霧中學的警犬、警鴿……等一堆警務犬鳥二十四小時執勤，除負責保護同學之安全，也防範同學不慎走失或逃跑。請同學務必遵守相關規定，不可擅自遠離。」

一大聽了，心想，「電子腳環在這失效？剛才沒看到麥片和其他狗狗，看來牠們都忙著執勤去了。」

吃完飯，見魏老師帶領了石盤角所有同學去了帳篷處。

一大出了餐廳，叔嬸走向他，土也、阿萬、曉玄、小宇見狀先走了。叔叔笑臉問道，「復天，吃飽啦？」

「吃飽了，叔叔嬸嬸，你們好。」一大回著。

「那和尚跟你說什麼？」嬸嬸有點不耐煩，推開叔叔，直接了當問一大。

「和尚？」一大甚是訝異，嬸嬸爲什麼問和尚之事，「哦，他……問我廁所怎麼走。」隨便搪塞一下。

「死小鬼，這有一兩百人，他偏找上你，還問廁所怎麼走？你……」嬸嬸居然動火。

「和尚喜歡我，我能怎樣？」一大回嘴。

「好你個混……」嬸嬸兩眼快要噴火。

「沒……事，沒事，算了，復天，你忙去。」叔叔推一大離去。

一大悻悻向宿舍走去，「一大哥，那和尚在你褲口袋留了東西。」小虎說。

「啊？」一大大驚，伸手往褲口袋摸去，摸出一物，「一串佛珠？我剛才竟然沒感覺。」

「朱鐵哥在樹林裡向你招手。」小虎又說。

「啊？」一大又一驚，往坡上樹林看去，「紅雲，哈……」大步跑進樹林去。

「呵，一大，你好。」朱鐵迎上。

「鐵哥，你好。」

「吃飽了？」

「嗯，你呢？」

「我吃飽了才來的，你們那小小餐桌椅，我要一坐下其他三人就得站著吃了，何況，我吃得又特別多，一不小心會把別人的份都吃了，不行，不行，所以乾脆吃飽了才來。」

「哈，這樣子哦。」

「一大，我跟你說，搭火車來的人，有幾個練氣的在裡面，你注意些。」

「哦？鐵哥，沒關係的，校長老師他們會注意。」

「嗯，好，這我還是頭一回大大方方來你學校裡走動，你學校地方大磁場又好，在這練氣肯定不錯。」

「是。」

「親朋好友們最晚會搭明晚八點火車下山，我這兩天用參觀證號碼及名字即可以自由出入你學校。」

「是哦？」

「嗯。」

「喂，天大。」

一大聽見山坡下呆鵝、狂牛在叫他。

「鐵哥，我要去參加書法比賽了，你有空可來看看，在那邊教室裡，三點十分還有歌唱比賽，曉玄、小宇有參加，我先走了。」

「好，再見。」

一大下了山坡和呆鵝、狂牛會合往教室走去。

「呆鵝、狂牛，你們會拿毛筆寫字？還來參加書法比賽？」一大好奇。

「在裡面有專人教，我們每人每天要交兩篇毛筆字，每篇不少於一百字，不會也會了。」呆鵝說。

「是喔。」

「天大，你們學校有很多警犬、警鴿嗎？」狂牛突問。

「不只，還有警蛇、警雞、警松鼠、警烏鴉……」一大一本正經。

「眞的？那，逃不了了。」呆鵝低聲說。

「你以爲電子腳環失效，就逃得了？」一大笑笑。

「你，你怎知道……電子腳環失效？」呆鵝很訝異。

一大往天指指，「我說過，高人一堆，不只我，他們也全都知道！」

「啊？」兩人訝異。

「我剛來時沒事就想逃，結果呢，根本出不了這學校一步，不，十分之一步。」一大補上一句。

「啊？」

「還沒行動，老師就知道了，我不是被定住，就是被罰跪，有一次最慘，被……」一大停住，四下看看。

「被怎樣？」兩人也停住。

「被蛇抓了回來。」

「蛇？」

「警蛇啊，肚子比大碗公還粗。」一大雙手比著，「把我嚇到……尿了一褲子。」

兩人當場傻住。

隔了一會，「好了，走吧。」一大催了聲。

「天大，你……沒……騙我們吧？我是說，你，被……蛇……抓回來？」呆鵝問。

「教室的鬼，我有騙你們嗎？」

「沒……」

「蛇，更不會騙你們，那，這樣好了，書法比賽完才三點，我帶你們去看牠。」

「看……蛇？」呆鵝猶疑。

「怕？」

「不……」兩人搖頭。

「遠遠看就好。」

「牠……會不會追上來？」狂牛問。

「想逃就會。」

「啊？」

進到教室，有幾個同學已到了。一大見每張課桌上，筆墨紙硯已擺好了。黑板上工整寫著：

《正氣歌》(部分)——

「天地有正氣，雜然賦流形。下則為河岳，上則為日星。於人曰浩然，沛乎塞蒼冥。皇路當清夷，含和吐明庭。時窮節乃見，一一垂丹青。在齊太史簡，在晉董狐筆。在秦張良椎，在漢蘇武節。為嚴將軍頭，為嵇侍中血。」

(以篆書、隸書、草書、行書、楷書，任一書體書寫皆可。)

教語文的井欣美老師走來，「各位同學，有筆墨紙硯的位子都可以坐。」

三人找了前排三個位子坐下，一大在中、呆鵝在右、狂牛在左。同學陸陸續續來到，坐下。

一點半，井老師宣佈，「現在時間，一點三十分，同學開始書寫，到三點整停筆。右下角寫上姓名，書體自選。寫完，筆墨紙硯置於課桌上，即可自行離去。」

一大埋首以行書寫了「天地有正氣，雜然賦流形。下則為河岳，上則為日星。」之後，擱下筆，伸長頸脖四周看看。

當往右側的呆鵝的紙上偷瞄時，一大愣了一下，再往左側狂牛的紙上偷瞄時，又愣了一下。回頭暗暗驚奇，「呆鵝、狂牛寫得出這麼好的字？也是行書？」

一大打起精神，好好寫下去，但寫完「含和吐明庭」後，想想，「我不要爭這個名。」後面寫的字，一大不是故意寫歪就是故意寫得高矮胖瘦，甚不工整。

寫完，一大起身，故意繞道多看了好幾位其他同學寫的狀況，發現石盤角同學的書法都寫得不錯，心中讚佩，走出了教室。

幾分鐘後，呆鵝、狂牛一前一後走出來。

「呼，書法比賽，有夠無聊，每天寫不夠，出來還寫。」呆鵝向一大抱怨。

「那你們幹嘛報名？」一大反問。

「報名？我們全體同學都要參加，強迫的。」狂牛一旁說。

「啊？你們全部二十人都參加？」

「對啊，團體榮譽！魏老師要求的。」

「喔。」

一大靜下。

「天大，現在看蛇去。」呆鵝說。

「你們不怕蛇？」

「嗯，有點，但沒關係，刺激嘛。」

「那，好。」

「去哪看？」狂牛追問。

「這時間，牠八成在巡邏，我們進樹林，看蛇跡找。」一大朝操場邊的樹林方向指去。

「蛇跡？你會看蛇跡？」呆鵝一臉懷疑。

「不學會看蛇跡，我怎避開牠？一做壞事，不就馬上被逮了？」

「喔。」

「跟緊點，大蛇對落單的人特別注意。」

「啊？好。」

兩人跟一大向樹林走去。

三十三、大蛇與烏鴉警察

樹林中，一大走走停停，偶而低下頭瞧看。突指地上小聲說，「看到沒，有又重又大的東西拖行過的痕跡，我看牠十來分鐘前巡邏經過這裡。」

「是哦？」呆鵝、狂牛也低頭瞧看。

快接近大樹爺爺時，一大偷偷地要小虎去向蚯蚯說，「一大哥帶了兩個石盤角同學來，希望蚯蚯裝作警察在巡邏一樣，好證明一大哥說的蛇警察是眞的，目的是讓石盤角同學守規矩。」

小虎溜走了。

「牠應該就在這附近，喂，我可先說，你們待會兒若看到大蛇警察，千萬別跑，一跑，牠會以爲是壞人，一秒就能追上。」

「嗯，知道。」呆鵝、狂牛點頭。

一大低頭在枯葉中查看。

「哇呀！」

忽聽見狂牛驚叫。

「哇呀！」

緊接著又聽見呆鵝驚叫。

一大抬頭，「噓，別出聲，也別動。」

三人正前方十幾公尺處，一條大蛇正緩緩滑過，滑了一兩公尺就昂頭四下張望一下。

「一大哥，蚯蚯說牠也通知了呱呱來幫忙。」小虎在一大耳邊說。

一大想笑，偷瞄一下呆鵝、狂牛，兩人正四眼直直，全身僵硬，遠遠看著大蛇蚯蚯的一舉一動。

好像過了一百年，蚯蚯才滑入矮樹叢去，消失無蹤。

「呼，嚇死人！那麼大條。」呆鵝小聲說。

「能幫我改好，不大條怎行？」一大笑笑。

「唉呀！」狂牛驚叫。

呆鵝忙問狂牛，「什麼事？」

「有東西……拍我頭！」狂牛臉色不好。

「什麼東西？」呆鵝才問，自己卻又大叫，「哇呀！」雙手在空中亂揮。

「你們在幹嘛呀？」一大故意問。

「天大，有鬼……，看不見……是什麼……，撲我……像羽毛……」呆鵝驚慌。

一大往十公尺外一棵老樹的低矮枝幹指去，「喂，你們看。」

只見一隻大黑烏鴉站在枝幹上，展翅收翅，忽隱忽現呱呱叫著，忽而飛來撲向三人，又轉而飛回枝上。

呆鵝、狂牛簡直嚇傻了。

「呆鵝、狂牛，那是烏鴉警察，快，快向牠敬禮。」

兩人毫不遲疑，立正，向黑烏鴉行舉手禮。

「呱呱呱……」黑烏鴉飛走了，四下靜了下來。

隔了一會，「呆鵝、狂牛，走吧。」一大說了，便往來路走去。

呆鵝、狂牛快步跟上一大，不時回頭張望。

「天大，我現在知道你為什麼可以改好了。」呆鵝說。

「被那些犬鳥蛇鬼日夜盯著，我想使壞？門都沒有。」

「這學校太詭異了，還要再待上一天，不死也瘋。」狂牛搖頭。

「可逃呀！」一大說。

「天大，你愛說笑，這種狀況，逃得了嗎？」狂牛猛搖手。

「哈……」

走走聊聊，出了樹林，一大問，「喂，看來還一個多鐘頭才吃飯，沒事幹，想不想去聽歌唱比賽？」

兩人都搖搖頭。

「去找鬼玩呢？」

「啊？」兩人驚訝。

「就是早上你們戴這眼鏡看到的那個……」一大拿出貓眼鏡。

「天大，你去哪找……那個……鬼？」呆鵝小心翼翼問道。

「他家呀。」

「他家？」兩人又驚訝。

「沒膽就別去了。」

「等……等一下，反正沒事幹，就……跟你去吧。」呆鵝說，狂牛一旁點頭。

「他家在哪？」狂牛疑問。

「地下。」一大回著。

「地下？」兩人吐了吐舌頭。

一大領著兩人來到圖書館。

走過幾列人高的書架，進入第五、六號兩書架中的走道，盡頭出現一鐵門。

一大猛想起，「啊，通關密碼，你們沒有。」

「什麼通關密碼？」狂牛問。

「我們進地下時要通關密碼，我的話是報上學號姓名。但你們沒有，那就進不去了。」呆鵝、狂牛呆立著。

「一大哥，你問他們有沒有學號代號編號什麼的，加姓名報上試試看。」小虎的聲音傳來。

「哦，你們有沒有學號代號編號什麼的，加姓名報上，試試看。」一大問呆鵝、狂牛。

「有，我學生代號 9312，狂牛是 9313。」呆鵝說。

「好，呆鵝你先，向鐵門說『9312 吳大山』。」

呆鵝站近鐵門說，「9312 吳大山」

鐵門開了。

一大見狀立即叫到，「跨進去，快。」

呆鵝一步跨進了鐵門。

「狂牛該你，向鐵門說『9313 朱光力』。」

狂牛照做，也一步跨進了鐵門。

「居然成功了，小虎，該你了。」

「一大哥，我，我……」

「又忘啦？」一大會意，提醒，「小虎，你學號是 24023，壁小虎。」

「24023 壁小虎。」小虎跳進鐵門。

一大隨後在鐵門後與呆鵝、狂牛碰頭。日光燈照亮下，三人進了昇降機，昇降機往下，停後，鐵柵門打開。

「天大，你不會是想把我跟狂牛帶到地底下，然後神不知鬼不覺的幹掉我們吧？」呆鵝看著前面一片漆黑，小心問道。

「帶來這裡幹掉你們？太費事了吧，神經。」一大停了下，「我沒帶手電筒，嗯，前面坑道是往下的台階，走時儘量靠台階中央走，頭頂上有燈會亮，走，我走前面。」一大先走。

三人進入坑道，頭頂的燈次第亮起，台階一路往下，轉過幾個小彎，到了平坦沙地的集合室，頂上有日光燈亮著。

「好，就這，我看他很快就到。」把貓鏡遞給呆鵝，「你等一會和狂牛輪流戴，看到什麼東西可別害怕。」

「喔。」

一大轉身向小虎低聲說，「小虎，我沒戴貓鏡，你待會兒要把羊皮說的話及動作說給我聽。」

「知道。」小虎趴在一大右肩上。

「哇！」呆鵝叫了聲。

「羊皮出現了。」小虎說。

「呆鵝，看到了？」一大問。

呆鵝手扶貓鏡，「嗯……嗯……，就是他……臉色好蒼白。」

「他叫羊立農，外號羊皮，你可以介紹一下你自己，跟他聊聊。」一大說。

「喔，我，羊皮你好，我叫……吳大山，你叫我呆鵝……就好，旁邊這是朱光力，狂牛……」

「這是我家，你們兩個活得不耐煩了，敢來這，是要來陪我住嗎？」羊皮大吼。

「哇呀，不不不不是，不是活得不耐煩，是……他……他帶我們來的。」呆鵝指向一大。

「說謊，我最恨說謊的人，席復天早改過自新了，一定是你們兩個逼他來的，對不對？」羊皮又大吼。

「不不……我們沒……沒逼他來，不……不是，這……那……我……」呆鵝急得不知所云。

羊皮脫了上衣繼續說，「看見這些刀疤沒？爲了朋友，爲了大哥，爲了義氣，我渾身上下二十幾道刀疤，死時才十一歲。」

「啊，二十幾道？十一歲？」呆鵝愣住，把貓鏡摘下交給狂牛。

狂牛剛聽了一堆呆鵝說的話，一戴上貓鏡，才看到羊皮的樣子便兩腿一軟蹲坐在地。

「你叫狂牛？有我狂嗎？渾身上下二十幾道刀疤，你有嗎？」羊皮向狂牛吼叫。

「沒……有，沒……哇……」狂牛雙手亂揮。

一大聽著小虎傳來他們的對話，清楚所有狀況。

突然狂牛大叫一聲，「唉呀！」便軟倒在地。

聽到小虎說，「是鬼王和左右護法來了。」

一大愣了下，只見呆鵝正拿過貓鏡戴上，一看，也「哇呀！」大叫一聲坐倒在地。

一大趕緊拿過貓鏡戴上，「鬼王、左右護法你們好。」

「呵，一大，你好。這兩個壞傢伙一直想要害你，要他們改過自新？哼，你別為他們費心了。」鬼王說話。

「啊？」一大暗自心驚。

「他們要害你的證據，是毛……肥……」鬼王接著說。

「啊？什麼？」一大不明就理。

「天機不可洩露，不好多說，你要小心。」鬼王沒再說明。

一大想再問，只見鬼王、左右護法拱拱手，隨之消失。再看，羊皮也不見了。

一大沒好氣，轉身就走，喊道，「你們兩個，別在那腿軟了，趕快走吧，不然等下一海票大小惡鬼追上來，你們就完蛋了。」

呆鵝、狂牛用力站起跟上。

出了圖書館，呆鵝、狂牛正要大呼一口氣，一大猛伸左右手，左抓呆鵝衣領，右拉狂牛衣襟，「有種，你們敢害我！」

「啊？沒……沒……沒……」兩人忙搖手否認。

「老實說，不然……」

小虎突說，「一大哥，他們老師來了。」

一大立即放手裝沒事，和呆鵝、狂牛繼續向餐廳方向走。郭老師、沈老師走過身旁，呆鵝、狂牛行舉手禮，「老師好。」一大也跟著行了舉手禮。老師回禮，走了過去。

「天大，你剛才……剛才……」呆鵝謹慎地問。

「要是眞給我查到你們要害我的證據，你們就死定了！」一大狠狠說了句。

「誰說我們要害你的？你別亂講！」狂牛大了聲。

「高人告訴我的，很快就會……」一大遠遠看見梅老師在餐廳門口站著，不再說下去，轉說，「你們先去餐廳，我，回寢室一下。」便自行閃躲離去。

呆鵝、狂牛兩人便逕往餐廳走去。

「一大哥，松松在松樹上面。」小虎說。

「哦？」一大回頭，松松已蹦跳而至。

「哈呀，松松你好。」一大開心問候。

「一大哥，你好，限時專送，快。」松松急叫。

「啊？喔。」一大趕緊抱起松松，在尾巴處摸著一小紙頭。

「空白？」一大就著光線沒看見紙上有字，忙叫，「松松！」松松卻匆匆跑了，「這……」一大隨之轉身，兩三步衝入寢室，忙自奶瓶中倒出大飛飛，亮了螢光，「大伯變臉到雲霧，小心ㄉ」

「小虎，小虎……」一大忙叫。

「一大哥，什麼事？」小虎探頭。

「黑馬面，那個小丹的大伯，你認得出嗎？」

小虎歪頭想了下，「不確定，一大哥，麥片應該認得出，聞得出。」

「對，麥片，可是麥片在巡邏，嗯，現在吃飯時間，牠……」

「汪汪，汪汪……」寢室外傳來群狗叫聲，麥片忽地竄至一大腳旁，「汪，一大哥，剛才我們在追一黑人影，沒追上。」

「麥片，他，他長什麼樣子？」

「看不清楚，但味道是黑馬面。」

「哇，真是他，他還又變臉了。」

「又變臉？」

一大小聲，「小丹來信說：『大伯變臉到雲霧』，叫我小心。」

「喔。」

一大又想了想，說，「沒關係，校長、老師們都在，黑馬面應該不會對我怎樣，我吃飯去。」走出寢室，往餐廳快步走去。

一大和土也、阿萬、曉玄打過招呼，剛在自己位子坐下，卻發現麥片跟來蹲在腳邊，正好奇想彎身問牠，聽到小虎說，「麥片說黑馬面在餐廳裡面。」

「啊？」一大立即伏低腦袋。

「一大，你幹嘛？」土也奇怪。

「噓，把我打落深潭的那傢伙混進來了，他變了臉，我認不出。」一大低聲。

土也、阿萬、曉玄三人立即慌張四望。

三十四、暗夜惡人出沒

梅老師已吹哨開飯，一大見梅老師沒回他位子吃飯，反走向餐廳中央位置，站定後，大聲宣佈，「校長，各位來賓及老師，同學，原先預定於今日晚飯時頒發獎品給今天書法及歌唱比賽優勝者的，但因提供獎品之廠商辦公室發生火災，無法將獎品及時送到，今天取消頒獎，估計約一星期後，再分別補送或寄送獎品。」

沒人說話，都靜靜的吃飯。

一大見梅老師說完話並未回他位子，就站定在餐廳中央，四面八方有意無意的看著。快吃完飯時，梅老師說，「本校地處深山，夜間甚爲黑暗，雲霧及石盤角兩校同學，飯後即各自返回宿舍或帳篷休息或自習，勿在室外逗留以免危險，請各位老師一旁協助並注意，今晚提早在九點整熄燈就寢。」停了下，「同學的親友們，飯後請在餐廳多坐一時，本校柳校長特別準備了茶點與各位坐談，分享同學之在校生活，順便聽聽大家對本校的意見，作爲今後本校教學改進之參考。」

吃完飯下桌，一大、土也、阿萬、曉玄、小宇一道往宿舍走回，發現老師們及狗狗都在一旁跟著護著。

「梅老師一定知道有事，才叫我們趕快回宿舍去。」一大說。

小宇問，「你知道是什麼事？」

「有壞人混入親友來賓中，可能是要……幹掉我。」

「啊？」小宇睜大雙眼。

「快走吧，回宿舍安全些。」曉玄靠緊小宇，加快腳步。

回到宿舍，「咦，麥片你幹嘛跟進來？」一大看著床邊搖尾的麥片。

「梅老師說的，我今晚睡這，還有曉玄、小宇的狗狗栗子、天星也會陪著她們。」

「哦？」一大頗爲驚訝。

又聽見小虎說，「剛才餐廳外我看見叢爺爺在附近。」

「哦？」一大又是一驚，急回頭叫，「土也、阿萬。」

土也、阿萬正躺在床上閉目養神，聽見一大叫，爬起坐到一大床上。

「今天晚上可能有好戲看，想不想……」一大姆指指指門外。

「九點就要熄燈了，你想幹嘛？」土也提醒。

「現在才七點多，早得很，走……」一大拿過書包，往裡看了看，揹上就走。

「一……」土也、阿萬來不及說話，一大已出了寢室，兩人便跟了上去，麥片也快步跟來。

在宿舍屋角一大剛一拐彎，「噢。」有兩人迎面快步撞來，一大猛地跳開，麥片隨之跳上咬住其中一人。

「死狗，放開！」那人壓低聲音叫。

一大定神一看，「呆鵝、狂牛？」

「天大，叫狗放開！」呆鵝指著腿。

「麥片，放開！」一大低叫了聲。

麥片鬆了口。

「又是這隻狗，你……」呆鵝氣得亂罵，「去年被你咬，還沒找你算帳，今天又咬我！」

「好了啦，牠是要保護我，誰叫你突然撞上來？」一大對呆鵝說。

土也、阿萬靠上，和一大三邊圍住呆鵝及狂牛兩人。

「呆鵝、狂牛，你們是想來偷偷幹掉我吧？」一大故意咬牙切齒。

「天大，你嘛拜託，是有人想幹掉我和狂牛，我們來是想找你幫忙。」呆鵝和狂牛直回頭看。

「有人想幹掉你和狂牛？太扯了吧！你們不會報告你們老師哦？」一大懷疑。

「老師不信，只叫我們早點去睡覺。」狂牛回答，「我們說要洗澡上廁所，溜了出來，你看，我們毛巾，肥皂都帶上了。」

「毛巾，肥皂？你們？」一大想到鬼王的話，「毛……肥……」

「唔汪……」

一大低頭看麥片正望空低吼，隨手取出貓鏡戴上。

「叢爺爺往山坡上樹林子跑去了。」小虎一旁說。

「喔……」一大頓了下，又看向呆鵝和狂牛，「說，是誰要幹掉你們？」

「不知道。」呆鵝和狂牛異口同聲。

「不知道？」

「有聲音在我耳邊說，『事情辦不成，你就死定了！』」呆鵝說。

「有聲音在我耳邊說一樣的話，但沒看到人。」狂牛說。

「什麼事情辦不成？」一大問。

「沒沒沒……事……」兩人結結巴巴。

「哼，如果事情跟我有關，那你們就去死吧。」一大要走。

「沒沒沒……關，跟你……沒……關係。」呆鵝忙說。

「你們回帳篷去吧，我跟土也、阿萬要出去走走。」一大揮手。

「不不，天大，讓我們跟你在一起，拜託啦。」呆鵝求著。

「幹嘛要跟我一起？」

「你……看得到……那些……嘿……」呆鵝說，「幫我們向那些……求求情。」

「鬼？你們惹上鬼了？」

「搞不清楚是人是鬼還是什麼高人，你就幫我們……去求求情嘛。」

「對方是誰都搞不清楚，求個屁情？」一大頓了下，「我跟土也、阿萬只是隨便走走，好，好，時間不多，你們要跟就跟吧。」

土也的狗飛刀，阿萬的狗豆豆也跑了來，土也、阿萬高興的抱了抱狗狗。

一大、土也、阿萬走上山坡往暗林中走去，三條狗跑前跑後，呆鵝和狂牛在後跟著。

黑暗中，幾人只靠一絲月亮微光走著，幾人低聲說話，東聊聊西聊聊，又緊張又刺激。

前方忽有影子掠過，一大看見，隨即叫大家放低身子。一大、土也、阿萬分別緊抱住狗，不讓狗出聲。

隔了一兩分鐘，沒見什麼動靜，一大小聲說，「土也、阿萬，沒什麼動靜，那，時間也不早了，我們該往回走了。」

同時一大聽見小虎說，「一大哥，叢爺爺要我跟你說，呆鵝和狂牛跟你到樹林來，是準備要趁暗逃走，而且你教了他們通關方式，報上學生代號加姓名，出學校不難。」

一大聽了暗叫一聲，「糟！」立即回頭四下叫，「呆鵝、狂牛……」漆黑中沒人回應。

「幹嘛啊？」土也問。

「呆鵝、狂牛不見了！」一大回。

「不見了？」土也、阿萬同驚。

「小虎說，他們要趁暗逃走。」

「快，放……狗……追。」阿萬提醒。

「對，麥片、飛刀、豆豆，快，快追剛才那兩個叫呆鵝、狂牛的。」一大叫著，三人趕緊放了狗追去。

一大摸出手電筒亮起四下照去，沒見到呆鵝、狂牛的影子，怕暴露出自己形跡，又熄了手電筒。

三人在原地愣站了約五分鐘，小虎說，「一大哥，叢爺爺說，他把呆鵝和狂牛弄昏了，你們快跑回宿舍，就會看得到他們。」

「好傢伙，土也、阿萬，快跑。」一大喊著。

「啊？」土也、阿萬有疑問。

「回宿舍，用跑的。」一大亮起手電筒大步跑出，土也、阿萬跟上。

出了樹林，一大看見宿舍走廊燈光下有三人站著，低頭看什麼似的，立刻熄了手電筒，擋住土也、阿萬，「停，走廊有人。」

三人趴低。

「是魏老師，沈老師，郭老師他們三個，還有，地上躺了兩個。」土也說。

「地上兩個應是呆鵝、狂牛。」一大回著。

「梅……老師，來……了。」阿萬說。

「梅老師？慘了，我們不在寢室。」一大心慌。

「梅老師把地上躺的兩個人弄醒了，沒錯，是呆鵝和狂牛。」土也說。

魏老師和另兩位老師扶著呆鵝、狂牛向帳篷走去。

「梅老師沒走，還向這邊看，糟。」一大說，再一看，「啊，麥片、飛刀、豆豆，都跑到梅老師那了。」

三人靜默半刻，「走吧，梅老師鐵定知道我們在這。」一大說了，三人便悻悻然起身走下坡去。

梅老師見三人走來，「來，你們三個，站這。」

三人立正站在梅老師面前。

「剛才吳大山、朱光力昏倒在這，醒來後說你們三個幫他們逃走？」梅老師說。

「不不，才不是。」一大立即搖手。

「老師，是他們要跟我們去……玩的。」土也忙說。

「老師知道，只是他們兩個向魏老師說，你們三個幫他們逃走不成，後來他們被一條大蛇跟烏鴉追趕，嚇到了，才昏倒在這的。」梅老師直視一大。

一大只覺心臟快炸了。

好像過了一世紀，「好了，回寢室，洗澡，就寢。」梅老師下了結語。

三人聽了，如釋重負，敬了禮，快步走回寢室。

「渾，那呆鵝、狂牛，居然敢耍我！」一大坐在床上罵。

「一大，洗澡去，明天再找他們問。」另一頭土也說。

一大見麥片在床邊，「麥片，來，順便幫你洗澡。」

一大和麥片洗完澡，回到寢室，燈已熄了，土也、阿萬睡到打呼了。

一大躺上床，注意到奶瓶裡的大飛飛在閃螢光，「哦，看完小丹的限時專送，忘了關上大飛飛的開關了。」伸手想要取出大飛飛。

「啪！」奶瓶強光一閃，一大嚇一跳，立即縮手，「啊，是動畫！」一大翻身坐起，麥片也警覺地仰頭看。

一大看著動畫，地點像是在樹林裡，雖有點昏暗，但應是白天。有幾個光頭晃動，「是呆鵝、狂牛、還有爛人？咦，我，土也、阿萬也在，人數有十來個，前前後後快速移動著，怎麼大家都在跑？」

見大家穿的是運動服，一大突想到，「啊，是健走！是……明天下午？」

「咦，爛人？他……？」

一大注意到在前方的黑面爛人一閃，躲到一棵大樹後去了。

「孫子、小洪、阿宙在背後追上來了。」

忽見孫子在一大背後一推，一大頓失平衡，往前摔跌而去。一大看見自己一臉驚慌，還沒搞清楚怎麼回事，卻見爛人自右側大樹後一閃而出。

「他手上是？啊，大樹枝？又粗又尖，哇，他，他刺我！」

看到土也、阿萬停下要跑上阻擋爛人，但同時也見到呆鵝、狂牛兩人回頭，竟然去拉土也、阿萬。

「呆鵝、狂牛，又擺我道？」

看到孫子自背後強抱住一大，小洪、阿宙一人一邊抓住一大左右手，讓爛人在一大胸部猛刺。

「哇！這幾個渾蛋，是要殺我？」一大氣炸了。

爛人在一大胸部猛刺幾下後，發現有異，樹枝都斷了也沒見效，便把手上斷了的半截樹枝高高掄起，打向一大臉面……。一大見自己被架住，掙脫不了，滿臉驚恐地看著粗大樹枝打來……

「唔唔汪。」，一大突聽見麥片在低吠，低頭看，「麥片，怎麼了？」

「窗外有人。」麥片回答。

「啊？」一大立刻伏低身子，小聲問麥片，「認識的？」

「速度飛快，聞不出味道。」

「蕭……默？」一大的心怦怦跳，難道蕭默也出現了？又伏低了些。

過了幾分鐘，小虎來說，「一大哥，斷鼻也出現了。」

「斷鼻鬼？」

「還有，金豹隊長帶了大隊甲士騎著馬巡邏過去。」

「豹哥？他們還騎馬？」一大簡直難以置信，「人鬼全到了？」

又過了幾分鐘，「一大哥，梅老師剛帶狗巡邏經過，窗外沒人，也沒鬼了。」麥片說。

「喔？」一大大呼了口氣。

起身看奶瓶，「沒了？」動畫沒了，只剩大飛飛在閃著螢光。一大自瓶中取出大飛飛，關上了大飛飛的開關，在床沿坐著，呆想了好一會兒。

「麥片，不管了，好睏，我要睡了。」

才躺下便又坐起，黑暗中摸著洗澡前脫下的衣褲，再摸著蛇蛻，把蛇蛻往胸肚處貼平，放好，安心了，沉沉睡去。

三十五、烹飪課及縫紉課

一早，曉玄、小宇呵欠連連，直說昨晚沒睡好，床邊的狗狗老是唔汪唔汪的。

一大聽了，安慰她們，「麥片有跟我說，牠們是警犬，守夜防護時要保持清醒，難免會唔汪唔汪的。」

「哦。」曉玄、小宇不再說什麼。

只是一大心中嘀咕，「狗狗也整晚保護曉玄、小宇，她們也是目標？」

早飯時，一大遠遠看向呆鵝、狂牛，心中不爽。

梅老師宣佈，「爲讓新同學感受新的學習，今早禪房打坐取消，臨時更改爲兩堂烹飪課和兩堂縫紉課，所有雲霧及石盤角同學一樣，全在此餐廳上課，座位同現在所坐。親友們則由蘇文南老師、成在功老師及尹水章老師招呼，參觀本校的廣大校園及農耕養殖之各項作業及成果，謝謝。」

一大興奮莫名，「嘿，好玩，好玩。」想到廚子白伯伯和庫房何婆婆教課，一定有意思。

「我覺得，梅老師叫我們全部在餐廳上課，有特別用意，是在防備什麼。」曉玄說。

「嗯，應……該是。」阿萬附和。

一大心中有數，低頭吃飯。

「魏老師和梅老師走過來了。」聽見土也說話，一大抬頭，「我就知道……」

兩位老師已來到眼前。

梅老師指指一大、土也、阿萬，「你們三個，飯後，餐廳門口向老師報到。」

「是。」一大、土也、阿萬三人回答。

兩位老師走了。

「喂，你們又幹嘛了？」曉玄雙眼圓睜。

「夜遊，被發現了。」土也回答。

「夜遊？」

飯後，一大、土也、阿萬三人走到餐廳門口，魏老師和梅老師已等著了，呆鵝、狂牛隨後也來到。

「昨晚，吳大山、朱光力昏倒在那邊廊下，醒來後說你們三個幫他們兩個逃跑，有沒有這回事？」

魏老師先向一大、土也、阿萬三人問道。

呆鵝竟一旁搶說，「老……老師，不是，那是我昏倒了才亂說的。」

魏老師瞪了呆鵝一眼，呆鵝閉上嘴。

「席復天，你先回答。」梅老師看向一大。

「報告魏老師，我們三個昨晚去樹林夜遊，吳大山、朱光力跑來要和我們一起去，半路上他們不見了，我們三個在黑暗中找了半天也沒找到，回宿舍時才看到他們昏倒在那邊走廊下，我們根本不可能幫他們兩個逃跑，連想都沒想過。」一大回答。

「好，我知道你和吳大山、朱光力是小學同學，但他們現在是在矯正階段，你可以幫他們改過自新，但不可以幫他們逃跑，那是犯法的行爲，你知道嗎？」魏老師訓著一大。

「知道。」一大回答。

魏老師轉向呆鵝、狂牛，「吳大山、朱光力，你們說話反反覆覆，老師會多注意你們，不得再有任何違規違法情事發生，知不知道？」

「知道。」

魏老師轉身和梅老師走到七、八步遠外小聲交談。

一大趁隙伸手越過土也背後，推了呆鵝一把，「小心點，你。」呆鵝用力揮手擋掉一大的手，沒一秒，一大、土也已揮拳打向呆鵝，狂牛隨之撲來，阿萬跟著舉腳踢向狂牛，五人瞬間扭打成一團。

「幹什麼？跪下！」梅老師回頭大喝一聲。

五人立即「咚、咚、咚、咚、咚」跪下。

一大、土也、阿萬經驗豐富，跪就跪，沒說可話。呆鵝、狂牛倒是頗爲驚駭，呆鵝辯道，「老師，是他先推我。」指向一大。

狂牛也說，「是他們兩個先打我，還踢我。」指向土也、阿萬。

「好，那你們兩個，和他們三個對跪，面對面。」梅老師指示呆鵝、狂牛，去跪在一大、土也、阿萬三人面前。

呆鵝、狂牛還在想怎樣做，膝腿竟自動平移到一大、土也、阿萬三人面前。

呆鵝、狂牛已驚恐得不知所以。

一大餘光見有許多同學在不遠處圍觀竊笑，又見眼前呆鵝、狂牛兩張欠揍的臭臉靠近，索性閉目養神，眼不見爲淨。

「夜遊、亂跑、亂說話，雙方都有錯，張大眼睛，看著對方，互說『對不起』十次，開始！」梅老師下指令。

五人只好張大眼睛，嗚哩哇啦說起「對不起」。

說完後，梅老師說，「吳大山，你少說兩次，繼續，大聲。」

呆鵝扭曲著嘴臉又大聲補說了兩次「對不起，對不起。」

「好，跪到眞心懺悔後，自行起立回餐廳上課。」

梅老師和魏老師轉身走進餐廳。

呆鵝、狂牛立即想移動站起，膝腿卻不聽使喚，釘牢在地上。

呆鵝驚恐萬分，向一大說，「天……大，幫……幫忙，這……這個……你能解開嗎？」

「想得美，你再要我，你會跪到死爲止，早跟你說過，這裡高人多到爆！」一大狠狠回他。

「天大，我向你再說十次對不起，我錯了，我該死。」頓了下又繼續說，「對不起，對不起，對不起……」

一大冷冷地說，「好，我就再好心一次告訴你，你最好別亂動，一亂動，膝蓋骨會痛上三個月，再亂動，就準備終身坐輪椅。」

「啊？」呆鵝、狂牛異口同驚。

「越晚站起，傷痛越輕，我等一下能起來時，你們最好繼續多跪三分鐘，真心懺悔後，才慢慢站起，還有，站起時可千萬別忘了，要向膝蓋說十次『對不起』。」

「……」

「我的寶貴經驗，愛聽不聽，隨你們。」

「聽！」呆鵝、狂牛異口同回。

沒多久，一大推推土也、阿萬，三人可動了，便站了起。看著地上矮半截的呆鵝、狂牛，三人背過身去，無聲狂笑。

待看見餐廳內白手伯伯要開始上課，一大才說，「呆鵝、狂牛，動動膝蓋，可以動才慢慢站起。」

兩人動動膝蓋，慢慢站起。

「喂，向膝蓋說十次『對不起』，忘啦？」

「膝蓋對不起，膝蓋對不起，膝蓋對不起……」兩人念起。

五人分別進了餐廳，桌子已清理乾淨，同學們都已就坐完畢。

白手伯伯站在餐廳中央，聲音宏亮地說，「各位同學，本課程除要大家學習如何煮飯、炒菜、調味、料理、配菜、燒湯之基本廚藝外，舉凡煎炒煮炸拌燴蒸烤燉烙煨炕燜熬……等種種烹飪方式，也都會一一教給各位。同學們一點一點看，一步一步學。好，現在先教煮糙米飯，米洗淨後，加 1.5 倍的水……」

過了大半堂課，一大注意到梅老師、魏老師、郭老師、沈老師、還有校長，有事沒事就從走廊走過，心中閃過曉玄說的話，「在餐廳上課，梅老師有特別用意，是在防備什麼。」

「嗯，黑馬面、蕭默，還有鬼都在附近，當然。」一大想著，看曉玄聽得仔細，還認真寫著筆記，土也、阿萬則眼神愛睏，一大湊近土也，低聲說，「土也，下午的健走，可能有……」

似有東西撞到嘴邊，一大本能地伸手摸了下，一粒米掉到桌上，一大好奇，低頭要捏起米粒，忽然間大驚失色，嘴巴發麻，還迅速漫延到鼻側及下巴！

卻聽見白手伯伯正在說，「這……有時可搭配氣功的運用，比方說，這鍋米，用空手可鏟成爆米花，用一粒米可百步外釘人……」

一大心中大震，「一粒米，百步外釘人？」

「唔……」一大想叫土也，但整個嘴巴已經麻掉，說不出話。

一大不敢亂動，愣愣看著白手伯伯講課，直到下課。

一下課，一大嘴巴的麻感竟忽然消失了。

「我，我，喂，嘿，喂，唔……」一大扭動起嘴巴，練習著發出聲音。

「喂，喂，喂，同學，幹嘛呀你？」

一大抬眼，眼前三雙眼正看著他，土也正在推他肩膀。

「我，上廁所去。」一大跳走。

故意繞了個圈，一大悄悄走進廚房。

「呵，一大，你來啦？」白手伯伯正背朝他。

「白……白……伯伯。」一大走到白手伯伯面前，「白……伯伯，對不起，剛才上課說話，被……被……」

「被一粒米打到嘴巴？呵呵……」白手笑呵呵。

「嗯，是……」

「下課就沒事了。」

「嗯，是……」一大摸摸嘴巴。

「上課要注意聽課，有很多東西，別的地方聽不到的。」

「是，嗯，白……伯伯，您剛說，一粒米可百步外釘人？那怎麼弄的？」一大小心問道。

「你昨天早上不就遇上了。」

「昨天早上？」一大恍然大悟，「哇，白伯伯，我們五個人昨天早上打架是被您釘住的？您用的是……米粒？」

「呵呵呵……」

「高啊，白伯伯，您眞是高人。」

「我？呵，雕蟲小技。」

「白伯伯，您客氣。」

「以後慢慢教你們，可防身用。」

「先教我好不？」

「呵，好，但你找你爺爺教也可。」

「我爺爺？哪個爺爺？」

「你的潭中爺爺啊！」

「潭中爺爺？」

「嗯，好了，快上課了，回座去好好聽課。」

「喔，是。」

第二堂上課，一大可乖了，一字一句仔細聽著白伯伯講課。

下課前，白伯伯用兩隻空手在炒菜鍋中鏟了幾鏟，竟將一鍋生米鏟熟，辟啪辟啪的爆了一大鍋爆米花，讓同學們分著吃，大家開心極了。

第三堂課，何婆婆走進餐廳上課，手上捧著一竹籃，肩膀上站著一隻八哥，八哥一路吱喳叫著，「歡迎光臨」。

一大抬頭，「八哥都來了，呱呱不會也出現吧？」

「一大哥，想我呵？專心上課，呱呱。」

「啊？」一大聽到呱呱的聲音自上方傳來，又多看一眼，「喔，隱形了。」

何婆婆說，「這竹籃子裡有幾十仙蠶寶寶，籃底鋪了桑葉，蠶寶寶正吃著桑葉。有那位同學養過蠶寶寶的？」

有些同學舉手，小宇，曉玄也舉了手。

「夏心宇，妳說說妳對蠶寶寶的瞭解。」何婆婆說。

「好，」小宇站起，「傳說，三千多年前，嫘祖就開始了養蠶取絲。蠶寶寶的食物爲桑葉，牠們會不停的吃，長得也很快。蠶寶寶對人類的貢獻很大，蠶寶寶吐的絲可用來做衣服等等。」

「很好，請坐。蠶寶寶會不停的吃桑葉，晝夜不停。我手上拿的這個橢圓形白白的東西叫繭，一個繭是由一根最長可到八、九百公尺的絲所織成的，我可用它取絲，有句什麼成語可拿來形容這動作的？」何婆婆看向大家。

「我知道。」曉玄舉手。

「方曉玄，妳說。」

『抽絲剝繭』。」

「很好。」何婆婆停了下，「夏心宇，方曉玄，請到這來，這有兩雙蠶絲手套，是何婆婆親手織的，送給妳們，作爲獎勵。」

小宇、曉玄開心上前領了蠶絲手套。

同學們熱烈鼓掌。

何婆婆讓同學們分批走近看看蠶寶寶。

「這些蠶寶寶，吃桑葉吃得好快樂哦。」一大看著籃內說。

何婆婆說，「這些蠶寶寶住在山上，心情愉快，又有良好的氣場加持，所以長得又大又好，吐的絲又柔又軟又美。」

曉玄說，「這些蠶寶寶長得比我以前養的大一倍，好神奇。」

「方曉玄，待會兒同學們都看過後，請妳提這籃蠶寶寶，放在妳桌上照顧一下，中午時再還給我，何婆婆接著要再教其他縫補衣物的事。」何婆婆說。

「好。」

曉玄在一旁等同學們都看過，便將那籃蠶寶寶提了，回座位放在桌上。

一大、土也、阿萬、曉玄圍著盯看籃內的蠶寶寶，小宇也端了張椅子來，擠坐曉玄身邊，一起看著蠶寶寶。

一大忽聽見蠶寶寶在細聲說話，「一大哥，你今天要特別注意安全，曉玄、小宇今天也要戴上蠶絲手套好保護自己。」

「啊？」一大很是驚訝，抬眼看曉玄、小宇兩人仍在專注看著籃內的蠶寶寶。

下課時，一大走向何婆婆說了些話，回座時向曉玄、小宇說，「曉玄、小宇，何婆婆說，那蠶絲手套可美白雙手的皮膚，今天送給妳們，第一天要戴上十二小時，功效才能啓動，以後想保養，偶而戴戴就好。」

「哇哈，眞的？可以美白？」小宇已忙不迭拿出蠶絲手套就戴。

曉玄看小宇戴上手套，似乎滿不錯的，也拿出手套戴上。

但曉玄戴了一下，想脫掉，「咦？」轉向小宇，「小宇，我脫不下來，妳呢？」

小宇立刻也試著脫下手套，也脫不下。

「我剛說了第一天要戴上十二小時的。」一大向曉玄、小宇說。

「你沒說脫不下來啊！」小宇怪一大。

「我沒說嗎？」一大回著，用腳輕踢土也。

土也即說，「有啦，一大有說。妳們就戴它十二小時，滿好看的呀，天氣涼也好保暖嘛。」

「等一下我去問何婆婆。」曉玄以不相信的眼神看了一大一眼。

上課了。

何婆婆教著大家縫補衣物的方法，也發下一些針法說明的紙張給同學們參考，大家興趣盎然，上前去看何婆婆縫補衣物，問了一堆問題，學著穿針引線，學著縫縫補補。

中午下課時，何婆婆走來，「何婆婆要帶蠶寶寶回家了。」提起籃子，說，「夏心宇，方曉玄，第一天，蠶絲手套戴上十二小時，會取不下來，那就是它神奇的地方。你們看，那樣的話，以後皮膚就會像我的手一樣又細又白又嫩。」

小宇，曉玄看了何婆婆的手，有讚嘆的表情，便不再說什麼了。

中飯，同學把碗筷飯菜都擺好了，在原位坐著，親友們也都回到了餐廳。

吃飯時，梅老師宣布，「同學們注意，中飯過後，回寢室或帳篷休息，下午兩項比賽按時舉行，腕力比賽在一班教室，健走比賽在操場。以上，宣布完畢。」梅老師說完即站在餐廳中央處，沒回自己座位。

一大伸長脖子看向叔嬸方向，發現叔叔正看向他，立即低下頭吃飯。

三十六、腕力比賽

去參加腕力比賽前，一大特別向土也、阿萬說，「健走比賽時，呆鵝、狂牛和爛人可能會偷襲我們。」

「偷襲？」土也聽了，很是不爽，「他們敢偷襲我們？一大，先打回去啊！怕什麼，管他是誰。」

「我當然知道要打回去，只是要小心應付。」

阿萬說，「一大，我……覺得你……膽……子好……像變……小了？」

「沒的事，老實說，昨天晚上有高人高鬼出現在校園內，連三隻狗狗都進到寢室保護我、曉玄，還有小宇，今早我們又全改在餐廳上課，老師校長都在周圍巡著，還把親友們全弄得遠遠的去參觀廣大的校園，你們不覺得怪異？而且，健走路線，除操場空地外，還會進入樹林，樹林裡黑七八烏的，發生什麼事情，老師未必立即看得到。」一大分析狀況。

「嗯，那，你的意……思，是要……我們……不參……加……比賽？」阿萬疑問。

「不，偏就參加到底，就算他們學校二十個全上也沒在怕，何況就只三個，怕什麼？」土也立即表態。

「別忘了，若孫子他們三個也加入，就有六個了。」一大提醒。
「加他爺爺三個來也不怕，還孫子？」土也激動。
「好，好，參加到底！」見土也、阿萬意志堅決，多說無益，一大只好說，「那，我們去教室吧。」
教室裡，擠進了兩校同學約五十人，熱鬧滾滾。同學依張龍老師指示，將桌椅移到走廊，只留兩張桌四張椅。石盤角的魏老師、郭老師、沈老師三人在場協助指揮。
參賽同學有三十四人，依學號先後在紙箱中抽籤，抽到寫有對手學號的紙籤，兩人即分坐桌子兩端，捉對比賽。一次壓倒對方手腕便定輸贏，輸的即淘汰，贏的站一邊，等一會和其他贏的同學抽籤再比。
一大一開始還贏了兩人，第三回合便輸了。
土也贏了三人，接下來也輸了。
倒是阿萬，已陸續贏了七人，在一旁等著最後兩人比賽的贏家，來和他爭冠亞軍。
最後竟是爛人和阿萬爭冠亞軍。
一大和土也在賽前拉了阿萬到旁邊，一大說，「阿萬，那爛人的臂肌相當結實，別太勉強，輸贏不重要，保存體力。」
「我才不會輸哩！」阿萬很有信心的回著。
「阿萬，你是胖，他是壯，小心一點，別硬上，受傷划不來。」土也也說。

「嗯，知……道啦，咦？」阿萬推了土也、一大一下，「你們看……」

順著阿萬眼神，一大、土也回頭，看見在教室另一頭，孫子、小洪、阿宙三人正在和爛人交頭接耳。

「臭小子！」一大轉回頭，立即改口，「阿萬，『雲霧』全靠你了，你千萬不能輸！一定要把爛人贏到爛光光，加油！」

「哈哈……」土也，阿萬笑指一大。

一大突想到，怎沒看到呆鵝、狂牛？又四下多看了幾眼，是沒有他們的影子，但卻看到曉玄、小宇走進教室。

「曉玄、小宇也來幫你加油了，加油，阿萬！」一大用力拍了拍阿萬肩膀。

阿萬和爛人分坐一桌兩端，準備比賽。氣氛緊張熱絡又帶有火藥味，兩校同學分站兩邊狂吼叫戰。

張龍老師吹哨，「嗶」，「安靜！」，同學靜了下來。

張龍老師接著說，「現在，鍾克難和萬木黃進入腕力比賽決賽，三戰兩勝以選出冠軍一名。」

兩邊同學又開始狂吼。

阿萬和爛人勢均力敵，四局下來各勝兩局，兩邊同學已嘶吼到瘋狂。

第五局，雙方卯足全力，各自的手腕快被壓到桌面時，又被扳回，來來往往六、七次後，阿萬使足力氣，一壓致勝！

「嘩！」現場爆出熱烈歡呼聲，但同時也聽到夾雜有噓聲。

張龍老師吹哨，「嗶」，「安靜，安靜！」宣布，「本次腕力比賽，冠軍爲雲霧中學萬木黃同學。」

兩人起立，現場又爆出一陣熱烈歡呼。爛人很有禮貌地向阿萬伸手握了下，同學們全都鼓起掌來，阿萬也向大家鞠躬致意。

接下來，爛人卻大聲向同學們說，「雲霧中學是因爲有女同學加油才贏，我沒有女同學加油才輸，我不服氣，比賽不公平。」

現場譁然，有鬧聲，有罵聲，也有噓聲。

「公平起見，我要求兩位雲霧女同學和我比一次腕力，女同學可兩人一起上，若我輸了，我心服口服。」爛人繼續說。

「放屁！你以爲你是誰啊？」一大再也忍不住大罵，這現場沒別的女同學，爛人擺明了要占曉玄、小宇便宜。

「席復天，幹什麼！」張龍老師立刻制止。

爛人看向一大，大聲說，「關你屁事，你以爲你是誰啊？」

「鍾克難，住口！」魏老師也立刻制止。

現場譁然，兩校同學指來罵去，頗有劍拔弩張之勢。

「嗶」，「安靜，安靜！」，張龍老師立即吹哨，「鍾克難，你提的建議毫無道理。」停了下，「但老師我可和魏老師、郭老師、沈老師商量，是否有其他辦法，好讓你輸得心服口服。」

一大、土也此時竟看見曉玄、小宇走向四位老師。

「土也，她們要幹嘛？」一大甚感不安。

「不知……」土也也很不安。

一分鐘後，張龍老師大聲說，「兩位雲霧中學的女同學，方曉玄和夏心宇，認爲此次腕力比賽是兩校的友誼比賽，希望石盤角同學能在此留下美好回憶，願分別和鍾克難比一次腕力。」

「嘩……嘩……」一陣瘋狂歡呼聲爆出。

一大、土也、阿萬簡直無法相信自己的耳朵，眼巴巴看著曉玄、小宇走向爛人。

「雙胞胎正妹？太好了，兩位一起上，還是一次一個？」爛人撫掌向曉玄、小宇嘻笑。

「你他……渾……」一大又罵。

爛人不予理會，兩眼直盯著曉玄、小宇。

小宇先走上前，坐在桌子左側，抬眼看看爛人，「鍾同學，先一次一個，你贏了的話可再要求我們兩個一起上，如何？」

「嘩……哈……」瘋狂吼叫聲又爆出。

爛人表情先略顯尷尬，但又嘻皮笑臉，「好，正妹同學，這可是妳說的喲。」

「左手？還是右手？」

「妳長得美，妳選，我，嘿，都可以。」

「好，左手。」

爛人在桌子右側坐下，將左肘支在桌面，還在嘻皮笑臉。

魏老師站到中間，將兩人左手腕對腕，「好，預備，開始！」

才半分鐘左右，「啪！」，爛人的左手已被小宇壓在桌面。

「哇！哇！」現場的所有人都大驚一呼。

爛人簡直無法相信眼前發生的事，傻愣住了。

小宇起身，鞠躬離座。

曉玄走上前，坐在爛人對面，看了眼爛人，「鍾同學，我看你的能力只能一次一個。」

「哈……」周圍大笑聲爆出。

「這……」爛人說不出話來。

「換右手？」

「喔，右手，當然，我右手才眞正厲害，嘿……」爛人伸出了右手，擺好位置，全神貫注，不敢再掉以輕心。

魏老師再站到中間，將兩人右手腕對腕，「好，預備，開始！」

這次久些，雙方拉鋸了幾次。

約一分多鐘，「啪！」，爛人的右手又被曉玄狠狠一壓，倒在桌面。

現場頓時鴉雀無聲。

爛人雙眼靠近曉玄的右手，仔細盯看了一陣，愣愣站起，面色難看，離座走出了教室。

一大、土也、阿萬三人要上前找曉玄、小宇說話，一大卻忽見呆鵝、狂牛的身影在窗外走廊出現，爛人一出教室門口，呆鵝、狂牛兩人便上去和爛人快速說了些話，三人互相點點頭後，爛人匆匆走了。

「土也、阿萬。」一大見狀，迅速叫了兩人一起往教室門口走去。

「呆鵝、狂牛。」一大在走廊攔住兩人，「喂，腕力比賽怎沒看見你們？」

「嗯，天大，有事嗎？我們去……那個……」呆鵝看著一大。

「去安排幹掉我？」

「啊？天……大，你……開……開什麼……玩笑？」狂牛一臉不自在。

「健走比賽的木棍準備好啦？」一大冷冷說。

「啊？」呆鵝、狂牛愣住。

「一大說你們要在健走比賽時動他！是不是？」土也湊上惡狠狠地說。

「啊？」呆鵝、狂牛愣得不知所措。

「呆鵝、狂牛，當年我們也算麻吉，如果你們這次來是爲了幹掉我，直說，我可以成全你們。」一大又冷冷地說。

「直……說吧，一大……全都……知道，不說？就欠……扁！」阿萬湊上揮了下拳頭。

「都都……是爛……爛人……」呆鵝結結巴巴。

「你們幾個在幹什麼？」

突聽魏老師的聲音大聲傳來。

五人立刻停住，轉身面向自教室走來的魏老師，魏老師背著手，盯著五人看，五人緊閉嘴唇不發一語。

同學們將課桌椅自走廊移回教室，之後，陸陸續續向操場走去，一大瞥見曉玄、小宇跟著張龍老師說著話，也走了。

「吳大山、朱光力，你們兩個剛才沒在腕力比賽教室，也沒向我請假報備，幹什麼去了？」魏老師問。

「拉肚子。」兩人竟異口同聲。

「席復天他中午和你們吃一樣的東西，你們拉肚子，他怎沒跟你們一起去拉？」

「……」呆鵝、狂牛沒出聲。

一大想笑。

「我請梅老師來，他能看透人的五臟六腑和腦袋瓜，拉肚子？他一看就知道眞假。」

「……」呆鵝、狂牛仍沒出聲。

一大不想笑了。

魏老師看著錶，幾人又站了幾分鐘。

魏老師抬眼，「算了，梅老師可能在忙，我看這時間也差不多了，你們快步向操場移動，去準備參加健走比賽。」

五人敬禮，如釋重負，向操場快步走去。

三十七、健走比賽

梅老師拿著大聲公，「各位同學，這場健走比賽是友誼比賽，參加同學共計四十二位，這次比賽以強健體魄爲基本，互助合作爲要求，只健走，不跑步，速度自行調節，不可有惡意犯規等情事發生。健走路線，自操場現在位置出發，向右繞行操場一圈後，進入老師左側樹林，大致是靠本校校園西側邊緣行走，全程約五公里，沿途皆有布條、箭頭指示正確行走方向。如不愼迷路，同學可用力拍掌三聲，便會有鴿子或蝴蝶來領路。現在，還有三分鐘，如有問題，可舉手發問，如無問題，三分鐘後聽老師哨音開始比賽。」

等了三分鐘，沒人提問，梅老師，「嗶！」，吹哨，「健走比賽，預備，走！」

同學們先繞行操場一圈後，陸續進入樹林。

「土也、阿萬，我們走慢一點。」一大在進樹林前放慢腳步，土也、阿萬也慢了下來，三人故意走慢些。

土也向阿萬說，「阿萬，你胖歸胖，居然腕力比賽得了冠軍，還眞把爛人給壓爛了，佩服呵！」

「哥……哥我……有練過，小弟弟……別亂……學。」阿萬神氣活現。

「哈，你……」土也推阿萬一把。

「阿萬，爛人的臂力，你覺得不差吧？」一大問。

「不……差，很有……爆……發力，但……不……持久。」阿萬回著。

「那，曉玄、小宇怎可能那樣短時間內輕鬆打敗他？」一大又問。

「我……懷疑……蠶……絲手……套。」阿萬說。

「我也以為是蠶絲手套，可是看上去她們沒戴呀！」一大說。

「手套是白色的，她們確實沒戴。」土也說。

「玄了。」一大搖搖頭。

「輸給兩個女生，我要是爛人，會去一頭撞死撞爛。」土也說。

「哈，是呵。」一大笑笑，卻突說，「喂，注意一下大樹，樹後也許藏了人。」一大發覺他們不知不覺已走入樹林深處，周圍有許多大樹高高聳立著，馬上加強了警覺。

土也、阿萬聽了笑笑，還分兩邊跑向前方遠處的幾棵大樹，故意跑到樹後繞上一圈，「哪有人？」

「鬼……都沒……」邊跑邊大笑大叫。

「喂，別跑太遠了。」一大喊叫，說時遲那時快，突有人在一大背後猛力一推，一大頓失平衡，往前摔跌出去。

一大爬起，瞄一眼背後，大叫一聲，「孫子！」要躲開，卻驚見右前側一棵大樹後一個箭步跳出一人，「爛人！」一大又大叫一聲。

爛人雙手合握一根又粗又尖的大樹枝，一語不發，衝向一大，當胸刺了去。一大立即出手抵擋，沒交手兩下，背後卻冷不防被人強行抱住，一大掙扎，左右手卻又被兩人一邊抓住一隻，一大慌慌兩頭看去，是小洪和阿宙。

爛人向一大胸肚連番刺去，一大要叫土也、阿萬，竟看到呆鵝、狂牛在前面快速跑回，用力拉住土也、阿萬，四人扭打在地。

一大毫無招架之力，讓爛人在他胸肚一刺再刺，但奇怪，一大明明看到尖尖粗枝刺向自己胸肚，怎一點都不覺得有東西碰到自己。

爛人也發現有異，粗樹枝都刺斷了，也沒看見一大流血或受傷，便把手上斷了的半截樹枝高高掄起，用力往一大的頭頂打下……

一大使盡全力腳一滑、頭一低，「呯！」背後傳來「噢！」一聲。

「一大哥，他們看不見你，快打回去，呱呱……」

一大忽聽見呱呱叫聲，往下看自己，身體不見了。立即跳向爛人，一記右勾拳，重擊爛人下巴，「呯！」爛人應聲向後倒下。

一大再衝向呆鵝、狂牛，抓住他們衣領大搧耳光，每人狠搧了五、六下，看兩人驚駭到蹲地才停手。

回頭看，小洪和阿宙正蹲在地上看著孫子，慌張叫著「孫成荒……孫成荒……」叫不醒，小洪和阿宙便慌張站起，四下看看，匆匆走了。

一大跑向孫子，蹲看叫著，「孫子，孫子，醒醒，喂，醒醒……」孫子額頭破了，似乎昏了過去。

一大脫下孫子運動服，去擦他臉上的血，並壓住傷口，孫子醒轉，見運動服在他臉上擦著壓著，卻沒看到人，嚇得眼珠亂轉。

「有腳步聲。」聽見小虎說。

一大立刻起身，跑去用力推推傻愣站著的土也、阿萬，土也、阿萬兩人驚慌得互看一眼，轉身就跑。

一大半跑半走，當見到其他參賽同學在前方約三、四十公尺處時，便放慢了腳步，再一看，又看見自己的身體了。

沒多久，看見土也、阿萬兩人在同學鬆散的隊伍後面默默走著，但沒看到小洪和阿宙。

一大快步跟上，「土也、阿萬，你們不夠朋友，拋棄我。」

土也、阿萬兩臉驚訝，停下腳步。

「是你不夠朋友吧，我跟阿萬打……打……打……，你居然躲起來了？」土也不爽一大。

「什麼話，我是跑去找幫手了。」

「找……幫手？」阿萬疑問。

「不找幫手，爛人會被打倒？呆鵝、狂牛會被打了坐地？」

「啊？嗯？這……」土也、阿萬搞不清楚。

「爛人好像用木棍刺你，你沒事吧？」土也摸摸一大胸肚。

「還好，那根木棍是爛的，跟爛人一樣，爛的。」一大笑笑，「他用爛木棍刺我，嘿，沒用。」

「啊？嗯？」土也、阿萬的確是搞不太清楚。

土也問一大，「你比賽前怎知道呆鵝、狂牛和爛人會偷襲我們？」

「猜的，樹林可是上好的埋伏地方。」

「孫子……怎……會倒……在……那？」阿萬問。

「哦，你們沒看清楚，孫子原在背後架住我給爛人打，爛人用樹枝打我頭時，我立刻頭一低，他巧不巧就打到我背後的孫子頭上了。」

「喔，那回去後，老師問要怎回答？」土也問。

「不知，隨機應變吧。」一大回著。

同學們陸陸續續回到了操場，一大、土也、阿萬自認是最後回來的幾個，後面了不起就剩呆鵝、狂牛、爛人和孫子。

三人就靠邊站，隨意聊著。

看梅老師、魏老師、郭老師、沈老師在交談。八隻米格魯蹲坐一旁，氣氛不太尋常，一大的心七上八下。

天色漸漸暗了。

小虎來說，「一大哥，麥片跟我說，呆鵝、狂牛和爛人好像逃跑了，學校四周圍的關口鐵門已封鎖上，他們應還在校園內，等到五點半，若還不見他們人影，就會讓狗狗去找。」

「哇！他……」一大立即將消息轉告土也、阿萬。

「好傢伙，咦？那孫子他們三個呢？」土也問。

「也沒看到。」一大轉問小虎，「小虎，有沒有看到孫子他們三個？」

「一大哥，我想不通，所以沒說。」小虎回答。

「想不通？小虎，把你知道的看到的全說出來，我們來想。」

「孫子他們三個全受了傷，張龍老師已開車送他們去看醫生了。」小虎說。

「三個全受了傷？」一大又立刻將消息轉告土也、阿萬。

「啊？」土也、阿萬聽了甚爲不解。

「汪汪汪……」

狗狗已四面八方竄了出去。

梅老師吹了哨子，用大聲公說，「同學們，注意，集合。」

點完名後，梅老師說，「現在全體同學往餐廳移動！先去洗手、洗臉，再用晚餐。」

一大、土也、阿萬進到餐廳，竟看見何婆婆正陪著曉玄、小宇一起坐在餐桌前。曉玄、小宇低著頭，一大趨近，「曉玄、小宇，你們怎麼了？」

曉玄、小宇神色驚恐，似剛哭過的樣子。

土也問，「誰欺負你們了？我去討回來。」

何婆婆站起要走，「你們好好安慰她們一下，沒事了。」使了個眼神要一大跟上。

一大跟何婆婆走到餐廳門外，「一大，有幾個人鬼剛才要抓走方曉玄、夏心宇。」

「啊？」一大嚇一大跳。

「是穿黑衣的，羊立農飛速通知我和白手，我們把他們給打跑了。」

「羊皮？哦，何婆婆，那些人鬼抓方曉玄、夏心宇，又是因為我？」

「嗯，還好方曉玄、夏心宇戴著仙蠶絲手套，人鬼都抓不住他們。」

「手套？哦，我就猜到了，戴上了還力量超大，對不對？」

「嘿，對。」

「可是何婆婆，手套是白色的，我沒看見她們戴手套啊。」

「絲手套戴了會和肌膚融為一體，看不見的。第一次戴十二小時後便會回到白色，那時就可脫下了，以後再穿也會和肌膚融為一體，但可隨意穿脫。」

「神奇啊！何婆婆，我也……」

「也想要一雙？你不用，第四堂課時，仙蠶寶寶已在你身上織了件仙蠶絲背心了。」

「啊？啊？」一大嚇一跳，繼而恍然大悟，「原來，哇，謝謝何婆婆。」伸手往運動衣內摸，似只摸到蛇蛻。

「好啦，去洗手洗臉，吃飯去。」

何婆婆走了。

「高高高高，哇哈！」一大看著何婆婆背影，「穿蛇蛻，被打還有一點感覺，加穿仙蠶絲背心，居然被木棍連續大力刺都毫無感覺？會和肌膚融爲一體？高高高高，哈……」

一大走去洗手洗臉。

「一大哥，還是要雙手套吧。」小虎說。

「幹嘛？」

「腕力比賽就不會輸啦。」

「哈……」一大停住，「等一下，小虎，到我手掌上。」伸出左手，掌面向上。

小虎爬來，一大盯著小虎看看，又摸摸牠身體。

「幹嘛？嘻，會癢。」

「我確定一下，仙蠶寶寶有沒有也幫你織了背心在身上，手上，或腿上。」

「有的話也已和肌膚融爲一體了，看不見了。」

「對啊，那，十二小時後我再檢查。」

「天！」

「叫我？」

一大正走向餐桌，聽到梅老師吹了哨子，「開動！」

校長站起致詞：「各位親友、老師、同學，本人在此深感榮幸並感謝各位親友及石盤角中學師生前來本校參訪，爲期兩天的學習觀摩會，在晚飯後結束，除有三位石盤角同學暫時迷路未歸之外，算是很圓滿。」頓了下，「喔，他們回來了，圓滿，一切圓滿。」

所有人順著校長眼光看去，三位石盤角同學及三位石盤角老師正走入餐廳。

一大看見呆鵝、狂牛和爛人在魏、郭、沈三位老師帶領下，低頭走向自己用餐位子。

校長說，「本人繼續說，感謝各位親友及石盤角中學師生前來本校參訪，爲期兩天的學習觀摩會，在今天晚飯後即將圓滿結束，請本校師生鼓掌，謝謝所有親友及石盤角中學師生，珍重再見。」

一陣掌聲響起。

魏老師隨後站起，向大家說，「本人僅代表石盤角中學師生感謝柳校長，各位老師及同學們的熱情招待，謝謝。」

又一陣掌聲響起。

小宇跟著曉玄同桌吃飯，一大回頭看孫子那桌，空空如也。

「孫子他們三個沒來吃飯？」一大故意提問，想讓氣氛轉換一下，也希望沖淡曉玄、小宇剛才受到的驚嚇。

「他們三個受傷了。」小宇說。

「啊？」一大假裝驚訝，並向土也、阿萬使眼色。

「嚴不嚴重？」土也問。

「不清楚。」

「腕……力比賽……妳們……好……厲害，還贏……了姓……鍾的……爛人。」阿萬看看曉玄、小宇說。

「嘻，小祕密，我們原戴著蠶絲手套，後來卻看不到手套，但感覺到手套在手上，我和小宇就去問何婆婆，何婆婆說看不到很正常，等再看到時就可脫下來，皮膚就會又美又白。還開玩笑問我們怎沒參加腕力比賽？她說如果戴著看不見的手套參加，非拿第一名不可，我和小宇聽了，就走去看你們比賽，沒想到讓那姓鍾的，嘻，臉丟光了，呵……」曉玄笑了笑。

「厲……害……。」阿萬比大拇指。

小宇接著說，「天剛黑卻又遇上黑衣人，一付要抓走我們的樣子，我們雙手居然有力氣抵抗，沒多久何婆婆，白伯伯趕來，打走了那些人。」

「哇，那手套眞是寶物，改天借我戴戴。」土也說。

「那是女生美白用的，你是臭男生，不借。」小宇回說。

「小氣巴拉！」

「哈哈哈……」

隔一會兒，梅老師走來，「席復天，飯後餐廳門口找老師報到。」

一大心理早有準備，抬起頭，「是，梅老師。」

梅老師走了，一大低下頭繼續吃飯。

「你又做了什麼壞事？」曉玄問一大。

「就……被人打。」一大回。

「被人打？」曉玄、小宇異口同疑，朝一大臉身仔細看。

「我跑得快，沒被打到，也沒受傷。」一大說。

土也、阿萬低頭偷笑。

「什麼樣的人？」曉玄又問。

「嗯，穿黑衣的。」一大回道。

「穿黑衣的？」

「我剛才沒說，是怕嚇到妳們。」

「喔。」曉玄、小宇沒再問下去。

三十八、大枯樹

餐廳門口，一大站在梅老師面前，魏老師隨後也走了來。

梅老師問一大，「孫成荒、周士洪、李新宙三人受了傷，說是跟你打架打的。鍾克難、吳大山、朱光力也說，是有看到你們在打架，你說，怎麼回事？」

「老師，實際上是孫成荒在背後架住我，周士洪、李新宙拉住我左右手讓鍾克難拿粗樹枝打我，但他卻不小心打到孫成荒的頭。吳大山、朱光力拉住陳永地和萬木黃，不讓他們幫我，後來，我和陳永地、萬木黃脫身後就快跑離開了。至於孫成荒、周士洪、李新宙三人爲什麼都受了傷，我就不清楚了。」一大回答。

魏老師問，「鍾克難、吳大山、朱光力是要逃跑？還是迷路？你有聽見他們之間說了些什麼？」

「沒，我沒聽見他們說什麼。」

梅老師和魏老師走到幾步遠外說話，說完話，魏老師先走了。

梅老師走回來跟一大說，「你先回宿舍，八點鐘到老師家來，老師現在要去招呼親友們及石盤角師

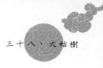

生離校的事宜。」

「是，老師。」

一大回宿舍，和土也、阿萬聊了下。

八點鐘不到，一大便往梅老師家走去。

梅師母應門，「復天，你來啦。」

「師母，您好。」

「來，坐，吃水果。」

師母和一大在客廳坐下，一大看梅老師還沒回來，開心吃起水果。

不久，梅老師回來，在一大面前攤開七、八張毛筆字寫的「正氣歌」。

「席復天，哪一張是你寫的？」梅老師問。

「這張。」一大毫不遲疑指著其中一張，但立即發現有異，「咦？怎麼不是我的名字？」

「那這張呢？」梅老師指著另外一張。

「這不是我寫的，咦？怎麼是我的名字？」一大近看，「行書，很像我的筆跡，但不是我寫的。」

「你確定？」

「當然，老師，我不想得名，所以後面我就亂寫，我一看就知道。」

「有你名字的這張，不知是誰寫的？」

「是呆鵝！」

「你是說……吳大山？」

「是他，他坐我旁邊，我認得出他的筆跡，心中還佩服他寫得好，可是，他幹嘛用我的名字？這賊……」

「好，老師清楚了。」梅老師收起紙張。

「老師，這？」

「用你名字寫的那張得了第一名。」

「啊？」一大不明白。

「昨天歌唱比賽，方曉玄、夏心宇同分，並列第一名。」

「那，很好啊。」

「是好，但評審中包括有兩校師長及親友們，你和方曉玄、夏心宇都是第一名，這，我便和校長緊急商量，找理由取消了昨晚的頒獎典禮，還把今早的課臨時改了，讓仙蠶寶寶保護你們。」

「……」一大張口結舌，似嗅出了問題所在。

「人來的多，校長和我不可能認識每個人，也怕一時出狀況防備不了。現在沒事了，他們都走了。」

梅老師頓了下，「健走時，你所說的老師都大約知道。孫成荒、周士洪、李新宙受傷，應是替鍾克難、吳大山、朱光力的逃跑做煙幕，本來他們計劃是打傷你和陳永地、萬木黃，讓師長分心後他們就趁亂逃跑。沒想到反被你隱形打了一頓，鍾克難他們三個也天眞，逃跑時什麼地方不好躲，居然躲到大樹洞去了。」

「蚯……蚯……家？」

「嗯，魏老師說找到他們三個時，還聽到他們直喊，『大蛇警察，對不起。』」

「……」一大忍住笑。

「好了，你在這陪師母說說話，老師得再去校園內巡巡。」

一大看著梅老師，點了點頭，佩服到說不出話。

梅老師走了。

「復天，來，多吃水果。」師母笑笑。

「謝謝師母。」

「梅老師是怕你們幾個第一名上台領獎時，那些人確定席復天，方曉玄、夏心宇的面貌後，不是當場下手，就是當晚動手。若對方人多，一起動手，校長和梅老師也怕招架不了，何況現場學生眾多，怕傷到他們。」

「是，是。」

「沒嚇著你吧？」

「嚇著？不會，不會。」一大停了下，「師母知不知道孫成荒、周士洪、李新宙他們受傷嚴不嚴重？」

「梅老師看過，不嚴重，只皮肉傷。」

「喔。」

「天也晚了，你早點回去，早點休息。」

「好，謝謝師母，晚安。」一大鞠躬離開，向宿舍走去。

一大有點失魂，說，「小虎，學校這兩天有一票高人高鬼出沒，我的小命居然還在。」

「那是因爲有校長和梅老師在。」

「嗯……」一大忽停下，「鬼王說，呆鵝、狂牛他們要害我的證據，是毛，肥。『毛』，知道是毛筆字了，那，小虎，『肥』，代表什麼？」

「肥皀，肥胖，肥料，肥油……」

「肥皀？應不可能，昨晚呆鵝、狂牛說帶了毛巾、肥皀。他們很小心，應不會事先洩露機密的，現在知道『毛』不是代表毛巾。『肥』，肥胖？嗯，有可能，難道說他們要害阿萬？」

「也許。」

一大回到寢室，土也、阿萬迎來，「梅老師找你，問了什麼？」土也問。

「就是健走時發生的事，我照實說了，其實老師大概也都知道。」

「孫子他……們……怎麼受……傷的？嚴……不嚴重？」阿萬問。

「只皮肉傷，哦，梅老師說應是替爛人、呆鵝、狂牛逃跑做煙幕，本來計劃是打傷我們三個，在老師分心送我們上衛生所或醫院時，他們就趁機逃跑。」一大回著並多看了阿萬幾眼，胖胖的阿萬看來沒什麼異狀。

「惡劣透了！」土也低罵了聲。

「你們洗好澡啦？」一大問，土也、阿萬都點頭，「那，我去洗。」

一大正要脫上衣時忽打住，只拿了一套乾淨內衣褲便走出了寢室。

浴室裡，一大脫下上衣、內衣及蛇蛻，特別在衣服裡裡外外檢視，看不出有仙蠶絲或類似東西，摸摸身上胸肚肌膚，也摸不到什麼。

淋熱水前，手先試水溫，夠熱，再往身上淋，「咦，這胸前和背後不熱？」一大試了幾次，「難道是真有蠶絲背心在身上？能擋熱，厲害！」想了想，將熱水轉成冷水，又試了幾次，「也能防冷！」試著用冷水猛淋胸前，胸前仍是溫溫暖暖，一大嘖嘖稱奇。

一夜好眠，一大早上醒來時即發現身上多了件白背心，用手撫摸，又柔又細，也就穿著它，沒脫下。

上午，同學們收拾了帳篷，清理了營地。

下午，土也、阿萬在睡午覺，一大抄寫著《心經》。

「一大哥，仙蠶寶寶要我問你，背心好穿嗎？呱呱……」

一大嚇一跳，抬起頭找看，「呱呱？跑寢室裡來了？」又沒看見呱呱。

一大怕吵到午睡的同學，將紙筆收了，走出寢室。

見呱呱忽地在一旁松樹枝上現了形，「呱呱，你隱形隱上癮啦？常聽到你呱呱叫，卻又不見你鴉影？」

一大到松樹下仰頭說。

「哈哈，一大哥，隱形小場面了，長大縮小更好玩。」

「啊？你長大縮小也學會啦？」

「我氣功高鴉，一點就通，呱哈哈……」

「哈，了不起，神鴉，對了，仙蠶絲背心棒極了，昨天還好有它，不然被那爛人幾棍子猛戳，若光穿蚯蚯蛇皮，恐怕還是會戳破幾個洞洞。」

「說的也是，對了，蚯蚯想找你說說話，有空的話，我送你一程。」

「沒問題，嗯，等我一下，我拿幾張《心經》。」

「好。」

一大回寢室拿了幾張《心經》，貼身放了，再走來，「好了，呱呱，走吧。」

「你到前面那棵大樹背後，我幫你隱形，一起飛去，神不知鬼不覺人也看不見。」

「哇，神鴉，你眞越來越神了。」

「反正閒著還是閒著，我就天天練氣，練精化氣，練氣化神，呱哈，我乃雲霧一神鴉。」

「哈，高高高。」

一人一鴉，隱了形，飛向蚯蚯家。

蚯蚯在樹洞外等著，一人一鴉在牠身邊現形，「一大哥，來啦？」蚯蚯打招呼。

「蚯蚯，你好，今天比較閒，找你聊聊。我先幫你貼幾張《心經》。」一大先向大樹爺爺打了招呼，再進入樹洞內。

貼好《心經》，一大走出樹洞。

「謝謝你，阿彌陀佛，來，我先帶你去看個東西，不遠。」蚯蚯對一大說。

「哦？」一大好奇。

一人一鴉跟蚯蚯前去。

走約十來分鐘，蚯蚯停在一棵巨大枯樹前，「一大哥，我跟呱呱以前偶而會經過這棵中空枯樹，只是呱呱高飛在上，我也沒爬進去過，都不太清楚這中空枯樹裡的眞實情況。」

「嘿，奇了，蚯蚯，你跟呱呱幹嘛想知道這中空枯樹裡的情況？不就一棵枯樹嘛。」

「昨天逃跑的那三個同學，原先就是躲在這裡頭的。」呱呱一旁說。

「啊？」一大一聽，來勁了，「爛人、呆鵝、狂牛三個，躲在這裡頭？」

「對，我聽到狗狗的聲音，跑出來看，他們三個原在這枯樹旁閃閃躲躲，後來跑到我洞口那，被我一溜而上堵到，老師剛好來到，還以爲他們是躲在我家。」蚯蚯說。

「障眼法？」一大脫口而出。

「嗯，也算是，看來這大枯樹才是他們藏身的大本營。」

「好傢伙，那我可得好好瞧瞧。」一大立即趴下，從枯樹根部的洞口爬入，兩三分鐘後爬出，「蚯蚯，這裡面好像比你家還大，往上看好像有些架子，可惜沒帶手電筒，但看來不太像這一兩天弄好的，像是早就有人弄好了的。」

「嗯，大概是的。」蚯蚯說。

「我以前看過二班的孫成荒、還有周士洪、李新宙偶而在這附近走動，可能跟他們有關係。」呱呱說。

「孫子？哈，那這一定就是他們三個搞的，爛人、呆鵝、狂牛要逃跑，梅老師說就是孫子他們協助的。」

「果然有關係。」呱呱說。

一大低頭叫，「小虎，小虎，你個子小又是爬牆高手，請你進到枯樹裡面上下看看，看有什麼特別東東。」

「好，我去看看。」小虎蹦跳而去。

「呱呱，你昨天下午幫我隱形，叫我打回去，我打完爛人、呆鵝、狂牛三個後，你有沒有看見孫成荒、周士洪、李新宙發生什麼事？聽說他們三個都受了傷，我想不通。」

「別說你想不通，我當場看都想不通。那時孫成荒三人去扶起呆鵝三人，叫他們快跑，之後，孫成荒三人竟然各自用頭撞樹，用手捶石頭，痛得哇哇大叫還不停，我以爲他們瘋了。」呱呱說。

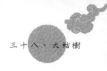

「哈哈，頭撞樹，手捶石？有一套，他們真是瘋了。」一大大笑。

「後來一想，苦肉計！是要掩護呆鵝三人幹什麼壞事，現在知了，原來是掩護呆鵝他們逃跑，躲到大枯樹這裡。」

「好一個苦肉計！」

小虎回來，跑上一大肩膀，「一大哥，那裡頭靠上面一點，架了三個吊床，掛了兩個架子，架上放了餅乾，瓶裝水，還有幾套黑衣褲，還有……還有……」

「還有什麼？」一大好奇。

「還有一張你的相片，釘在樹內，打了個大叉，旁邊還畫了個骷髏頭。」

「我你他……，孫子！我……火、火……」一大在身上摸著，「沒帶打火機，不然我一把火燒了這樹，氣死我了！」

「別發火，留著這枯樹，後面可能還會有好戲看！」蚯蚯說。

「嗯，但枯樹裡面沒手抓腳踏的地方，他們怎爬上去睡覺？」一大喃喃。

「我有看見幾條鋼絲。」小虎回答。

「哦，那就可能了。」一大想了下，「改天我找土也、阿萬來，讓阿萬爬上去睡垮那吊床。」

「過師兄也可以。」小虎加了句。

「哈哈，小虎，真有你的！」

三十九、肥皂陷阱

每天晚飯過後，一大照常帶麥片去操場練功，過師兄和叢爺爺很少來，幾乎都是一大獨自練習。但想偷懶都不成，因爲叢爺爺隨時會突然出現說他兩句。

三月底的某一星期三，一大操場練完功，回到寢室便抄寫起《心經》。

約晚上九點半，吳警員和一名齊姓警員在梅老師陪同下，一起來到一大的寢室。

「吳警員，你看，席復天在抄寫《心經》，生活很正常。」梅老師說。

一大抬起頭，看見梅老師和兩位警員站在他床前，一臉迷惑。床那頭站著的土也、阿萬也是兩臉疑問。

「席復天，吳警員和齊警員來想問你一些問題，嗯，吳大山和朱光力兩人，今天清晨從石盤角逃跑了。」梅老師向一大說。

「啊？」一大一聽，立即起身，「他們……逃跑了？」

吳警員說，「席復天，吳大山和朱光力兩人逃跑前，有向一名姓鍾的同學透露說，他們的逃跑是你策劃的。」

「什麼？」一大驚訝極了，「吳大山、朱光力沒情沒義，我幹嘛要策劃幫他們逃跑？」

「梅老師，還是麻煩您來處理。」吳警員轉對梅老師說。

梅老師便向一大說，「你打開衣物櫃，打開抽屜，把所有肥皀拿出來。」

「肥皀？」一大的心臟怦怦狂跳。

「對，肥皀。」

一大打開床下衣物櫃，打開抽屜，從床下衣物櫃內取出了兩塊肥皀，「就只有這兩塊。」交給梅老師。

「兩塊，學校發的？」梅老師問。

「是，學校發的。」

「新的？」

「新的，還沒用過。」

梅老師臉上閃過一絲疑問，「吳警員，那你看看。」將兩塊肥皀交給吳警員。

吳警員細看兩塊肥皀，又對著燈光透亮看，然後將其中一塊肥皀交還給梅老師，「梅老師，請您打開。」另一塊肥皀還給了一大，一大接下放回衣物櫃。

一大非常迷惑，不知發生什麼事。

梅老師將那塊肥皂豎直，兩手輕輕一掰，掰了開來，左右手掌面各置半塊內裡朝天的肥皂，一大見梅老師看著雙掌上的肥皂皺了皺眉。

吳警員靠上看了眼肥皂說，「梅老師，席復天得跟我們回局裡去一趟。」

「爲什麼？」一大大叫。

「吳警員，席復天是被陷害的，這麼晚了，可不可以明天一早我帶他去？」梅老師說。

「抱歉，梅老師，物證在此，我現在就得帶他走。」

「老師，吳警員說的物證是什麼？我……我……」一大急問。

「這肥皂中間挖空了的是一把鑰匙的模型，他們說這鑰匙是吳大山及朱光力感化院的鑰匙，他們懷疑你用這模型打了鑰匙，幫吳大山、朱光力逃了出去。」梅老師說。

「啊？」一大的腦袋瓜重重地嗡了一下，「老師，有人陷害我！」

「嗯……」梅老師轉向吳警員，「吳警員，那，我陪席復天去。」

「好。」吳警員說，再轉向齊警員，「齊警員，你把肥皂物證收好，我們回局裡去。」

齊警員將兩個半塊肥皂小心收入一牛皮紙袋內。

梅老師、一大、吳警員、齊警員走出了寢室。土也、阿萬兩人和其他幾個同學愣看著幾人離去。

在山下警察局的詢問室內問答了一堆問題後，都過了半夜了，吳警員向梅老師說，「梅老師，今晚恐怕席復天得待在拘留室過夜了。」

一大正想大吼，卻聽見梅老師說，「那，我陪他進拘留室。」

一大愣住。

「梅老師，這恐怕不行。」吳警員說。

「不行？那，我坐在這總可以吧，我一定要留下陪我學生。」

「梅老師，那，那就請您到接見室，在那裡休息好了。」

「也好，我看著席復天進拘留室後我再去接見室。」

「老師，沒關係，我一個人去，反正拘留室我也不陌生，謝謝老師。」一大向梅老師鞠了一躬。

梅老師還是陪著一大走到拘留室門口，「席復天，在裡面別胡思亂想，可盤腿打坐。」

「知道，謝謝老師。」

一大進了拘留室，拘留室內空空如也，沒有其他人，背後鐵柱門隨之關上。

一大想睡睡不著，想到呆鵝、狂牛擺他道，恨到咬牙切齒。胡思亂想了許久，沒睡意，便盤起腿打坐。

打坐入定後，只覺身旁有個人也在打坐，一大沒心去理會。

「席復天，等一會你看到什麼都別理會，老師帶你去抓吳大山和朱光力，還你清白。」

一大清楚聽到梅老師在耳邊說話，很想看個明白，但全身上下竟絲毫動彈不得。

接下來，一大感覺自己飄了起，本以為是錯覺，但當他轉動眼珠左看右看下看時，竟真的看到地板上是有兩個人在盤腿打坐，一個是自己，一個是梅老師。

梅老師飄近，眼神示意一大跟上。

一大跟著梅老師，輕呼呼，飄出拘留室的鐵柱，飄出警察局，飄過馬路，飄過房舍，飄過城市。

黑夜之中，一大看周遭景物，看得滿清楚。

不久，來到山上的一片樹林，一大直覺這是雲霧中學他熟悉的樹林，正想著，梅老師忽地鑽進了一棵巨大枯木的樹洞中，一大立即跟上。

在樹洞中往上飄，梅老師停在半空，似在看著什麼東西，一大飄著跟在一旁，順著梅老師眼神看去。

「呆鵝！狂牛！」一大驚訝萬分。一個手電筒斜放架上，燈光昏黃亮著。兩張吊床上，居然分別睡著呆鵝和狂牛，兩人都戴著假髮，臉面衣服髒兮兮。

看到一旁樹內釘了一張自己的相片，上面打了個大叉，旁邊還畫了個骷髏頭，一大暗罵一通，想到這棵大枯樹，一定就是蚯蚯帶他來過的那棵，一大摸摸口袋，沒摸著小虎。

梅老師在樹洞中再往上飄，一大跟上。

樹頂上，梅老師招了招手，一大鳥飛來，一大一看，竟是烏鴉呱呱！梅老師向呱呱動了動口，一大沒聽見聲音，呱呱飛走了。

梅老師飄到樹下，一大也飄到了樹下。

片刻不到，黑暗中，四點燈火飛快靠近，一大仔細一看，來的竟是蚯蚯和喳喳！

梅老師向蚯蚯和喳喳動了動口，指指大枯樹，一大仍沒聽見任何聲音，蚯蚯和喳喳也走了。

梅老師向一大招招手，一前一後飄起，往山下飄去。

不久，一大又再看見拘留室地板上有兩個人在盤腿打坐，同時，也聽見有人在搓手收功的聲音。

一大隨即也收了功，睜眼四下看了看，拘留室內仍空空如也，沒有其他人，鐵柱門依然關得好好的。

一大獨自坐想了好一會兒，見拘留室小窗已透了微亮，是黎明時分了。

值班警員匆匆走來，開了門鎖，「席復天，你出來。」

一大不知所以，走出拘留室，跟著值班警員來到警察局靠近前門處。

一大看到梅老師、吳警員、齊警員等十多人，全都朝著大門方向看。

有兩個人背靠背坐在透明玻璃大門外的地上，身旁各站著一名員警，一大趨前一看，「哇，呆鵝！狂牛！」

一大走向梅老師，感激到淚眼汪汪，梅老師拍拍一大肩膀，食指直在嘴中央，「噓。」

吳警員上前將呆鵝、狂牛叫醒，回頭問，「梅老師、席復天，請靠近再確認一下這兩人的身分。」

梅老師、一大上前。

「是吳大山和朱光力。」梅老師說。

「是吳大山和朱光力。」一大也說。

呆鵝、狂牛被警員們扶到詢問室後漸次醒轉，看到眼前景象，完全傻了。垂頭喪氣之餘，只聽見他們偶而吐出一兩句，「大蛇警察，對不起。」，「梅老師，對不起。」，「天大，對不起。」

約一個鐘頭後，魏老師和兩位穿制服的感化院管理員來到。魏老師將呆鵝、狂牛頭上假髮拿下，說，「吳大山、朱光力，你們太讓老師失望了。」

幾人隨便用過早點，吳警員問了呆鵝、狂牛一些問題，便叫齊警員去將物證取來。

齊警員回來，將兩個半塊肥皀自牛皮紙袋中小心翼翼取出，放在桌上一鐵盤中，吳警員湊前一看臉色大變，「怎麼回事？這……」立刻和齊警員交頭接耳起來。

吳警員也請梅老師和魏老師上前細看肥皀。

魏老師端了鐵盤給呆鵝、狂牛看，「你們不是說肥皀中是感化院的門匙模型嗎？這是什麼？」魏老師問。

呆鵝、狂牛兩人看了又看，都露出難以相信的表情，搖了搖頭，呆鵝說，「像……壁……虎？」

一大一聽立刻靠向鐵盤，朝肥皀看去，只見肥皀中空處，一邊像壁虎正面，一邊像壁虎背面，心中忍不住暗笑。

「你們爲什麼要誣賴席復天？」魏老師又問。

呆鵝、狂牛低頭不語。

「參訪時，肥皀都是雲霧中學供應的，但，這塊你們搞鬼的肥皀，是怎麼跑到席復天那的？讓你們有藉口陷害他？」魏老師繼續問。

「我們去他寢室參觀聊天，趁他換衣服不注意時，在他床下箱子中，偷偷將這中間挖好鑰匙樣子的肥皀調換了一個他的肥皀，外表完全一樣，他不會發現。」呆鵝回答。

一大聽了，一肚子氣。

「鑰匙樣子，你們又怎記得？」魏老師問。

「在之前早已找機會用紙張剪下了鑰匙樣子，去到雲霧中學時，在剖開的肥皀中順著紙張邊緣刻挖，大約就像了。」呆鵝回答。

「你們回校後，我一定會詳細查個清楚，你們有這種頭腦，爲什麼不做好事，偏去幹損人不利己的壞事，唉！」魏老師生氣。

梅老師說，「魏老師，就交給警方處理吧，他們都是孩子，相信是不小心犯錯，希望他們知錯能改。」

吳警員向齊警員低聲說了些話，齊警員拿了遙控器向牆上的螢幕按了幾按，倒退一些影像，然後播放。

一大看螢幕播放的影像，應是警察局大門監視器的錄影。

時間顯示 6:36 分時，有兩個人影靠近警察局大門，一大看那兩人竟然不是用走的靠近，而像是雙腿離地，飄浮般靠近。

一大瞄了下吳警員、齊警員，兩警員臉上皆有著不可思議的表情。

那兩人飄浮上了幾個台階後，便背靠背垂著頭坐在透明玻璃大門前的地上，整個過程，兩人就像是被人在背後提著衣領擺放好的。但，從頭到尾看不見他們兩人背後有任何人，或任何東西。

吳警員說，「梅老師，您是氣功大師，請問，您是否看得到吳大山和朱光力背後有什麼東西，那樣抓著他們來警察局？」

「我只是一個中學老師。」

「那，您覺得……他們背後……」吳警員還想多問。

「吳警員，我平常打坐練氣是爲了強身，我看不出他們背後有什麼東西，但我想吳大山和朱光力是當事人，也許他們自己可以提供一些訊息。」

魏老師問呆鵝、狂牛，「吳大山、朱光力，說，你們是怎麼來到這裡的？」

呆鵝、狂牛互看一眼，狂牛說，「警察……抓……抓來的。」

「警察？什麼警察？」魏老師問。

一大看呆鵝、狂牛，兩人臉色發白。

「大……蛇警……警……察。」呆鵝結結巴巴。

魏老師大了聲，「這裡是警察局，你還在那胡言亂語？」

「魏老師，別生氣，我們警方會詳查的。」吳警員一旁說。

梅老師起身，走過去和吳警員低聲說了些話。

隔了一會兒，有員警來請梅老師和一大去辦手續。梅老師和一大起身，離去前，梅老師去和魏老師握了握手說再見。

一大從呆鵝、狂牛背後走過時，看見呆鵝、狂牛的外套衣領上各有兩個小洞，當沒看見，低頭快步走過。

梅老師辦了手續，準備帶一大回校，警方表示，以後若有需要，會再傳一大說明。

梅老師帶一大走出警察局大門，十點多了，一大見一部小轎車駛來，煞停在他們面前。

一大一看，「是張龍老師！」摸摸褲口袋，小虎在，暗自一笑，「哈，太爽了。」。

「嘎嘎。」口袋中動了幾動。

回到學校，梅老師說，「席復天，中午了，去洗個澡，弄弄乾淨，準備吃中飯。」

「是，謝謝梅老師，謝謝張老師。」

一大回到寢室，快速洗了澡，便向餐廳走去。

「一大哥，我麻煩大了。」小虎爬上肩膀。

「是小虎呵，小虎，鬼王說的『肥』，居然眞是指肥皀，早知道就能逃過這一劫了，一夜沒睡，吃完中飯可得好好睡他一覺。」一大突停下，「小虎，肥皀中間那隻壁虎是你的傑作，對不對？咦，你剛才說什麼……『麻煩大了』？」

「唔嗯……嘎……」

一大奇怪，往小虎仔細看去，見牠嘴邊居然掛了一個小泡泡。

「小虎，你？……」隨之恍然大悟，「哈哈哈……你吃了多少肥皀啊？要不要喝水、喝湯，還是泡水、泡澡？」

「唔嗯，我自己……去……喝水……唔……」小虎一溜煙跑了。

一大一轉身，卻迎面碰上孫子、小洪和阿宙。

「關進拘留所，滋味一定爽，爽，爽……」孫子冷言冷語。

一大正一肚子火無處發，二話不說，衝上就一陣亂打。

孫子、小洪、阿宙立刻聯手還擊，四人便在餐廳旁走廊上扭打起來。

土也、阿萬、曉玄、小宇自餐廳內很快跑來，土也、阿萬立即加入戰局，曉玄、小宇則在一旁叫喊拉勸。

「唉呀！」孫子哀叫一聲，幾人一看立刻停手，只見孫子雙腳離地吊掛在半空中，所有人全傻住了。

梅老師匆匆走來，向孫子背後揮了一下手。

「咚！」孫子跌坐在地。

梅老師說，「孫成荒、周士洪、李新宙，你們三個吃完中飯禪房內向老師報到，好好懺悔。」

「是席復天先動手的，老師爲什麼不罰他，不公平。」孫子坐在地上叫著。

「不公平？席復天被人陷害，昨晚待在拘留所一晚，你說那公不公平？另外老師告訴你們，吳大山、朱光力兩人早上已到警察局報到了。」梅老師說。

「……」孫子三人聽了臉色大變，低下頭去。

「好了，全部進餐廳吃飯去。」梅老師指示。

大家陸續走進餐廳，孫子走在前面，一大看了眼孫子背後衣領，有兩個洞洞透光一閃。

「孫子剛才掛在半空，你知道爲什麼？」剛在餐桌前坐下土也就問一大。

「不知道，爲什麼？」一大心中一震，反問。

阿萬、曉玄好奇看著土也、一大。

「警察！」土也說。

「警察？」一大心中又一震。

「以前我在街頭幹架，如果背後衣領突然被大力一抓一提，那，不用回頭，背後肯定是警察叔叔。」

「剛才，你……有看……到？」阿萬問。

「看不到，警察科技日新月異，警察隱形了。」土也笑笑。

「哈，隱形？」一大也笑笑，「那你被一抓一提之後呢？」

「跟你一樣。」

「跟我一樣？」

「蹲拘留所！」

「哈哈哈……」

四十、靈魂出竅

星期天上午，吃過早飯，一大向梅老師請假去看爺爺奶奶。

一大先去帶上麥片，斜揹書包直奔蚯蚯家。向樹爺爺問好後，便在樹洞外叫，「蚯蚯，蚯蚯。」聽背後麥片汪汪叫，一大回頭，一陣嘶嘶聲後，見蚯蚯在眼前忽地現形，「哇，眞的是你，你也會隱身術？」

「我功夫蛇，可也是一點就通的，嘶嘶。」

「呱，還有我……」蚯蚯身旁，呱呱也忽地現了形。

「媽呀，呱呱也在，還有誰？」

「喳喳剛走，不然你也會見到牠。」蚯蚯說。

「有一套，高蛇高鴉全到了。」

「一大哥，拘留所好像關不住你呵？」呱呱說。

「那是因爲有梅老師在，不然我哪有本事飄出拘留所？」

「那是『靈魂出竅』。」蚯蚯說。

「『靈魂出竅』？」

「就是靈魂脫離肉體，肉體還在原地，靈魂卻跑了出去。」蚯蚯補說。

「喔，是啊，我飄起來時還回頭看了下，地板上是有兩個人在那盤腿打坐，一個是我自己，一個是梅老師。」

「有梅老師在就不會出差錯，他帶了你一起飄到這樹林，要我安排蚯蚯、喳喳逮了呆鵝、狂牛，在太陽出來時，送他們到山下警察局。」呱呱說。

「原來蚯蚯、喳喳都隱了形，警察局監視器只看到呆鵝、狂牛像是用飄的去到警察局，昏死在門口，但根本看不見兩人背後有什麼東西。」

「那是給他們的小小教訓。」蚯蚯回道。

「對了，三天前，我和孫子打架，他突然雙腳離地吊掛半空，也是蚯蚯你弄的？」

「呵，正是本蛇在下我。」

「謝謝你們幫我那麼多忙，謝謝。」

「不用客氣。」蚯蚯、呱呱回著。

東聊西聊一陣後，一大說，「那，我去看我爺爺奶奶了。」

告辭後，一大便和麥片往地脈跑去。出了深潭地脈，沒看見過師兄，一人一狗便直接去找爺爺奶奶。

一大在房裡見著一大爺爺和奶奶，爺爺和奶奶坐在椅上說著話。

問候一番後，奶奶問，「一大，警察局關了你一晚上，沒事了吧？」拉了一大坐在她面前小凳上。

「奶奶，有人陷害我，但沒成功，現在沒事了。」心想，奶奶連他被拘留之事都知道。

「一大，來，把口袋裡那金幣拿給爺爺看看。」爺爺一旁伸手。

「喔，好。」一大摸出海底沉船金幣交給爺爺。

一大看見爺爺用右手小拇指對著金幣上的小指印按住。

奶奶右食指直放嘴上，示意一大別說話。

過了幾分鐘，爺爺移開小拇指，對一大說，「來，伸出你的右手小拇指。」

一大伸出右手小拇指，只見爺爺從他右手小拇指上小心撕下一層包覆指頭的薄皮，再將薄皮緊貼包覆住一大右手小拇指。

「嗯，好。」爺爺仔細看看包了薄皮的一大右手小拇指，點了點頭。

「爺爺，您在幹嘛？」一大好奇。

「來，你用右手小拇指按住我的右手心。」

一大照做，將右手小拇指按住了爺爺的右手心。見爺爺微閉兩眼，約一分鐘後睜眼，「呵，成了。」

「爺爺，這……？」一大不明白。

「現在，你的右手小拇指有爺爺用薄膠皮運氣印下的金幣小指印，你剛才用包了膠皮的右手小拇指按住爺爺的右手勞宮穴時，爺爺感受到你的小指印和金幣小指印完全一樣，氣也完全連成一氣。」

「喔，喔，我懂了。」一大甚是驚喜。

「這樣你的暑假作業就可順利完成啦！呵呵……」

「厲害，厲害。」一大低頭看著小拇指。

「小心撕下膠皮，收好了。」

「好。」一大撕下膠皮，還透光看了看，上面眞有一小拇指印，小心放入了書包夾層中收好，「太棒了，爺爺，勞宮穴，老師有教過認穴，有什麼功用？」

「哦，勞宮穴，勞力的勞，皇宮的宮，是我們身體的進出氣穴，氣功中所說的『掌風』，就是指從勞宮穴發出的氣。」

「『掌風』？跟武俠小說寫的一樣？」一大睜大了眼。

「武俠小說寫的那不算什麼，爺爺奶奶看過的眞人功夫，比武俠小說寫的厲害多了。」

「眞的嗎？」

「你站起來，往後退，退到木牆邊。」

一大站起，往後退，爺爺也站起，走到門口去，兩人相距約十幾步。

「好，面向我。」

爺爺緩緩地舉起右手，掌心向著一大，一大忽覺一股熱風襲來，「哇，熱……熱……」心中頗感驚奇。

爺爺放下右手，再緩緩地舉起左手，掌心向著一大，一大忽覺一股冷風襲來，「哇，冷……冷……」

一大更是驚奇。

「呵呵……」爺爺收手，回坐，對一大說，「爺爺若再使點勁，就會傷到你了。」

「太厲害了！」一大回坐。

「人體有三大穴位和外界交通，三大穴位就是百會穴、湧泉穴和勞宮穴。百會穴通天、湧泉穴通地，勞宮穴進出氣。」

「喔。」

「爺爺會教你認穴及點穴的功夫，比你在學校學的更加深入。你先在書架上找幾本經絡穴道的書看，以後功夫再高些，一粒米可百步外釘人。」

「啊？」一大驚訝，爺爺說的跟白手伯伯說的一樣，「是，謝謝爺爺。」

過師兄抱了一堆乾柴走來，「一大爺爺奶奶，中午吃蔥餅、麵條、紅蘿蔔蕃茄湯……」轉向一大，「一大，來，到廚房幫師兄。」

「喔，好。」一大要放下書包，過師兄卻說，「沒關係，揹著。」

「喔。」一大隨師兄去了廚房。

廚房裡，一大幫著洗淨了紅蘿蔔蕃茄，師兄放入鍋中煮了。

「書包裡的那串佛珠給我看看。」師兄擦著手說。

「啊?喔。」一大擦了手，打開書包，取出一串佛珠，交給了師兄。

師兄細細端詳那串佛珠好一會兒，搖搖頭輕嘆道，「唉，秦威他眞的放下了。」將佛珠還給了一大。

「師兄，秦，他……」

「這串佛珠很重要，一大，你一定要好好保管。」

「哦，是。」一大將佛珠放回書包裡。

「這串佛珠是叢師父交下來的，我是大師兄，師父當年交給了我，後來我因爲腦袋受傷，把它交給了師弟秦威，秦威他現在出了家，又把它交給了你。」

「師兄，我，這……」一大聽了，不知所措。

「留著，就好好留著。」

「喔。」一大只好遵命。

靜了十幾秒，師兄似突然看見一大，「咦，你怎來啦?來的正好，來，幫我揉麵……」

「喔，好。」一大捲起了袖子，揉起麵來。

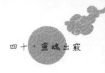

一大很快揉好麵，師兄看了眼麵糰，「那麼快?」又看了眼一大，「喔，穿了蠶絲衣啦，難怪力道十足。」

「喔，是，是學校仙蠶寶寶織的，好像是力氣大了些。」一大才發覺，穿著蠶絲背心能增加力氣，想著，「貼身內衣外頭穿了外套，這樣師兄也看得到，厲害。」

下午，一大在書架上找了本經絡的書看，找到百會穴、湧泉穴和勞宮穴，仔細看著相關解說。

看著看著，睏了，趴在桌上睡著了。

不知睡了多久，醒來時天已黑了，一大想起身，卻感覺到不對勁。

「一大，這黑屋子是你練習認穴，點穴的地方。」

一大聽得見爺爺的聲音，但看不見爺爺。自己像是打了赤腳盤腿坐在草席上，感覺爺爺在他對面坐著。

「你剛才看書，更清楚百會、湧泉和勞宮的位置，現在用右手食指點出你身上三穴的位置。」

「爺爺，我看不見。」

「就是要你看不見，你在黑暗中試著找到三穴的正確位置，先找百會，爺爺會指正你。」

一大連自己的手都看不見，只好將右手摸著身臉，慢慢地往頭頂移動，右食指在百會穴的位置停住。

爺爺稍稍移動了一大的手指，移到百會穴的正確位置。

「湧泉穴。」

一大將右手摸著小腿，往腳底移動，右食指在腳底湧泉的位置停住。

爺爺一樣移動了一大手指到湧泉穴的正確位置。

「勞宮穴。」

一大將左手，右手互相靠近，右食指在左手近中心的位置停住，爺爺也稍移動了一大手指。

「針灸或按摩穴位，是可以慢慢地認穴找穴。但如果是敵我攻防時，往往快到來不及眨眼，就點了對方的穴，慢的人就輸了、傷了或死了。而且，敵對的兩人或數人，都是快速移動的，沒有人會站著不動的。」

「是。」

「要熟悉黑暗，才能在不用眼睛的本能下收發自如，爺爺陪你在這打坐。」

「是。」

「要認識胸腹的穴位時，蠶絲背心要先脫了，不然找不到正確穴位。」

「喔，是。」一大吐舌。

黑暗中，一大盤腿打坐，只覺爺爺在他身旁忽左忽右，忽前忽後換位。

看到空中出現金色線條畫的頭頂、腳底、手面及手背圖像，再仔細看，是爺爺用小拇指在空中畫圖，心中有著讚歎。

爺爺在圖像按上小拇指印，以紅色標示出頭頂百會穴、腳底湧泉穴和手面勞宮穴位置。另有神門穴，在手腕內橫紋小指頭側；少衝穴，在小指頭指甲上方靠無名指側；內關穴，在手腕內橫紋上方；足三里穴，腿膝蓋骨外側下方；及膻中、關元、海底……等穴。

一大感覺不到爺爺在身邊，好奇伸手觸摸那圖像，但碰不到，也抹不掉。便專心一意地打坐，很快入定。

打完坐，收功，又感覺到爺爺在背後幫他順氣。

「爺爺，圖是您畫的？要抹掉嗎？」一大小心問。

「不用抹，先認清圖上幾個穴位，以後再認其他穴位。指印會紅橙黃綠藍靛紫變色，等指印回到紅色，表示你已練習準確並記好穴位，圖印到時會自行消失。」

「喔。」

爺爺下床走去，四周仍全是黑暗，只圖像清楚亮著金光。一大定心，在黑暗中仔細看著金色圖像，對應自己身上的相關穴位摸索著，認眞點穴並牢記位置。在點按到少衝穴時，小指頭麻了下，心也悸了下。

半個多時辰後，各個穴位指印分別從紅橙黃綠藍靛紫變色完，回到了紅色。金色圖像及指印消失，四周亮起。

一大只覺神奇，見自己盤腿坐在大床上，記得原先是在看書，睏了就趴在桌上睡去，書桌離大床五步遠，「奇了，我怎上到大床上的？剛才還那麼黑？」一大搖搖頭，腦袋瓜中只想到「障眼法」三字。

見膝腿平放著，腳底板一覽無遺，左腳底前三分之一位置有個淡淡印子吸引了他的目光，便將左腳底板扳起靠近看。

「你很小的時候得了怪病，不但爸媽救不了你，連醫生也沒辦法醫。後來有一個高人用小拇指按在你小小腳丫子上運氣調息，把你給救了。」

一大記得，七歲那年，腳底被碎石割傷，爸媽幫他清理傷口時，媽媽曾經指著他腳心對他這麼說過。

一大再將右腳底板扳起近看，也是一樣有印子。

「是小拇指印？按湧泉穴？」一大猜想著可能性。此時此刻，他知道小拇指印的意義，也認識到湧泉穴的功用，小拇指按湧泉穴運氣調息，有可能。

人長大了，小拇指印也隨著腳底板長大了些，一大滿確定，他那兩腳湧泉穴上淡淡的半圓印子應該是小拇指印。

想了片刻，下床。再坐下查看經絡的書，一一對照百會、湧泉、勞宮、神門、少衝、內關、足三里、膻中、關元、海底等穴位置。注意到少衝穴是「手少陰心經」，簡稱「心經」，中的一個穴位。

「『手少陰心經』，簡稱『心經』，少衝穴在小指頭端。」摸撫小指頭，一大心想，「《般若波羅蜜多心經》，是我平日抄寫的《心經》，嗯……」

隨後在桌上鋪好紙，磨了墨，開始抄寫起《心經》。

正專心一意，背後突有雙手伸過，矇住了一大雙眼，一大嚇了一跳，但學乖了，就坐著，不動也不猜。心想，是一雙女生的手，能進雙潭而不驚擾到師兄、爺爺、奶奶、麥片、小虎的，全世界只有一人。

背後那人猛地抽回一手，「啪！」在一大頭上拍了一下。

「噢。」一大撫頭回看，「哈，小丹，果然是妳！」

「爲什麼不猜？你女朋友太多不敢猜，對不對？」小丹雙手叉腰，嘟著嘴。

「什麼女朋友太多？敢進雙潭的女生，全世界就只妳小丹一個，我根本不用猜就知道是妳。」

「嘻，好，那你站起來，看著我的眼睛。」

一大站起，看著小丹的眼睛，「漂亮、美麗、正點的一對眼睛。」

「還充滿淚水。」

「水汪汪，更漂亮啊。」

「一大，他們，他們說我是公主，不可以和你接近。」小丹眼淚汪汪。

「你是公主？我還是王子呢！」

「唉唷，人家跟你說眞格的嘛！」

「那，他們，他們是誰？」

「叔叔、大伯和他們身邊的人。」

「崔一海，黑馬面？我……他……他們？他們在放他臭……！眞渾蛋加七級！我非去打到他們永遠閉上那兩張爛嘴不可！」一大氣到口不擇言，手腳亂劈亂踢。

「嘻嘻……」

「妳還笑？」

「有人為我這樣生氣激動，我開心呵。」

「嘿，妳……」一大想了想，「走，我們去廚房找妳大師伯聊聊。」

過師兄在廚房忙著，高興見到小丹，沒等小丹開口，卻先說，「小丹，妳從小就是我們大家的公主，大家都疼妳，怕妳受委屈。妳叔叔、大伯他們是不瞭解一大，才會不想讓妳和一大接近的，別亂擔心。」

「大師伯，你就是會哄我，謝謝您。」

「那好，你們來得正好，準備吃晚飯了，幫我一下。」

一大和小丹便幫著端菜，擺好碗筷。

飯桌上，小丹跟爺爺奶奶說說笑笑，好像先前難過的事沒發生過一樣。

飯後，一大帶著麥片送小丹、彈簧回楓露，兩人慢慢走向地脈，小丹說，「一大，聽說我叔叔、大伯在上月初安排了一些人要對付你，你看來一點事都沒，嗯，厲害。」

「哪厲害？我被陷害，還在拘留所住了一晚呢。」

「哇，拘留所？我倒沒住過，恐怖吧？」

「我常住，哦，不，常被陷害，習慣了，不恐怖。」

「嘻，喂，我叔叔、大伯為什麼一直要對付你？好奇怪。」

「找不到大朋友跟他們玩，只好找我這個小朋友玩啦。」

「嘻……」

「沒關係，玩累了就不玩了，像秦威就……」

「秦威？你說我二師伯？」

「嗯，對了，妳知道妳二師伯爲什麼出家？」

「爲了佛珠。」

「爲了佛珠？妳怎知？」

「我媽說的。」

「妳媽說的？」

「我媽沒多說。」

「妳媽沒多說？」

兩人兩狗站上地脈，轉眼到了楓露，一大看著小丹和彈簧往家跑去，幽幽地說，「麥片，我們也回家去吧。」

四十一、五人一心

這天晚飯過後，一大帶上麥片去操場練功，穿上黑羽衣，練了半個鐘點後，故意偷懶坐在地上，想見叢爺爺。

沒多久，叢爺爺出現，「一大，你找師父？」

「啊？是，師父，您好。」一大立刻站起。

「正好，師父也想找你。」

「哦？是，師父，什麼事？」

「夏心宇，你熟嗎？」

「小宇？熟，熟透了，我們天天玩在一塊。」

「所以師父才覺得奇怪。」

「師父，小宇她，她怎麼了？」一大心怦怦跳。

「請你幫忙湊五公斤黃金的小紙條，是夏心宇寄給你的。」

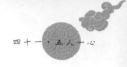

「夏……？小宇？那小紙條，是夏心宇寄給我的？」一大驚住，旋又想叢爺爺不會胡亂說話，「師父，那，您是怎麼知道的？」

「夏心宇有個手掌大小的……，像那資訊室機器螢光幕，縮小的……」

「手機。」

「喔，你們叫那手機，嘿嘿，師父可不懂。」

「是，小宇是有個手機。」

「昨晚她盯著手機看，亮晃晃的，師父剛好路過，好奇湊上看，看見她正在刪除一行文字，那行文字正是『請幫忙湊黃金五公斤，急急急，拜謝！』」

「小宇？她？她？……」一大腦袋瓜一陣混亂。

「夏心宇既是你的好朋友，那這裡面應有隱情。」

「是，是，師父。」

一大努力想著黃金五公斤相關事情的來龍去脈，「黑衣人？太子？皇帝？孫子？賞金？……」

「怎麼會是小宇？她？不會吧？」想了一會兒，再抬眼看，「師父。」咦，叢爺爺走了，一大頓時滿心難過。

一大叫上麥片回宿舍，走近宿舍門口，脫了黑羽衣，但沒進寢室，直接走到對面女生宿舍，找了個女同學進去叫曉玄。

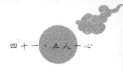

曉玄走出來，「一大，什麼事？」

「曉玄……」一大看到曉玄，「我有件事想問妳一下。」拉了曉玄走到牆邊。

「發生什麼事了？」

「小宇，小宇，她……」

「你找小宇？還是找我？」

「那張小紙條，是小宇寄給我的。」一大一急，直接了當說了。

「喔，你是說五公斤黃金那張小紙條？」

「妳知道？」

「噓……」曉玄壓低聲音說，「小紙條的事，我是後來知道的。小宇說，孫子的眼睛若眞瞎了就太可憐了，她還說你有些奇怪特殊的厲害本事，能和昆蟲動物說話，能坐豆芽進出地下坑道，又能和鬼打交道，你應該有本事弄到五公斤黃金，去……」

「去救孫子？做！夢！」

「小宇就猜到了你的反應，才不敢直接跟你說的。」

「她既然猜得到，爲什麼還要寄紙條叫我去？」

「因爲你本性不壞。」

「我本性不壞？但妳也看到了，孫子那樣耍我，我怎可能救他？」

「你救過他了。」

「什麼時候？」

「健走比賽時。」

「……」一大語塞。

「一大，我跟小宇都清楚，你跟孫子沒事就打架，兩人都很不爽對方。可是，孫子要是眞瞎了，是不是眞的太可憐了？他的父母，是不是眞的會傷心死了？」

「……」

「孫子的眼睛瞎了，你還會當他是對手？你還會對他不爽？你還會跟他打架？你還會……」

「……」一大抬手，掌心對著曉玄，打斷了她的話，再定定看了她一會兒，不發一語，緩緩轉身走回自己寢室。

土也、阿萬正在說話，見一大回來，土也一步靠上，「你臉色發白，罰跪了？」

「更慘！」一大坐上床沿，土也、阿萬走來，在他兩旁坐下。

「拘……留？」阿萬笑笑。

「不是啦，土也、阿萬，我問你們，如果見到有人快瞎了，你們會不會想救？」

「想……救。」阿萬說。

「看人……再……」土也說。

「曉玄、小宇說想救。」一大說。

「仇人也救？」土也懷疑。

「孫子算不算仇人？」一大問。

「算！」，「算！」土也、阿萬異口同聲。

「喂，你不會眞的指孫子吧？」土也追問。

「好，我跟你們說……」一大說出了那張要他幫忙湊黃金五公斤的小紙條是小宇寄給他的，而且曉玄後來也都知道，曉玄還說孫子要是眞賭了，會很可憐，他的父母，也會很傷心。

「哇？這……」土也、阿萬一時接不上話。

「問題是，就算想救，我哪有本事去湊五公斤黃金？」一大幽幽地說。

「只有……地……地下。」阿萬說。

「不行啦，誰拿誰賭，忘啦？」土也提醒。

「地下，不行。」一大停了下，「我只覺得，曉玄、小宇和我們一直玩在一起，心卻向著孫子，唉……」

「女……生嘛，都心……軟。」阿萬說。

「是嘛，女生心軟，一大，反正你就說你做不到，曉玄、小宇也不會怪你的。」土也說。

「也對，我眞的是做不到。」一大腦袋中浮現出黃金小鎭的黃金，「有詛咒的黃金，唉，我眞做不到，算了，不管了，我洗澡去。」

洗了澡，一大躺在床上，東想西想，想到一事，在書包中找出那串佛珠，「本想問師父佛珠的事，被小紙條的事一搞，全忘了。」

手拿佛珠，沒看兩分鐘，晚點名，燈熄了。

一大在書包中摸出太極手電筒，把被子拉上蓋過頭頂，躲在被中看佛珠。

趴著，按亮手電筒，右手掌捧著佛珠看，整串佛珠似乎年代久遠，但十幾顆木製的珠子看來還都發出光澤，還聞得到淡淡香氣。

該睡了，一大熄了手電筒，閉上眼。但，想到秦威那出家人的打扮，想到過師兄要他好好保管佛珠，還想到嬸嬸不耐煩問他，「那和尚跟你說什麼？」一大輾轉難眠。

既然睡不著，一大睜開眼，換用小拇指按了下手電筒，對著佛珠照看。

忽聽見說話聲，「有人來了？」一大立刻蓋住手電筒光線，探頭出被，四下看去，沒看見任何人。

隨又將被子蓋過頭頂，躲進被子裡，趴著身看佛珠。

「哇！」一大忽然間驚呼一聲，「這？」他竟然看見有幾個人分別坐在幾顆佛珠上。

定定神，「喔，是剛才手電筒的光圈還跟著佛珠，一直亮著。」

那幾人正在說話，剛才聽見的說話聲，居然是從他們那傳來的。一大摒息看著眼前幾人，幾人像小拇指頭般大小，各據著一顆如大拇指頭大小的佛珠，或坐或躺或站或蹲，一派悠然自得樣子。

算算有六人，六位都是滿頭白髮的老人，有兩人還留有長長白鬍。

其中一人說，「既然他是叢林的衣缽傳人，我們做外公的就得好好照顧他。」

「當然，一脈相傳嘛，算算他也是我們外公的徒孫的徒孫了。」第二人說。

「他也不能算是一脈相傳，身上各家功夫都有一點，我們祖師爺可是立有規矩的。」第三人說。

「是呀，但叢林是因為人死了，才打破規矩行方便門，收他作徒孫的。」第四人說。

「嗯，規矩訂得清楚，除非人死，腦壞，出家，否則未經六位以上外公認可，不得私收他脈別支之人傳授功夫。」第五人說。

「所以說嘛，叢林他並沒有破壞規矩，過九堂、秦威兩個也沒。」第六人說。

一大聽得清楚，也聽得心驚。

忽聽見拍翅聲，一大看見六位老人全數起立，接著，拍翅聲停了。一大聽見有說話聲，但看不見人，那聲有如洪鐘，直貫耳鼓，「他心地光明，本性善良，且已接下了我隨身的開山佛珠，此信物在，即代表我本人在，現在，你們多瞭解他，以後，你們要盡力幫助他。」

說話聲沒了，拍翅聲又起，六位老人尊敬的望空行鞠躬禮。

拍翅聲由近而遠而消失了去。

隨後，一大見六位老人同時轉向他臉面，豎起右手小指，指向他眉心，一大睜大眼沒敢動，只覺印堂發熱。然後，六位老人跳下佛珠，其中三位往右手去，各自用右手小指在一大右手小指頭上按按，另三位往左手去，各自用左手小指在一大左手小指頭上按按，之後，便相繼消失了。

一大回神，佛珠仍是原樣，但已沒了老人的影子。

對著佛珠，一大再用小指按了下手電筒開關，眼前隨之一暗。

拉下被子，露出頭臉，「呼！」一大大呼一口氣，「那拍翅聲，像是金龜子？」

黑暗中，摸索著將佛珠和手電筒放回書包。一大躺著，那些老人影像，金龜子聲音在腦袋裡迴來轉去，許久才睡著。

早上醒來，「啪！」一大猛拍一下腦門，「是夢？」

「同學，沒蚊子啊！」

聽見土也說話。

「有，我剛夢到一隻。」一大抬眼看看土也笑了笑，「我刷牙洗臉去。」

在洗臉台，一大對著鏡子看兩眉中間印堂處，又看右手小指頭，沒看出有什麼異狀。

早飯快吃完時，小宇來到曉玄身邊坐下，向一大說，「一大，對不起，黃金的事，我開玩笑的，五公斤耶，任誰都做不到的，只是，奇怪，你怎麼知道紙條是我寄的？」

「妳用手機寫好字，上傳電腦，列印出來寄給我，猜也猜得到。」一大笑笑。

「猜也猜得到？你不可能知道或看到我在手機寫字，還上傳電腦去列印。是你神通廣大吧！我就不信土也、阿萬、曉玄猜得到，不信你問他們。」小宇有驚訝也有疑問。

一大看看土也、阿萬、曉玄，見三人都在搖頭。

「喔，那，只有我一個人猜得到，我嘿，小聰明。」一大又笑笑。

「一大，你眞的有些厲害本事，你能和昆蟲動物說話，你能坐豆芽進出地下坑道，你還能和鬼打交道，……」小宇補說。

「所以我應該有本事弄到五公斤黃金去救孫子，對吧？」

「嗯，孫子雖然跟你很不爽，但是他的眼睛若眞瞎了，不就太可憐了？」

一大停下，向土也、阿萬、曉玄、小宇看了一轉，說，「那好，我們五個是最好的朋友，別爲任何事傷了和氣，這麼樣，民主方式，我們五個舉手表決，若超過半數的三票通過，認爲我該去弄五公斤黃金幫孫子的話，我一大就算拼上小命，也照大家意思去做，怎麼樣，公平吧？」

「你明知不會有三票通過的，幹嘛搞這個？」土也對一大說。

「就……是……說嘛。」阿萬補上。

「小宇，我支持妳，再多拉一票就可以了。」曉玄向小宇說。

「時間一分鐘，我們五人都好好考慮。」一大說。

曉玄、小宇努力的去說服土也、阿萬。

差不多一分鐘過去。

「好，時間到。」一大說，「現在，認爲我該去弄五公斤黃金救孫子的，請、舉、手。」

曉玄、小宇立刻舉手，土也、阿萬則雙手大大地交叉胸前。

「土也、阿萬，你們確定不舉手？」一大看兩人。

「不舉手。」兩人很肯定。

「那……」一大舉起右手，「我舉。」

土也、阿萬猛然站起，「一大，你？」

曉玄、小宇不可置信地看著一大。

「土也、阿萬，坐，坐……」一大慢條斯理說，「曉玄、小宇是我們最好的朋友，對吧？好朋友要我幫忙救人，我一定會答應。但我一大會爲好朋友赴那個湯踏那個火，死也不怕，但，可不是爲了孫子或其他不相干的人。」

「是赴湯蹈火啦。」小宇說，「謝謝你一大，你有這心意就好，你可不要眞死了，那我們會傷心死的。」

「哈，是赴湯蹈火！我一大，就是有一樣大～『命大』，我不會輕易讓你們傷心的。」

「一大，你夠義氣，那我也舉手。」土也舉手。

「我也……舉。」阿萬也舉手。

「哈，好，五人一心，這才是眞正的好朋友嘛！」

「五人一心，是呵！」土也拍手。

一大想了下，「但這是我們五人的決定，不管最後成不成功，絕不能向孫子他們三個透露一丁點消

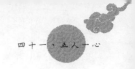

息，以免惹來不必要的麻煩，這點我希望大家都能同意。」

「嗯。」，「好。」

一大看看，四人都點了頭，「同意」。

四十二、外公佛珠

這天下午一大帶上麥片，拿了幾張《心經》放書包裡，要去送給大公雞咯咯。

大公雞很是高興，「一大哥，今年你生日時，我送你一個大蛋糕，比去年大一倍。」

「哈，謝謝你，我生日還早哩，可是，你不會做蛋糕啊，去年是梅師母做的。」

「還是梅師母做，我負責供應雞蛋，但雞蛋比去年多一倍，所以蛋糕應比去年大一倍。」

「嗯，我雖不太明白，但還要謝謝你，不過雞蛋不用多一倍，小蛋糕我就很開心了。」

「人家多訂了一倍雞蛋呵。」

「人家？你是說梅師母？」

「秘密，梅師母說是秘密，要保守秘密。」

「秘密，喔，那，我們都不說，要保守秘密。」

「對，對。」

「好，那，咯咯，我走了。」

告辭了咯咯，一大心中對梅師母可感激了，但覺得還是不太明白咯咯的話。

接著去找蚷蚷聊聊，見到蚷蚷，一大忙取出佛珠要問蚷蚷一些問題，沒想到蚷蚷出了洞口，一看到佛珠，當場朝向佛珠用頭點地三次。

「蚷蚷，你……幹嘛？」一大好奇。

「進洞裡說。」

一大閃入洞裡，「蚷蚷，發生什麼事了？」

「阿彌陀佛，這串佛珠，一大哥，你放掌上，我仔細看看。」

「要不要開手電筒？」

「不用。」

蚷蚷盯看了好一會兒，說，「三百年了。」

「什麼？」

「這串佛珠，大約有三百年歷史了。」

「三百年？」

「嗯，掌門信物。」

「掌門信物？」

「據說，從前有一位皇宮內的功夫高手，年老出宮返鄉後，收了些徒弟，教些打坐和拳腳功夫。宮內對他在外聚眾授徒很不滿意，刻意打壓他。後來，他乾脆就隱姓埋名，不再提自己曾是宮內之人。有徒弟就稱他爲『宮外人』，也有人叫他『外宮』，皇宮的『宮』，旁人聽了都以爲是叫『外公』，公子的『公』，後來一代傳一代，這門派的掌門人以及師父級人物，就都成了徒弟口中的『外公』了。這門派沒名沒號，於是大家隨興就稱之爲『外公派』了。」

「外公派？」一大覺得挺有意思，「蚯蚯，晚上時我用太極手電筒照著佛珠看，有幾個小拇指般大小的老人家出現在這佛珠上，他們有說到『外公』兩字，還用小指指我眉心，按我小拇指，我早上醒來時還以爲我是做了個夢。」

「我看不是夢，看你印堂和小拇指上的印記和行氣，那幾位老人家可能是他們的歷代掌門或高人，在你印堂和小拇指做印記還加氣，是認證你是他們的一分子，或傳人。」

「還是你厲害，我照鏡子看眉心，看小拇指，都看不出和以前有什麼不同。」

「呵，等你任督通了就看得到。」

「嗯，見幾位外公在佛珠上出現，好玄。」一大伸手入口袋，小虎不在。

「他們以前一定都隨身攜帶這串佛珠，念經禮佛，每人幾十年下來，靈氣都附在上面了，這串佛珠氣場強大，我一見，身上的氣就被導引先磕了三個頭，你剛才也看到了。你用太極手電筒去照，能看到外公們現形，也算是有緣吧。」

「有緣……」一大想了下，「但我師父叢爺爺，大師兄，還有給我這串佛珠的二師兄，都沒多說這佛珠的事。」

「緣分的事，全憑個人感受，多說沒用，就像你打坐，就像你得到太極手電筒一樣。」

「喔，是啊，蚯蚯，謝謝，你太神了。」

「哈哈，嘶嘶～」

「那我回宿舍去了。」一大說，轉頭叫，「小虎，小虎。」

「來了。」小虎從黑暗中爬上一大肩膀。

一大向蚯蚯說了再見，走出樹洞，再向大樹爺爺告辭，帶了麥片，小虎向宿舍走去。

「小虎，我記得你以前好像跟我說過找『外公』什麼的，是不是？」一大問。

「是嗎？什麼時候的事，我不記得了。」小虎回答。

「哦，很久了，要不是剛才和蚯蚯聊起『外公』兩字，我也早忘了。」

「一大哥，要知你外公的事，那得問你母親吧？」

「這『外公』不是那『外公』。」

「這？那？哦，不懂。」

「哦，算了，沒事。」

晚飯後，一大、土也、阿萬、曉玄、小宇聚在餐桌上說話。一大見自己左手小指背黏了一小顆飯粒，抬起左手想用舌頭舔食，但旋又放下，用右手迅速抓起一筷，往左手小指背的飯粒猛地刺去。

心中正想叫「噢！」，但……

筷子非但沒戳到手，手沒痛，還居然把飯粒刺個正著，壓扁了黏在筷尖，一大當場愣住。

「一大，你可不可以戒掉那壞毛病啊，沒事亂殺生。」曉玄說。

一大盯著筷尖上的飯粒，「玄，玄，玄……」

「曉玄就曉玄，叫『玄』？你不肉麻啊？」小宇拿了筷子作勢打一大。

幾人哈哈大笑。一大回神，陪笑臉，「哦，對不起，沒事，沒事。」

晚上練功時間，一大斜揹書包，帶上麥片，往餐廳旁的樹林中走。

「一大哥，你不去操場？」麥片問。

「今天去樹林，我想試個東西。」一大邊說邊戴上貓鏡。

進入樹林深處，見到一個橫在地上的粗短斷木，一大便將它豎立了起，看看約二、三十公分高，另再找來一根像筷子般的樹枝。

一大將左掌朝下平放在斷木上，右手握了樹枝便往左手指頭猛刺去。

雖很用力又很快速，因戴著貓鏡，一大看得很清楚，樹枝是向無名指、小指刺去。

無名指、小指在樹枝快刺到的瞬間，竟忽地左右分開，沒刺中。一大驚訝，左右手互換，再刺，也沒刺中，兩手輪流，又互刺了十來次，一次也沒刺中。

「哇？這……」

一大穿上呱呱黑羽衣，又試了幾次，一樣，一次也沒刺中。

一大拿出太極手電筒，用小指按了，放在斷木上照向雙手，一看，「哇！」暗叫一聲，「小老人，外公！」

叫聲才落，一大竟雙膝一彎，「咚」，跪下地，不由自主地朝小老人們磕了三個頭，雙掌仍是朝下平放在斷木上。

磕完三個頭，一大在手電筒光照下，見有三個小老人在他左手五指上，另外有三個小老人在他右手五指上，搬弄著指頭，跳著、玩著。

一大很想伸手去書包內拿佛珠，又怕打擾到小老人，念頭方落，六個小老人竟同時往書包方向蹦跳而去，然後憑空消失。

一大用小指按熄了手電筒光，靜默了一會兒，打開書包，拿出佛珠，再雙手捧著佛珠，雙膝跪地，恭恭敬敬地向佛珠磕了三個響頭，「各位外公在上，請受徒孫席復天磕頭一拜、二拜、三拜。」

一大將佛珠及手電筒收入書包，往宿舍方向走回。

「麥片，小虎，剛才那些小老人，外公，你們有看到嗎？」一大問。

「有。」「有。」麥片，小虎肯定地回答。

「哦，還好，不然我又要懷疑我做夢了。」

又沒走幾步，「有人！」小虎忽警告。

「汪汪汪……」麥片已衝了出去。

一大立刻低下身子，四面八方看去。

「搶他書包！」

聽見有人喊叫。

有三個黑衣人瞬間撲向一大，一大用雙手把書包緊抱在胸肚上，只用腳踢還擊，見黑衣人他們人多，一大想趕快找空隙逃走，當看到麥片正咬住其中一人褲管時，一大拔腿就跑。

黑衣人立刻跟上追趕，沒想到，前方樹後竟又突然閃出另外兩個黑衣人擋住去路，一大本能地大揮雙手打去。忽見幾道閃光自手中竄出，接著聽到啪啪啪幾聲大響，一眨眼功夫，閃光及響聲沒了，黑衣人也不見了。

一大定眼四下看，「哇！」嚇一跳，看清楚了，黑衣人，一、二、三、四、五，五個全躺下了，就在他腳下，麥片正在一一嗅聞著。

「厲害，太厲害了。」一大看著自己的雙手，不可置信。

「一大哥，左前方大樹後還有一個，是獨眼龍。」小虎說。

「啊？」一大驚訝，「麥片，小心，獨眼龍在左前方大樹後面。」

麥片立即衝向左前方大樹，但很快又跑了回來，「獨眼龍也躺下了，就在大樹後面。」

「啊？」一大又驚訝又緊張，「獨眼龍？他也躺下了？」

一大想了想後，小心翼翼往大樹走去，轉到樹後時，見到樹下是躺了一人，上前一步想細看時，「喝！」那人卻一跳而起，抓了一大的書包揹帶就跑。

「獨……」一大大驚，確實是獨眼龍！一大來不及反應，整個人被拖拉跑去。

「跪下！」突然震耳欲聾的一聲傳來。

一大立即雙膝一彎，跪了下地，驚訝之中一看，獨眼龍竟也跪下了，就在他面前兩步遠處。獨眼龍的獨眼惡狠狠的盯看一大，一大張口罵他，卻出不了聲，也才發覺，不只是跪下，還被定到全身不能動，斜眼找麥片，看見麥片正蹲坐在右手邊一步遠處，再看，麥片也一動不動。

一大、獨眼龍兩人對看了好一會兒，一大忽感覺到可以動了，便緩緩起身，看獨眼龍仍跪著沒動。

「外公說，『回宿舍去，別理會崔一海。』」一大聽見小虎在耳邊說，同時看到麥片唔唔靠了上來，便帶麥片從獨眼龍身邊走了過去。

走了幾步，背後傳來啪啪幾響，「崔一海打耳光。」小虎在一大耳邊說。

一大停下，想了想，沒回頭，直接朝宿舍走了去。

到了宿舍門口，一大脫了呱呱羽衣，貓鏡，叫麥片自行回犬舍去。

「小虎，崔一海那耳光，你有看到是誰打的？」一大問。

「他自己。」

「他自己？」

「嗯。」

「喔。」

一大走入寢室，和土也、阿萬說話聊天。一大突問，「阿萬，我記得你說過，入學時是你外公送你來的，是吧？」

「是……啊。」

「你外公是你母親的父親？」

「不……是。」阿萬答，「我們……叫他……『外公』，但，沒親……戚……關係。」

「哦？」

土也看看兩人，「巧了，入學時送我到『山風』站上火車的『外公』，和我們也沒親戚關係，但他教我打坐。」

「哦。」一大聽了，陷入沉思。

「洗澡去吧。」土也拍拍一大肩頭。

「好。」

三人便拿了換洗衣服，洗澡去。

一大洗完澡，坐在書桌前，將雙手抬到眼前，前後左右上下看，看不出所以然。看土也、阿萬已上床躺下了，見還有半個多鐘頭才熄燈，便想抄寫完一篇《心經》後才休息。

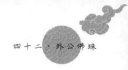

才拿起毛筆，手竟自動移動起並在紙上寫字，一大心怦怦跳。但是，明明看到毛筆是在紙上寫字，紙上卻沒有字顯現出來。

筆停了，一大的手也停了。一大很是驚訝，想了下，伸手自奶瓶中取出大飛飛，按亮螢光照看紙張。「眞有？」一大看到了字，「是篆體，『天空丹滿，龍鳳相伴，任督遨遊，大小周天。』」

一大又多看了幾遍，讚著，「嘖嘖嘖，好字！」但，不明白其中意思，只向紙張鞠了一躬，恭敬地說了聲，「謝謝外公。」

四十三、奶嘴的祕密

五月，天氣熱了，制服換季。星期六上午，同學們都在整理清洗衣物。一大將長袖衣服、長褲從床下木箱都翻找出，洗了乾淨，順便檢查整理一下木箱內的東西，也把書包打開檢視一番。

看著蛇蛻、黑羽衣、太極手電筒，摸摸身上蠶絲衣，一大心想，「這些隨身寶物，該有名字才是。」拿了紙筆，寫寫改改，最後命名：「蚯蚯皮、呱呱衣、太極電、仙蠶絲。」

想到一事，便在書包夾層中找出那一薄薄膠皮，「嗯，沉船金幣的小指印。」拿出透光看著。看著，看著，一大突靈光一閃，腦袋轟地一炸，隨即打開抽屜，翻翻找找，在靠抽屜最裡面找出了兩個瓶蓋奶嘴。

將一奶嘴湊到眼前透光看，「哇！眞有。」再將另一奶嘴拿來眼前透光看，「也有。」

左看右看，想找地方小心收藏兩個奶嘴，找來找去，最後，還是將兩個瓶蓋奶嘴放回抽屜的最裡面，關上了抽屜。

「他們要找的不是奶瓶，是奶嘴！」一大坐著，仔細回想，「來到『雲霧』入學那天，我從山上家中帶走的唯一東西就只一個奶瓶，他們便認定奶瓶中有他們要找的祕密，一路追來，但偷了奶瓶卻沒發現他們要找的祕密，嗯，是啊，一定是啊。」

又打開抽屜，再將兩個奶嘴取出，放入了褲口袋中，另把有沉船金幣小指印的薄膠皮用個信封袋裝了，也放入褲口袋中。

吃過中飯，一大問，「下午有沒有人要去福利社？」見土也、阿萬、曉玄都沒去的意思，「其實我也沒事，只是想去逛一逛而已。」

一大和小虎去福利社，在門口分別報上姓名和學號，走了進去，一大直接走向一台「小指掃描感應器」。

從褲口袋中拿出一奶嘴，對著燈光，看好方向角度，將右手小指頭插入奶嘴，再將套了奶嘴的小指頭放上「小指掃描感應器」。

螢光幕上顯示出「果林哲」三個字，並有數字跳動上捲。

一大一看，愣住。「『果林哲』？這名字，不就是鐵哥手上那些毛筆字中，『童』字上面那一點指印所顯示的？」

將小指抽出奶嘴，用原子筆在奶嘴膠皮邊上點了一黑點，再從褲口袋中拿出另一奶嘴，對著燈光，看好方向角度，將右手小指頭插入奶嘴，再將套了奶嘴的小指頭放上「小指掃描感應器」。

螢光幕上顯示出「英若芙」，數字跳動上捲，一大再度愣住。「『英若芙』？這名字，那不就是鐵哥手上那些字中，『照』字下面四點最左那一點指印所顯示的？」

將小指抽出奶嘴，用原子筆在奶嘴膠皮邊上點了兩黑點，把兩個奶嘴放回褲口袋中。想了一會兒，然後，將褲口袋中的信封袋取出，將附有沉船金幣小指印的薄膠皮包覆上自己的小拇指，放上「小指掃描感應器」，螢光幕上沒東西顯示。

「沒顯示？和上次感應不到沉船金幣小指印一樣。」一大將薄膠皮小心放回信封袋，再放入褲口袋。走出福利社，一大路上想著：「那一對搭了鐵哥火車去『時空邊界』的平凡夫妻，可能名叫『果林哲』和『英若芙』，但這兩個奶嘴上的指印怎麼也顯示出『果林哲』和『英若芙』的名字？」又想：「『果林哲』和『英若芙』也許是和雲霧中學有關係，所以電腦中有他們的紀錄資料。沉船金幣的小指印，也許是和雲霧中學沒關係，又也許是年代太久遠，所以沒有紀錄資料。」

回到寢室，躺在床上，忽地爬起，拿過桌上一奶瓶，將一瓶蓋奶嘴對上瓶口螺紋，旋轉後蓋好，仔細再看。「奶嘴上有小指印，那瓶子上呢？」

「啊，對，一個瓶底有『跳出三界』四字，另一個瓶底有『活在當下』四字。」

「哇！那不就是……保、險、櫃？」

「喂，土也、阿萬。」一大轉頭往土也、阿萬床上看，兩人似都熟睡著。

一大繼續想著一堆的可能：「圖書館地下通道那麼多，好，就算我小指戴上奶嘴，奶嘴上的小指印就算是『果林哲』和『英若芙』，我又怎確定那是代表他們的保險櫃？就算是，我又怎能找得到他們的保險櫃？而且，『跳出三界』和『活在當下』也不一定就是保險櫃的『通關密語』，嗯，我會不會想太多了？」

停了下，又想：「叫小虎右手戴上奶嘴去找？不，不行。叫蚯蚯？不。呱呱、水水、喳喳？不，也不行。羊皮，對呀，找羊皮，他用飄的，快速來去，但，他沒形體，沒辦法在小指頭戴上膠皮奶嘴吧？」

想了許久，沒具體答案，沉沉睡去。

一覺醒來，都晚飯時間了。

飯後，小宇來找曉玄，五人聚在一桌，說說笑笑。

一大突說，「明天星期天，去圖書館地下玩？」

四人聽了，靜了下。

只見小宇笑笑，「一大，你這……不會是和五公斤黃金有關吧？」

「哪有關？」一大否認，但旋停下，「嗯，小宇，既然妳這麼想，就一道去嘛，哈哈……」心中是很想要大家陪他去，故意打哈哈。

「如果眞和黃金有關我們就去。」曉玄表情懷疑。

「主要是去玩，反正沒事嘛。」一大說。

「還像上次坐豆芽一樣的路線嗎？」土也問。

「不，這次從花圃進去。」一大說。

「和……第一次……相……反的路？」阿萬好奇。

「嗯，我是這麼想啦。」一大說。

「我去。」小宇說，「我猜一大已開始行動了，我配合，去。」

「喔，那我也去。」曉玄跟進。

土也、阿萬樂得又有假日節目，當然點頭說好。

「好，那，明天吃過早飯後就去，把狗狗帶上。」一大見大家興致勃勃，趕緊將明天之事說定了，「記住，倒著進去，學號名字都要倒著念，比如說，我就是念『天復席，10012』。」

一大看去，見四人一堆問號全寫在臉上。

「一大，愚人節已過了！」小宇先發難。

「哈，『天復席』，這好玩，哈……」土也笑哈哈地倒著念。

「『大……一』也好……玩。」阿萬也笑。

「『席天復』！我看你是心癢變皮癢，不是顛來就是倒去的！」曉玄譏笑他一番。

一聽「席天復」，一大本能想到小丹，開心笑了笑，「喂，各位別心急，想想看，從裡面出來，書翻了一頁把我們全掉落在花圃草地上，但從外頭進去，要回到書的前一頁，是不是要倒翻書頁回去？

所以嘍，學號名字都要倒著念，才倒翻得了書頁，眞的嘛，我可以發誓。」舉右手併攏五指。

四人又靜了下。

隔了一會兒，曉玄說。「一大說的，好像也有道理。」

一大見剛併攏的右手五指忽而一一自行分開，立刻放下右手，在桌下用左手緊握住。

「好，我相信一大。」小宇說。

「我和阿萬也一樣，相信一大，就明早，說去就去。」土也說，阿萬點頭。

「嘿，你怎想得到學號和名字要倒著念？」曉玄問一大。

「小聰明，一點小小的小聰明，呵……」一大回著，低頭看看分開的右手五指，不自覺又笑了笑。

晚上，一大和土也、阿萬說了說話，便說要抄寫《心經》，然後就一人去坐在他書桌前。

鋪上紙，拿起毛筆，一大在紙上寫，「外公好，明天我和同學要去圖書館地下找『果林哲』和『英若芙』的保險櫃，外公可以幫我嗎？」

片刻後，一大的手自動移動起在紙上寫字。筆停手停後，一大取出大飛飛，按亮螢光照看紙張，「你右手小指套上『果林哲』的指印奶嘴，左手小指套上『英若芙』的指印奶嘴前往圖書館地下。」

一大暗自一驚，忙說，「謝謝外公。」並向紙張鞠了一躬。

「外公的篆體字眞好看，」一大心想，「不知是不是眞有『果林哲』和『英若芙』兩個人？也不知是不是眞有他們的保險櫃？呵，如果外公眞的可以幫忙找到『果林哲』和『英若芙』，或是他們的保險櫃，或是其他什麼東東，那可就眞的太神了。」

坐了一會兒，又想，「曾看爸爸寫過篆、隸、草、行、楷各種書體，這篆體字，認得，但從沒寫過。」

一大想了想，拿起毛筆，按亮螢光，在剛才外公寫的字旁一筆一劃學寫了起。

寫完，看著那些學寫來的篆體字，有意猶未盡之感。

還是靜下了心，另鋪一紙，想抄寫《心經》，但一大才一運筆，手又自動在紙上寫字，寫了幾個字後，一大大爲吃驚，「外公在用篆體字寫《心經》！」

外公以篆體字寫完一篇《心經》，一大再用大飛飛的螢光照看紙張，「嘖嘖，眞好看。」

便再另鋪一紙，一邊用螢光照看篆體字的《心經》，在另一邊的紙上一筆一劃學寫起來。

寫好兩張篆體字的《心經》，時間已晚。

聽到土也、阿萬在叫洗澡。一大收了紙筆，洗澡去。

四十四、搭纜車上山

星期天，天氣不錯。吃完早飯，大家各回寢室，一大揹上書包，加入一瓶開水。在右手小指套上原子筆點了一點作記號的「果林哲」指印奶嘴，左手小指套上點了兩點記號的「英若芙」指印奶嘴。土也、阿萬、曉玄、小宇也都帶了水，大家都穿著早上穿的運動服，碰頭後，去犬舍帶上麥片、飛刀、豆豆、栗子、天星五隻狗狗。

五人五狗一起正興興奮奮走出犬舍，一抬頭看見梅老師站在十幾步外，人與狗隨即停住。

「慘了。」一大心想。

梅老師雙手背在身後走來，笑了笑，「哦，你們有假日活動呵，都帶上了狗狗，很好，多一層保護，自己也要注意安全，你們去玩吧，如果回來晚了，廚房會幫你們留飯菜。」

「是，謝謝老師。」

五人都鬆了口氣，走過梅老師身旁，向老師揮揮手，說再見。

離開梅老師視線後，土也忍不住說，「梅老師竟然不問我們去哪裡？」

「梅老師什麼都知道，哪還用問。」一大說。

「沒錯，反正地下通道也算校內，梅老師就不多問了。」曉玄同意一大說的。

「就是說嘛。」小宇附和。

「那，是不是……邀梅……老師……一起……去，更好。」阿萬說。

大家一聽，全停下腳步。

「阿萬，你實在實在太幽默了。」土也笑阿萬。

「阿萬，你去邀，我們等你。」一大說。

「開……玩笑，我如被……罰跪，你……們就……不會等……我了。」阿萬搖手。

「哈哈……」，幾人大笑走去。

在大花圃邊，一大叫大家低姿勢前進，不久便來到了像是他們被書翻落的那片花圃草地。

「喂，是這花房？這草地嗎？上次我們掉落下來的地方，是這裡嗎？上面是花，下面是草。」一大前後左右上下看。

「上次大家緊張死了，誰會記得呀。」曉玄說。

「上次狗狗還沒來學校，牠們想必也不會知道。」土也說。

「我看……再往……前找……看看。」阿萬說。

「找蝴蝶問問吧。」小宇說。

麥片跑來，「一大哥，蚯蚯說就是這裡。」

「蚯……哈，沒錯，我，嗯，確定了，就是這裡。」一大向大家說，四望找看隱了形的蚯蚯。

「是嗎？」土也、曉玄不確定。

「來，試試，上次從上面掉落下來，現在我仰頭朝上喊……」一大抱了麥片喊，「10012 天復席」

「唰！」有一書頁翻捲而上，一大和麥片忽地不見了。

土也、阿萬、曉玄、小宇四人面面相覷，四下查看。

「喂，是不是一大和麥片進去啦？」土也叫道。

正說著，「咚！」，「咚！」，一大和麥片掉落下了草地，四隻狗立即唔汪跑上前去。

「哈，一大好心，又回來找我們了。」小宇叫道。

「靈啊，因爲書頁是往上捲去的，一次只能一人，就一人抱一隻狗吧。」一大說

土也、阿萬、曉玄、小宇四人便各抱了隻狗，倒著念學號名字，順利地一一被書頁唰地翻捲而去。

「小虎，該你了，剛才我進去，發現你沒跟上。」一大說。

「一大哥，我學號是 24023，名叫壁小虎，但我不會倒著念。」小虎說。

「哦，那，你念『32042 虎小壁』。」

「32042 虎小壁。」小虎不見了。

一大抱了麥片喊，「10012 天復席」。

「唰！」一書頁翻捲而上，一大和麥片隨之進了地下坑道。

一大站立左右看，見大家腳下正踩著一本打開的書本圖案，書本圖案是木板拼成的，發著亮光，頭頂上有兩盞燈亮著，和上次所見沒兩樣，便互相清點了一下人和狗，都到齊了。

「蚯蚯也進來了。」小虎在耳邊說。

「哈，太好了，小虎，你跟蚯蚯說，請牠設法把飛飛和羊皮找來。」一大小聲說。

「好。」小虎溜走了。

一大戴上貓眼鏡，拿出太極電打亮，往坑道內照了照，左右牆上有書本的圖案，書本都是打開的，圖案沿著左右牆壁排列往下，上次也有注意到。

麥片走來，「一大哥，我同伴有聞到了以前追過的黑衣人味道。」

「哦，味道新不新鮮？」

「約三天前。」

「喂，土也、阿萬、曉玄、小宇……」一大小聲叫，將四人聚攏一塊，「三天前還有黑衣人在這出沒，我們要小心。」

大家點點頭，「知道。」

「那，走吧，就順著牆上書本的圖案走，走在通道中央，頂上會亮燈。土也走前面，我殿後。」一大說。

土也、曉玄、小宇、阿萬、一大，前後依序往黑漆漆的通道走入，踩著通道中央前行，頂上有燈亮起，還算明亮，看得清楚通道內的狀況，狗狗們前前後後安靜的跑來跑去。

石階很陡，一路往下。一大偶而伸長手碰觸一下左右牆上的書本圖案，沒什麼異常感覺。

走完長長的石階，踏上沙地，牆上潮濕了些，左轉，右轉，右轉，左轉，轉了幾轉，土也在前面忽舉起右手，示意大家停下。

狗狗們發出低低的唔唔聲。

「前面那是黑衣人住的小屋。」小虎說。

一大聽了，立即上前，向四人低聲說話，「前面有間小屋。」

「我看到了，好像有一木門。」土也說。

「麥片，那小屋裡有沒有人。」一大蹲下問麥片。

「沒人，有鬼。」

「啊？」

「斷鼻。」

「斷鼻鬼！」一大暗叫一聲。

一大站起，「嘿，小屋裡沒人，走，進去參觀參觀。」

一大先走了去，走了十幾步，用太極電照，右側牆出現一約兩人寬一人高的縫隙，有一片簡陋木門擋住入口，一大回頭說，「我帶麥片先進去。」

一大移動一點木門，側身進入。

曉玄、小宇、土也、阿萬及狗狗等了一會也陸續跟了進去。

「好臭！」一大摀上鼻子，用太極電上下左右照看，室內約有十公尺長，十公尺寬，上方及左右仍是堅硬的土石牆，地上是沙土地，有三張簡易的木板床貼左牆放置，床上有幾條毯子亂放著，一些餅乾包裝袋和礦泉水瓶散棄在床下地上。

幾隻狗狗鑽入最後面一張木床底，嗯嗯唔唔低叫。

「一大，好臭，有人住這？」曉玄小聲問。

「嗯，黑衣人。」

「你確定他們不在？」小宇摀鼻問。

「看來是不在。」一大見土也、阿萬在用腳踢踢床，用手敲敲牆。

「一大哥，床底下挖了個洞。」麥片跑來。

「喂，那床底下挖了洞。」一大朝最後面那木床走去。

一大和土也、阿萬合力移開床板，用太極電照看，「眞有一個洞！」土也低叫了聲。

「小虎。」一大叫，「小虎，你下去看一下。」

「好。」

「這直徑，夠一成年人進出。」小宇說。

「黑衣人在這往下挖洞，爲了什麼？」曉玄疑問。

「爲了……黃……金嘛。」阿萬說。

一大蹲下，「麥片，你有聞到誰的氣味？」

「獨眼龍、黑馬面、疤眼、駝鳥、瓜頭、還有其他不知名的人，共有十幾個。」

「喔，但沒看到斷鼻鬼？」

「沒看到。」

小虎回來，「一大哥，洞往下挖了五、六公尺後，朝你現在位置的左邊轉去，約二、三十公尺後再向上，向上的還沒打通，我還看到斷鼻鬼在洞裡。」

「好傢伙，他們要幹什麼？」一大想著，隨轉向土也、阿萬、曉玄、小宇說了洞內情況。

「那可能表示左邊二、三十公尺外有他們要找的東西。」曉玄說。

「嗯，一定是。」一大點頭，「出去吧，這裡面味道還眞不好聞。」

幾人和狗狗出了小屋，一大面對木門，「你們說，洞裡往左二、三十公尺，是往左去，那也就是這裡往前繼續走二、三十公尺，走，到時再看看有什麼。」

「好，走。」土也先走，走在通道中央，頂上有燈亮起。

一大伸出左手碰觸了一下左牆上的書本圖案，沒異常感覺。

隔一會兒，再伸出右手碰觸了右牆上的書本圖案，「噢！」一大立刻收手。

土也、阿萬、曉玄、小宇回頭靠向一大，都問，「怎麼了？」

「有電，那圖案有電。」一大指右牆上的書本圖案。

土也伸手去碰那圖案，「哪有？」

阿萬也伸手去碰那圖案，「沒……有啊！」

「哦，大概是潮濕冰涼，沒事，沒事，繼續往前走。」一大心想可能有狀況，剛才右小指確實是麻了一下，很像觸電。

又走幾步，一大再試，伸出右手碰觸了右牆上的一書本圖案，又是立刻收手，仍是右小指，又麻了一下，但一大沒再吭聲。

右小指麻過三次後，一大看見右前方不遠處有兩本書圖案，在他用太極電掃過的瞬間，發出兩道小小紅光，閃了一下。

一大看前面四人及狗狗都沒什麼反應，小聲問小虎，「小虎，你剛才有看見紅光閃了一下嗎？」

「有，好像從前面那兩本書發出的，我以爲看錯，所以沒說。」

「好。」一大叫最前面的土也，「土也，停一下。」

四人及狗狗都停了下來。

「發現什麼了？」小宇回頭問一大。

一大走近剛才閃現紅光的書本圖案，「不確定，來，我們看看這兩本書圖案。」

大家都圍了來。

「沒什麼特別啊。」土也看看眼前兩本書圖案。

一大感覺到左右兩手的小指頭痲到刺痛又躍躍欲動，舉起雙手看，才看一眼，雙手卻飛快「啪！啪！」貼到牆上。

「手掌圖案！」一大大叫一聲，這才看到牆上有手掌圖案，手掌圖案因牆壁斑駁已模糊到只剩下淡淡的印子，雙手正左右伸張，各貼在一個手掌圖案上。

一大回頭想叫土也他們幫忙拉回他雙手，但土也他們似乎看傻了，沒人有任何動作或說話。同時，一大看到一點螢光飛近，想叫飛飛……

雙手又忽地分別移上兩本打開的書本圖案，右手小指寫了「活在當下」四字，左手小指寫了「跳出三界」四字。

再一看，牆上出現兩扇門……

沒幾秒，兩門忽地大開，右門一團大火轟嘯而至，左門一波大水沖滾而來，一大見狀大驚，一步跳開，轉身將好友全都撲倒在地。

緊接著，風雨雷電交加，轟隆呼嘯聲辟啪打來，嚇得幾人抱頭閃躲。

一股很大的力量嘩地掃過，夾雜著嘶嘶聲，將人和狗飛快地集在一處。

「一大哥，用小拇指按手電筒照向地上圖案的中央，快！」小虎叫。

一大定住神，立刻用小拇指按了太極電，照向地上圖案的中央。沒一會兒功夫，風雨雷電水火的呼嘯聲小了，停了。

一大腦袋瓜只閃過一念，「障……眼……法？」

看地上有一圓圖，中央是太極，圓周外有橫直線條，太極電的光正照在太極圖上。

「喂，你們……沒事吧？」一大看看四人，大家都驚魂未定，難掩驚嚇。

「地上是八卦圖，蚯蚯把你們人和狗全集在『艮』位上了，你的手電筒正照在中央太極圖上。」飛飛在一大耳邊說話。

「啊？」一大不懂。

「你們和狗狗可從右手邊的門進去。」飛飛又說。

「哦？」一大猶疑，回頭，「土也、阿萬、曉玄、小宇，我們，嗯，我們從右門進去。」

「啊？」四人也猶疑。

「一大，還……還……要進……去哦？」阿萬緊張。

「大家再商量一下吧。」土也說。

「喂，沒什麼好怕的吧。這門跟福利社、圖書館的門也差不多吧。」一大強自笑笑。

「剛才閃電、風雨，那些是什麼？」曉玄問一大。

「管他是什麼，現在……都沒啦。」一大看曉玄後方，「嘿，羊皮來了。」
「喔，羊皮來了。」大家似乎安心了一點。
「一大，你們等我一下，我去那門裡看看。」羊皮飄來說。
「羊皮說他去門裡看看。」一大轉述。
羊皮很快回來，說，「門裡有一纜車停著，車門是開著的。」
「纜車？」一大又轉述，「羊皮說門裡有一纜車，車門開著。」
一大蹲下，「麥片，你們有沒有看出什麼？」
「山。」
「山？」
一大不明白，站起，「土也、阿萬、曉玄、小宇，走，我們進去，坐纜車，嗯，上山。」
「啊？」
大家雖有疑問一堆，但還是走近兩扇敞開的門，見左門內雲霧瀰漫，什麼都看不到，右門裡是有一灰色纜車停靠，車門還開著，纜車左右後方也是雲霧瀰漫。
大家正猶疑，一大雙腳卻不聽使喚走向纜車，走了進去，坐上了椅子。
「是小拇指帶我進來的？」一大看向雙手，雙手又不由自主伸出，招起手，叫好友，狗狗及羊皮飛飛全上了纜車。

纜車門關上，但關上之前纜車向下沉了一下，大家嚇一跳。

「嘻，是蚯蚯啦，牠也上來了。」小虎在耳邊說，「牠說牠已經縮小了。」

「哈哈……」一大笑笑，喝了口水，向好友們說，「同學，既然出來玩，別太擔心，放輕鬆。」

四十五、歸還五公斤黃金

纜車大角度爬昇，車內幾人坐在兩邊椅上，一手抱狗，一手緊握窗邊鐵杆，窗外雲霧又濃又厚，偶而才見到山邊一些綠樹的尖頂。

「好高哦。」小宇說。

「好像是。」曉玄回。

「一大，你問羊皮，他敢不敢飄出去查看一下？」土也笑笑。

「羊皮說，你陪他他就敢。」一大回。

「哈哈……」

大家一陣笑，沖淡了些緊張氣氛。

纜車停了，車門打開，雲霧湧了進來，頗爲清涼。

兩個年輕和尚在車門外雙手合十，「歡迎光臨。」

幾人遲疑，東看西看，一大雙腳不聽使喚站了起並往外走。

「阿彌陀佛。」飛飛說了聲。

「阿彌陀佛。」一大跟念並向兩位和尚雙手合十，走出纜車。

曉玄、小宇、土也、阿萬抱著狗，依次走出了纜車，羊皮跟著。

和尚之一說，「小施主們，請隨我們來。」便在前帶路。大家放下狗，狗都很乖很靜地跟著。

一大四下看，山相當高，雲霧似比學校的更濃，走了上百級石階後，見前方出現一佛寺。

進入大雄寶殿，兩和尚向供奉的釋迦牟尼佛雙手合十行禮，一大等人也跟著合十行禮。

出了寶殿後，又上了幾十級石階進入一殿，另一和尚說，「小施主們，這是四大天王，佛教的護法天神。北方『多聞天王』，東方『持國天王』，南方『增長天王』，西方『廣目天王』。」

大家仰頭上看巨大莊嚴的四大天王神像，心中尊敬虔誠之心油然而生。

兩和尚再引領眾人來到一講堂，一大看見約有十排椅子排列，有五、六十位信眾正在聆聽一老和尚開示。

一大等人被安排坐在末排。

一大聽到老和尚在說，「佛教，有三界二十八天，三界即欲界、色界、無色界，二十八天即欲界六天、色界十八天、無色界四天。三界之果報，優劣苦樂俱有，都屬於迷界，難以了脫生死輪迴之苦，所說『苦海無邊，回頭是岸』，便是勸人跳出三界，脫離苦海。至於修行中的禪定，是『活在當下』的意思。禪定分靜坐之靜禪和行住坐臥之動禪兩種。修行，是要我們修身養性，修得清淨無垢。今天很高興有幾位少年朋友以『跳出三界』和『活在當下』與我和各位信眾接心結緣，在此祝福他們幾位學業進步，身心健康。」

一大心中甜甜暖暖，有著說不出的喜樂。

原先領路的兩位和尚來到一大背後，其中一位附耳向一大說了句話。

「我出去一下。」一大向好友們低聲說，起身隨兩位和尚走出講堂。

「小施主，請隨我們來。」兩位和尚在前帶路。

一大也沒多問，就跟著走。轉過幾條長廊，走出了佛寺後的月門，見另幾座高不見頂的大山在面前直拔而上，隱現在縹緲雲霧之中，好不壯觀。

接著走入一森林，看到好多樹籐高高掛垂。

「小施主，請前去取你的物件吧？」其中一位和尚說。

「啊？」一大不明白。

「一大哥，穿上黑羽衣好些。」小虎說。

「啊？」一大又不明白，但還是穿上了呱呱衣。

一大感覺到兩手的小指頭麻起，還沒看，雙手已快速伸向身旁一樹籐，抓住樹籐一盪，飛到另一樹籐，再一盪，又飛到另一樹籐。

因戴著貓鏡，眼睛看得清楚，在那麼高的山間抓住樹籐盪來盪去，一大整個人驚嚇百分百，一顆心都快從口中跳了出來。

盪了十來次，一大落了下地，見自己正站在一山洞前。隨之，雙腳不由自主往漆黑的山洞裡走去。走在山洞內，看到飛飛閃光跟著，頂上偶有小燈亮起。沒多久，一大發現眼前有一鐵柵門，心中正想是不是要報姓名學號什麼的，雙手已貼上了鐵柵門邊的石牆。

「手掌圖案！」暗叫一聲，牆上是有兩個淡淡的手掌圖案印子。鐵柵門開啓，一大走了進去，轉過兩彎，見有一扇半人高的小鐵門，雙手再次貼上了小鐵門邊的石牆。

小鐵門開了，眼前是一小小洞室，有黃澄澄的光閃入眼中。

一大躬身進入小洞室，上前看那閃著黃光的物件，「黃金？」見一鋼架，架上放有三堆金條，每一堆橫六條直六條，交錯排列著。

一大張口結舌，四下看了看，便想離去。但雙手卻不由自主伸向金條，一、二、三、四、五，拿了五條放入書包中。

一大驚惶失色，馬上想拿出還回架上，但卻拿不動，還在想如何是好，雙腳已移動起往外走去。躬身出了小洞室，小鐵門在背後關上，頂上有小燈亮起，沒多久，走出了山洞，鐵柵門也自動關上。雙腳沒停，往洞口右側走去，幾分鐘後，當腳步停下時，一大低頭看，「地脈？這裡有地脈！」飛飛說，「一大哥，現在去找金豹隊長歸還黃金。」

「啊？」一大回神，「喔，好，飛飛，那你知道這裡是什麼地方？待會我們還要回來。」

「山洞上方有三個字。」飛飛說。

一大往上看，字有點模糊，「哦，是『還虛洞』。」

一大站上地脈，說，「黃金小鎮。」

瞬間到了黃金小鎮，一大先去地藏王菩薩座前跪拜，再去找金豹隊長。

沒看到金豹隊長，一大正奇怪，「哈，一大，你來啦！」金豹隊長忽地出現眼前，「抱歉，我剛忙去了。」

「豹哥，你好，我帶了黃金，幫孫成荒歸還他在這裡拿走的那些。」

「我的天啊！原來是你！」

「我？我怎麼了？」

「靠大花園下方坑道那，現在聚了一票黑衣人，氣急敗壞，咬牙切齒，罵不絕口！說什麼他們努力挖了好幾個月的地道被火燒被水淹，可能連黃金的祕密也破功了。我剛才忙，就是帶了甲士去看發生了什麼事。哈，弄了半天，原來是你！」

「我只是……」一大驚訝，「黑衣人，他們那麼快就找來了？」

「斷鼻逃跑了，定是他通風報信的。」

「斷鼻？嗯，一定是他，豹哥，我得儘快回去，這些黃金交給你了。」伸手入書包，「咦？拿得動了？」

「喔，就放那桌上吧。你行善助人，善有善報。不過小心，那些黑衣人現在氣炸了，要是被他們知道是你……」一大將五根金條放在桌上，金豹看了眼，「嘿，五根金條，五公斤。」

「五公斤？」

「對，一根一公斤，剛好五公斤。」

「那麼剛好？豹哥，我得走了，哦，等等……」拿出幾張《心經》交給金豹，「豹哥，這給你，我走了，再見。」一大朝地脈方向跑去。

「感恩呵，一大。」金豹在背後喊著。

回到「還虛洞」，一大兩手的小指頭又麻起帶著他走進森林，雙手隨即伸向一樹籐，抓住樹籐一盪，飛到另一樹籐，再一盪，又飛到另一樹籐。

沒多久，回到佛寺後方的月門，一大脫了呱呱衣收好，兩位和尚還在等著，和尚帶路轉過幾條長廊，回到了講堂。

老和尚已離座，信眾在三三兩兩說著話，土也、阿萬、曉玄、小宇還坐著。

「一大，回來啦？有事嗎？」土也看見一大。

「沒事，就……肚子有點不舒服。」

「一大，剛才聽到他們在聊天，說……這裡有黃金、白銀寶物？」小宇有著期待眼神。

「是嗎？那，讓狗狗去找找。」

「你跟狗狗說。」

「麥片。」一大蹲下，「你們今天怎麼這麼乖？沒想去找找黃金、白銀？」

「一大哥，佛門淨地，不可喧嘩，也不可亂闖。」

「喔，對，是，是。」

一大站起，「小宇，狗狗說這是佛門淨地，牠們不好到處亂闖。」

「喔。」

「往前看去，只有高山峻嶺，要不，往回走，我們回去再找找看吧。」曉玄一旁說。

「那，好，往回走。」一大同意。

「再坐……纜……車……回去？」阿萬問。

「那還用問？這麼高的山。」土也回。

「等等，我們先問問羊皮和那兩位和尚，看有沒有其他方法。」一大擔心若坐纜車回去，八成會和黑衣人碰個正著。

一大見羊皮在搖頭，「哦，羊皮說他沒其他方法。」

一大對土也說，「你去問問那兩位和尚吧，我剛麻煩過他們，不好再去麻煩他們。」

土也便走向那兩位和尚。

「小虎，你問問蚯蚯看。」一大低聲說。

小虎跑開，回來也說，「蚯蚯說想不到其他方法。」

一大另外問了飛飛，飛飛也沒方法。

土也回來說，「兩位和尚說只有坐纜車比較快，如用走的下山，至少得花三天。」

「三天？那……」一大想想，只好明說，「我是擔心，如果我們坐纜車回去，黑衣人可能已在門邊等著，嗯，要幹掉我們。」

「啊？」幾人大驚。

「眞的假的？」曉玄即問。

「黑衣人挖的地道被我們發現，又被火燒水淹，他們一定認爲我們知道了他們的祕密。」

「沒什麼祕密啊。」小宇說。

「妳剛不是聽到有人說這裡有黃金白銀，那就是祕密，黑衣人會認爲我們找到了黃金白銀。」

「這……」

大家面色凝重。

老和尚從門外走了進來，招招手，「小施主們，請隨我來。」轉身往外走去。

五人五狗便靜靜地跟上。

走過佛寺右側大片草地，見到一草棚，草棚中有幾個和尚正忙著在搬弄東西。

老和尚在草棚前站定，「小施主們，老衲『恕塵』，這是一個熱氣球，在纜車故障或緊急狀況時才用的，一次能載八個成人，大約是你們四位小朋友和四條狗，加上一個操作氣球弟子的重量。」

「老爺爺，沒問題，我四個朋友四條狗先走。」一大立即說。

「我們所有的人和五條狗擠擠吧。」土也說。

「怕會超重，有危險。」老和尚回應。

「土也，放心啦，你們先走，我隨後就到。」一大笑笑。

在草地上，幾個和尚已開火對著氣球內充起熱氣，氣球緩緩膨脹了起。

「小宇，幾點了？」一大問。

「十一點十分。」小宇看錶。

「那好，趕回去吃中飯，餐廳見。」

「各位放心，熱氣球會平安地在雲霧中學操場降落。」老和尚說。

熱氣球充滿了熱氣，土也、阿萬、曉玄、小宇抱起狗，在幾個和尚的協助下，一一上了熱氣球的吊籃。

氣球緩緩騰空，緩緩飄離，幾人揮手道再見，氣球很快隱入了雲霧之中。

「一大，走，去坐纜車。」老和尚說，往回走。

「老爺爺，您知道我叫『一大』？」一大跟上。

「呵呵，雲霧中學二年級席復天，外號一大。剛才你那四個好同學是土也、阿萬、曉玄、小宇。」

「哇？」

「蚯蚯比較重，不方便上熱氣球。」

「哦？」

「你得坐纜車回去，從另一側的左門走出，再按一下你的太極手電筒，把地上八卦圖的燈光滅掉，好把出入口的門關上。」

「啊？」

「下纜車時，請蚯蚯協助你和麥片隱形，免得和黑衣人起衝突。」

「……」一大已驚訝到說不出話來。

「黃金之迷，去之，黃金之悟，就之。若能一本黃金之心，善修善行，則善有善報。阿彌陀佛。」

老和尚語重心長說著。

「喔，是。」一大有所感悟。

走到大殿，老和尚將一大交給原先領路的兩位和尚，「你們倆送他們坐纜車去。」

「是。」兩位和尚便領一大去坐纜車。

到了一個像是原先下纜車的地方，兩位和尚合掌，分站兩旁。一大也站著，等車。

「小施主，車門已開了，請往前跨一步上車。」一位和尚說。

「啊？哦，阿彌陀佛，再見。」

一大便往前跨了一步，搖晃了一下，眞有上纜車的感覺。進去後，摸索坐上了椅子，看見羊皮和飛飛也上來了，身體忽感沉了一下，想是蚯蚯上車了。

好像纜車動了，一大忍不住，「小虎，蚯蚯，你們也上來了吧？」

「嘎嘎，我上來了。」小虎回。

「嘶嘶，哈，一大哥，他們把纜車都隱形了。」蚯蚯說。

「蚯蚯，和尚爺爺什麼都知道，你都隱形了，他還知道你的名字，眞厲害。」一大說著，拿出呱呱衣穿上。

「高人多多，我們要時時謙卑。」

「是。」

「我現在要幫你和麥片隱形了。」

「好，麥片上來，我抱你。」

一段時間後，纜車停了。

「一大哥，眞有十幾個黑衣人在附近。」飛飛飛去飛回說。

「我們都隱形了，不怕。」

下了車，一大從左側門走出，用小拇指按太極電，把地上八卦圖燈光滅掉，出入口的門隨之關上。

見有十幾個黑衣人在坑道中站坐，八卦圖燈光滅掉及出入口門關上引起了幾個黑衣人注意，趨前查看。

一大抱著麥片，從黑衣人中間小心翼翼穿走過去。靠坑道牆邊走，避免頂燈亮起，走了一小段，「咚！」，一聲，一大知道上了蚯蚯的背了。

很快到了出口平台書本上，一大正要念學號名字，卻聽見蚯蚯說，「噓！」

一大立刻閉口。

「呱呱在外頭打密碼，說獨眼龍在花房四周拉上了網子，等著你自投羅網。」蚯蚯說。

「賊傢伙，那……」

「我揹你到圖書館那頭出去，比較安全。」

「也好，你認識路嗎？」

「我地頭蛇耶，何況還有飛飛在上面飛，麥片可跟著螢光跑。」

「哈，好，走。」

隱形的人蛇狗一起回頭飛奔而去，不久，又從黑衣人中間滑行而過，一大頑皮，在蚯蚯的背上伸長手，用力打了兩個黑衣人後小腿一掌。

聽到背後「噢！」，「呀！」兩聲，好爽！一大偷笑飛快溜去。

回到學校裡，一大剛好趕上中飯時間，脫了呱呱衣及貓鏡，還將兩小拇指上的奶嘴取下收好。

「咦？」看著奶嘴，心想，「難道說，土也、阿萬、曉玄、小宇，還有和尚，他們都看不見我小指上的奶嘴？」

走入餐廳。土也、阿萬、曉玄、小宇聚在一桌，正聊著乘熱氣球的驚險事。

「可惜霧又濃雲又厚，風景都沒看到就降落了……」小宇正說，見一大坐下，「一大，回來啦。你不知道，那山上眞有黃金。」

「啊？妳知道？」一大一震。

「熱氣球的吊籃內看到金光閃閃，我們都覺得那是黃金屑屑。」曉玄補說。

「你們也有看到？」一大問土也、阿萬。

兩人點點頭。

土也說，「我們還蹲下看，本來我還不確定，但操作氣球的和尚大哥說了句話，我確定了，是黃金屑屑。」

「哪句話？」

「『非禮勿視，非分勿貪，阿彌陀佛。』」土也雙手合十說。

「哈哈，和尚大哥說得對。其實，想也白想，那些屑屑加加也不可能有五公斤吧。」

「說……的……也是。」阿萬說。

「那位和尚爺爺看出我有心事，我就把想找五公斤黃金幫助同學的事說了，他說行善是好事。也許他會幫忙吧，如果……那山上眞的有黃金的話。」一大緩緩地說。

四十六、大內高手

隔天早上，梅老師在菜園找到一大，「席復天，從今天開始，除麥片外，『胡桃』也交給你，你負責照顧兩隻狗。」

「老師，這是……？」

「嗯，兩隻狗一起保護你，更加安全。」

「喔。」

一大看梅老師不會多說，也不好多問。

第二堂課下課時，一大到資訊室收信，見有小丹寄來的信，「水水教會我龜息法，暑假我們去大海玩 XD ㄉ」

「哈……」

「一大！」

「啊？」一大嚇一跳，「哦，盧爺爺。」

「一大，你把一些人惹火了，今後你得加倍小心。」

「盧爺爺，我惹火了誰？」

「你破了黃金坑道的祕密，壞了一些人的好事。」

「啊？」

「你外公和叢林是會幫你，但畢竟人鬼殊途，人能做的鬼未必能做，你自己要勤加練功，還有修身養性。」

「啊？哦，是。」

晚上練功時，一大把麥片、胡桃都帶上。

叢爺爺和過師兄竟一起來到。

「一大，那些人不會輕易放過你。」叢爺爺擔心的語氣。

「一大，離開雲霧中學，師兄帶你躲起來。」過師兄提議。

「一大得待在雲霧中學繼續讀書，不好離開。」叢爺爺說。

「師父，萬一……，那，一大會有危險。」過師兄說。

「危險是會有，但，在雲霧中學相對安全。」叢爺爺說。

一大聽著，直覺今天從早上到晚上，從梅老師、盧爺爺到叢爺爺和過師兄所做所說的，都暗指他昨天去山上拿黃金之事已造成了不小的麻煩。

「師父，師兄，是不是我昨天上山拿黃金去還犯了錯，有錯我擔，我不怕什麼人來找我。」

「你沒錯，只是……」師兄還沒說完，被叢爺爺阻止，「九堂，不說了。」

「喔。」師兄不再說話。

「師父，師兄，你們不用擔心，我有兩隻警犬保護我，真的不用擔心，呵。」一大故作輕鬆，指指麥片、胡桃。

「哦，好，不擔心，來，練功。」師父說。

十幾天後的一個下午，午覺時間，聽見呱呱在宿舍外呱呱叫。一大走出宿舍，循聲走入樹林裡，見呱呱在一松枝上棲著，「呱呱，不睡午覺啊？」

「我不是人。」

「哈哈，你真不是人？」一大大笑

「一大哥，還笑？崔一海說他要找你報仇啦！」

「報仇？隨他，那又不是什麼新鮮事。」

「他說他兩個朋友在坑道內被你打了，到現在小腿還腫得跟饅頭似的。」

「我？我有那麼厲害？」

「是你的手指厲害，其實，他恨死你毀了他的黃金大夢。」

「我們只是去郊遊而已，嘿，那些事純屬意外。」

「也是他自己活該倒楣，被八卦圖搞掛了。」

「八卦圖？呱呱，你是說那坑道內的八卦圖？」

「是呵，蚯蚯聽你佛珠外公指揮，把你們和狗狗放在『艮』卦位置。『艮』的自然象徵是『山』，肢體象徵是『手』，動物象徵是『狗』，五行象徵是『土』。你帶著狗，有手指相助上山去，又因五行相生，木火土金水，土生金，終能取得黃金幫助同學。還有，你從右門入，左門出，右白虎，左青龍，如此，氣順、人順、事也順，其中全都有風水道理的，哪是那姓崔的挖個小洞洞就能肖想的呀？」

「天呀，呱呱，你，你太神了！」

「你佛珠外公才神，後來蚯蚯再解釋給我聽，當然，我也聰明頂呱呱，一聽就懂，呱哈哈。」

「我沒你聰明，不是很懂。」

「你長大，多讀點書就會懂了。」

「嗯，是。對了，呱呱，那座山不知叫什麼名字，超高的，你飛得上去嗎？」

「那叫『小指山』，旁邊還另有四指山，全都高不見頂，我要飛上頂去的話，估計得花上大半天。」

「哦，是『小指山』，我看還是搭纜車上去的好。」

「纜車？你有看見纜線嗎？」

「纜線？沒……注意看。」

「根本沒有纜線，那是頭『飛象』。」

「『飛象』？」

「對啊，會隱形，會變形，還會騰雲駕霧。」

「啊？」

「一大哥，不說了，再洩露天機，你佛珠外公要把我的烏鴉嘴打成饅頭嘴了。」

「呵……」

「再見了。」

呱呱快快飛走了，一大傻愣了許久才離去。

晚飯後，小宇來一大這桌，「孫子他們不戴墨鏡了，不知是不是眼睛好了？我問他們，他們也不說。」

「是爺爺我救了他們，叫孫子來磕頭謝恩吧。」土也笑說。

「土也，你用黃……金救了……他們？」阿萬好奇。

「沒錯，前幾天，我叫孫子在廁所外等……，噢！」

話沒說完就被曉玄踢了一腳，「臭土也！臭死了。」

「哈，喂，別管孫子他們了，說說暑假吧。」一大轉移話題。

「學校裡還比較有意思，回家呀，無聊。」小宇說。

「來找我玩嘛。」曉玄對小宇說。

一大偷偷往孫子、小洪、阿宙三人看去，真的三人都沒戴墨鏡了，一大心中五味雜陳，頗感失落。

「一大，你呢？」土也推了下一大。

「啊？哦，暑假，就……四處逛逛。」一大不確定。

「那，下……山去……找我們，逛……街，看電……影。如……何？」阿萬說。

「好啊，你們的電話地址我都有，隨時可去。」

一大隨口應著。

飯後，回到宿舍，一大見奶瓶中閃閃發光，「飛飛回來了。」趨近看奶瓶。

「一大哥晚安，阿彌陀佛。」飛飛說。

「喔，是，飛飛晚安，阿彌陀佛。」

「『一切有為法，如夢幻泡影，如露亦如電，應作如是觀。』

「飛飛，你說的是什麼？」

「是佛教《金鋼經》中所說的，人生的一切，像夢幻，像泡泡，像露珠，像閃電，世事無常全是空。阿彌陀佛。」

「飛飛，你？……」

「一大哥，你拿黃金助人時很樂意，但見孫子不戴墨鏡時卻很失落。『智慧不生煩惱』，你善有善報，因果看清楚了，你就會放下，也就不會有這些煩惱了。阿彌陀佛。」

「飛飛，你現在滿口道理，開口閉口『阿彌陀佛』，你真是飛飛？」

「一大哥，我真的是飛飛，阿彌陀佛。」

「喔，喔，因果看清楚，就會放下，就不煩惱了。我好好想想，好好想想。謝謝你，飛飛，有智慧，阿彌陀佛。」

一大坐在書桌前，靜靜回想著剛才飛飛所說的話。

窗外忽傳來淒厲的狗叫聲，一大心頭一緊，回頭卻見胡桃從寢室門口衝入。

「一大哥，麥片受傷了，汪汪……」胡桃喘說。

「什麼？」一大大驚。

土也、阿萬從床上跳來，「一大，什麼事？」

「麥片受傷了，我去看看。」

一大揹了書包，再戴上貓鏡，衝出寢室，土也和阿萬跟上。

跟胡桃跑了約三、四十公尺，黑暗中，一人跳出擋住去路，「站住。」

是梅老師的聲音。

「梅老師，我……」一大見自己站在樹林邊上。

「別過去，張龍把麥片抱去老師家了，只是小傷，你們去老師家看牠。」

「哦，胡桃，來……」一大便和土也、阿萬轉身朝梅老師家去，胡桃跟著。

「一大，那邊還有幾個人。」土也偷偷指指背後不遠處的樹林內。

「我看得到，那是校長、成老師、尹老師、白手伯伯，地上躺了兩個，是穿黑衣的。」一大低聲回了。

「地上……兩個，是活……的？死……的？」阿萬問。

「你去問梅老師。」土也說。

「我……頭……殼……壞啦？」

「嘻嘻……」

一大要胡桃先回犬舍去，敲了梅老師家門，梅師母出來，「喔，是復天和同學，來，進來。」

「師母，您好。」三人行禮。

客廳裡張龍老師坐在椅上抱著麥片，麥片聽見一大的聲音，唔唔抬頭朝他看。

「張老師好。」三人向張老師行禮。

「麥片，你怎麼樣？」一大趨前問。

「還好，牠是左前腿斷了。」張老師回答。

「哦，張老師，我抱牠好嗎？」一大問。

「好。」張老師將麥片遞給一大。

「復天，你和同學坐，師母和張老師去調藥，將狗狗斷腿包紮起，明天再看情況，也許送山下詳細檢查。」師母說。

「好，謝謝師母。」

師母及張老師往後走去。

「麥片，誰幹的？」一大低聲問，用雙手圈握住牠左前腿。

「都不認識。」

「都不認識？你躲不過？」

「共有五個，我躲過第一、二個，躲不過第三個。」

「有五個？」

「速度都滿快的。」

「啊？」

「全上來踢我一個，我跑不及。」

「那，三個跑了，兩個被校長及老師打倒在地？」

「校長及老師是後來趕到的，那兩個，我沒看到是被誰打倒的。」

「哦？」

「一大，又是黑衣人幹的？」土也一旁問。

「嗯，一次就來了五個。」

「還好，校……長及梅……老師……在。」阿萬說。

「嗯，是，還好，還好。」

師母和張老師走了回來，將藥布包紮在麥片的斷腿上。

「復天，你和同學回寢室休息，狗狗在這由張老師和師母照顧。」師母說。

「是。」

三人向師母和張老師告辭離去。

回到寢室，洗了澡，土也、阿萬去睡了。

小虎來說，「一大哥，麥片還好嗎？」

「還好，咦，你剛才沒跟我去梅老師家哦？」

「嘻，我留下聽梅老師他們說什麼。」

「好小子，他們說什麼？」

「他們說什麼『大內高手』，我不懂。」

「『大內高手』？」一大靠近奶瓶，「飛飛，『大內高手』是什麼？」

「以前皇宮內保護皇帝的高手。」飛飛爬出奶瓶。

「皇宮內？」

一大想到「宮外」、「外公」，低頭看手指。

燈熄了，一大爬上床去。

四十七、預見海骷髏

放暑假前天晚上，師母叫一大去家裡，「復天，暑假時不管人在哪，兩隻警犬都要帶上。」

「知道，師母。」

「麥片恢復得很快也很好，可以走動了。」

「麥片那麼厲害，才兩三禮拜就可以走動啦？」

一大抱起麥片摸牠左腿。

「你也幫了牠。」

「我？」

「你的手指頭。」

「啊？喔。」一大低頭看手指。

「凡事講求緣份，有佛珠外公幫你，是你的好緣。」

「喔。」

「心存善念，才能結好緣。再頂尖的高手，若心存惡念，可是會結惡緣食惡果的。」

「師母，『大內高手』是頂尖的高手嗎？」

「都什麼年代了，哪來什麼『大內高手』？」

「可是，有些人……」

「有些人自以爲和一兩百年前的皇室牽上了一點關係，學了點功夫，就自稱大內高手，還『王子』、『公主』的胡亂叫。」

「公主？師母，小丹就說他叔叔崔一海說她是『公主』，不可以和我在一起。」

「哈，別聽信那些，你見過小丹她媽媽，她媽媽是皇族？是『皇后』嗎？」

「不是，哦，小丹她媽媽很喜歡吃您做的包子。」

「哦？對了，明天離校前要記得來拿包子饅頭帶上，找你來就是說這事的，差點忘了。」

「好，謝謝師母。」

回寢室，洗好澡，晚點名，熄燈了，一大躺在床上東想西想，睡不著。

一轉頭，忽見玻璃奶瓶有藍光一閃，一大立即翻身跳起，坐到書桌前看。

「海？」

一大見自己正快速前進，背後扯著一串泡泡，藍藍的應是海水，「哇，鯊魚？我騎鯊魚？」

一大驚訝見到自己跨坐在鯊魚背上，「哇，小丹？」

又更驚訝，旁邊居然是小丹？小丹跨坐在另一條鯊魚背上。

突見有一張嘴在眼前大大張開，似乎在使盡全力吸入海水。

「啊呀！」一大看到自己和小丹正連人帶鯊被吸入大嘴。就在快到那嘴邊時，大嘴卻被一隻更大的手夾住嘴唇，鯊魚刷地一轉，自己和小丹瞬間脫走而去。

那張大嘴扭曲掙扎，逐漸縮小，咕嚕咕嚕吸吐著海水。看清楚那張大嘴縮小後，現出個人形，有眼鼻口手身腿，但那人是透明的，隱約有著一臉凶狠神情。

忽見一大龜飛竄而來，伸出兩隻前手往透明人指去，透明人立即定住，「是水水！高啊。」一大暗叫。

只見透明人就像結了冰一般，浮沉在海水之中。

一大正高興，卻看到有一具骷髏，慢慢地接近藍海人，又唰地隱形，不見了。

「骷髏？隱形？」一大張大眼，「啊！不是……，不是！」一大這才驚覺到，骷髏不是隱形，而是進入了透明人體內了！

透明人似乎瞬間活了過來，還一下長大好幾倍，將手腿大大伸展攪動起海水，海水頓時波濤洶湧，激起萬千氣泡，翻江倒海之餘，更攪出了一超級巨大的漩渦，許多魚蝦紛紛奔逃走避。

「啊！」一大大驚一叫，竟看見跨坐在鯊魚背上的自己和小丹加上水水，全都抵擋不了那翻滾海水的大漩渦，好像半昏半迷，被那海骷髏一路吸捲過去。

「完蛋了！」一大頹然，暗叫一聲。

窗外忽有狗叫聲，一大立刻伏下身子，悄悄四望。

「咚！」似有東西撞擊窗框，一大神經一緊，更加放低身子，蹲到桌下。

聽寢室門外有狗唔唔聲，「胡桃？」

一大低姿摸向寢室門，小開一縫，胡桃擠了進來。關上寢室門，一大抱起胡桃。

「一大哥，我嘴巴有……」胡桃唔唔說話。

一大回床邊書包內摸出太極電，低姿一照，「哇，這什麼？」看見胡桃口含一斷箭尾羽，上有小黑布條。

一大匆匆拿下斷箭尾，展開黑布條，見有毛筆寫的血紅字，「斬欽犯席復天」

「誰搞的鬼把戲？」一大暗罵，低聲問，「胡桃，你有看到什麼人嗎？」

「沒有。」

「裝神弄鬼！誰啊？」

又看了看，之後把箭尾及布條放入書包。

一大關了太極電，躡手躡腳走去貼近窗戶，牆壁，門口，努力想聽出一點外頭的動靜，但一無所獲。

「胡桃，你就睡這吧，咦？」想到玻璃奶瓶的動畫，看向奶瓶，閃光沒了。

一大躺回床上，更睡不著了。

「暑假開始，同學明天就要離開了……」黑暗中，感覺手上還握著東西，「喔，是太極電。」

想了想，伸手到書包中摸出佛珠。

用小指按了下太極電照向佛珠，再把被子蓋過頭面，躲在被中看佛珠。

六位白髮老外公出現在佛珠上。

一大的印堂有拘緊感覺，眼前有金字顯現：

「海底穴即會陰穴，上通百會，下透湧泉，是人身的長壽穴。」

「此穴位前陰與後陰之間，當身體下端，因此名爲海底穴。」

「醫家李時珍有言：『此脈才動，百脈俱通』。海底穴，一穴開，百穴開。」

「任督二脈，人身一前一後，下交於海底穴，上交於百會穴。」

「海底與百會連成人體一直線，是維持氣血及陰陽平衡之穴位。」

「大海雖波濤洶湧，變化萬端，氣入海底穴，放鬆可助入定。」

每一外公寫了一小段文字。

「看來外公知道我對剛才見到瓶中大海事有所擔憂，以此文字指引我化解我的疑慮。」

「謝謝外公。」一大說，心中有所感悟。

然後，用手電筒對著佛珠，以小指按了下開關，眼前隨之暗去。

拉下被子，摸索著將佛珠和手電筒放回書包中。

一大在床上調理好身心，盤腿打坐，含胸拔背，放鬆海底。

剛才那些在瓶中見到的海骷髏、透明人、鯊魚、波濤洶湧的海水、巨大的漩渦、自己半昏半迷被海骷髏一路吸捲過去……的種種驚悚情境，於一呼一吸，一吐一納間，緩緩消失，而後入定。

打完坐，通體舒暢，心情愉悅，躺下很快睡著。

四十八、同天生日

暑假的頭一天，一大早早起床，到寢室外找尋斷箭的箭頭，在窗戶外木板牆的上下左右，附近地上，草坡都找遍了，沒找著。

早飯後，同學們都準備好要去雲霧車站搭火車了。

一大和土也、阿萬、曉玄、小宇嘰喳著，一直喬不定什麼時間碰頭去找誰玩。

最後，一大說，「這樣好了，如果你們在家煩了或沒地方去，就來潭中小島，吃住玩樂自由又自在，隨時歡迎。」

曉玄交給一大一張卡片，一大打開看，是張生日卡，

「親愛的一大同學，

祝你生日快樂，身心愉快，金銀財寶有一堆。

土也、阿萬、曉玄、小宇同賀」

「哇哈，你們記得我生日呵，感激不盡，謝謝你們，有空就來潭中小島，我保證好好招待你們。」

「好，好……」大家點頭。

聽到梅老師在催，幾人匆匆忙忙去領狗食，各自帶上狗狗，再回寢室揹上包包，往雲霧車站移動。

一大先去找梅師母，拿了一大包素包、饅頭，回到寢室，查看書包，裡面已放有太極電、呱呱衣、貓鏡、抄好的《心經》、佛珠、壓歲錢紅包、兩個奶嘴、一斷箭尾巴、一指紋膠皮。覺得擠了些，素包饅頭及狗食放不進，便用兩手分提著。

「飛飛，玻璃奶瓶就不帶了，好不？」一大說。

「好。」飛飛回答。

「那，我們走吧。」揹上書包，「麥片、胡桃、飛飛、小虎，跟上哦。」一大走出宿舍。

去雞舍和公雞咯咯，警鴿灰灰、米米說話告別後，便走向蚯蚯家。

一大仰頭和大樹爺爺互相問了好，卻沒見到蚯蚯從樹洞探頭，「蚯蚯，蚯蚯。」沒動靜，便在附近找著。

「一大哥，蚯蚯在大枯樹那，跟我來。」

是呱呱的聲音，一大叫道，「呱呱，你要現形我才看得到你。」

「呱哈，忘了。」呱呱現了形，就在一大前頭上方飛著。

沒多久，到了大枯樹，「蚯蚯，你在這幹嘛？咦？」一大看見蚯蚯的嘴巴含有東西。

蚯蚯口中吐出一桿狀東西，說，「這箭頭上有玄機。一大哥，放暑假啦？」

「箭頭？」一大一震，「蚯蚯，我昨晚聽見咚一聲，隨後胡桃，哦，胡桃是跟麥片一起保護我的警犬，你們認識一下。胡桃銜了一支斷箭尾巴來，上有一小黑布條，布條上有毛筆寫的血紅字，『斬欽犯席復天』。

「大內幫幹的。」

「大內幫？」

「外公派的另一邊。」

「什麼？」

「看來，宮廷內外的人馬都現身了，眞是『冤冤相報何時了？』」

「唷，怎一聽你說這句，我就想抄《心經》呢？」

「呱哈哈……」，「嘶哈哈……」一鴉一蛇大笑。

「一大哥，這次算你運氣好，你可知這箭頭上有你的氣味。」蚯蚯說。

「我的氣味？」

「箭一射出，便會尋找你的氣味，一路追蹤，箭無虛發，百發百中！」

「哇呀！」一大馬上雙手摸摸身體上下。

「別緊張，射出的箭快接近你時，被你外公半空攔截，打掉了前半截箭頭，至於那另半截箭尾就撞上牆，咚，掉落在你窗外了。這箭頭上因有你的氣味，我好奇才撿來研究。」

「媽呀，那些大內幫的人是不是叫『大內高手』？」

「沒錯，他們自稱『大內高手』，看來就是和那些黑衣人混在一塊的一些傢伙在搞鬼。」

「目標都是我？傷腦筋。」

「其實所謂的大內幫和外公派功夫系出同源，後來雖各自變化出一些新功夫，但基本上還是大同小異，你外公會處理，不用太擔心。」蚯蚯說。

「那，箭頭上怎會有我的氣味？」

「那還不簡單，你走過的地方，坐過的桌椅，穿過的衣服，掉落的頭髮，都有可能留下你的氣味。」

「喔，厲害。」

「我跟呱呱在研究，如果去弄一點『大內高手』的氣味，回來抹在這箭頭上，你猜會怎樣？」

「哇，蚯蚯，你仙蛇啊，你是想把這箭頭回射『大內高手』？」

「天才，一猜就中。」

「有你們這兩位天才朋友，我不天才都難。」

「到時你再拿片布條，用毛筆寫上紅字，『欽犯席復天回敬』還他一箭。」呱呱加上一句。

「哈哈哈……」大家笑成一堆。

「不過，如眞可回射，把箭頭磨平了好些，免得弄出人命。」一大說。

「呵，一大哥，你還眞心地善良。」蚯蚯讚說，「其實，我跟呱呱是開玩笑的，我沒手，呱呱也只有爪，哪有辦法把這支箭回射？還是由你把這箭頭帶回去做紀念吧。」

「喔，也好。」一大接過了也一樣大約手掌長的半截箭頭，放入書包，說，「我要去我爺爺那了，你們有空來玩。」

「好。」

「麥片、胡桃，我們走吧。」

一人二狗走到地脈，很快到了潭邊林內，沒看見師兄，走到水邊，連小屋都不在！

「水水，水水……」一大在水邊叫喊，沒有回應。見竹筏在，就和麥片、胡桃上了竹筏，將書包及兩手提著的素包饅頭及狗食放在竹筏上，朝潭中島划去。

小虎爬上一大肩頭，飛飛在小虎頭上，麥片向胡桃說著地脈的神奇事，潭水閃閃發光，暖風徐徐吹來，「呵，好爽！」一大不禁開懷叫道。

中午吃了兩個素包後，一大閒閒沒事，便抄起了《心經》。累了，往床上一躺，昏昏睡去。起床時，見晚霞滿天，一大心想，傍晚了，要去熱幾個素包饅頭吃。飛飛來說，「一大哥，水水叫你去爺爺奶奶那吃飯。」

「哈，爺爺奶奶沒忘記我，麥片、胡桃、小虎，走嘍。」

一大揹了書包，帶上狗食，走向竹筏，「咦？水水不在？哦，牠一定先忙去了，走，大家都上竹筏。」

快接近爺爺奶奶小屋時，見小屋在，但異常安靜，沒見到一個人。

「飛飛，請你去幫我看看，怎麼會沒人？」

飛飛飛走，沒多久飛了回來，「一大哥，奶奶說，你在岸上那椅子上坐一下，她忙一會兒就來。」

「哦？知道。」一大將竹筏靠岸，看見岸上是有桌椅擺好了，「哈，太好了。」走去拉張椅子坐了。

天漸漸暗，師兄出現，手上捧了兩大盤素麵、素餅，走來圓桌，「一大，你來啦。」

「師兄，我來幫你。」一大站起。

「不不不，不用，坐，坐，坐。」

師兄走了，很快又捧了一大盤素菜，一大碗湯來。師兄來來去去幾趟，桌上已擺好了碗筷，擺了幾大盤素菜，還在圓桌中央插上兩支燃著的紅蠟燭。

一大心中感動了起，「這麼多菜。」

爺爺奶奶來了，一人手上捧了一個蛋糕。

「爺爺奶奶好，謝謝，謝謝。」一大想哭。

「坐坐，一大，準備吃飯。」爺爺說著，和奶奶一起坐下。

奶奶朝小屋喊，「來吃飯囉。」

一大去年見過同樣的事，不那麼驚訝，但也轉頭向小屋看去。

起先，見一小火光移來，慢慢地小火光靠近了，心中以爲是水水，但小火光不是低低的，待更靠近，

「啊！小丹？」

一大大爲驚喜，立刻從椅上跳起迎上，「小丹，妳……也來啦？」
「嘻……」小丹手上拿了支燭火，對一大淺淺一笑，走去桌旁在一大椅子旁坐下。
「小丹，妳今天特別漂亮。」一大在燭光下看出小丹特別打扮了一下，穿了粉色上衣和蓬蓬裙，好美，看傻了。
「我平常也漂亮啦。」
「呵呵，是是，平常也漂亮。」一大直盯著小丹看。
「一大。」背後有人拍了一下。
一大猛回頭，「小勇？你也來啦？」再一看，「崔媽媽？」一大不敢相信崔媽媽也來了，忙說，「崔媽媽，您好。」
「好，復天，你好。」
崔媽媽、小勇坐了下來。
師兄走到旁邊不遠的地方，點起了一圈火把，一共十四支，熊熊燃起。
「來，大家舉杯，以茶當酒。」爺爺說著，舉起了茶杯。
「祝一大，小丹生日快樂！」爺爺奶奶同時笑著說。
「啊？」,「啊？」一大，小丹兩人同吃一驚，互看對方。
「巧吧？一大、小丹同一天生日，呵呵，難得，眞是難得。」爺爺說。

一大朝一桌子人看去，似乎只他和小丹不知這樣的巧合及安排。

「媽，怎麼我的生日和一大是同一天？我都不知道啦。」小丹撒嬌。

「同一天生日，多好呵。」崔媽媽笑笑。

「爺爺奶奶，你們早跟我說嘛，看我都沒準備生日禮物送一大啦。」小丹嘟嘴。

「呵，小丹別急，爺爺奶奶準備好了兩份生日禮物，一份由一大送妳，一份由妳送一大。」奶奶說。

一大聽了，又驚又喜又感覺奇怪。

「大家別奇怪，小勇和小丹雖是雙胞胎，可是小勇生日是昨天，是半夜，小丹是凌晨，差幾分鐘，就差了一天。」崔媽媽說。

「哈，一大，叫姐姐。」小丹笑看一大。

「啊？」

「我凌晨生的，你不可能比我大。」

「我？」

「小丹，別逗復天。」崔媽媽說。

「嘻……」

爺爺雙手搖搖，「好好，不多說了，一大和小丹生日是同一天，大家得好好的開心爲他們倆慶祝，吃菜，吃菜，來……」

大家開心聊天，吃喝著。

一大一旁弄了狗食餵了麥片、胡桃和彈簧。

水水、松松、呱呱、蚯蚯、喳喳分別來賀一大和小丹生日快樂，小丹很是開心。蚯蚯、喳喳怕嚇到小丹，還都隱了形。

來了好多螢火蟲一閃一閃亮在半空，排出了「生日快樂」的字幕，飛飛還飛到小丹手心，向她和一大說，「小丹姐，一大哥生日快樂」，小丹感動到頻頻抹淚。

吃完飯，點燃兩個蛋糕上的蠟燭，大家拍著手唱「生日快樂」歌，一大和小丹一起吹熄蠟燭。

大家嘻嘻哈哈分吃蛋糕。

一大看著兩個蛋糕，想到咯咯的話，「蛋糕還是梅師母做，我負責供應雞蛋，但雞蛋比去年多一倍，所以蛋糕應比去年大一倍。」

「好吃，確是梅師母的味道，但不是大一倍，而是兩個蛋糕，去年一個，今年變兩個。」一大喃喃，轉向小丹，「小丹，這雙潭人跡罕至，妳知道蛋糕是誰送來潭中的嗎？」

「不知道。」小丹搖頭。

「是『黑毛快遞』！」

「呱呱？」一大，小丹聽到呱呱聲，抬頭看。

「哦，應該叫『黑羽毛快遞』，要送蛋糕來這深潭，沒有翅膀，誰辦得到，呱哈……」

四十九、預計再入海底

隔天，崔媽媽回家，小勇下山找同學去了。

接下來的日子，一大和小丹快樂似神仙。

小丹穿泳衣，一大穿運動短褲，整天和水水在潭中嬉玩。

幾天後的一個下午，一大正躺在樹蔭下小睡，「沒良心！」好大一聲，一大由睡夢中一驚而醒。

「這？」一大四下看，沒人，往水潭看，小丹正站在水水背上玩，嘻嘻哈哈，浮浮沉沉。

一大去找爺爺，「爺爺，那個……」

爺爺奶奶正坐在屋子裡說著話，師兄也在。

「那沉船的手掌找來啦？呵……」爺爺笑笑。

「是，爺爺，剛才我聽見有人罵『沒良心！』，應該是他。」

「別怕，你爺爺會教你怎麼做。」奶奶說。

「既然他來催了，好，那就明天，一大，明天吃過早飯，爺爺奶奶大龜和你師兄陪你去把這事給處理了。」爺爺說。

「啊？那……」一大訝異，聽了爺爺、奶奶、水水、師兄都去，一時不知怎麼說。

「一大，你怎不來玩水？」小丹突濕淋淋地跳進屋子，「咦？你們剛才……是不是說要去哪？」

沒人回話。

「奶奶，你們要去哪嘛？我也要去。」小丹靠上奶奶吵著。

「小丹，乖，妳在家看家。」奶奶說。

「才不要，你們去玩，我看家？我才不要，奶奶，我也要去。」

「小丹，我們不是去玩。」奶奶說。

「小丹，我們會儘快回來，妳……」師兄想勸。

「等一下，嗯，既然這樣，那，小丹也去。」爺爺突然插口。

氣氛一下凝住了。

「謝謝爺爺……」小丹雖高興，但也感覺到氣氛不太對，「爺爺奶奶，你們是要去哪啊？」小丹變得小心翼翼。

「去大海。」爺爺說。

「嘩，那麼好玩的事，我……，哈，非去小可。」小丹又蹦又跳。

爺爺看看小丹，又看看一大，「一男一女，也好，你們別擔心，我自有盤算，小丹去不是壞事，她會游泳，又會龜息法，還是個女孩，嗯，好，沒關係，就當是去海水浴場玩吧，就明天早上，吃了早飯就去。」

這種大陣仗簡直把一大弄糊塗了，想著，「師兄去，水水去，已夠厲害了，爺爺、奶奶也去？那沉船金幣有那麼重大到……」一大想不通其中道理，小丹也去，更是讓他想不通。

「一大，那，你把海底沉船金幣的事再說說，你師兄和小丹也好多知道些來龍去脈。」爺爺說。

「喔，是，去年暑假，我和水水去大海裡玩，在海底沉船那，我被一鐵櫃上的『手掌』用漩渦吸去，他在我口袋放了一個金龜子金幣，要我找到金幣上印了小拇指印的人。找到指印之人後，就帶那人或帶那人的小拇指回去開啓鐵櫃，那『手掌』便可重獲自由。我不知那『手掌』背後是人是鬼，他說如我幫他重獲自由，他答應我鐵櫃內的寶物以後都歸我，但我若一日找不到小拇指印的人，我便會一日良心不安。」

「哎喲，那『手掌』他背後不是人也不是鬼，它是神經病！靠一隻金龜子找人找小指印？一大，你就當自己沒良心就好啦。」小丹氣呼呼。

「小丹，那隻『手掌』說一大有『良心』，他在暗示若一大不幫他重獲自由，他會把一大的『良心』變成『沒良心』，就是要取走一大的『心』。」爺爺說。

一大恍然一震，「他會殺了我？」

「那我更要去，一大，我跟你聯手，把那『手掌』殺了，剁了！」小丹說。

「好，去，大家都去。爺爺估計那沉船沉了幾十年，那隻『手掌』背後不管是人是鬼，功夫應該都不弱。」爺爺笑笑，「好啦，就這麼樣，明天去海水浴場玩，那沉船離岸邊不算遠，你們年輕人下水玩，我們老人家就留在岸上觀看碧海藍天。」

「好了，你們兩個去換乾衣服，休息一下，準備吃晚飯了。」奶奶對一大和小丹說。

一大和小丹走了出去。

晚飯前，一大在抄著《心經》，爺爺走來，「一大，爺爺看看你的手。」

「喔。」一大放下筆，伸出雙手。

爺爺看了看，「好好，明天在海底，你佛珠外公會幫著你，但最後要制伏那『手掌』，得靠你自己，加上小丹幫忙。」

「哦？」

「你和小丹都會腳上功夫，當你外公及水水和那『手掌』纏鬥時，你和小丹要四腳連環踢向那『手掌』，那樣就可讓他屈服。」爺爺說。

「我和小丹？爺爺，那『手掌』是不是很厲害？小丹會不會受傷呀？」

「有你佛珠外公、爺爺、奶奶、水水、師兄在，那『手掌』再厲害也不用怕。在海底你可能會看到瞬間變大縮小的人鬼影像，記住，心中無懼，幻象自滅。」

「喔，知道，爺爺。」

「你在抄《心經》呵，明天記得在書包裡放上幾張，用得上。」

「好的，爺爺，謝謝您。」

五十、海骷髏

早上，吃過早飯。爺爺、奶奶、水水、師兄、麥片、胡桃、彈簧，一大和小丹走出小屋。

一大身穿運動短袖上衣及短褲，書包裡加了一壺水。小丹穿淡紫上衣，藍色休閒短褲，裡面穿了泳衣。

一大在想，「人狗不在少數，怎麼去大海？」

爺爺、奶奶帶大家走進岸上樹林，走到地脈邊，一大心中很是訝異。

聽到爺爺說，「一大，你抱水水，帶小丹及三條狗先走，站上地脈說『觀音亭』，爺爺、奶奶和你師兄隨後就到。」

「好。」一大抱起水水，跟小丹及三條狗站上地脈，說了『觀音亭』。

很快到了一沙石灘，一看，正前方是海，右手邊有一亭子，亭簷上懸著一匾，橫寫「觀音亭」三字。

「前面就是大海，哇，太棒了。」小丹張臂歡呼。

「小丹，走，去觀音亭那看看。」一大放下水水。

「一大哥，我先到海裡叫一下我徒弟。」水水說。

「好。」一大回著，便和小丹，狗狗走向觀音亭。

觀音亭由六根石柱支著，石柱與石柱間有五條石板長椅連著，留了背海一面沒設石椅處當出入口，亭內中央有一石方桌立著。

爺爺、奶奶、師兄來到，逕自走到觀音亭內，隨意在石板長椅上坐了下。

「好久沒來了，這……」爺爺亭內上上下下看，「亭子都舊了。」

「那麼多年，當然舊了。」奶奶說。

「是呵，有幾十年了吧。」爺爺仍上下看著。

「嗯，有了。」奶奶回。

「哦，一大，你和小丹先在手心寫『王』畫圈。」爺爺向一大說。

「好。」一大教小丹，「小丹，妳把左手掌打開，用右手食指沾點水，在左掌上寫個『王』字，再在『王』字外畫個圈，這樣，一路上遇風風停，遇浪浪平。」

一大取出水壺沾了點水，自己寫著，小丹照著做。

「你們把鞋襪脫了放這，去找水水到海裡玩去吧。」奶奶說。

兩人把鞋襪都脫了，放在亭子邊上。一大只著短褲，心想，「蚯蚯皮不方便穿，只剩仙蠶絲在上身，書包還是得揹著，以防萬一。」

看爺爺、奶奶、師兄都在，安心了些，在書包夾層中找出薄膠皮，包上了右小拇指，貼好，戴上貓鏡。

小丹穿泳衣，高興得往海裡跑跳而去，叫著，「一大，快來呀，玩水去。」

兩人嘻嘻哈哈在淺水處玩了一陣，水水回來了，「一大哥，小丹姐，我徒弟來了，你們施龜息法隨我來。」

「來了！」兩人施展龜息法，追上水水，一起潛入深海之中。

「一大，你看海底，哇，有這麼多彩色魚，好美呀。」小丹讚嘆。

「小丹，慢慢欣賞，這……」

「哇呀，鯊魚！」小丹突大叫。

「別怕，那是水水的徒弟。」

水水轉回，「一大哥，小丹姐，牠們是我徒弟，左邊是『飛鏢』，右邊是『超跑』。」

「一大哥，小丹姐，你們好。」飛鏢和超跑發出低嗡嗡的聲音打招呼。

「你們好。」一大搖搖手。

「一大，牠們的樣子好兇。」

「牠們是面惡心善，我去年見過牠們，那時候牠們的樣子才兇呢，打了一年坐，現在的樣子已和善多了。」

「喔，打了一年坐啦？」

「一大哥，我載你飆海，如何？」飛鏢游來。

「好。」一大話才出口，已唰地飛了出去，「哇哈……」微睜眼，人已跨坐在飛鏢背上衝了出去，海水在兩旁呼嘯飛迸著。

飛鏢繞了一圈，剛慢下來，一大見身旁唰地飛過一影，「哈，是小丹！」見是超跑載著小丹飆過。

兩人兩鯊飆了幾趟，哇喇哇喇開心笑鬧，好不愉快。

兩鯊停下，水水靠來，「如何？飛鏢和超跑的速度，在這大海之中可是沒有對手的！」

「呼，厲害，超厲害。」小丹喘說。

「啊，忘了。」一大伸手在褲口袋摸出小虎、飛飛，「小虎、飛飛，醒醒。」小虎、飛飛早已暈頭轉向，叫了好半天才醒過來。

休息一陣後，水水說，「一大哥，小丹姐，我們往沉船那去吧，沉船離這裡不遠。」

「好。」一大，小丹點點頭。

水水領路，一大及小丹坐在飛鏢和超跑背上跟著。

沒多久就到了沉船處，飛鏢和超跑沿著鏽黑的船邊游了許久，小丹說，「有好多魚在船內外游來游去，這船好大。」

「是啊，這船超大的。」

水水靠上說，「小心，要接近鐵櫃了。」

「水水，我去前面，你在中間，小丹在你後面，我上前若有狀況，你就帶小丹快跑。」一大說。

「那怎行，我要幫你……」水水話說一半，忽地「唰」一聲，一漩渦大力捲來，一大從飛鏢背上瞬間脫飛而起，整個人被漩渦一捲吸去。

「一大哥！」，「一大！」水水和小丹見狀大叫。

一大已然消失無蹤，漩渦也隨之消逝。

水水和小丹迅速追趕，飛鏢跟著，直往沉船底部衝去。

一大只感到有一股力量強拉他右手飛快下沉，當他看清楚鐵櫃，才剛看清楚門上的「手掌」印時，他的右手已「啪！」貼上了門上的手掌印。

鐵櫃門瞬間迸開，一股超強水壓伴著一道金光自鐵櫃內轟炸而出，把一大震飛開去，翻了好幾滾。一大頭昏眼花，似乎看到一透明的人形從頭頂掠過。一大定定神，游回鐵櫃處，往內看了看，見有好幾堆金銀財寶散放著，幽幽閃著亮光，鐵櫃門外的鏽船甲板上還平躺著一付骷髏，一大小心移動雙腳避免踩到骷髏。「噢！」忽暗叫一聲，看到右小拇指上的薄膠皮脫落，被水流給沖走了。

「那傢伙跑哪去了？」一大四下看看，但右手不由自主又咻地貼到門上的手掌印，「卡」一聲，櫃門關上了，一大用力推拉打撞幾下，再也打不開了。

「小心！」聽到水水大叫一聲，「咚」一大瞬間被飛鏢載走，背後隨即傳來「匡匡噹！」幾聲悶響。

一大回頭看，斜上方位置那個巨大鐵輪滾了下來，直接撞向鐵櫃門，「呼！」大呼一口氣。

一大、小丹會合一處，小丹急問，「一大，還好吧？嚇死人了，我們還是回去吧。」

「嘿，還好，別……」一大正說，卻突見有一張嘴在眼前不遠處大大張開，正在使盡全力吸入海水。

「妖怪！」一大大叫，自己和小丹來不及跑，連人帶鯊被吸向大嘴。

就在快被吸到那嘴邊時，大嘴卻被一隻更大的手夾住了嘴唇，一大和小丹被鯊魚載著，唰地急轉，在大嘴前不遠處脫走而去。

那張大嘴扭曲掙扎，逐漸縮小，咕嚕咕嚕吸吐著海水。大嘴縮小後，現出個人形，有眼鼻口身手腿，但那人是透明的，隱約有著一臉凶狠神情。

一大見水水忽地飛竄而上，伸出兩隻前手往透明人指去，透明人定住，接著就像結了冰一般，在海水中浮沉。

一具骷髏漂近，「咻～」進入透明人體內！透明人立即活了過來，一下長大好幾倍，將手腿大大伸展攪動起海水，海水頓時波濤洶湧，翻江倒海之餘，更攪出了一超大的漩渦，許多魚蝦紛紛逃竄走避。

「海骷髏！」一大大叫，驚見坐在鯊魚背上的自己和小丹加上水水，全都抵擋不了那超大漩渦，被那海骷髏一路吸捲過去。

二鯊二人一龜想停停不了，危急之中，忽有幾根大柱橫直交叉，一下子擋住漩渦狂捲之路，「咚，咚，咚。」人龜鯊全一股腦撞上了大柱，還好，大柱是軟的。

二鯊二人一龜終於停了下來，隨即分別脫離了漩渦。

「大柱子是手指頭。」一大聽見飛鏢向超跑說。

一大回頭，見一高瘦老人正掐住海骷髏的喉頭，老人身穿白衣白褲白鞋，一大忽想起「山水迴廊」的爺爺，「是大海爺爺？」

海骷髏絲毫不為所動，更大力攪動漩渦，和大海爺爺周旋。

「這海骷髏，不是人不是鬼，八成是妖魔。」一大回頭叫小丹，「小丹，爺爺有交待，我和妳四腳連環，踢那傢伙。」

「那傢伙好可怕，我們兩個，行嗎？」小丹遲疑。

「我們左掌上有『王』字保護，待會兒伸出左掌，遇風風停，遇浪浪平，再加上氣守『海底穴』定心，別怕那小小漩渦，走。」

見水水已先行衝了上去，一大，小丹坐在飛鏢和超跑背上，立即跟上，再度進入漩渦，兩人一龜都伸出左掌，一路往前衝去，漩渦威力似乎小了許多。

水水先抵達海骷髏眼前，想要定住他，沒成功，同一時間，一大瞄見有幾個老人和海骷髏在拉扯打鬥，不久便拉住了海骷髏的雙手雙腳。

一大小丹在飛鏢和超跑身上飛快接近海骷髏的頭部，一大大叫著，「大海爺爺，佛珠外公，謝謝您們幫忙！」

緊接著，一大和小丹四腳連環踢向海骷髏，隨後再急轉彎脫身。

背後傳來大吼聲，仔細聽，大吼聲外另有聲音，竟是，「師兄師姐救我！」

一大懊惱，「好像沒踢到，若他找了師兄師姐幫手來，不就慘了！」

側身一看，卻出乎意料，那海骷髏竟彎膝一跪，癱軟下去。

見水水游到海骷髏背後並大喊一聲，「起！」，有好多章魚忽地出現，觸手齊上，纏拉住了海骷髏，然後將海骷髏直往水面拖拉上去。

水水轉到一大、小丹處，「呵，一大哥，小丹姐，好了，抓到牠了，我們到水面上去吧。」

「啊？喔。」一大、小丹如夢初醒，在飛鏢和超跑的背上快速往水面衝去。

飛鏢和超跑留在深海處，一大、小丹上了淺灘，一大再抱了水水奔向觀音亭。

師兄正在海邊捲收釣魚線，小丹好奇，「大師伯，釣魚啊？」

「不是。」師兄搖頭。

一大往釣魚線那頭看去，看到一團東西，「啊！」直覺那是海骷髏，「師兄他把海骷髏拉上岸了！」

小丹聽了，張口結舌。

師兄上前將釣魚線那頭的東西扛了，走入觀音亭，將那東西放躺在亭裡地上。

一大看去，那是個人形東西，但身體手腿異常殘破，五官更是模糊不清，向小丹說，「眞的是海骷髏。」

爺爺開口問，「朋友，你爲何要找我大師父？」

爺爺問的話讓一大、小丹聽了很是訝異。

沒得到回答，爺爺又說，「我大師父名叫『華川』，你怎有他的金龜子？朋友，你如有什麼須要幫忙，你儘管說，我能幫的一定會幫。」

躺在地上的海骷髏竟緩緩坐起，回轉身向爺爺奶奶跪拜，緩緩地說，「師兄師姐救我！」

「黑白的……」一大因戴著貓鏡，看得清楚，那跪拜的是個年輕鬼魂，有著二十歲左右的樣貌。

「海骷髏的鬼魂向爺爺奶奶跪拜，還說『師兄師姐救我！』」一大小聲向小丹說。

小丹一臉迷惑。

「你生前怎麼稱呼？」爺爺問。

「華九。」

「華九，喔，難道……你是我大師父第九個兒子？」爺爺想了想，「哦，我大約明白了，但我印象中沒見過你。」

「是，我父親是華川，我是他第九個兒子，我年輕時一直都在外頭鬼混，很少回家。」

「喔。」

「就過著偷搶拐騙，殺人越貨的日子，最後惹火了父親，他氣不過，把我和偷搶拐騙來的所有金銀財寶弄在一處，全關入一個廢棄在這海邊的鐵櫃中，只留下三天乾糧，要我好好反省。」

「哦？」

「我父親他丟給我一枚他的金龜子和一本功夫密笈，並在鐵櫃門上用力一拍，打上他的『手掌』印，要我有本事自己開門出去。」

「哦？」

「我出不去，而且隔晚遇上了超級颱風，鐵櫃被捲入大海之中，又碰撞上一艘被吹翻的大船，鐵櫃就卡在船身上動彈不得，沉到海底。我怨氣沖天，含恨而亡。」

「原來如此。」

「小時候我父親教過我功夫，死後我便用靈魂修練那本功夫密笈，想有一天練得上乘功夫，可逃出鐵櫃。但功夫再厲害，也解不開我父親的『手掌』印，只能在近處弄個機關，興點小風作點小浪，沒法逃出去。」

「人心若執迷不悟，再修再練，也逃不出身體的籠子。」

「是啊，我即使用機關殺死了一些人，甚至借屍還魂，但還是救不了自己。直到上回遇見這男孩，我才又燃起一絲希望。更沒想到，今天竟會在這對男孩女孩腳底湧泉穴上見到師兄師姐的小拇指印，兩位師兄姐功夫不但是上上乘，還是源自我家祖傳，讓我看了當場下跪，求師兄師姐救我。」

「華九，當年你父親他是指點過我功夫，但是我和我內人，即身邊這師姐，真正的功夫大多來自二師父，即你父親的拜把兄弟。我對你父親和你的事雖有所耳聞，但不詳內情。這對男孩女孩，一大和小丹，是我們的孫輩，他們湧泉穴上留有我們的小拇指印，我安排他們光腳踢你，就想到你應會感應到我們的小拇指印，而來找我們。」

「是，我依稀記得師兄師姐當年的模樣，你們留的小拇指印也印證了你們的身分和功力。但我奇怪，我好像在海底沒待多久，兩位師兄師姐怎看來年事甚高？」

「當年你和鐵櫃一併失蹤，你父親及二師父，還有他們的徒弟，包括我們夫婦倆，都曾來這觀音亭附近搜尋，但沒找著。算算那已是五十年前的事了。你父親，我二師父他們也都昇天做仙去了。」

「啊？五十年了？」海骷髏垂下頭，「海底與人間有著如此大的時間差？」

「華九，相關人等都已不在人世了，你心底怨的恨的，就都放下吧。」

「謝謝師兄，我明白了，還請求師兄師姐答應幫我一個忙。」

「請說。」

「將我的骨骸找地方埋了，我從此心中再無怨恨，一切都放下了。」

「沒問題，我們會幫你。」

「還有，今後鐵櫃裡的金銀財寶全歸這位一大小朋友所有。」

「喔，一大，你聽到了？」爺爺轉問一大。

「聽到了，可……可是……」一大不知所措。

「那是我答應過的，剛才我離開鐵櫃時，父親的手掌印已同時破解，我已將鐵櫃小拇指印改成一大小朋友的小拇指印了，以後，一大將手掌貼上鐵櫃手掌印，再寫上四字密碼，便可開關鐵櫃的門，存取其中所有金銀財寶。我唯一的要求是，所有鐵櫃中的金銀財寶只能用來做善事，不然的話，必死無疑，萬劫不復。」

「呵，好，現在看來，你已去迷就悟了。」爺爺轉向一大，「一大，你帶華九由地脈前往黃金小鎮地藏王菩薩座前叩拜去，另請鬼王安頓他好好修行，你可送一篇《心經》給他。」

「啊？喔，是，爺爺。」一大應著，滿心驚訝。

一大到亭外坐地穿鞋襪，小丹也在一旁坐地穿鞋襪，「小丹，我去去就來。」一大看到小丹兩腳腳底湧泉穴處有淡淡小圓印，「妳……在這等我。」

「不用我陪你去？」

「不了，妳在這陪爺爺奶奶，我很快就回來。」

「喔，好。」

一大穿了上衣，領著華九的魂走向地脈。

「華……大哥，要不要遮陽？」一大舉高書包。

「不用，我功夫高。」

「哦？」

「一大，記得有次我利用一名斷臂樵夫借屍還魂，你遇見我還想幫我，你確實有顆良心，幸好，我沒取了它來換我的壞心。」

「啊？喔，嘿嘿……」一大苦笑。

「四字密碼是『一大一小』。」華九小聲說。

「啊？一……？」一大一聽驚了下，回頭看爺爺奶奶，但等了一會，並沒聽見有轟隆隆響聲。

「傳音入密，呵。」華九詭詭一笑。

「啊？」

「別人聽不到的。」

「喔。」

走上地脈，一大說了聲，「黃金小鎮」。

五十一、華九與鬼王

到了黃金小鎮，金豹隊長迎來，「一大，帶朋友來玩呵？」

「豹哥，你好，這是華九大哥。」「華大哥，這是金豹隊長。」一大互相介紹了下。

「豹哥，我和華大哥先到地藏王菩薩座前叩拜，另外麻煩你請左右護法來一趟好不？」一大心想先找左右護法來請教一下安排華九之事較好。

「好。」

一大和華九到地藏王菩薩座前叩拜，之後，轉身出來，見金豹請的左右護法已經來到。

「一大小兄弟，你好。」左右護法打招呼。

「左右護法，兩位好。」一大正回話，竟見鬼王也跟著來到，忙說，「大王，您好。」

「好好好……」鬼王口上向一大說好，兩眼卻盯著華九看。

突然，鬼王對華九大聲吼道，「華老九！記得我嗎？」

一大看見鬼王的臉面突變化成一年輕男子的模樣，正驚訝，卻見到華九神色頗爲驚慌。

「左右護法，拿下他。」鬼王大吼一聲，回復了鬼王樣貌。

左右護法加金豹隊長立刻上前，將華九大力按壓，跪在地上，華九竟絲毫沒有反抗。

一大見狀，忙說，「大王，華九他……已放下……改過了，他……」

「一大，華九放下改過是今天的事，本大王要跟他算的是今天以前的事。」

「我爺爺他希望華九來這裡，是能跟大王您好好修行的。」

「苦修也是修行呵，華九他必須苦修才能還人公道。」

「苦修？」一大不懂。

「大王說的對，我是罪有應得。」華九抬起頭說。

「罪有應得？這……」一大又不懂。

「好個天理循環，這麼多年後，你華九居然落到本大王手上。」

「大王，『冤家宜解不宜結』，請原諒華九吧，他年輕時爲非作歹，被他父親關入鐵櫃沉入海底，死了五十年還逃不出來。」一大求情。

「五十年？了不起啊？華九當年把我殺了，我死到現在還不只五十年呢！」鬼王怒氣沖沖。

「啊？」一大、左右護法和金豹隊長全啊了一聲。

「一大，就算我當年作惡多端該死好了，撇開私人恩怨不談，這惡貫滿盈的華九要公事公辦起來，恐怕必須也得像我當年一樣，先下十八層地獄，刀山油鍋……那個，那個，哦，你還小，本王不嚇你。」

一大聽了，大約明白，再無話可說。

華九苦笑說，「嘿，一大，謝謝你陪我走這一趟，華九銘記在心。我惡有惡報，報的時候到了，我誠心接受，你回去吧，你爺爺奶奶和小丹還在等你呢。」

一大想了想，「好吧，那以後……有機會再見了。」

一大向鬼王、左右護法和金豹隊長鞠躬告辭，各分送了一篇《心經》，也偷塞了一篇給華九，鬼王他們心知肚明，並不點破，鬼王還笑笑地送走了一大。

一大回到觀音亭，心情沉重。狗狗唔唔汪汪迎上，見爺爺、奶奶、師兄和小丹在亭子裡坐著說話。

「一大回來了。」小丹叫道。

爺爺笑笑，「呵，一大回來了，你的海底沉船金幣這碼事，算是解決了。至於華九和鬼王的私人恩怨，他們倆自己會解決。」

「喔，是，爺爺。」一大明白爺爺清楚所有的事。

「這些骨骸由警方處理較合適。」爺爺向師兄說，「九堂，請你透過你朋友通知警方，說這骨骸的人名叫『華九』，就說是海釣釣到的，人名是這骨骸托夢得知的，妥善安葬他吧。」

「知道。」師兄應著。

「好了，那，我們就回家吧。」爺爺說。

回到家，吃過中飯。爺爺、奶奶休息去，師兄在廚房做饅頭。

一大和小丹在樹下聊天，「鬼王五十多年前竟然是被華九殺死的。」

「眞的？」

「鬼王很生氣，我看華九落到他手上，有罪受了。」

「你沒幫華九說情？」

「說啦，沒用。」

「那就沒辦法了。」小丹頓了下，「你覺不覺得爺爺早算到華九會找他幫忙？」

「哈，爺爺他高啊，他全都算得清清楚楚，尤其是要我跟妳光著腳丫四腳連環踢向華九……」

「那代表什麼？」

「代表……，欸，妳知不知道妳腳底湧泉穴上有小拇指印？」

「知道啊，從小就有的。」

「我也有。」

「哦？我媽說我很小的時候得了重病，醫生沒法救，她拜託一個高人救我，高人熬草藥給我喝，在頭身加氣，還用小拇指在我小腳丫湧泉穴上按揉，好幾天才救活我，高人的小拇指印就印在我腳底了。」

「很小的時候？」

「嗯，一歲不到。」

「小丹，我跟妳光著腳丫踢向華九，華九大喊，『師兄師姐救我！』是因爲他看到我跟妳腳丫上的小拇指印，而那小拇指印應該是爺爺和奶奶的，爺爺奶奶便是他的師兄師姐。這兩年爺爺和奶奶救過我們，在湧泉穴上留下小拇指印也是可能，但妳說妳小時候一歲不到就有了，難道……」

「難道爺爺奶奶以前就到處救人嗎？」

「不像，他們隱居很久了，很少離開這裡。」

「還是他們只救過你跟我？」

「只救過我跟妳的話，那搞不好我們是兄妹。」

「不，是姐弟！」

「哈，妳……」

隔了兩天，晚飯時爺爺突問，「一大，你暑假還計劃要去一趟『時空邊界』吧？」

「『時空邊界』？當……然，爺爺，我是……很想去，可是……」

「可是什麼？」小丹一旁問道。

「雲霧車站，我……」

「你老師說不准你去『雲霧』車站，沒說不准你去『楓露』車站吧。」爺爺笑笑。

一大雙眼大睜，「哇哈，爺爺，您，您太神了。」

「呵呵……」

「一大，你要去『時空邊界』？那我也要去。」小丹說。

「啊？」

「你去找爸媽，我去找爸爸呀。」

「很危險啊。」

「有你在，我不怕。」

「啊？喔，好吧，有妳在身邊也不錯。」

「嘻，那當然。」

奶奶說，「小丹，妳得先問問妳母親。」

「奶奶，我媽她一定不會准的，可我不管。」

「小丹，海底沉船那，爺爺奶奶都在，但『時空邊界』那，爺爺奶奶都不在，妳如發生什麼事可不好，所以妳得先得到妳母親的准許。」奶奶又說。

「唉喲，那，那，好吧，一大明天跟我回家跟我媽說。」

「我？」一大面有疑問。

「你說的我媽都 ok，我說的我媽都不 ok，懂吧？」

「哈哈哈……」

「那，好吧。」一大答應。

「你們要是去到『時空邊界』，切記，最多在看到第七次太陽升起前，便要返回，不可延誤。」爺爺鄭重地說。

「爺爺，六天就足夠了，我們不會玩那麼久的。」小丹笑說。

『時空邊界』不同於我們眼前看到的世界，那虛幻迷離之境，很容易就會讓人暈頭轉向，甚至流連忘返，過了時間，想回也回不了了。」爺爺仍鄭重地說。

「小丹，我們都聽爺爺的。」一大早感覺到「時空邊界」有著神祕詭異，那不是他或小丹能理解的。

「喔，知道。」

「還有，出門在外，每天要記得沾點水在左掌上寫個『王』字，再在『王』字外畫個圈。」爺爺補說。

一大、小丹一致點頭。

五十二、銀天馬

早飯後，一大加放幾件換洗衣褲在書包中，另提了一袋師兄準備的饅頭，一袋狗食，帶上麥片、胡桃，便和小丹、彈簧一起來到了楓露中學。

此刻，兩人坐在小丹家客廳，正靜靜地面對崔媽媽。

崔媽媽似乎經過長考，緩緩說，「小丹，媽老實跟妳說，媽會擔心妳去『時空邊界』，但復天早計劃了要去，也算是個難得的機會，你們結伴同行，媽會少擔點心。復天去找他爸媽，妳去找爸爸，於情於理，我都沒有理由阻止。」

「耶，媽媽萬歲，謝謝媽媽。」小丹一步跨上，抱緊了媽媽。

「媽媽還沒答應，別撒嬌，復天在笑妳了。」

「媽，妳……還沒答應哦？」

「你們得先答應我一件事。」

「媽，十件我都答應。」小丹兩手食指交叉。

「妳不算，媽要復天答應。」

小丹馬上看向一大，又擠眉又弄眼的。

「崔媽媽，您請說。」一大坐直身子。

「在看到第七次太陽升起之前，一定要回來，不可延誤。」崔媽媽一字一句說著。

一大聽了，只覺頭皮發麻，頗感事態不單純。

「媽，妳怎跟爺爺說得一樣？我們不會玩那麼久的啦。」小丹搶著回話。

「復天，你答應嗎？」崔媽媽沒理會小丹。

「崔媽媽，我……答應。」一大越說越小聲。

「崔媽媽聽不見。」

「崔媽媽，我答應。」一大大了聲。

「好。」崔媽媽起身，「我幫小丹帶些吃的穿的，弄好了，你們便動身。」向屋後走去。

一大心中不安，「小丹，我是爸媽都不在，你可是有媽媽在，妳走了你媽會難過的，我還是一個人去好了，死活都沒關係，超過七次日出也不怕。」

「討厭，只是出去郊個遊，你別也婆婆媽媽的，不管，我要跟你去嘛。」小丹嘟嘴。

「好好，去……去。」

隔了一會兒，崔媽媽拎了小丹的背包走來，「小丹，吃的穿的喝的、狗食、夜視鏡都有了。」

「媽，妳放心，我很快就會回來的。」小丹抱抱媽媽，揹上了背包。

崔媽媽看著一大和小丹，「那，今天天氣不錯，你們走吧，早去早回。」

「崔媽媽再見。」，「媽再見。」

一大和小丹邊說邊走出了大門，麥片、胡桃、彈簧跟著。

「復天，如見著你爸媽，代崔媽媽向他們問好。」崔媽媽在背後喊了聲。

一大愣了下，回頭揮了揮手，「好。」

走到操場，一大問小丹，「楓露車站在哪方向？」

小丹往右指，「那邊。」

「操場太開闊，我們穿過樹林走，小心點，這裡可是黑衣人的大本營。」一大四下看著。

「好，往這走。」兩人向樹林走去。

一大拿出水壺，「小丹來，沾點水，在左掌上寫個『王』。」兩人分別寫了個「王」，並在「王」字外畫了個圈圈。

「麥片，你跟胡桃走前面，彈簧斷後，注意一下有沒有什麼可疑的人或物。飛飛，你飛上去，小虎上我肩膀，四周圍幫忙看著。」一大邊指揮，邊穿上呱呱衣，另把貓鏡交小丹戴上。

「一大，穿過樹林就可看見鐵軌，再順著鐵軌走幾分鐘就是楓露車站。」

「好，幾點有火車？」

「我記得中午有一班，開往雲霧的，現在十一點二十五。」

「那趕得上，但不知這班車是不是朱鐵哥開的？」

「沒關係，如果不是他，我們到雲霧先找到他再說。」

「嗯，鐵哥對『時空邊界』有些瞭解，路也熟，非找到他不可，除了鐵哥外，有一次呱呱也說要去。」

「哦，呱呱要去？有意思，牠拍拍翅膀不就到了。」

「也對，但牠想坐火車。」

「哈，烏鴉想坐火車？」

「呱呱的怪招可多了。」

「嘻，有趣。」

「嘿，小丹，下面那是不是妳說的鐵軌，再順著走幾分鐘就可以到楓露車站？」一大指向林外下方的一段鐵軌。

「嗯，那鐵軌再過去不遠，是舊鐵軌和鬼車站。」

「『天人車站』？」

「嗯。」

「喔。」

兩人加快腳步出了林子，往下坡跑去。

胡桃匆匆跑來，「一大哥，麥片說，楓露車站停了一節銀色火車車廂。」

「火車到了，一大，快。」小丹興奮要跑去。

一大一把拉住小丹的手，「等一下。」

小丹回頭，「怎麼了？」

「噓，小丹，不對，火車車廂應是紅色的。」一大停住腳步。

「啊？」

「胡桃，去叫麥片先回來。」胡桃跑去，一大小聲叫，「飛飛，飛飛。」

「一大哥，阿彌陀佛，什麼事？」飛飛來了。

「飛飛，你飛過去查看一下那車站停的銀色火車。」

「好。」

不久，飛飛飛了回來，「一大哥，朱鐵哥在車廂裡。」

「鐵哥？飛飛，你有跟他說話嗎？他是不是眞的朱鐵哥？」一大一堆疑問。

「有說話，應是眞的朱鐵哥，他那麼高那麼壯又結實，要假裝他也很難吧，他說他在等人，那銀色車廂是專車。」

「這，玄了。」一大想了下，「小丹，我們悄悄靠近車廂再看情形。」一大對幽靈火車的記憶甚是難忘。

「好。」

兩人悄悄地靠近車站，一大看見「楓露」白底紅字站牌大大顯現眼前，車站站頂是紅瓦鋪成，白色樑柱嵌了紅色楓葉圖案。

「『雲霧』車站是白藍雙色系，『楓露』是白紅雙色系，各有特色，都很美！」一大心裡讚著。

月台邊是停了一節銀色火車車廂，在距離車廂十幾公尺處一大、小丹停步。

一大問麥片，「麥片，有沒有朱鐵哥的味道。」

「有，有朱鐵哥的味道。」麥片回答。

「哈，我們找他去。」一大放心了，拉著小丹，帶著三隻狗狗走上月台，三隻狗狗搖起尾巴，向車廂門口站著的高壯男子走去。

高壯男子一步跨上月台，「一大？小丹？」傻傻看著兩人。

「哈，眞的是鐵哥。」一大大叫。

「鐵哥，你好。」小丹上前打招呼。

「一大、小丹，你們怎會在這裡？」鐵哥仍傻傻看著兩人。

「我們來搭火車啊。」一大說。

「搭火車？」

「鐵哥，你又怎會在這裡？」

「哦，有客人向山下總站訂了一節銀色火車，說在楓露車站等，要求十二點準時開車，還指明要北上，雲霧站不停。」

「哦？」一大有驚有喜。

「還有五分鐘就十二點了，你的客人還沒來？」小丹四下看。

「還沒，我這有客人名單。」朱鐵口袋拿出一紙，念道，「天丹虎飛片桃簧」。

「哇，太神了，鐵哥，這客人名單寫的就是我們。」一大說。

「什麼？」朱鐵搞不清楚。

「是我們名字的最尾一字，席復天、小丹、壁虎小虎、螢火蟲飛飛，以及三隻狗狗麥片、胡桃、彈簧。」

「啊？我的媽呀，那，快，都快上車！」朱鐵一聽，立刻催大家上車。

大家隨即三步併兩步進了車廂。

「你們隨便坐，我去開車。」朱鐵邊說邊快步往前，坐上駕駛座，車門隨即「滋～」關上。

火車啓動，「哈，剛剛好，十二點整！」小丹神情愉快。

「玄啊，等一下得和鐵哥多聊聊。」一大看看車廂內部、和紅火車內部沒啥兩樣，都是綠皮座椅，心中仍有迷惑。

幾分鐘後，朱鐵走來，「哈，居然我的客人是你們，太難以相信了。」在一大、小丹對面坐下。

「鐵哥，我們是要去『時空邊界』的。」一大說。

「知道，總站通知我，說客人訂這火車時，就講明雲霧站不停，直接開往北方兩個『廢棄車站』，我一聽，嘿，那不就是『時空邊界』嘛。」

「一大，會是誰訂的？他對我們的行動似乎掌握得一清二楚。」小丹疑問。

「不知道，只要不是敵人訂的就好。」

「嗯。」

「鐵哥，我上次坐你開往『時空邊界』的火車不是紅色的嗎？這次怎會是銀色的？」一大問。

「嘿，訂車的人必是高人，懂得其中奧秘。」朱鐵神祕兮兮。

「奧秘？」

「這銀色火車是外號叫『銀天馬』的全自動高車，遇山穿山，遇水過水，遇斷崖、斷軌更神勇，咻一下就飛過去了。」

「哇，厲害，『銀天馬』，聽起來像是一匹銀色的飛馬！」小丹讚嘆。

「咴～咴～」

「咦？馬叫聲？」一大坐直身子。

「有嗎？」小丹側耳。

「至於紅色火車，那是外號叫『紅頑童』的半自動普車，遇上高山深澗斷軌處，還得勞我揹扛過去，又跑又跳，又拖又拉的，那我就比較辛苦了。」

「哈哈……」

「鐵哥，剛才火車啓動，我看剛好十二點整。」小丹說。

「高山上日照時間短，在十二點整日正當中陽氣最盛時啓動『銀天馬』，牠會瞬間充電，那就夠讓牠在雲霧陰雨中馬不停蹄連續奔馳三個月。訂車的人要求十二點準時開車，想必清楚此道理。」

「哦，厲害。」一大想到，「鐵哥，呱呱沒出現？牠也說過想去『時空邊界』的。」

「呱呱？牠自從會了隱身術後，我就難得見到牠鴉影了。牠偶而會突然出現嚇嚇我，誰知道牠現在在哪？也許就在這車廂裡。」

「嘻嘻……。」

「對了，你們怎麼會在楓露車站上車？」

「哈，我爺爺說老師不准我去『雲霧』車站，但沒說不准我去『楓露』車站，所以，嘿，我就來楓露上車啦。」一大說。

「哈哈，有一套。」朱鐵笑笑，「我去駕駛座看看，應該快通過雲霧站了。」起身走向前去。

一大看三隻狗都還好，另問，「小虎、飛飛，你們還好嗎？」

「一大哥，下回記得帶暈車藥啦，阿彌陀佛。」飛飛回答。

「哈，下回出門，我不只帶暈車藥，還要帶暈海藥，暈山藥。」

「嘻。」

「飛飛，我看，你去小丹姐手心走走，可能就不會暈了。」

「好。」飛飛飛上小丹手心去了。

五十三、天馬飛天

朱鐵回來，「剛通過雲霧站了。」在一大、小丹對面坐下。

「鐵哥，等了那麼久，我們終於成功開往『時空邊界』了。」一大拍手。

「還沒成功，這才開始……」

朱鐵話沒說完，忽有「匡噹，卡卡。」聲傳來。

朱鐵跳起往前跑去，一大、小丹往窗外看，白茫茫一片，全是霧氣，什麼都看不見。

「怎麼了？一大。」小丹緊張。

「不知道，我們去前面看看。」一大拉了小丹的手往前走去，三隻狗狗跟上。

「剛有落石滾下撞上鐵軌，還好，天馬自動飛過，沒事了。」朱鐵盯著擋風玻璃窗往前看，車頭燈的強光照著鐵軌，前方能見度不到十步遠，鐵軌兩旁隱約可見綠樹雜草和山壁，偶而聽得見火車輪和鐵軌的摩擦聲及狗狗在腳邊唔唔聲。

「車頭有燈，還是能看到一些東西。」小丹也湊近前窗。

「嗯，我早已習慣這種在高山開火車的環境了。」朱鐵仍盯著擋風玻璃往前看。

「鐵哥，這駕駛室對你來說太小了吧！擠油渣啊？」一大笑說。

「就是說嘛，我塊頭太大，轉個身都沒辦法。」鐵哥打量一大，「嘿，一大，要不，換你來坐坐。」

「我？我又不會開火車。」

「坐著就好，別碰那電子儀表板，全自動的，來。」朱鐵移到駕駛室外，推了一大進去坐上駕駛座，「這座位，看，挺適合你的嘛。」

一大感覺新鮮，盯看著發光的儀表板，不覺伸出右手，但抬高了些，避免碰到儀表板。

「吙～吙～」

「馬叫聲？」一大轉頭看駕駛室門外的朱鐵和小丹，右手很自然地放到儀表板上。

忽地，眼前一黑。

「隧道。」

聽見朱鐵在說。

「嗯，隧道。」一大正要回話，猛見一道強光迎面衝來，「哇！」

一大以爲是要撞上對向來車，本能抱頭閃躲，但，隔了一會兒，沒碰撞聲，只感覺一片靜謐，萬物靜止，接著，身體動彈不了。

「定住了？」一大心中飛快閃過一念，努力轉動兩眼，見朱鐵和小丹，及狗狗全定住了。一大聽不見車輪和鐵軌的摩擦聲，「車停了？」

一連串疑問在一大腦中轉著，又聽見「滋～」一聲，「是車門開了？」

一大雖心裡想著，但沒法回頭看，頗爲心焦。

「鬆、靜、守，一氣入丹，可以解定。」一聲音在耳邊說。

一大便在駕駛座上放鬆，靜心，意守丹田，幾次深呼吸，氣入丹田後，腳趾頭可動了，手指頭可動了，身體可動了，便慢慢起身，正要向朱鐵和小丹說，見兩人也慢慢地在動了。

「鐵哥，剛才怎麼回事？」一大可以說話，立即向朱鐵問道。

「不清楚，好像你碰了儀表板一下就……」朱鐵低頭去看儀表板。

「哦？」

「一大，剛才我們被定住了。」小丹說，「隨後有聲音在說鬆、靜、守，一氣入丹。」

「對，我也有聽見，才解了定。」一大回著，彎腰摸摸三隻狗狗，「剛才連狗狗也定住了，現在也都解定了，可是火車仍然沒動。」

「我以前沒遇過這種事，看來是一出隧道磁場劇變，把我們給定住了。」朱鐵說。

「欸，那車門開了。」一大指指車門方向。

「我看看去。」朱鐵走向車門。

朱鐵才走到車門邊，「唰！」，不見了。

「哇，鐵哥，鐵哥不見了？」一大大叫，三隻狗汪汪叫，一大拉了小丹往車門快速走去。

「麥片，胡桃，有看到什麼人嗎？」一大急問。

「沒有。」

一大和小丹在車門邊探頭往車前車後看，霧太濃，根本看不見東西。

「唰！」，一回頭，小丹也不見了。

「小丹！」一大大叫，再一看，彈簧已飛身跳車追了去。

一大還沒來得及跑開，「唰！」突感身子被東西纏住，一強大力道將他往外拉去，「啊！」正驚慌，

「啪！」一聲，身子瞬間鬆開。

「一大哥，剛有繩子飛來，透明的。」飛飛說。

「繩子？」

一大摸摸身子，沒摸到繩類東西，立即帶了麥片，胡桃遠離車門，站在車廂中央，緊緊抓握住車廂內的一根鋼柱。

聽見「滋～」一聲，一看，「車門關上了。」

「咴～咴～」

一大又聽見馬叫聲，火車動了。

一大衝向駕駛室，「哇，慘了！」駕駛室的門關上了，一大用力開門，試了幾次，沒用。

火車在加速了。

「飛飛，小虎，麥片，胡桃，想想辦法。」一大就近在一張椅子上坐下，心中著急，「鐵哥和小丹不見了，怎麼回事？」

忽地朝後仰了下，麥片，胡桃，汪汪的叫了幾聲，一大聽見飛飛說，「火車飛起來了！」

「啊？」

沒多久，火車車廂開始忽左忽右搖擺，一大抓緊了椅子扶手，身子一下歪左、一下斜右。

想了下，一大打開書包，拿出太極電，再拿出佛珠，用小拇指按了太極電開關，照向佛珠。

「外公。」六位白髮老人出現在佛珠上，一大心安了些。

其中一人說，「小丹她爸派人來急吼吼要抓人，用『時光圈』套了就走，連招呼也不打一下。」

第二人說，「『時光圈』厲害，連那大塊頭也一下就被弄走了，他可是駕駛『天馬』的好司機啊。」

第三人說，「還好，咱一出手，把『時光圈』弄斷，把徒孫的徒孫給拉了回來，崔老二得傷腦筋去想是誰在搞鬼了，哈哈……」

第四人說，「好呵，這一下左一下右的搖擺晃動，我是希望我們這匹『天馬』飛天遁地的神奇招式不會嚇著咱們這徒孫的徒孫。」

第五人說，「嚇著？他連他鬼師父叢林、坑道裡的一堆鬼怪，還有噴毒水的大蛇都不怕，哪會嚇著？這小傢伙有膽識，但他的心性須要多加磨練，將身心都修到平平和和的境界才好。」

第六人說，「那簡單，平常時要他多多抄寫《心經》不就得了，抄寫個十萬八千遍，就用篆字，抄好後保證他身心平和，呵呵呵……」

「十萬八千遍？還用篆字？外公，這……」一大忍不住。

才說，六位老人忽地消失了。

「咴～咴～」

聽見馬叫聲傳來。

「一大哥，火車停了。」小虎說。

「哦？」一大隨即用小拇指按了下太極電開關，光沒了，將佛珠收好。

「滋～」，車門開了。

一大走向車門，麥片和胡桃跟著，一大朝車門外看，「嘿，雲霧散了，好天氣。」

高高的山脈綿延，溫暖的陽光露臉，一大片青草地展現眼前，百公尺外的草地盡頭則有參天巨樹聳立。

「唔唔……」麥片和胡桃朝外低吼。

「麥片、胡桃，那邊有什麼？」一大朝巨樹林指去。

「有東西，不清楚是什麼。」麥片回答。

「似乎是壞東西，躲躲閃閃的。」胡桃說。

一大手握太極電，退回車廂中，踱了幾十步，又走向車門口。

「嗯，光在車上等也不是辦法，我們下車，不走草地，從車後的雜草矮樹叢間穿過去，看看這山上有沒有住家什麼的。」

隨即跳下車，矮下身，麥片和胡桃跟著。沿著車身走到火車後方，「咦，沒鐵軌？」發現車輪下竟然沒鐵軌，「火車還眞是飛來的，問題是，幹嘛飛來這？又幹嘛要停這？」

一大矮身走進雜草矮樹叢中，「小虎、飛飛幫我注意四面八方。」

「好。」

走了幾十公尺遠，「趴下。」飛飛叫，一大立即趴下，「咻～咻～咻～」幾支箭飛過，麥片和胡桃汪汪的衝了出去。

一大趴著，微微抬起頭看，「哇，那麼多！」

麥片和胡桃沒多久居然又汪汪地跑了回來。

「麥片，那些是人是鬼？」一大驚駭。

「好像半人半鬼，他們還帶了狼。」麥片汪汪。

「什麼？」一大不明白，半蹲起看。

遠看那些人，半黑白，半有色，身旁有幾匹似狗又似狼的動物跟著。

「他們從前面和左邊圍來，背後是亂石坡，一大哥，只有先往右跑了。」飛飛說。

一大聽了一步跳起往右跑去，身穿呱呱衣動作快速靈活，一下就竄入樹林中，曲曲折折快跑而去，偶回頭看，那些人動作也很快，邊跑邊射箭，一大只好繼續跑。

眼見跑出樹林了，「小心斷崖！」突聽飛飛大叫一聲，一大來不及停，一腳踏空，摔飛出去，往下直落。雖呱呱衣似乎延緩了一點落下速度，但腦中仍閃過一念，「完了！」

「呯！」說時遲那時快，一屁股重重跨坐一物體上。

「咴～」

一大發現胯下有東西，一看，「馬？」。

那是一匹馬，一匹銀白發亮的馬！

「眞的是馬？」一大懷疑。

「一大哥，抓好了，咴～」

那匹馬往上飛去，到斷崖邊叫，「麥片、胡桃，快跳上來。」

麥片、胡桃跳上了馬，一大接住後，那匹馬便往更高處飛去。

「哈，眞的是馬，好一匹神奇的飛馬。」一大讚道。

「一大哥，我背鞍兩旁各有一網袋，可把麥片、胡桃放入。」

「好極了，飛馬。」一大將麥片、胡桃放入左右網袋。

「叫我『踢躂』。」飛馬說。

「『踢躂』？」

「我四蹄一動，踢踢躂躂的，像跳踢躂舞一樣。」

「哈，帥！『踢躂』，我和麥片、胡桃你都認識？」

「我天馬，飛天遁地，上知天文，下知地理，左認人類，右識鳥獸。」

「高啊！那，你知道剛才追殺我的是什麼人？」

「中陰人，剛往生的。」

「中陰人？剛往生的？」

「欲界色界眾生，往生後會經中陰階段，看來是有生前爲惡，神識不清之中陰人，被人利用了。」

「被人利用？」

「抓緊了。」

「哇啊！」一大抬眼驚見「踢躂」正往一面山壁直直撞去。還沒多想，便眼下一暗，一大心怦怦狂跳，過沒多久，忽又一亮，回頭看，背後又是一面山壁，「天啊！踢躂，你剛才是穿山出來啊？」

「哈，我天馬可是會飛天遁地的。」

「太神了，比呱呱還神。」

「烏鴉呱呱嗎？」

「是啊，你認識呱呱？」

「當然，我天馬耶，何況鳥界會快飛又會隱形的就只牠一鴉了。」

「哈哈，呱呱是我的好朋友，我常坐牠身上飛來飛去，我身上這黑羽衣就是牠送的。」

「哦，那好，一大哥，留神，我現在要展翅高飛了。」

見馬身左右伸展出一對銀白翅膀，迎風颯颯高飛。

「哇，太神了！」

往下看，雲海波濤起伏，一大心曠神怡，忽見左側有一光影雲圈，看見另一個自己騎著飛馬從中穿過。

「哇！」一大驚奇不已。

「那是觀音圈，好兆頭，難得一見的。」

「哦？神奇，眞神奇。」

五十四、母子相見

踢踺沿一高山上飛，之後，降落在一山門之前。

「一大哥，請下馬。」踢踺說。

「好。」一大下了馬，將麥片、胡桃也抱下地。

「阿彌陀佛。」飛飛念道。

「這是什麼地方？」一大問。

「一大哥，請從山門後的石階往上走，會有人來接你。」踢踺說。

「喔。」看山門後的石階一路迤邐向上，一大心中忽覺忐忑不安，「麥片、胡桃，來，跟我上去。」上了約百級石階，見右方竹林小徑邊上有幾間小屋，其中有一間小屋的門前出現一婦人，那婦人向一大招手。

「她是在向我們招手嗎？」一大問道，遠看那婦人的影像是黑白的。

「是，她是在向我們招手，一大哥，你過去看看吧，阿彌陀佛。」飛飛說。

「喔。」一大走入小徑，狗狗跟上。

一大走近那婦人，見她笑笑迎來。當一大看清楚眼前婦人時，忽然大驚失色，眼淚隨即簌簌流下，「啊！媽……媽？妳是媽媽？」

婦人笑笑點頭，一大「咚！」地跪下，婦人上前來扶，但碰觸不到，只好站著。

一大怔怔看著媽媽，他心中清楚，眼前的媽媽是黑白的，是靈魂，媽媽真的已往生了！但媽媽的身影是亮白的，不同於地下坑道那些鬼魂，是灰暗的。

母子一站一跪，隔了好一會兒，媽媽說，「復天，來，進屋說話。」媽媽轉身走進小屋。

一大仍愣愣流淚跪著，飛飛說，「一大哥，去和你母親說說話，別難過了，看我，往生之後，還不是又回來了。」

「啊？喔。」一大起身，走入小屋。

看小屋內部擺設，一大嚇一跳，竟和他小四之前住的山上小屋內部擺設一個樣。

媽媽坐下，指指身旁椅子，「來，坐媽媽旁邊。」

一大坐下。

「復天，幾歲了？」

「十四。」

「都過了四年了。」

「嗯。」

「媽這邊和你那邊的時間，不一樣，所以媽媽不清楚過了幾年。」

「哦？」

「搭火車還順利吧？」

「嗯。」一大停了下，「媽，爸爸呢？」

「在『邊界』。」

「在『邊界』？」

「我和你爸，已天人相隔了。」

「哦？」

「復天，你上中學了吧？」

「是，雲霧中學。」

「雲霧中學，喔，雲霧中學好嗎？」

「嗯，好。媽，妳和爸跟雲霧中學有關係嗎？」

「該怎麼說呢……」

「四年前發生什麼事？爸媽怎麼會突然不見了？還有……」

「媽一時說不清楚，見到你爸時，媽相信你爸會說給你聽的。」

「喔，那，媽，這是什麼地方？」

「媽在天上的家。」

「天上的家？」

「嗯，人生終了，都要回家的。」

「哦，媽，妳在這家裡，過得好嗎？」

「好，心寬天地寬，放下了，在哪都好。」

「喔。」一大突想到一事，「對了，媽，崔媽媽她問妳好。」

「崔媽媽？哪個崔媽媽？」

「楓露中學的崔媽媽。」

「楓露中學？喔，你是說，田……星荷，看，媽都記不得了。」

「崔媽媽有一兒一女，叫崔少勇，崔少勇。媽，您記得他們嗎？」

「嗯，好像……那……」媽笑笑搖頭。

「媽，現在記不得沒關係，我在這住久一點，和媽媽多說說話，媽媽就會記起來的。」

「復天，這地方不是你可久住的地方，而且，媽媽已把往事放下，無須再記起了。」

「那……」

媽搖手止住他說下去，「好了，復天，天快黑了，你……走吧。」

「天黑？還沒呢。」

「這裡天黑得早，走吧，別誤了火車。」

「媽，我……」一大又咚地向媽媽跪下。

「孩子，起來，不難過，以後有緣會再見面的。」

一大緩緩起身，母子碰觸不著對方，表情充滿不捨，「唉，我……。那，媽，再見了。」

「好，復天，再……見。」

一大向媽媽深深一鞠躬，轉身走出了小屋。

在門外站了一會兒，「麥片、胡桃，走了。」

一大往來路走回，頻頻回頭，見媽媽在門口向他揮手道別。

一大下完石階，到了山門之前，踢踺走了來，「一大哥，下山吧，天快黑了。」

「好。」一大先將麥片、胡桃抱起，放入馬鞍旁網袋，自己再爬上馬背。

「小虎、飛飛，都在嗎？」

「在。」「在。」小虎、飛飛回答。

「踢踺，我們走吧。」

「咴～」踢踺展翅飛起。

「一大哥，你比來時重了些，是心情沉重？」踢踺說。

「你知道我心情沉重？」

「你在我背上，我當然知道。」

「嗯，高馬，那接下來去哪？」

「先回隧道口原先停火車的地方，也許鐵哥和小丹已回那去了。」

「眞的？」

「猜的。」

「嘿，反正天要黑了，回去休息吃點東西。」

「好。」

晚霞映照著，山雲都抹上了胭脂，一匹飛馬在天邊快速飛翔著。

一路上一大的心情沉重，意外見到媽媽，卻是在這種奇妙的情況下，短短的相聚，短短的說話，母子心中都很無奈又難過。但這幾年碰到過許多生生死死之事，一大已比較能夠接受事實，並控制自我的情緒了。

天色已暗，「一大哥，要下降了。」蹋蹉說。

「喔，先留意一下那附近有沒有壞人或狼。」

「好，待會兒我把車門關好，其他人獸禽鳥就都進不了車內了。你要開車門叫一聲『蹋蹉開門』，要關車門叫一聲『蹋蹉關門』便可。」

隨之聽見踼踼躂躂幾聲，「吙～吙～」。

忽然間，一大竟發現自己坐在車廂裡的綠皮椅上，叫道，「麥片、胡桃。」。看麥片、胡桃搖尾唔汪走來，「哦，沒……事，來，我給你們弄吃的。」拿出狗食給狗狗吃。

「小虎、飛飛，我們剛才是在馬背上吧？」一大問道。

「現在還是呵，阿彌陀佛。」飛飛回著。

「踼躂是匹變形飛馬。」小虎嘎嘎地說。

一大左看右看，滿心的驚奇。

一大吃了饅頭，小虎、飛飛吃了饅頭屑，不久，車內燈熄了，車內外一片漆黑。一大蹺曲起身子，靠上椅背放鬆休息，不知不覺睡著了。

睡了不知多久，有光影閃動，一大睜開眼看，「啊？是，是動畫？」

剛開始，一大弄不懂發生了什麼事，繼而想，「啊，我等於身在玻璃瓶內！」

四面車廂玻璃正大大放映著動畫，自己坐在車廂裡的綠皮椅上，「車廂像個大玻璃瓶，飛飛在裡面畫動畫，我，也在裡面！」

麥片、胡桃搖尾唔唔靠來，「麥片、胡桃，沒關係，是飛飛在畫圖。」

一團火焰轟地爆炸開來，車廂內頓時赤焰通紅，「哇！」一大本能閉眼閃躲。等了一會兒，沒事，「嘿，只是窗戶玻璃上的動畫。」

「唔汪。」麥片低吼一聲。

「黑馬面！」窗玻璃上顯示出滿臉殺氣的崔一江，一大本能退縮一下，又看，「獨眼龍！」崔一海也出現了，因爲窗玻璃大，黑馬面，獨眼龍就像眞人般大小顯現著，一大有著身歷其境的眞實感。

「咦？」看到黑馬面和獨眼龍後面有一人走上前來，一大沒見過，不認識。那人高大帥氣且斯文白淨，舉手投足慢條斯理，「這人……是誰？」一大看著，心中突現一想，「啊？他不會是……崔一河，小丹的爸爸？」一大的心怦怦跳，「三兄弟，全湊到一起了？」

見他們三人一起在看著前方不遠處熊熊燃燒著的大火，那像是一片樹林起火，還有幾匹凶惡的狼在三人身旁。

見黑馬面和獨眼龍突然往前衝出，隨即和一人打了起來，那人手腳並用，又踢又打，身旁有兩隻狗幫忙，還咬向黑馬面和獨眼龍。

聽見麥片、胡桃在腳下「唔汪，唔汪……」低吼，一大跳起，「啊？那人……是我！還有麥片、胡桃！」

「哇啊！」見兩匹狼跑來和麥片、胡桃衝撞，互相猛咬，麥片、胡桃似乎居於劣勢，接連跳開，閃來躲去。

黑馬面和獨眼龍忽然退後兩步，「啊！」一大突見兩匹狼撲向自己，而兩匹狼撲到他的瞬間人立而起，哇，「比我還高？」一大見自己摔倒在地。

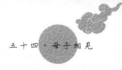

「死了！我……」

一大看見兩匹狼叼著自己，半拖半拉到那高大的人跟前，黑馬面、獨眼龍走近和那人交頭接耳，三人仰天大笑……

突然聽見麥片、胡桃汪汪叫並跑向車門，「麥片，怎麼了？」一大急問。

「彈簧在外面。」麥片回答。

「彈簧？」一大衝到門邊，「天快亮了，噓，別出聲。」回頭看，「啊，動畫沒了。」

「小虎、飛飛，來，到窗戶上看看外面有什麼。」

「彈簧在門外吐舌喘氣。」飛飛說。

「遠一點有棵大樹旁有紅雲，可能是朱鐵哥。」小虎趴在窗上。

一大到窗邊露一隻眼看出去，見彈簧在門外，另見二、三十公尺外的一棵大樹後有紅雲散出。

「是他們回來了。」一大在門邊找開關，想把門打開，找了半天也沒找到。

「一大哥，叫『踢躂開門』。」飛飛說。

「喔，對。」一大叫，「踢躂開門。」

「滋～」車門開了。

麥片、胡桃汪汪跳下火車和彈簧跑跳而去。

一大下了火車，四面八方看了看，走向二、三十公尺外有紅雲散出的大樹。

「哈，真是鐵哥。」見鐵哥在大樹背後樹根上呼呼大睡，「鐵哥，鐵哥……」一大叫他。

鐵哥醒了，迷迷糊糊，「一大？你？……」

「鐵哥，去火車上睡。」

「火車？昨晚回來沒看到火車，我只好睡這了。」

「沒看到火車？」

「沒看到。」

「哦？鐵哥，火車在，走，上火車去。」

「好，好。」

兩人走上火車。

一大和鐵哥邊吃饅頭邊說話，「鐵哥，你知道小丹在哪？」

「她爸爸那，彈簧說的。」

「喔，那你呢？你去了哪裡？」

「有小精靈抓了我去，後來說抓錯了就放了我，指了一個方向叫我走。」

「小精靈？」

「嗯，我很晚才找到這隧道口停火車的地方，但沒看到火車，找了這大樹坐下休息，就睡著了。早上，彈簧把我叫醒，我問牠知不知道小丹和你在哪？牠說小丹在她爸爸那，但不知你在哪。」

「哦，小精靈可能是要抓我的，嗯，你有見到小丹她爸爸？」

「沒有。」

「鐵哥，這隧道口是在『時空邊界』內嗎？」

「這應是一條支線，我估計現在位置是在『時空』的邊緣地帶，走幹線的話，要過了『時空』站才到『邊界』站。」

「喔。鐵哥，那，小精靈長什麼樣子？」

「身高大約到我膝蓋，圓圓眼，招風耳，我從前也遇見過，他們都善良可愛、無憂無慮、笑口常開，但昨天那些抓我的精靈應是受人控制，看來脾氣壞了些，拉拉扯扯，把我頭髮都扯掉了好幾根。」

「嘿，有意思，鐵哥，我昨天也碰上一票中陰人和狼要追殺我，還好天馬救了我。」

「哦，是嘛？我聽說這銀天馬很有靈性，以後我要多多認識牠。」

「牠叫『踢躂』，牠有一對銀白翅膀，展開翅膀高飛時，嗨呀，簡直帥斃了！」

「哇，那我哪天請牠載我一程。」

「現在就載了呵。」

「喔？呵，也是。」

「牠還載我去見了我往生的媽媽。」

「哦？往生的媽媽，你媽媽過的好嗎？」

「唉，還好，總算見到了。」

「以後有緣會再見的。」

「是，哦，對了，以後要開車門叫『踢踺開門』，要關車門叫『踢踺關門』，就ok了。」

「好呵。」

「嗯，在這裡就遇上一些奇事，接下來還不知會遇上什麼？」

「再看吧，現在，我們要在這等小丹？還是倒回幹線先去『時空』站？」

「等個半天再說好不？」

「也好，那我補眠一下。」

「好。」

鐵哥在綠皮椅上躺下就睡。

一大沾了點水在左掌上寫「王」字，再在「王」字外畫了個圈。

五十五、小精靈

餵了狗，一大看看太陽，覺得太陽好像有點不同，但又說不出有什麼不同。

近中午，鐵哥醒來，「一大，快中午了，我們還要等小丹嗎？」

「我看小丹不會來了，這樣好了，我叫彈簧回小丹那，跟小丹說我們往時空邊界去了。她有她爸照顧，應不會有問題的。」

「也好。」

一大叫了彈簧，要牠回小丹那去，交代幾句話，彈簧聽了，便轉頭跑去。

一大又看看太陽，「鐵哥，你覺不覺得這裡的太陽好像有點不同。」

「是不同。」

「哪裡不同？」

「從你右手邊日出，左手邊日落，中午時太陽在你胸前，並不在頭頂上。」

「啊？爲什麼呢？」

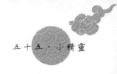

「磁場不同。」

「磁場不同？」

「人身是小宇宙，氣依周天運行，大宇宙的天體，也依其周天磁場運行，這裡山高雲稀，地理超凡，空間獨特，磁場不同，天體運行之軌道便隨磁場而變。我是以前聽老前輩說的。」

「有這種事？」

「是呵。」

「宇宙之大，好玄。」

「宇宙之大，是玄，也是人太渺小。」

「汪汪汪……」

突見麥片、胡桃汪汪衝進車廂，「怎麼了？」兩人即問。

「汪……，一大哥，有矮人！」麥片急說。

一大往窗外看，同時聽見朱鐵大喊，「踢躂關門！」

車門「滋～」關上了。

一大還沒搞清楚怎麼回事，朱鐵又叫，「我去倒車！」跑向前去。

「汪汪汪……」狗狗又大叫起。

一大回頭一看，「啊？小……精靈？」

這下搞清楚了，有一個小矮人跑進了車廂，圓圓眼，招風耳，正蜷縮在綠皮椅腳下，麥片、胡桃正左右包抄，對著他汪汪大叫。

「一大哥，叫你的狗狗別叫，吵死人了，拜託，拜託。」小矮人又拱手又下跪。

「哇哈，你，你居然認識我？」一大彎腰看著椅腳下的小精靈。

「你爸叫我來保護你，我當然認識你啦，一大哥。」

「哈，小朋友，你保護我？你先保護你自己吧！看看你，嚇成這可憐樣……」

狗狗叫聲突然停了，一大好奇看了眼狗狗，「咦？」狗狗一動也不動，一大一念閃過，「定住了？」

一大再看小精靈，見小精靈正伸手向他，立即大驚叫道，「鐵……」，「哥」還沒叫出，也被定住了。

火車已在倒退，一大瞄見鐵哥從駕駛室走出向他走來，鐵哥隨即發現有異，但來不及了，只見小精靈對著鐵哥伸出右手，鐵哥隨之被定住，就站在走道上。

一大試著鬆、靜、守，一氣入丹想解定，沒成功。

小精靈跳到椅子上，和一大面對面，說，「一大哥，我如果真要害你，你佛珠外公早出手幫你了，好啦，我叫『寸尺』，你們半秒鐘後就解定了。」

話說完，狗狗、一大、鐵哥都可動了。

鐵哥衝過來，「小精靈？怎麼跑上來的？」

「鐵哥，門沒關上前他就上來了，他說他叫『寸尺』，說是我爸叫他來保護我的。」一大說。

「哦？那他應是位善精靈，不是昨天抓我的那些惡精靈。」

「就是嘛，精靈有善有惡，人類也分好壞善惡，對不？」寸尺說。

「嘿嘿，對，你既然是朋友，我就介紹大家給你認識認識，這是朱鐵哥，火車司機……」寸尺接下說，「還有狗狗麥片和胡桃、壁虎小虎、螢火蟲飛飛及火車銀天馬，另外小丹和彈簧在小丹爸爸那。」

「哇，天才！你都知道？」一大驚訝。

「聰明頂呱呱，智慧蛇蚯蚯。」寸尺又說。

「天啊？連牠們你也知道？」鐵哥也驚訝。

「要是沒本事，怎保護一大哥？」

「好，你有本事，謝了，『寸尺』，我爸他好嗎？」

「還好。」

「『寸尺』這名字，是有人……幫你取的？」

「你爸取的。」

「我爸取的？」

「取寸有所長，尺有所短的意思。」

「哦？」

「我原名叫『三寸八尺高英雄』，你爸說簡單一點叫『寸尺』。」

「哈哈，有意思。」

「寸尺」看了朱鐵一眼，「哦，也是取寸有所短，尺有所長的意思。」

「哈，你眞他……聰明過人。」一大豎大拇指。

「也過鬼。」寸尺說。

「哈哈哈……」

「寸尺，你功夫是哪學的？」一大好奇。

「精靈學校。」

「你上學？」

「你也上呀。」

「哈……，是。」

「鐵哥，火車快到岔路了。」寸尺突說。

「啊？喔。」朱鐵聽了吃驚，跑向前去。

「抓緊！」寸尺突對一大叫道。

一大一聽，立即抓緊把手，隨即聽到「嘰嘰嘰……」緊急煞車聲，接著「呯！」一聲傳來。倒退的火車震動了一下，「卡卡」，停了。

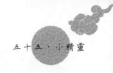

「你怎知會……？」一大盯看寸尺。

「有人在鐵軌上放倒一棵樹。」寸尺說。

「啊？」

朱鐵跑來，「我下去看看，好像車尾撞到東西了。」

「寸尺說，有人在鐵軌上放倒一棵樹。」

「啊？」朱鐵大睜雙眼。

朱鐵下車，一大及狗狗也下了車，「真有一棵樹！」朱鐵叫了一聲。

樹又大又粗，倒著都比站著的鐵哥膝蓋還高，就倒在支線要接幹線不遠處。

一大想，「慘了，要移開它得花上許多時間。」

朱鐵低頭去看，「還好『踢躂』緊急煞車，速度慢下，沒傷到火車。」一抬頭，「咦？」

那棵樹竟滾動了起，朱鐵、一大不可置信地看著，當樹滾到鐵軌外時，兩人竟看到寸尺站在樹旁，

兩人異口同驚，「啊？」「啊？」兩聲。

寸尺拍拍手，笑了笑，「呵，小事一樁。」

「哇，寸尺，你？這……」一大太驚訝了。

朱鐵也很驚訝，愣了好一會才說，「嗯，我們……上車吧。」

火車順利倒車，然後再往前開上幹線，往北前進。

雲霧湧了上來，窗外又白茫茫一片。

一大坐在寸尺對面，只覺寸尺莫測高深。

「寸尺，在這山上，你只穿短衣短褲，還是白色的，頭髮又不多，冷不冷？」一大隨口問。

「不冷，我穿了仙蠶絲。」

「啊？」

「你眼睛耳朵都又圓又大，真特別。」

「你看不見的，我都看得見。你聽不見的，我都聽得見。」

「啊？」

「你幾歲了？」

「天上一日，人間百年，難說。」

「啊？」

在聽到見到一連串的驚奇後，一大想了想，說，「寸尺，你來保護我，我真的非常感謝你，但我不知以後怎麼報答你？」

「打腳心報答。」

「啊？」

「『湧泉以報』。」

「啊？」一大停了下，繼而「哈哈……哇……哈哈……」笑到停不下來。

「一大哥，別笑太大聲，『時空』車站快到了，那些等著堵你的精靈會聽見的。」

「哦？」一大不笑了，小聲問，「你知道『時空』有精靈要堵我？」

「嗯，一海票。」

「哇，那……」

「倒立就沒事。」

「啊？」一大不懂。

「那樣看上去，你腦袋瓜離地面的距離跟精靈站著一樣。」

一大懂了，超想笑。

「笑唄，小聲點就好。」

「喔，呵……」

「你穿著呱呱衣，他們看不清楚你，倒立還可隱藏住小拇指。」

「喔。」心想那鐵哥怎麼辦。

「他們找的是你，不是鐵哥，也不是狗狗、小虎或飛飛。」

「喔。」心想倒立眞瞞得過聰明的精靈嗎？

「不是每個精靈都像我這麼聰明過人又過鬼的。」

「喔。」

「咴～咴～」有馬叫聲傳來。

「鐵哥要來說，『快到時空站了』。」寸尺說。

鐵哥匆匆走來，說，「快到時空站了。」

「……」一大心中又是一震。

鐵哥匆匆走了，不久，火車慢下，停了。

一大看窗外，霧散了些，眼前的車站不像車站，異常殘破，只剩兩堵斷垣殘壁，連「時空」兩字都看不到。放眼望去，四面八方盡是荒煙漫草。

「這裡陰森森的，哪有什麼人鬼或精靈？」一大念著。

「精靈躲起來了，你先倒立比較好，不然門一開，他們衝上來就麻煩了。」

「哦？好。」

「若聽到有人叫你名字，千萬別回應。」

「哦？好。」

一大倒立了起。

鐵哥走來，問，「一大，你幹嘛倒立？」

一大沒回應。

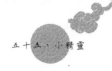

「那，我要開門了。」

一大仍沒回應。

「踢韃開門」，鐵哥喊了聲。

「滋～」門開了。

「嘩……嘩……呼……」一票精靈瞬間衝上車，狗狗汪汪大叫。朱鐵嚇一跳，忙退到門邊，看向一大和寸尺，只見寸尺以右手食指直在緊閉的嘴巴上，朱鐵明白，不敢吭聲。

精靈約有三、四十個，全都仰頭往上看著，有一兩個還去查看鐵哥的手指。

「席復天」，「席天復」，「一大」……，精靈們在車廂內衝來跑去，哇喇哇喇叫著一大的名字。一大充耳不聞，不予理會。

精靈們找不到要找的人，開始嘰嘰喳喳，你一嘴我一舌：

「頭抬了半天，脖子痠死了，只看見一隻螢火蟲飛來飛去。」

「有一隻壁虎，在玻璃上和天花板上爬上爬下。」

「除了司機員，沒看到有比我們高四、五倍的人。」

「沒相同的人，也沒相同的小拇指。」

「他不在這車上，走了。」

「以後有機會再來吧。」

「找不到人，那把車廂椅子設備破壞掉。」

「沒禮貌，我們可是高等精靈。」

「高等精靈不可以做低等事。」

「車頂和車底也要找找。」

有些精靈跑到車外，有些跑到車頂及車底查看。

忙活了大半小時光景，精靈們討論了一會兒，悻悻離去。

「踢躂關門」，鐵哥喊了聲。

「滋～」門關上了。

「呼……」一大結束倒立，坐到椅上。

鐵哥又問一次，「一大，你剛才幹嘛倒立？」

「寸尺說，我穿著呱呱衣，他們看不清楚我，倒立時，腦袋瓜離地面的距離就跟精靈站著一樣，不會特別突出，還可隱藏住我的小拇指。」一大回著。

「哈呀，寸尺，你簡直……」鐵哥恍然大悟。

「聰明過人加過鬼。」寸尺接說。

「哈哈哈……」

「那，一大哥，下車後，還是要請你倒立走路。」寸尺說。

「喔，好。」心想還好，倒立走路可難不倒我。

「那，下車吧。」

「踢躂開門」，鐵哥喊道。

「小虎、飛飛，走嘍。」一大喊著，小虎來趴在一大肩上、飛飛趴在小虎頭上，「小虎、飛飛，換個地方，趴我腳上，我要倒立走路。」

一大把書包綁在腰際，倒立了起。

「嘻嘻，好好玩。」，「嘎嘎，有意思。」

一大、朱鐵、寸尺下了車，麥片、胡桃跟著。

所到之處都是雜草腐葉，枯枝斷樹，看不出有人跡路徑，大夥就在草葉之間穿走而行，偶而會發現兩側約十幾公尺外樹林的大樹後有精靈探頭探腦，惹得麥片、胡桃唔唔汪汪的低叫。

「請你們一步一步跟著我，避免走失或掉入陷阱。」寸尺走在前頭，回頭說了句。

「好。」一大、朱鐵回答，小心走著。

五十六、掌門之位

約半小時後，來到一長長的老舊吊橋前，一眼看去，踩腳的木板十之八九已腐壞鬆脫。往吊橋下看去，有斷崖直切，有瀑布飛天，有河谷寬闊，有急湍奔騰，巨大聲響傳遍山谷，震撼人心。

寸尺停下，回頭示意一大、朱鐵稍坐休息。一大、朱鐵便在吊橋前席地而坐，和寸尺分吃饅頭，喝了點水。狗狗、飛飛、小虎也都吃了。

「好，現在請兩位各帶一狗，我們盤腿打坐。」寸尺盤上腿打坐，「我說收功時即收功。」

一大、朱鐵心中有疑問，見寸尺已盤腿打坐，不便多問，便分別帶著麥片和胡桃，跟著寸尺一起盤腿打坐。這地方氣感充足，一大微閉雙眼，很快入定，只覺身心飄然。

過了些時間，聽見寸尺說，「收功。」

一大微睜雙眼，「咦?」

居然不是原先在吊橋前席地打坐的地方。

「咦？」朱鐵也在朝四周圍看著。

「一大哥、鐵哥，這裡是『時空谷』。走，我們逛逛去。」寸尺說。

「『時空谷』？」朱鐵疑問。

「嗯，『時空』一合谷。」

「寸尺，那，剛才的吊橋呢？」一大問。

「在後面，我們已過來了。」

「哦？」一大、朱鐵一驚，回頭看。

「那吊橋老舊不堪，便借氣使氣，經『二間』過『三間』進『合谷』。」

「這……？」一大、朱鐵又是一驚。

「來，走。」寸尺說著，走上前去。

「我還要倒立嗎？」一大問。

「不用，壞心的人或壞心的精靈到不了這裡。」

「哦？」

一大、朱鐵跟著寸尺走去，麥片和胡桃一旁跟著。走上一綠草如茵的小山丘，往下一看，「哇！」

一大、朱鐵異口同聲。

山丘下，環境清幽，有屋舍亭臺，有田地池塘，井然有序，人們來來往往，一派安居樂業寧靜景象。

「跟吊橋那邊怎麼差那麼多?」一大問。

「那邊是『時空墟』。」寸尺說。

走過幾個蓮花池，百合園，見一間間白牆黑瓦屋舍坐落在田園池塘邊。有人和精靈在屋舍庭院或在田間池塘休息、走動，工作。屋舍側邊還養有馬、牛、羊、狗……等。

「眞是世外桃源呵。」朱鐵讚嘆。

人或精靈見一大一行走過，都點頭微笑問好。

「這裡的人們和精靈都好客氣哦。」一大說。

「他們修得好，『跳出三界』了。」寸尺說。

「『跳出三界』了?」一大好奇。

「嗯，你看他們每個人都和顏悅色，和藹可親，與世無爭的樣子。」

一大轉問朱鐵，「鐵哥，你說過有一對夫妻搭你的火車，用毛筆寫給你那張什麼『晚霞照天晴，雲彩映人……』的紙，你記得不?」

「記得，他們也是說要『跳出三界』的，如果遇上，我應該還認得出他們來。」

走過山谷，繞出一山，「前面那是『時空坡』。」寸尺說。

走上坡去，同樣見有許多蓮花池，百合園，及白牆黑瓦屋舍錯落。也有人和精靈在走動，屋舍側邊也有馬、牛、羊、狗……等。

「咦？寸尺，他們是……？」一大看那些人、精靈和牛馬是黑白或淺色的。

「是中陰。」寸尺回。

「剛往生的？」朱鐵問。

「是，那些人、精靈、馬、牛、羊、狗等，都是生前修身養性，心地善良者，往生後便會路過或暫留此地。」寸尺說。

「喔，他們身影是亮白的，這和我在坑道鬼王那看到的有些灰暗身影不同。」一大心有所悟。

正說著，一大忽聽到一聲「呼！」在耳邊掠過，身子立即被纏住騰空拉起，「啊！」一大大叫。

同一瞬間，腳下有手拉住，一大下看，是寸尺，「寸尺，快！拉我回去！」

「汪汪汪……」，「一大！」

一大聽到狗狗和鐵哥的急叫聲，但聲音很快便由大而小而消失。

「一大哥，是『時光圈』，別慌，對方沒惡意。」寸尺說後竟然手一鬆，由半空往下墜落而去。

「哇！」一大大驚。

努力靜下心，一大上下左右看不見繩索，但明明就是雙手連身體一起被綑綁了，在空中正被拉著往上竄飛而去。

還在想該怎麼辦，「咚！」坐了下去，手身立即鬆了綁，一大看了眼，發現自己坐在一張大椅上。

「小施主，阿彌陀佛。」一低沉有力的聲音傳來，一大見到一出家人正在向他雙手合十走來。

一大定睛一看，驚叫了一聲，「秦！……」

出家人是秦威，灰長衫、灰褲、灰布鞋，還有一張方臉，三角眼，右下巴黑痣。

「阿彌陀佛，一大，記得我『恕空』吧，叫二師兄。」出家人走到面前。

「二……師……兄，阿彌陀佛。」一大起身，雙手合十回禮，左右看看，是一座佛殿。

「一大，來，向佛祖跪拜問安。」二師兄說。

一大走前，向佛祖跪拜三叩首。

起身後，問，「二師兄，請問您怎會在這裡？」

「呵，二師兄我抄寫了無數篇《心經》後，便一心向佛，改過自新，我佛慈悲允我來此『時空』淨地修身養性。」

「喔，是，那，二師兄，請問您找我來是……？」

「隨我來。」

一大隨二師兄往殿後走，進入一鋪了木地板的屋子，內有一長型矮木桌，桌旁擺著十幾張草墊。

「坐。」二師兄隨手指了一張草墊。

一大盤腿坐下，二師兄在他對面隔桌而坐。

「二師兄，這是什麼地方？」

「忉利天宮。」

「忉利天宮？」

「三界二十八重天，有欲界六天、色界十八天、無色界四天。這是欲界六天的第二天，忉利天，忉利天又有三十三天，二師兄只是諸天大眾之一小眾，發願在此放下一切，淨心修佛，感恩，阿彌陀佛。」

「哦？不懂。」一大搖頭。

「將來會懂，好，你把佛珠拿出來，放桌上。」

「喔。」一大打開書包，拿出佛珠，放在桌上。

「好，一大，現在我要將『外公派』掌門位子正式傳給你。」

「啊？二師兄，這，這，不好。」一大忙搖手。

「什麼不好？」

「我一個人自由自在，當老大可不好。」

「什麼老大？我們可是名門正派。」

「名門正派？大師兄和你還不都是打打殺殺的？」

「那是以前，以前不懂事，現在都改了，對不？」

「我也是，以前不懂事，現在都改了，所以我不想當什麼掌門。」

「一大，二師兄可不是跟你開玩笑的，你非接下掌門不可。」

「二師兄，我這小小年紀，做外孫都不配，還做什麼『外公』？」

「好小子，我就奇了怪了，天底下有多少人搶這位子搶不到，給你你還不要？」

「二師兄，對不起，我希望您是開玩笑的。」

「我說了我不是開玩笑的，你非接掌門不可。」

「對不起，我不接。」

「你當初接下了佛珠，就代表你接下掌門了。」

「佛珠是您給我的，現在我還給您。」

「當掌門可有機會擁有數不盡的金銀財寶，你不會不要吧？」

「金銀財寶？嘿，那我還眞是不要。」

「那小丹呢？」

「小丹？」

「小丹是公主，你當了掌門跟她才算門當戶對！」

「都什麼年代了，還公主？我管他什麼門當戶對？」

「叢林師父死了，過師兄腦袋傻了，我秦威出家了，沒了掌門，『外公派』就沒啦！那，我不成了千古罪人了？」恕空一急，翻身便跪，對著一大磕頭，「一大，拜託，拜託。」

「哇，二師兄，別別別……」一大慌忙搖手，見阻止不了，也跪下磕頭，「二師兄，拜託，拜託，

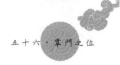

別……」

兩人俯伏在地，相對拜託。

忽地，一大發現桌旁出現了幾位老人家，分坐在幾張草墊上，再一看，共有六位，大爲驚訝，「外公？」

恕空一聽，立刻抬起頭看，有一臉訝異，也有些許欣慰。

其中一人說，「秦威功夫高強，腦袋瓜卻傻笨，這點小事都辦不好。」

第二人說，「是小傢伙聰明，不是秦威笨，一個對什麼人事物都不動心的人，最聰明了。」

第三人說，「咱們也得動動腦子想辦法呀，不能讓本派從此以後沒了掌門。」

第四人說，「秦威把佛珠給了他，怎又叫他拿出來，幹嘛多此一舉？」

第五人說，「不拿出來，又怎麼正式移交掌門大位呢？這是何其重大之事呀。」

第六人說，「佛珠給了他，他就是掌門了，還須正式移交嗎？」

幾位老人吵吵鬧鬧，恕空和一大看得目瞪口呆，不知如何是好。

突有嗡嗡聲傳來，六位老人家立即站起拱手行禮，恕空和一大也站了起來。

「那麼簡單的事，別忘了你們都還曾經是一代掌門宗師。」聲如洪鐘又至，大大震撼人心。

只見佛珠自桌上一飛而起，迅雷不及掩耳，「咻~」，套上了一大左手腕。

「啊！」一大慌忙去脫佛珠，佛珠卻定在手腕上，任憑怎麼拉扯也動不了。

「好了，就這麼樣啦。」又聽那如洪鐘之聲傳來。

隨之嗡嗡聲漸漸遠去，消失了。六位老人也跟著一一消失，只留下一些「呵呵呵……」回音。

一大和恕空沉默不語，好一會兒恕空才開口，「好了，就這麼樣啦，阿彌陀佛。」

「這，這，這……」

「來，我送你回去。」

「呼！」一聲在耳邊掠過，一大身子又一次被纏住騰空拉起。

沒多久，一大落到地面，愣了許久，「飛飛、小虎，在嗎？」

「在。」「在。」

「你們說，我剛才是做夢，對吧？」

「不是。」，「不是做夢。」飛飛、小虎回答。

「我就知道你們不會騙我，唉。」

「汪汪汪……」聽到狗叫。

「一大！」聽到鐵哥在叫。

見麥片、胡桃跑來，以及鐵哥快步走近。

「哈，鐵哥、麥片、胡桃，你們好嗎？」一大迎上。

「怎麼回事？去了那麼久。」朱鐵急問。

狗狗唔唔汪汪的在一大的腿邊高興磨蹭。

「鐵哥，我被『時光圈』抓去，沒事，原來是二師兄秦威，就是我過大師兄的師弟，也就是我師父叢爺爺的二徒弟，他找我說話去了。」

「喔，你……吃飯沒？」

「吃飯？現在還是早上。」

「都快中午了，你去了一天一夜。」

「一天一夜？這……鐵哥，哇，天啊，那，寸尺呢？我看到他掉下去。」

「沒事，他剛還在這，說要召集精靈組隊找你去。」

「啊？那，現在能找到他嗎？」

「他留下這根竹管，我一吹他就聽得見，很快就會過來。」

朱鐵手上拿根竹管吹了起，沒吹兩下，寸尺「咻～」出現。

「哈，一大哥，回來啦，好。走，先去休息，再去吃中飯。」寸尺說著，便走上前帶路。

「寸尺昨天帶我們去『時空谷』他朋友家，我們三餐和睡覺都在那。」朱鐵向一大說。

「喔，那好。」

「只是……不方便。」

「怎麼了？」

「碗小，床也小。」

「哈哈……」

「後來我拿鍋子盛飯，打地鋪睡客廳才解決。」

「哈哈……」

隨著寸尺進入一屋，「鐵哥，這屋還好夠大，不然你可能要睡外頭了。」一大說。

「嘿，是呵。」

「一大哥，這位是我們尊敬的『時空』老爺爺，以及他的兒子、媳婦、孫子。」寸尺向一大介紹一位年長精靈及其三位家人。

「爺爺好，各位好。」一大鞠躬。

「一大，剛從山頂回來呵。」老爺爺笑笑。

「啊？是。」

「恕空好嗎？」

「啊？喔，好。」

「恕空修得好，牆上那篇《心經》便是他抄寫好送給我們的。」

「啊？喔，好，好字。」一大順老爺爺手指方向，看到左側牆上有篇《心經》，是篆體毛筆字，用畫框框了。

「一大，你也送一篇給我們，好不？」老爺爺笑笑。

「啊？好，當然好。」從書包內取出一篇《心經》奉上，「爺爺，請收下，寫得不好，不好意思。」

「嗯，心誠意敬就是好，很好，謝謝你。」

「不客氣。」

「嗯，好，這張我也要用畫框框起來。」老爺爺讚說。

「謝謝爺爺。」

大家東聊聊西聊聊了一會兒，老爺爺說，「來，吃飯去。」便招呼大家往後屋走。

後屋裡，地上鋪著木板，大家席地而坐在圓形矮桌邊。碗盤皆小巧玲瓏，朱鐵用鍋子盛飯，一大用碗公盛飯，桌上有許多蓮子、蓮花、蓮藕、百合做的素菜。邊吃邊聊，大家心情愉快。

一大也餵狗狗、飛飛、小虎吃了點東西。

老爺爺忽說，「所謂掌門，就當是執掌善門，以後廣開善門，廣修善行，廣做善事，就好。」

「啊？喔，是。」一大心中大約明白，朱鐵倒是不大明白。

老爺爺接著又說，「『時空』淨土，虛無縹緲，其山，有墟、崖、谷、坡、頂，其眾，有人、鬼，神、佛及精靈。此處呵，蓮花出淤泥，凡塵盡洗滌，花開見佛處，至善極樂地，阿彌陀佛。」

五十七、小丹爸爸出現

飯後，老爺爺包了一包饅頭、素包、烙餅交給寸尺，讓他帶上方便大家在路上肚餓時可吃。寸尺、一大、朱鐵向老爺爺及其家人謝過，告辭離去。

回到原先進入「時空谷」之處，寸尺說，「請兩位仍各帶一狗，我們打坐。」

一大、朱鐵便隨寸尺盤腿打坐，收功後發現已回到了時空墟，滿地又都是雜草腐葉，枯枝斷樹。麥片、胡桃在唔唔汪汪的低叫，一大見周邊樹林裡仍有精靈在探頭探腦。

朱鐵想快點回到時空車站，便偶而快步超前寸尺。寸尺提醒，「鐵哥，請你跟我後面，這裡有很多陷阱。」

一大突想到，問，「寸尺，我要不要倒立走？」

「啊！對，要要，都忘了。」

「轟！」一團火焰猛地爆炸開來，一大立即趴地，同一時間，驚見前面快走的朱鐵身腿下陷，卡在腐葉爛泥中，不能動彈。

左右兩側樹林同時起火，寸尺大叫，「麥片、胡桃，守住一大哥，我找幫手去。」縱身一跳，不見了。

一大跳起去拉朱鐵，拉不動，朱鐵大叫，「別管我，快跑，回火車去。」

一大又拉了幾次，仍拉不動，「鐵哥，我去找天馬來。」一大轉身要跑。

「汪……汪……汪……」麥片、胡桃大叫。

「黑馬面！」火光中遠遠走來一人，一大看出那是崔一江，又看，「獨眼龍！」崔一海也出現了。

麥片、胡桃已汪汪衝了上去。

正驚魂未定，看到黑馬面和獨眼龍背後走出一人。那人高帥斯文，舉手投足慢條斯理，一大看著，心中想到車廂窗玻璃上的動畫，「他，他是……？」，見三人背後還有一些影子，像是「中陰人」。

見兩條大狼狗吼吼跑來，和麥片、胡桃衝撞猛咬，一大定睛再看，大驚，「真是狼！」麥片、胡桃明顯居於劣勢，閃來躲去。

忽聽見有吱吱喳喳聲靠近，兩邊一看，許多小人影自兩旁樹林火光中閃出，「精靈衝來了！」一大見無路可退，便擺好架式，準備迎戰。

黑馬面和獨眼龍跑來和一大打鬥了起，一大手腳並用，又踢又打，但黑馬面和獨眼龍似乎沒使全力，只虛晃了兩下，便退後兩步。

「啊！」一大突見有兩匹狼撲來並瞬間人立而起，「哇！」慌張倒退，繼而摔跌在地。

「你隱形了，趴著別動。」飛飛在一大耳邊小聲說。

一大聽了，立刻翻身趴下，一動不動，往身體看，眞看不見自己了，側耳傾聽附近的動靜，有許多細碎腳步奔跑聲，還有幾聲狼嚎和一些人的狂笑聲。

一大偷瞄，竟看到自己被兩匹狼叼到黑馬面三人面前，大爲驚駭。聽到小虎在耳邊小聲說，「那不是你。」

「啊？」一大搞不清楚怎麼回事，又忽覺自己在緩緩滑行，嚇出一聲冷汗，想叫，又聽到小虎在耳邊小聲說，「用龜息法。」一大立即施展龜息法。

滑行速度加快，飛也似地穿過樹林熾熱的火場，沒多久，停了。

「一大哥，快上車。」飛飛說。

「啊？」一大吃驚，抬起頭，見火車就在眼前，門開著，便一個箭步跳起，衝進了車廂。

「踢踺關門！」，聽見鐵哥大喊。

「滋～」門關上了。

「呼！」一大喘坐椅上，火車動了，一大又看見自己身體了。

見寸尺坐在面前，「寸尺，這，這眞是死裡逃生。」

「還好，我請『時空』老爺爺來，他用『時光圈』把鐵哥、麥片、胡桃一個一個套了上車。」

「時空老爺爺？」

「嗯，但他要套你時，你卻隱形不見了。」

「我？」一大腦筋急轉，心想，「隱形加上滑行？難道是蚯蚯、喳喳、還是呱呱？」

「小虎、飛飛……」一大低頭叫，「你們有沒有看見是誰載我滑行的？」

「沒有。」「沒看見。」小虎、飛飛回答。

「我原以為他們帶走你了，看來帶走的是另一個你。」寸尺說。

「另一個我？」

「時空墟這一帶，龍蛇混雜，常有惡人惡鬼惡精靈出沒，怪裡怪氣的人事物多了，我見怪不怪。」寸尺說。

「嘿，還是時空谷那邊好。」

「是呵。」

鐵哥走來，「一大，還好吧？」

「還好，那三人夠凶狠，還帶了狼！」

「那三人是誰？有一個獨眼的。」鐵哥問。

「一個是假裝梅老師踢斷你腿的崔一江，一個是獨眼龍崔一海，還有一個我沒見過，但我想是崔一河，小丹的爸爸。」

「喔，小丹的爸爸？那不是三兄弟都出現了。」

「嗯，就不知小丹現在怎樣了？」

「放心，虎毒不食子，小丹應該不會怎樣。」

「嗯。」

「我們現在就往『邊界』去，霧很濃，我慢慢開。」

「喔，好，我好累，想睡一下，到了叫我，謝了。」一大橫躺椅上。

才躺沒多久，聽見「吹～」馬驚叫聲，接著聽見「嘰……嘰……嘰……」火車緊急煞車聲。一大睜眼，見寸尺已朝車前跑去，便翻身而起，也向前跑去。

「你們看，那上面是什麼？」鐵哥指著擋風玻璃窗外的上方問。

「大鳥？白色的。」一大說。

「白鳳凰。」寸尺說。

「白鳳凰？」鐵哥、一大疑看寸尺。

「鳳凰背上有個女孩。」寸尺繼續說。

「啊？背上有個女孩？」鐵哥、一大難以相信。

「叫小丹的女孩。」寸尺繼續說。

「小丹？」鐵哥、一大更貼近窗玻璃看。

「寸尺，你眼力超厲害，連霧都擋不住。」一大說。

「你看不見的，我都看得見。」寸尺笑笑。

「眞有一套。」一大佩服。

「剛才那大鳥差一點撞上火車，還好踢躂反應快，緊急煞車。」鐵哥邊看邊說。

「咦？看不見她了。」一大上下看。

「一大哥，小丹姐在車門外面。」飛飛來說。

「天啊！」一大回頭，狗狗已在車門邊唔汪叫著。

朱鐵叫「踢躂開門」，一大跑向車門，一看，「眞的是小丹！」忙伸出手拉她，小丹一步跨上車廂。

小丹一上車就抱住一大嚶嚶啼哭。

車門關了，朱鐵、寸尺走向一大，小丹一看見寸尺，「哇……」嚇得大哭，躲到一大身後，「壞……矮人。」

「小丹，不哭，他是好精靈，是我們的好朋友，叫『寸尺』。」一大說。

「我被關起來時，就有兩個這樣的矮人監視我，好可怕。」

「小丹，不急，坐下說。」朱鐵指著一旁椅子。

小丹坐下，一大坐她旁邊給她水喝，「來，喝口水，喘口氣。」

朱鐵、寸尺在一大、小丹對面坐下。

小丹喝了水，心情平復了些，「一大、鐵哥，我好想跟我爸多聚一聚，多說說話，可是我爸他心情很壞，還把我關在房間裡，不准我出來。」

「妳爸爸因爲自知活不了多久，心情才那麼差的。」寸尺突說。

「啊？」一大、小丹、朱鐵全驚訝地看向寸尺。

小丹「哇……」又大哭了起。

「寸尺，你別嚇她。」一大說。

「她爸爸眞病得很重。」寸尺又說。

「小丹，不哭，妳怎麼來的？」一大轉移小丹注意。

「我們吃飯時，二師伯來找我爸及我叔伯說話，我爸聽了不高興，說什麼『死小鬼哪配當外公派掌門？』我爸還說他要去逮住『死小鬼』，砍下他的小拇指，拿回佛珠和金銀財寶。」

「二師伯？死……小鬼？」一大嚥口水。

「我爸不讓我多聽，叫我回房間裡去，還叫兩個凶惡矮人在門口看住我，我回房後沒多久，卻見到六個老爺爺出現，說要帶我去找你，叫我收好衣物放入包包揹好，呼一下，我們就出了房間，到了一空地上。」

「六個老爺爺？」一大瞄一眼手腕上的佛珠。

「嗯，隨後，大師伯出現在空地，叫我坐上一隻白色大鳥的背，他說那是『白鳳凰』。」

「大師伯？白鳳凰？」

「我戴上貓鏡，但白鳳凰叫我別戴貓鏡，不然牠罷飛，我只好換戴我的夜視鏡擋風。」

「別戴貓鏡？罷飛？好熟的口氣。」

「貓鏡還你，我爸很不喜歡我戴這貓鏡。」小丹說著，把貓鏡還給了一大。

「不喜歡貓鏡？嘿，你爸跟白鳳凰和呱呱一樣。」

「白鳳凰說牠叫『呱呱』。」

「呱呱？跟烏鴉呱呱同名？」

「牠還說什麼……烏鴉變鳳凰。」

「好笑，黑烏鴉會變白鳳凰？哈……」

「後來，白鳳凰就飛起，追上了這火車。」

「玄啊！」

「牠放下我便飛走了。」

「喔。」

朱鐵看看沒事，「小丹，妳平安就好，我開車去。」起身往前走去。

「小丹姐，一大哥的爸爸讓我來保護他，妳是一大哥的好朋友，所以我也保護妳。」寸尺說。

「寸尺，謝謝你，看你滿善良的，爲什麼那兩個在門口看住我的矮人凶凶的？」

「可能是有人指使他們吧。」

「一定是我爸和叔伯他們，我爸，唉，我那麼想他，愛他，他竟然對我這樣，嗚……」小丹眼淚滴落。

飛飛飛去安慰小丹，「小丹姐，不難過，飛飛唱『一閃一閃亮晶晶』給妳聽~『一閃一閃亮晶晶，滿天都是螢火蟲』……」

「哈，謝謝你，飛飛。」小丹破涕爲笑，轉問一大，「時空站你有下車逛一逛嗎？」

「喔，有，去了寸尺的朋友家吃飯，精靈用的碗盤都很小，我用碗公盛飯吃，鐵哥還用鍋子盛飯吃。」

「嘻嘻……，好好玩，我也想去。」

寸尺說，「當然，下次有機會，小丹姐也一道去。」

「好，好。」小丹開心了。

「你們說話，我去前面看看。」寸尺起身走了。

小丹看寸尺走了，對一大小聲說，「一大，我爸我伯我叔口中的『死小鬼』是你，對不對？」

「啊？哈，我嬸常叫我『死小鬼』，沒想到崔家各位大人也愛這樣叫我。」

「爲什麼我爸要逮的人是你？」

「你叔伯就一直想逮我，再加上一個你爸也不稀奇啊，他們是兄弟嘛。」

「你就是外公派掌門？」

「唉喲，都是你二師伯愛開玩笑，你看嘛，我，像孫子不像外公，會掌嘴不會掌門。」手還拍了下嘴巴。

「嘻嘻，看你說的好輕鬆。你啊，得罪了崔家三兄弟，到現在還能活蹦亂跳沒掛掉，我佩服你，你是我的英雄。」

「哈，謝了。」

五十八、踢踺金蟬脫殼

到了「邊界」車站已是傍晚時分。

一大放眼看去，「邊界」車站也是不像車站，只有一片荒煙漫草。

寸尺說，「『邊界』這裡，入夜不趕路，我們就在車上過夜吧。」

「入夜不趕路？爲什麼？」小丹好奇。

「這裡是陰陽交會之地，夜晚陰氣太盛，不適合人們出外走動。」寸尺說。

「那，我們就在車上過夜好了。」朱鐵說，「儲物櫃裡有睡袋、毛毯，待會兒我拿給你們，儲物櫃旁有洗手間可用。」

寸尺打開時空老爺爺給他帶上的包包，「呵，這些饅頭、素包和餅，都做了大尺寸的，你們要是餓了就吃點吧。」

小丹舉手，「我餓了。」去拿了個饅頭吃起。

一大取出狗食餵狗，往窗外看，「高山上，天黑得眞早。」

「星星月亮穿透雲霧出來了，好漂亮。」小丹看著窗外，回頭問，「寸尺，連下車走走都不行嗎？」
「也不是都不行，怕危險。」
「讓一大陪我，我不怕。」
「好，下車走走，我也陪著。」寸尺說。
「嘻，那好。」
看小丹很想下車走走的樣子，一大、寸尺便答應陪她，朱鐵一人留在車上。
「小丹，在附近走走就好，不走遠。」一大說。
「好。」
一大、小丹、寸尺下了車，狗狗跟著。
「嘩，好涼快，看，星星近到用手都可碰到。」小丹跑跳要抓星星。
「小丹，太黑了，別走遠。」一大提醒。
「我要星星，你可不可以摘給我。」小丹走來拉一大的手。
「飛飛就是啦。」
「我是公主，我要真的嘛。」
「公主？那妳得找王子摘去。」
「找掌門也可以啊。」

「啊？」

「門當戶對嘛！」

「小丹妳……？」

「嘻……」

忽聽到狗狗唔唔在低吼，兩人停止說話。

「趴下。」寸尺低叫一聲。

一大立即按低小丹，趴在地上。

一大回頭看不見火車，驚了下，「火車呢？」

沒看見火車燈光，四下更形黑暗，只有飛飛在肩上閃著小光。

兩個亮亮小圓靠近，「跟著我，快上車。」

一大拉著小丹的手，「跟上，那是寸尺的眼睛。」

狗狗唔唔跟在一大腳邊。

黑暗中，摸到車門，上了車。

「滋～」車門關了。

一大拉著小丹摸索坐到椅上。

「咴～」聽到馬叫聲。

一大忽覺身體震了一下，「起飛了？」

車廂內的燈亮了起，「嘻，重見光明了。」小丹睜大眼。

忽然間車廂劇烈搖擺，上下晃動，「汪……汪……汪……」麥片、胡桃大叫。

「哇！窗外有人！」一大大叫，猛地跳起，沒看到寸尺，跑去前面找朱鐵。

一大拉朱鐵來靠近車窗，「鐵哥，你看。」

見窗外有一人雙手正緊扒著窗框，強勁的風打在那人身臉，很難看出是什麼人。

一大抓了貓鏡戴上，「哇！」

再把貓鏡遞給朱鐵戴上，「鐵哥，看，寸尺他在窗玻璃外跑來跑去，又踢又打，要鬆開那人的手。」

小丹靠來，戴上貓鏡，「是一個老爺爺，白短髮的，他在玻璃上跑起來了，好快。」

「白短髮？老爺爺？小丹，我再看一下。」一大拿過貓鏡戴上，「啊？卓武！」心中大震。

轉身找狗，「麥片，在玻璃上跑的那人是不是卓武？他踢過你，在學校圖書館旁。」同時伸手入書包摸著紅包袋裡的金龜子。

「汪，是他。」麥片回答，「背後那邊窗戶也有人，是蕭默。」

一大猛回頭看，幾條人影在另一邊窗玻璃外飛跑踢打，「蕭默！」再一看，「外公！」

「鐵哥，你看背後窗戶。」把貓鏡遞給朱鐵。

朱鐵看了，「哇，這……」，把貓鏡遞給小丹，小丹倒很興奮，「呵，這些人的功夫太厲害了，眞令人大開眼界。」

「他們的速度飛快，肯定是來找我的，鐵哥，有什麼辦法可以擺脫卓武和蕭默嗎？」一大急說。

「哦？我不……」朱鐵搖頭。

「掌門，請喊一聲『踢躂金蟬脫殼』。」有一聲音在一大耳畔說。

「啊？」

一大不明白，轉問朱鐵，「鐵哥，有聲音叫我喊一聲『踢躂金蟬脫殼』，你知道是什麼意思？」

「不知，那，你就喊一聲試試看吧。」

「踢躂金蟬脫殼！」一大大喊一聲。

「匡！」一聲大響。

三人齊往外看，「哇呀！」

火車似乎正脫去一層外殼。

「鐵哥、小丹，我沒看錯吧？那……」

「火車是在脫掉……外衣？」小丹大眼圓睜。

「眞的是金蟬脫殼！」朱鐵一臉驚訝。

三人轉往車尾看，黑暗中，隱隱看見一層火車外殼帶著玻璃窗脫飛而去，上面有些人影跟著翻滾下墜，「啊，寸尺！」一大緊張大叫。

「別擔心，上次寸尺半空中抓你腳，那麼高掉下也沒事。」朱鐵說。

「哦……」一大右手撫著左手腕上的佛珠，暗念，「拜託保佑外公，阿彌陀佛。」

「一大，那兩人確定是找你的？」小丹問。

「是呵。」

「你仇人那麼多，分我一半好不？」

「幹嘛？」

「玩啊。」

「喂，妳？」

「嘻……」

朱鐵說，「我去前面看看，看火車有沒有什麼問題。」往前走去。

「小丹，這卓武及蕭默，和你父伯叔八成有關係，妳以前有見過他們嗎？」

「沒。」

「居然能在半空飛行中的火車窗上快跑打架。」

「厲害。」

「寸尺也不簡單。」

「一大、小丹。」

聽朱鐵在叫，一大、小丹快步往前走去。

「你們看，有東西在天上飛。」朱鐵指向窗外。

一大、小丹往窗外看了看，不清楚那是什麼。

「飛飛、小虎，你們夜間班的，來，幫忙看看。」一大叫道。

「一條龍。」小虎說。

「嗯，是一條龍。」飛飛也說。

「飛飛、小虎，都什麼年代了，哪來的龍啊？」一大笑說。

「小丹姐都坐鳳凰飛來了，有一條龍飛在天上也不算奇怪呀。」飛飛說。

「嘿，有理。」

「牠飛近了。」小丹指著。

「寸尺在牠背上。」飛飛說。

「寸尺在牠背上？」一大很是吃驚。

「等一下。」朱鐵在抽屜取出一付望遠鏡，「如眞是寸尺，我打開天窗讓他進來。」

朱鐵用望遠鏡掃看了幾回，「眞的是寸尺，我開天窗。」便在儀表板上按了一鈕。

車廂頂中央開啓一小臂長寬的天窗，風咻咻呼呼灌入，「汪，汪……」麥片、胡桃仰頭對著天窗叫。

「咚！」接著聽到碎步快跑聲，一個小人影「咻～」地滑溜了下來。

「哈，寸尺，眞的是你！」一大迎上去。

朱鐵把天窗關上，走向寸尺，「寸尺，歡迎回來。」

小丹說，「寸尺，你眞是神勇的精靈！」

「呵，小事一樁。」寸尺笑笑。

「寸尺，剛才那是……一條龍嗎？」一大指窗外。

「是呵，玉刀龍。」

「玉刀龍？」

「牠說牠叫『蚚蚚』。」

「『蚚蚚』？」一大傻眼，「嗯，哪個『蚚』？」

「牠說是『蚚蚓』的『蚚』。」

一大和朱鐵對看，兩人都一臉難以置信的表情，一大說，「前有烏鴉變鳳凰，叫『呱呱』，現又有一條龍叫『蚚蚚』，這……？」

「一般俗稱『蛇』是『小龍』。」朱鐵看一大。

「對喔。」

「我剛跟踢踺說了，去菜園避避，應該快到了。」寸尺說。

「我去前面看看。」朱鐵轉身走向駕駛室。

沒一會兒，感覺火車在下降，大家便坐到椅上去。

「寸尺，我們先前下車走走時，你是聽見或看見什麼才叫我們快上車的。」一大問寸尺。

「我聽見有飛快的腳步聲，是兩個人，距離很遠，但不懷好意，我便先叫踢躂隱形。」

「厲害。」

「那兩人動作超快。」

「是卓武和蕭默，居然能夠追到這裡來。」

「還好你叫了『踢躂金蟬脫殼』，不然我看很難擺脫他們。」

「嘿，我還怕你掉下去會沒命呢。」

「不會，有『蚯蚯』半空接住我，更不會。」

「嗯，是呵。不知那卓武和蕭默掉下去會怎樣？」

「他們功夫高，死不了的。」

「也是。」

「咦？一大你看，星星月亮不見了。」

聽見正在看著窗外的小丹說，一大轉頭看向窗外，只見漆黑一片。

一大和小丹聊著，聊著，小丹打個哈欠喊睏，取過一睡袋，便在椅上躺下睡了。

隔了一會兒，一大眼皮重了，拿過一毯子蓋上身體，四下安靜，沒多久便睡著了。

「起床囉。」

聽到寸尺在叫。

裹毯睡在椅上的一大睜眼看了下，「天沒亮，還早。」又睡。

「一大你看，火車外面是不是蓋了蚊帳？綠綠的。」睡在另一椅上的小丹說。

「嘿，我們這是在哪裡啊？」朱鐵在問。

一大瞇眼往窗外看，「蚊帳？」見窗玻璃外是有綠綠的帳幕罩著。

「鐵哥，早，麻煩你叫『踢躂開門』。」寸尺說。

「『踢躂開門』。」朱鐵喊道。

車門開了，狗狗唔唔汪汪。

「哇！」小丹大叫一聲。

一大聽了翻身坐起，「小丹，怎麼了？」

「你看。」小丹站在車門口，指著門外。

「寸尺，外面那是什麼啊？」朱鐵問。

「包心菜。」寸尺回答。

「包心菜？」小丹、一大、朱鐵三人不明白。

「綠綠的是包心菜的菜葉，我們在火車裡，火車則在菜葉裡。」

「啊？」三人很是驚訝。

一大跳起，跑到車門口看，「寸尺，你說這是包心菜菜葉？」

「寸尺愛開玩笑，什麼火車躲在包心菜菜葉裡，嘻……」小丹笑笑。

「小丹姐，我是說眞的。」寸尺回。

「寸尺，那，我們可以下車嗎？」朱鐵問。

「沒問題，我先下。」寸尺跳下車去，狗狗跟著跳下，小丹、一大、朱鐵依次下車。

「火車脫了層殼，好像沒差別，仍和原來一樣呢。」一大仔細查看車廂外部。

「嗯，是呵，一點差別也沒。」朱鐵也在看。

「哇，大水沖下來了！」小丹忽指上方，三人立即跳開，狗狗早都跳回車上去了。

「哈哈，那是露珠啦。」寸尺一旁笑說。

「露珠？」三人更不明白。

「我們在這裡可是很渺小的，連包心菜都比我們大上千百倍，讓火車躲在包心菜菜葉裡，包包起來，再安全不過了。」寸尺說。

「你是說，包心菜葉上滴顆露珠，就像沖大水？」朱鐵疑問。

「是呵。」

「喔。」三人大約明白了。

在綠色帳幕中走一走，腳踩處軟軟顫顫，「這竟然是包心菜葉！」綠帳透著微微亮光，幾人看看摸摸又推推，深感不可思議。

回車上漱洗後，簡單吃過，餵了狗狗。

寸尺說，「我學校離這不遠，等下到我學校看看吧。」

「你學校？」一大好奇。

「嗯，精靈學校。」

「好啊。」小丹、一大、朱鐵三人都點頭。

「我先跟踢躂說一下怎麼去。」

寸尺說了便盤腿坐在椅上。

大約一分鐘後，寸尺起身說，「說好了。」轉向朱鐵，「鐵哥，可以叫『踢躂關門』了。」

「踢躂關門。」朱鐵喊著，往前走去。

「灰～灰～」

馬叫了兩聲，火車動了。

一大和小丹兩人低下頭，用右食指沾了點水，在左掌上寫個「王」字，再在「王」字外畫個圈圈。

「遇風風停，遇浪浪平。」寸尺一旁說。

一大抬起頭，一臉驚訝看著寸尺，「你知道『遇風風停，遇浪浪平』？」

「呵，不知道的話，我怎保護你和小丹姐？」

「厲害！」一大又想測試一下寸尺，「等等，我學校有位老師，不管我做什麼事他都知道，你知道他嗎？」

「梅揚老師。」寸尺沒遲疑。

「你知道？」

「你若犯錯，他就罰你跪。」

「哈，你眞的知道！」

「一大，看，太陽。」一旁的小丹叫道。

「哦，好美。」一大看向窗外，平平的太陽光溫暖照來，「我們的火車是從包心菜葉裡飛出來的，太神奇了。」

火車飛起，看清楚了包心菜及菜園，「天啊，每一棵包心菜都好大。」小丹讚著。

一大、小丹看著窗外特殊景觀，只覺這時空充滿著神奇奧秘。

過了一會兒，一大指向前方藍藍波光。「前面那是大海？」

「那是『天池』。」寸尺回。

「『天池』？」一大說。

「是，『天池』旁邊有水流入地下，遇地熱後湧出而成『天泉』。常有人類，精靈，動物來到『天泉』

滌淨身心靈，或長期隱居，或短時休養，是一個美好的桃花源。沿著『天池』岸，過了『天泉』，就到精靈學校了。」寸尺說。

「眞是培養人才，修身養性的好地方。」一大讚道。

「所以呵，地靈精靈傑。」寸尺笑笑。

「哈哈……」

國家圖書館出版品預行編目資料

天丹虎飛　黃金小鎮黃金心／黃文海著. —初版. --臺中市：白象文化事業有限公司，2022.03
面；　公分
ISBN 978-626-7105-14-6(平裝)

863.57　　　110022585

天丹虎飛
黃金小鎮黃金心

作　　者　黃文海
校　　對　黃文海
發 行 人　張輝潭
出版發行　白象文化事業有限公司
412台中市大里區科技路1號8樓之2（台中軟體園區）
出版專線：（04）2496-5995　傳真：（04）2496-9901
401台中市東區和平街228巷44號（經銷部）
購書專線：（04）2220-8589　傳真：（04）2220-8505
專案主編　陳婕婷
出版編印　林榮威、陳逸儒、黃麗穎、水邊、陳婕婷、李婕
設計創意　張禮南、何佳諠
經銷推廣　李莉吟、莊博亞、劉育姍、李佩諭
經紀企劃　張輝潭、徐錦淳、廖書湘、黃姿虹
營運管理　林金郎、曾千熏
印　　刷　百通科技股份有限公司
初版一刷　2022 年 03 月
定　　價　480 元